TROVARE LEXIE

Forze Speciali alle Hawaii, Libro 2

SUSAN STOKER

Copyright © 2021 di Susan Stoker
Titolo originale: Finding Lexie
Traduzione dall'inglese: Well Read Translations
http://wellreadtranslations.com
Design di copertina: AURA Design Group
Prodotto negli Stati Uniti

Armi e Amori

Proteggere Caroline
Proteggere Alabama
Proteggere Fiona
Il Matrimonio di Caroline
Proteggere Summer
Proteggere Cheyenne
Proteggere Jessyka
Proteggere Julie
Proteggere Melody
Proteggere il Futuro
Proteggere Kiera
Proteggere i figli di Alabama
Proteggere Dakota

Ace Security

Il riscatto di Grace
Il riscatto di Alexis
Il riscatto di Bailey
Il riscatto di Felicity
Il riscatto di Sarah

CAPITOLO UNO

Pierce "Midas" Cagle strisciava nel vasto deserto, era completamente concentrato sui suoi obiettivi. Lui e gli altri SEAL della squadra si erano calati da un elicottero a circa cinque chilometri di distanza, ben lontani dal luogo in cui venivano tenuti gli ostaggi. L'obiettivo della missione era trarre in salvo gli ostaggi americani e danesi, uccidendo o catturando i rapitori.

Era una missione di routine per Midas e gli altri della squadra, tranne per un punto: lui conosceva una degli ostaggi.

Midas era stato alle scuole superiori con Lexie Greene. Non la vedeva e non le parlava da quasi quindici anni, ma nonostante ciò si era ricordato subito chi fosse, appena aveva letto il suo nome.

Lexie aveva cominciato a frequentare la sua stessa scuola superiore all'ultimo anno. Midas non aveva scambiato che poche parole con lei, ma erano stati abbinati per un progetto del corso di inglese. Lexie era una ragazza divertente, amichevole e intelligente. Midas ne era rimasto sorpreso, perché di solito la vedeva rimanere da sola e raramente guardava negli occhi gli altri.

Invece Midas era diverso, era un ragazzo estroverso e popolare; era il capitano della squadra di nuoto ed era persino diventato campione di nuoto a livello nazionale. Era uno che piaceva alle ragazze, quindi non aveva mai fatto fatica a uscire con quelle che voleva.

Dopo il diploma, Midas aveva fatto la sua strada, era entrato in marina per diventare un SEAL delle forze speciali; da allora non aveva più ripensato alla ragazza timida che aveva conosciuto a scuola... almeno fino a quando aveva letto il rapporto sugli ostaggi rapiti nel deserto somalo.

Dopo aver capito che Lexie era la ragazza che aveva conosciuto alle superiori, Midas aveva guardato con ossessione quasi maniacale i video che i rapitori avevano registrato, in cui si vedevano Lexie e Dagmar Brander, un ispettore di Food For All, l'ONG a livello internazionale per cui lavorava Lexie.

I due ostaggi erano stati rapiti mentre uscivano dall'edificio di Food For All a Galkayo, una città vicino al confine tra Somalia ed Etiopia; li avevano gettati sul retro di una macchina e li avevano portati nel deserto.

Era successo tre mesi prima; i rapitori avevano chiesto un riscatto di dieci milioni di dollari per liberare sani e salvi Dag e Lexie. All'inizio ne avevano chiesti cinque, ma dato che il fratello di Dagmar aveva racimolato rapidamente i soldi, avevano detto di no: erano cinque milioni per *ciascun* ostaggio.

Lexie e Dagmar pativano la prigionia nel deserto da mesi, mentre le trattative proseguivano.

Ma si era sparsa la voce che Dagmar non stava bene: aveva problemi di cuore. Nell'ultimo video, Lexie implorava di pagare il riscatto perché temeva che il suo capo fosse stato colpito da un ictus.

Dopo aver sentito quel messaggio, Danimarca e Stati Uniti avevano deciso insieme che era ora di darsi da fare: i SEAL stavano per intervenire insieme a una squadra di

Cacciatori, le forze speciali danesi, un corpo d'élite la cui partecipazione era stata accolta molto positivamente.

I servizi segreti avevano riferito la presenza nel deserto di un gruppo di uomini, dai dieci ai quindici, a guardia degli ostaggi; le foto scattate dal satellite avevano consentito a Midas e agli altri di tracciare una mappa approssimativa del campo: c'erano alcuni alberi spogli, sotto ai quali Lexie e Dagmar stavano più tempo che potevano. Non sembravano legati o confinati in alcun modo... anche perché dove mai potevano andare? Erano lontani almeno una quindicina di chilometri da qualunque avamposto, molto più lontani dalla città di Galkayo.

Midas guardò Mustang: gli stava indicando che sarebbe andato con Aleck verso destra. Midas annuì e indicò prima verso sinistra e poi Pid. Mustang fece un cenno a Jag e Slate e fece dei cerchi in aria con le dita.

Era il comando di sparpagliarsi e circondare il campo, come da piano concordato. Le forze speciali danesi si stavano muovendo nello stesso modo, solo in posizione leggermente più arretrata, per assicurarsi che nessuno dei rapitori riuscisse a sfuggire alla morsa dei SEAL.

Per la prima volta da tanto tempo... forse da sempre... Midas era nervoso per la missione e sapeva anche il perché: aveva un legame personale con uno degli ostaggi.

Era anche curioso di rivedere Lexie, dopo aver letto ciò che diceva il rapporto su di lei: lavorava per Food For All da quattordici anni, aveva viaggiato in tutto il mondo, vivendo in una decina di paesi diversi... eppure nei video aveva ancora un aspetto piuttosto innocente. Ciò che doveva aver visto in alcune delle parti più povere del pianeta evidentemente non l'aveva demoralizzata o indurita. Non le era capitato ciò che era capitato a lui, per le sue esperienze.

Era ridicolo pensare che Lexie fosse rimasta la stessa ragazza conosciuta alle scuole superiori, eppure, guardando la foto nel rapporto e vedendola nei video registrati dai rapitori, Midas aveva la sensazione che non fosse cambiata molto. Il pensiero che potesse farsi del male o addirittura che potesse venire uccisa nei venti minuti a seguire era orripilante.

Midas si chiedeva anche se si sarebbe ricordata di lui.

Gli sembrava improbabile.

Di solito le missioni avevano come obiettivo dei perfetti estranei: erano solo nomi su un foglio di carta, uomini o donne sfortunati che erano rimasti imbrigliati in situazioni di pericolo, spesso senza avere alcuna colpa. Per lui, conoscere personalmente la vittima di un rapimento era un'esperienza nuova: era ben addestrato a rimanere concentrato sulla missione e su ciò che doveva fare nell'immediato, lasciando fuori tutto il resto. Eppure non riusciva a smettere di pensare alla Lexie che aveva conosciuto tanti anni prima.

Lexie arrossiva timidamente quando lui le faceva dei complimenti per le belle idee che le venivano, per il progetto che seguivano insieme.

Arricciava spesso il naso, quando era molto concentrata.

Una mattina si era fermata nel salone per aiutare un ragazzo a raccogliere la roba che gli era caduta per terra.

Lexie aveva anche pagato il pranzo di una ragazza che non aveva abbastanza soldi, salvo poi dover rinunciare al panino che voleva mangiare, perché aveva esaurito i contanti.

Il fatto che Lexie lavorasse per un'organizzazione internazionale non governativa dimostrava che la ragazza gentile che aveva conosciuto era diventata una donna profondamente altruista. Midas voleva fare in modo che una persona così sopravvivesse a quella brutta esperienza.

Con ancor più risolutezza, riportò l'attenzione su ciò che stava facendo. Lexie e Dagmar avevano sofferto abbastanza: era ora di tirarli fuori dal deserto per portarli al sicuro.

———

Elizabeth Lexie Greene era sdraiata schiena a terra sotto a quello che considerava il "suo" albero, fissava le stelle nel cielo. Erano meravigliosamente brillanti, anche perché nei dintorni non c'era alcun inquinamento luminoso. Nelle nottate come quella, senza la luna piena, il deserto era nero come la pece. I rapitori avevano lanterne e torce, ma ormai l'ora era tarda e quasi tutti gli uomini di guardia si erano già addormentati.

Vicino alle due macchine presenti nel campo c'era un fuoco, ma ormai si era quasi esaurito. Dagmar russava leggermente, a pochi metri di distanza, Lexie si girò per guardare in quella direzione: vedeva a malapena il contorno del suo corpo sdraiato a terra, ma si sentì rassicurata perché almeno lo sentiva respirare.

Le era capitato più di una volta di pensare che Dagmar stesse per morire; a un certo punto aveva avuto un ictus, Lexie ne era sicura: l'aveva sentito biascicare le parole e aveva notato che era più debole di prima sul lato sinistro. Non l'aveva conosciuto molto bene, prima del rapimento. Lei era arrivata a Galkayo quasi sei mesi prima che arrivasse Dagmar per fare una revisione dei procedimenti e per assicurarsi che tutti lavorassero secondo gli standard di Food For All.

Lei era ormai abituata alle ispezioni; dopo anni di attività per l'organizzazione, Lexie sapeva bene che la dirigenza inviava regolarmente degli ispettori per controllare le varie operazioni nel mondo. Dagmar era arrivato appena da una settimana quando erano stati prelevati dalla strada, mentre andavano a fare un'ispezione a uno dei giardini dell'organizzazione, in un quartiere vicino.

Era stata l'esperienza più spaventosa che Lexie avesse mai vissuto; un attimo prima stava raccontando con entusiasmo a Dagmar tutto ciò che si faceva per aiutare gli abitanti del posto, specialmente quanto funzionava bene il giardino, l'attimo dopo era stata gettata nel retro di una macchina con la canna di un fucile puntata in faccia.

Le prime settimane erano state le peggiori: aveva cercato di abituarsi a vivere in pieno deserto, aveva provato a non dire o fare nulla che facesse arrabbiare i rapitori, per non farsi picchiare, ma soprattutto aveva sperato in un pronto rilascio.

Ma dopo aver sentito quanto chiedevano i rapitori per il riscatto, Lexie stava cominciando lentamente a rassegnarsi: era sempre più improbabile uscire viva dal deserto. Dagmar forse avrebbe potuto convincere i rapitori a lasciarlo andare: lui era ricco, aveva un sacco di soldi e il suo fratello gemello stava facendo di tutto per farlo liberare.

Me Lexie? Lei era sacrificabile, una delle migliaia di operatrici di Food For All; non aveva nessuno di cui parlare, nessuno avrebbe mai pagato cinque milioni di dollari per liberarla: assolutamente impossibile.

Il fratello di Dagmar aveva raccolto in pochi giorni i soldi del riscatto originale, stupendola, ma i rapitori, invece di liberarli, erano diventati più avidi e avevano cambiato le condizioni per il rilascio, chiedendo cinque milioni per *ciascuno* di loro e dichiarando che non avrebbero liberato nessuno se non dopo aver ricevuto l'intera somma di dieci milioni. Data la rapidità con cui erano stati trovati cinque milioni, ovviamente si erano convinti che sarebbe stato facile trovarne altri cinque.

Invece si sbagliavano.

Lexie si sentiva estremamente in colpa, perché lei e Dag erano ancora prigionieri nel deserto nonostante il fratello di Dag avesse trovato i soldi per pagare il riscatto originale. Poi c'erano le condizioni di salute di Dagmar, che aveva bisogno di cure mediche, forse doveva andare in ospedale. Invece erano sdraiati su un terreno duro e sabbioso, riparati solo da un albero rinsecchito, pregavano che succedesse qualcosa e che finalmente i rapitori li liberassero.

Un rumore da lontano catturò l'attenzione di Lexie.

Normalmente i rumori strani non l'avrebbero incuriosita, ma ormai aveva passato nel deserto abbastanza tempo da distinguere i rumori soliti da quelli insoliti. Così alzò la testa voltandosi verso il punto da cui pensava provenisse il rumore, ma non riuscì a vedere molto, c'era troppo buio.

Poi all'improvviso si scatenò l'inferno.

Le sembrò di sentire una decina di uomini sbraitare tutti insieme, dicevano di stare giù, a terra, con le mani in alto.

Lexie sentì persino qualcuno chiamare proprio *lei* per nome, qualcuno stava dicendo a lei e a Dagmar di rimanere fermi dov'erano.

"Santo Dio," sussurrò.

Era difficile rendersi conto di cosa stesse succedendo; da quando l'avevano rapita, sognava quasi ogni notte di venire liberata, ma non aveva mai pensato veramente a come sarebbe successo. Dato che Dagmar era un uomo importante nel suo paese, lei aveva sempre sperato che il governo danese inviasse qualcuno in soccorso.

Ma le voci che sentiva parlavano decisamente inglese.

"Come?" chiese Dagmar, svegliato di soprassalto da tutto il trambusto che aveva intorno.

"Stai giù!" sussurrò Lexie abbastanza forte, avvicinandosi di soppiatto al punto in cui lui stava sdraiato: "Penso che siano venuti a liberarci!" gli disse tutta entusiasta.

"Ti prego, Dio, fa' che sia vero," sussurrò Dagmar.

Negli ultimi tre mesi, Dagmar si era lasciato prendere sempre più dalla depressione; non era affatto abituato alla vita disagiata e la malattia non l'aiutava senz'altro. All'inizio era rimasto ottimista, sicuro che nel giro di qualche giorno sarebbero stati liberati. Ma col passare delle settimane il suo umore era cambiato in peggio. Lexie non poteva certo biasimarlo per essersi lasciato prendere dallo sconforto; anche lei aveva passato delle brutte giornate. Non era certo lui il colpevole, era nato ricco e non aveva mai dovuto faticare, nella vita.

I rapitori, svegliati nel bel mezzo della notte, non fecero come era stato loro ordinato: invece di alzare le mani in aria e arrendersi, cercarono subito di impugnare i fucili automatici che tenevano sempre al loro fianco, giorno e notte, mettendosi a sparare a caso nell'oscurità in tutto il campo.

Lexie gridò e si avvolse la testa con le braccia, cercando di rimpicciolirsi il più possibile. Il suono degli spari era molto potente, nel deserto altrimenti silenzioso; lei riusciva solo a pensare a quanto facesse male essere colpiti da una pallottola: avrebbe voluto rannicchiarsi a palla, ma pensò fosse meglio stendersi pancia a terra.

Nel deserto si sentiva l'eco degli spari che vibrava potente nella notte tranquilla; i rapitori urlavano tra loro cercando di capire chi stesse sparando verso di loro e da dove. Lexie sentiva il cuore battere all'impazzata, era terrorizzata e temeva che da un momento all'altro arrivasse un rapitore per usare lei o Dagmar come scudi umani, nel tentativo di sfuggire all'attacco.

Lei non distingueva in alcun modo gli spari dei cattivi da quelli dei buoni e non aveva idea se lei e Dag stessero per essere salvati, o se i rapitori stessero prevalendo nella sparatoria. Nel qual caso, non sarebbero certo stati felici di quell'imboscata... tanto da uccidere sia lei che Dag, probabilmente.

Lexie sentiva che il suo respiro era troppo rumoroso, ma non riusciva a calmarsi; tenne gli occhi spalancati a forza, mentre i colpi d'arma da fuoco lentamente svanivano. Sentì degli uomini che urlavano tra loro in inglese e pregò che fosse un buon segno.

"Lexie?" si sentì gridare.

Lexie alzò lentamente la testa; un fascio di luce molto vicino quasi l'accecò, facendola trasalire, così lei chiuse gli occhi.

"Scusa, stai bene?" chiese una voce profonda molto vicina.

Lexie alzò di nuovo la testa, ma non si mosse e non fece cenno di alzarsi; era troppo abituata a dover chiedere il permesso per qualunque cosa, tanto che non aveva nemmeno pensato di mettersi seduta o di alzarsi in piedi di sua iniziativa; eppure l'uomo che le stava parlando non urlava e non sembrava incavolato.

Lei non riuscì a intuire i tratti dell'uomo che stava in piedi vicino a lei, ma riuscì a vedere che indossava un'uniforme mimetica per il deserto; indossava anche un giubbotto con attaccati tutta una serie di aggeggi. A Lexie faceva male il collo, tanto si sforzava di guardare in alto verso di lui, ma non si sarebbe mossa senza che le venisse ordinato di farlo.

"Lexie? Sei stata colpita?"

Ecco, le aveva fatto una domanda. "No, cioè, non penso," rispose sottovoce.

"Puoi metterti seduta?" le chiese quell'uomo.

Lexie annuì, anche se in realtà non era così sicura di potersi mettere seduta. In tutta la vita, non aveva mai avuto tanta paura come negli ultimi minuti; ma lei non era tipo da rinunciare a fare qualcosa, per quanto difficile, così spostò il peso e si mise in ginocchio, sedendosi sui talloni.

"Come stanno?" chiese un altro uomo che si avvicinava a grandi falcate.

"Lex sta bene, Dagmar non lo so."

Dagmar!

Lexie si girò rapidamente verso di lui e vide che stava rotolando a fatica sulla schiena, sbattendo le palpebre rapidamente. Si massaggiava con la mano destra il petto sulla sinistra, un brutto segno.

"Merda," imprecò il secondo uomo, che poi si girò per fare un fischio. Prima che Lexie se ne rendesse conto, altri tre uomini si avvicinarono all'albero e si accovacciarono vicino a

Dagmar; li sentì parlare a Dag in danese... ma lui non rispondeva.

"Dai, Lex, andiamocene via," disse l'uomo che l'aveva avvicinata per primo, abbassandosi e mettendole una mano sotto il gomito. Lei si lasciò aiutare per alzarsi in piedi e camminò appoggiandosi a lui per allontanarsi dal punto in cui fino a poco prima stava osservando pacifica le stelle.

"Ti senti bene davvero?" le chiese quell'uomo.

Lexie alzò lo sguardo... e si rese conto per la prima volta di quant'era alto. Lei non si era mai sentita tanto bassa; era un metro e settanta, una donna di altezza media, ma quel tipo svettava su di lei. "Sei molto alto," gli disse, arricciando subito il naso per quella frase così futile.

Invece il soldato ridacchiò appena: "Sì, vero, uno e novantatré. l'altezza è una rottura di scatole, quando cerchi di sorprendere qualcuno: è difficile per me confondermi tra gli altri."

Lexie avrebbe voluto vederci meglio; quell'uomo aveva un che di... familiare. Ma era pazzesco: erano nel bel mezzo del deserto, in Africa, era impossibile che quel tipo fosse uno che la conosceva. Così gli disse: "Non saprei, nessuno al campo ha visto arrivare te e i tuoi amici finché non avete cominciato a sbraitare."

"Vero. Comunque mi fa piacere ritrovarti."

Lexie si accigliò: "Scusa, ma ci conosciamo?"

"No, scusa tu... sì, ci siamo conosciuti tempo fa: sono Pierce Cagle. Siamo stati alle superiori insieme, all'ultimo anno."

Lexie sbatté le palpebre, era sbalordita: alla faccia del tuffo nel passato.

Certo, c'era buio ed erano nel deserto, ma lei pensò che non l'avrebbe riconosciuto comunque. Non erano nel salone delle vecchie scuole superiori: lui era forse l'ultima persona che si aspettava di rivedere. Specialmente dall'altra parte del mondo.

"Midas! L'elicottero arriva tra cinque minuti!" urlò uno degli altri.

L'uomo davanti a lei rispose al compagno con un'alzata di mento, poi tornò a guardare lei.

"Ti fai ancora chiamare così?" gli chiese. Tra tutte le domande che poteva fargli in quel momento, quella le uscì di getto: si ricordava che da ragazzi lo chiamavano tutti Midas per via delle medaglie d'oro che aveva vinto con la squadra di nuoto.

Lui si mise a ridere, sembrava quasi imbarazzato: "Eh sì, mia mamma ha pensato bene di divertirsi mandando un pacchetto in caserma scrivendo di fianco all'indirizzo anche il soprannome. Da allora mi è rimasto."

"Peccato che da queste parti non c'è dell'acqua, se no potevi far vedere quanto sei bravo a nuotare." Lexie si pentì subito di quella battutina futile: che scema, era sempre stata così.

Con sua grande meraviglia, invece, Midas accennò un sorriso: "Di acqua ne ho più che abbastanza alle Hawaii, dove c'è la mia base."

"Sei di stanza alle Hawaii? Davvero? Avrei sempre voluto vivere alle Hawaii," commentò Lexie.

Midas la sostenne di nuovo sotto al gomito e la fece spostare per lasciar passare altri tre uomini che trasportavano Dagmar.

"Posso camminare," si lamentava debolmente.

Qualcuno rispose con accento danese: "Sissignore, ma perché camminare se la portiamo noi senza difficoltà?"

"Dove andiamo?" chiese Dagmar.

Rispose uno degli altri soldati: "La scelta migliore sarebbe andare subito sulla nave che ci aspetta, al largo delle coste della Somalia, ma suo fratello ha assunto un medico e l'ha fatto arrivare in volo a Galkayo già un mese fa, nell'attesa che la liberassero. Suo fratello ha preteso che la portassimo all'ospedale subito dopo la liberazione, per fare dei controlli. Specialmente dopo aver saputo che non si sentiva bene."

"Perfetto, sì, sarà meglio," rispose Dagmar, "voglio vedere il mio medico, non un estraneo che non conosce la mia storia. Di sicuro Magnus ha capito quando ho cominciato a stare meno bene... siamo gemelli, c'è un legame speciale..." spiegò.

Lexie conosceva molto bene il legame speciale tra Magnus e Dagmar, che gliene aveva parlato varie volte negli ultimi mesi. Lei avrebbe preferito andare subito sulla nave, ma se fosse stata malata come Dag, se avesse avuto qualcuno abbastanza interessato a lei da inviare un medico ad attenderla dopo la liberazione, probabilmente anche lei avrebbe preferito andare prima dal medico.

"Te la senti di camminare?" le chiese Midas.

Lexie annuì: "Sì."

Lui la fissò per un lungo momento.

"Che c'è?" gli chiese.

Lui fece spallucce: "Niente, solo che sei molto... calma."

"In realtà no," ribatté lei. "Dentro mi sento incasinata forte, mi tremano le gambe, come fossero di gelatina, faccio ancora fatica a credere che sia tutto vero. Sai, ho fatto dei sogni proprio come questo. Sognavo che arrivasse qualcuno a liberarci, ma poi mi svegliavo e mi ritrovavo ancora qui, sotto l'albero, a cercare di non farmi friggere dal sole cocente."

"È tutto vero," le disse Midas.

Da lontano si sentì il ronzio delle pale di un elicottero, Lexie si voltò in quella direzione; ma c'era ancora troppo buio e non riuscì a vedere un gran che. Così si voltò verso Midas: "Sono tutti morti?"

Lui non fece finta di non capire di cosa stesse parlando: "Sì. Speravamo di catturarne almeno uno per interrogarlo, ma non c'è stato niente da fare."

Lexie deglutì a fatica. All'inizio, quando lei e Dag erano stati rapiti, aveva cercato di *non* odiare i rapitori. Ricordava di averne sentito uno che parlava della sua famiglia... parlava della figlia appena nata. Un altro era l'unico che si prendeva cura dei genitori anziani. Anche i rapitori erano esseri umani e molto spesso il comportamento delle persone era guidato anche dalle circostanze: povertà, fame, disperazione, tutte condizioni molto comuni nei luoghi che aveva visitato negli anni.

Ma col passare del tempo, specialmente dopo che l'importo del riscatto era stato raddoppiato, aveva trovato più difficile provare anche solo un minimo di solidarietà nei confronti di quegli uomini. Disperati o meno, nessuno dava loro il diritto di tenere lei e Dag prigionieri, terrorizzandoli per mesi.

"Ti dà fastidio, non è vero?" le chiese Midas.

Lexie fece spallucce e si lasciò accompagnare via dal fazzoletto sabbioso che aveva chiamato casa negli ultimi mesi, via dal deserto: "Non erano proprio gentili, ma non mi hanno picchiata, non mi hanno violentata."

"Ti hanno solo tenuta prigioniera contro la tua volontà, ti hanno svilita, facendoti sentire inutile."

Lexie inciampò, ma Midas intervenne subito per sostenerla. "Tu come fai a saperlo?" gli chiese sottovoce.

"Conosco quei tipi," le rispose lui sarcasticamente. "Dopo aver ottenuto i primi cinque milioni, potevano anche lasciarvi andare. Invece sono diventati avidi. Probabilmente ti hanno detto che era colpa *tua* se non eravate ancora liberi. Che se tu avessi avuto un lavoro migliore, se tu fossi stata più importante, gli altri cinque milioni sarebbero già stati pagati. Hanno fatto anche in modo che sembrasse colpa tua se *loro* erano degli stronzi avidi che volevano più denaro."

Mentre camminava verso il punto in cui immaginava

l'elicottero stesse per atterrare, per farli salire, Lexie abbassò lo sguardo per evitare che la sabbia le entrasse negli occhi.

Midas non aveva tutti i torti: lei era stata presa dall'entusiasmo quando il riscatto era stato racimolato così alla svelta, era convinta che il rilascio fosse imminente. Quando i rapitori avevano detto che il prezzo per la liberazione era aumentato, Dagmar era diventato *furioso*, aveva perso per la prima volta il controllo e si era scatenato, pretendendo che almeno liberassero *lui*, che aveva famiglia e che aveva pronti cinque milioni da pagare.

I rapitori gli avevano riso in faccia.

Lexie c'era rimasta *malissimo*. Del resto aveva ragione: lei era il motivo per cui Dagmar era rimasto prigioniero nel deserto.

"Smettila," le disse Midas.

"Smettila di fare cosa?"

"Smettila di arrovellarti con quei pensieri. Non importa da dove sia venuto il denaro o quanto ne sia stato raccolto: *qualunque* cosa i rapitori avessero ottenuto, non avrebbero fatto altro che pretendere di più."

Lexie immaginò che fosse proprio vero, ma si sentiva comunque in colpa.

"Quando arriva l'elicottero, chiudi gli occhi così non ti entra la sabbia," le ordinò Midas.

"Come faccio a salire se non posso guardare?" gli chiese Lexie.

"Ti aiuto io."

Quelle tre semplici parole evocarono in lei un desiderio immediato e intenso... e sorprendente.

Lexie aveva sempre avuto un carattere solitario, era felicissima di cambiare continuamente posto, paese, sempre per conto suo. Non aveva famiglia, nessuna amicizia particolare. Da anni non aveva nemmeno un rapporto serio con un uomo, le piaceva stare da sola, rimanere single, così poteva viaggiare il mondo.

Ma dopo la brutta esperienza degli ultimi tre mesi, Lexie aveva capito fino in fondo *quanto* era sola al mondo. Suo padre non era stato un gran buon padre e ormai non era più al mondo. Quando lei era piccola, continuavano a traslocare, quindi non riusciva a crearsi delle vere amicizie. Non era andata all'università, le persone che incontrava lavorando per Food For All erano brave persone, ma viaggiavano sempre come lei, per aiutare gli altri. A lei andava bene così.

Così, negli anni, si era dimenticata la sensazione di appoggiarsi a qualcuno.

Forse non aveva *mai* provato quella sensazione.

Ma le tre parole che Midas le aveva detto le fecero desiderare di provarla.

"Lex?" Midas la chiamò.

"Ah sì, scusami, ti ho sentito," gli rispose subito, impegnandosi per allontanare ogni malinconia. Doveva solo andare a farsi una doccia (magari bere una decina di bicchieroni d'acqua fresca) per tornare a sentirsi se stessa. "Ma se inciampo nella sabbia, poi mi senti."

Midas ridacchiò: "Mi sembra di ricordare che sei una persona molto equilibrata, ti sei mai arrabbiata veramente con qualcuno, nella vita?"

Lexie fu di nuovo meravigliata: lui si ricordava ancora qualcosa di lei. l'aveva impressionata alle scuole superiori, quando lui era molto popolare, ma non se ne vantava e non faceva lo stronzo, non guardava mai gli altri dall'alto al basso e se qualcuno veniva preso in giro dai bulli lui prendeva sempre le difese dei più deboli. Era un ragazzo cordiale... tanto che era quasi riuscito a nascondere la delusione, quando l'avevano messo insieme a lei per quel progetto.

Lexie si scrollò di dosso quei pensieri. "Arrabbiarsi non serve a niente."

"Vero."

Un attimo prima erano in piedi nel deserto buio e parlavano di nulla in particolare, l'attimo dopo sembravano chiusi in un tunnel del vento, davvero sbalorditivo. l'elicottero arrivò dal nulla, le pale rotanti facevano volare sabbia in tutte le direzioni.

Lexie chiuse subito gli occhi per proteggersi da quella bufera e non riuscì a trattenersi: si appoggiò a Midas. Sentì che lui le metteva un braccio dietro la schiena e gli si avvicinò il più possibile, cercando di proteggersi dai granelli di sabbia che la colpivano da ogni parte. Non aveva idea di come facesse lui a guardarsi attorno, ma lo sentì muoversi e non esitò a trascinarsi al suo fianco.

"Tira su la mano," le disse forte Midas nell'orecchio dopo circa un minuto.

Tenendo gli occhi ben chiusi, Lexie fece come le aveva ordinato. Sentì subito che qualcun altro le prendeva la mano. Prima di regolare la presa, le sembrò di spiccare il volo... poi la sabbia non la colpì più.

Allora aprì gli occhi di colpo e si ritrovò dentro l'elicottero, mentre Midas stava salendo a bordo dietro di lei.

Un uomo, vestito esattamente come Midas, le indicò il lato opposto dell'elicottero, così Lexie andò subito da quella parte. Si mise seduta e vide che Dagmar veniva fatto salire a bordo, seguito da un'altra decina di soldati.

Qualcuno le passò delle cuffie, che lei si infilò in testa, sospirando sollevata per l'improvviso silenzio.

Midas venne a sedersi vicino a lei e si regolò il microfono vicino alle labbra: "Riesci a sentirmi?"

Lexie annuì.

Al che lui le sorrise: "Ottimo."

Lei voleva chiedergli dove stavano andando e cosa stava succedendo, ma si sentì all'improvviso incredibilmente esausta. L'adrenalina che le si era sprigionata nel corpo quando era cominciata la sparatoria ora stava svanendo e faceva sempre più fatica a tenere gli occhi aperti.

Quando Midas le mise un braccio intorno alle spalle tirandola più vicina, lei ci andò volentieri; gli appoggiò la testa su una spalla e sospirò. Poi sentì i soldati che si parlavano tra loro nelle cuffie: erano preoccupati per le condizioni di salute di Dagmar e discutevano sulla fermata che dovevano fare a Galkayo.

Ma Lexie ascoltò solo distrattamente: quando lo sportello si chiuse e si sentì l'enorme elicottero che si sollevava da terra, le sembrò di spegnersi completamente, anima e corpo.

Era al sicuro, i rapitori erano morti, null'altro importava.

———

Abshir Farah scrutava dal suo nascondiglio a un chilometro di distanza, colmo di frustrazione, quando i due elicotteri si sollevarono nel cielo notturno. Aveva lasciato il campo per andare a caccia proprio al momento giusto. Sapeva senza ombra di dubbio che i suoi amici e compagni di avventure erano morti. Aveva udito gli spari ed era accorso per aiutare, ma quando era arrivato vicino al campo si era accorto che i soldati avevano ucciso tutti.

Avevano atteso troppo a lungo per liberarsi dei prigionieri: avrebbero dovuto prendere i cinque milioni di dollari e rilasciare gli ostaggi. Invece gli altri avevano insistito che potevano ottenere di più.

Abshir era pieno di rabbia. Aveva *bisogno* di quel denaro. La sua famiglia era alla fame e viveva nella sporcizia. Lui contava su quel guadagno per togliere la famiglia dalla baraccopoli e portarla in un'abitazione più adatta. Sua moglie era incinta del sesto figlio e non c'era modo di riuscire a mantenere una persona in più senza quel denaro.

Ma forse c'era ancora una possibilità per riprendersi i prigionieri...

Gli elicotteri erano diretti a Galkayo. Con un po' di fortuna tutto sarebbe tornato come prima... e lui era chiaramente un uomo fortunato, dato che era ancora vivo e non steso a terra esanime, come i suoi amici.

Girava voce che la famiglia dell'ostaggio danese avesse fatto arrivare in volo il medico di fiducia. In città c'era solo un ospedale; se avessero portato gli ostaggi in quell'ospedale, forse Abshir poteva riprenderselo, insieme ad alcuni altri. Ma solo per accettare i cinque milioni di dollari.

Valeva la pena di tentare.

Il tempo non giocava in suo favore e Abshir lo sapeva. Doveva raggiungere il campo e scoprire se almeno un veicolo funzionava ancora. Non aveva idea se i soldati avessero o meno messo fuori servizio anche le macchine. Potendo, sarebbe tornato in città per raccontare agli altri cos'era successo. I suoi amici avrebbero voluto vendicare i morti, inoltre ai parenti dei compagni uccisi non avrebbe fatto piacere sapere che degli stranieri si erano intromessi furtivamente, uccidendo i loro cari.

Sì, con un po' di fortuna si potevano riacciuffare sia il danese che la donna; bisognava solo gestire le richieste in modo più astuto, scegliere un posto più sicuro per nascondersi; magari picchiando un poco la donna prigioniera il governo americano si sarebbe convinto a racimolare un po' di soldi per liberarla, oltre ai cinque milioni per l'uomo.

C'era una seconda possibilità per portare a termine l'operazione, ma Abshir doveva muoversi alla svelta e spargere subito la voce su quanto era successo.

Nel profondo, sapeva che ciò che faceva era sbagliato, ma nel suo mondo ognuno pensava solo al proprio interesse: Abshir aveva bisogno di soldi per sfamare la famiglia, senza quei cinque milioni era fottuto.

CAPITOLO DUE

Midas non era contento: la sua squadra era convinta di volare direttamente su una nave della marina degli Stati Uniti presente nelle acque del golfo, invece a inizio missione si era saputo che la squadra delle forze speciali danesi aveva ordini diversi: andare a Galkayo per portare Dagmar all'ospedale.

Sembrava che Magnus Brander avesse abbastanza soldi per convincere il governo a cedere alle sue richieste: il fratello doveva tornare nella città in cui era stato rapito per farsi visitare dal medico di fiducia. Solo allora sarebbe stato possibile portare in volo Dagmar da qualche altra parte... ovviamente con medico al traino.

Sull'elicottero, la squadra discusse brevemente di portare Lexie sulla nave USA e lasciare Dagmar nelle mani dei suoi connazionali, ma Lexie si era agitata per la prima volta visibilmente, sentendo quel piano. Alla luce di tutto ciò che aveva passato e delle preoccupazioni per il suo stato di salute anche mentale, oltre che per la sua salute fisica, Mustang aveva deciso di continuare con il piano già modificato: sarebbero andati tutti all'ospedale, insieme ai soldati danesi e a Dagmar.

Il medico di Dagmar avrebbe avuto il tempo per una

breve visita, mentre Lexie poteva essere visitata da un medico; infine se ne sarebbero andati fuori dalle scatole. Per Lexie sarebbe stato comunque difficile salutare l'uomo con cui aveva condiviso la prigionia per alcuni mesi, ma sperava di avere il tempo di abituarcisi, di rendersi conto che almeno erano al sicuro, per poi calmarsi e partire più volentieri.

La situazione non era certo ideale, ma i SEAL erano abituati a questi cambi di programma dell'ultimo minuto. Poi Dagmar aveva *davvero* bisogno di assistenza medica immediata.

La decisione era stata presa; nel frattempo Lexie si era mezza addormentata appoggiata alla spalla di Midas e per quanto gli altri parlassero forte nei microfoni, il rumore proveniente dalle cuffie non la disturbava affatto.

Midas era stupito, Lexie non era per nulla cambiata dalle scuole superiori. Beh, non proprio: era ovviamente maturata, ma aveva gli stessi capelli castani ricci che sembravano sempre andare dove volevano. Persino dopo mesi di prigionia nel deserto le ciocche ricce sembravano avere vita autonoma, avvolgendo alcuni degli accessori integrati nel giubbotto militare. Lexie aveva usato una cordicella, probabilmente l'aveva trovata nel deserto, per tenere a posto i capelli, che le arrivavano ormai alle spalle, ma non era riuscita comunque a domarli del tutto.

Midas ricordava di essersi sentito affascinato da quei capelli, quando andavano alle superiori e lavoravano insieme al progetto di inglese. Lexie si spostava continuamente dietro le orecchie i capelli, che però le ricadevano inevitabilmente in avanti, dandole sempre fastidio. A quel tempo, i capelli le profumavano sempre di pesca e lui non aveva mai capito se fosse per lo shampoo o per il balsamo o per che altro motivo, ma l'aveva associata al profumo dolce della pesca per mesi, anche dopo averla persa di vista. Ovviamente il profumo di pesca non c'era più, ma il suo cervello recuperava comunque quel ricordo.

Gli occhi di Lexie erano color nocciola, proprio come lui li ricordava. Inspiegabilmente, quegli occhi erano riusciti a vedere al di là del suo comportamento strambo da ragazzo: un giorno lui era indispettito per qualcosa (non si ricordava il motivo) e quando lei gli aveva chiesto come stava lui le aveva mentito dicendole che stava bene. Lei lo aveva scrutato con attenzione in silenzio e aveva insistito per convincerlo a fidarsi.

Midas pensò che, a parte i propri genitori, Lexie forse era stata *l'unica* persona che in gioventù si era presa la briga di andare oltre l'immagine di atleta sempre allegro che lui cercava di proiettare costantemente.

Lexie era una spanna più bassa di lui; anche se Midas odiava ammetterlo, non gli era sfuggito il modo in cui lei si era arrotondata, dalle superiori: anche dopo la prigionia nel deserto per alcuni mesi, aveva comunque tutte le curve al posto giusto e lui non riusciva a toglierle gli occhi di dosso, le aveva persino fissato il sedere, mentre saliva sull'elicottero. L'aveva squadrata con occhio indiscreto nel bel mezzo di una missione e per questo si sentiva un vero stupido, ma era anche un segno di grande apprezzamento.

Tuttavia, più che dall'aspetto esteriore o dai capelli, Midas era impressionato dall'atteggiamento di Lexie: negli anni, Midas aveva riscontrato reazioni di ogni tipo nelle persone che salvava. Alcuni erano spaventati a morte, altri diventavano isterici e non riuscivano a darsi una calmata, poi c'erano gli ostaggi incazzati per non essere stati salvati prima. Invece Lexie rientrava in una categoria tutta sua: era rimasta calma, anche se ovviamente era spaventata, ma non abbastanza da rimanere paralizzata dal terrore. Si era preoccupata per Dagmar ed era stata abbastanza intelligente e sveglia da lasciare che i SEAL facessero ciò che dovevano, il loro mestiere.

Midas era quanto meno intrigato: Lexie Greene era cresciuta e sembrava una donna meravigliosa.

Quando Lexie si mosse contro di lui, Midas la strinse con più forza, mentre l'elicottero cominciava a rallentare. L'atterraggio era previsto appena fuori dalla città. Aleck e Pid, insieme a due soldati danesi, avrebbero pensato a recuperare i mezzi di trasporto necessari, mentre gli altri rimanevano nell'elicottero insieme agli ostaggi liberati.

Non era una situazione ideale, per così dire. Il sole stava per sorgere, quindi i residenti si sarebbero presto svegliati. Quella regione non era apertamente ostile nei confronti dei soldati occidentali, ma era meglio comunque non tentare troppo la fortuna, ecco da dove nasceva la riluttanza a tornare in quella città.

"Il mio medico è stato avvertito che sto arrivando?" domandò Dagmar mentre l'elicottero si abbassava fin quasi a toccar terra.

Midas si accigliò leggermente: quel tipo era rimasto attivo per tutta la durata del volo, aveva raccontato tutte le difficoltà superate nel deserto. Mai una sola volta aveva chiesto di Lexie, o si era interessato di sapere se qualcuno si fosse fatto del male, durante la missione di estrazione.

Midas non era rimasto molto colpito da Dagmar, per il momento, malato o non malato.

"Lo avvisiamo appena dopo l'atterraggio," lo rassicurò Slate tagliando corto.

Midas ebbe l'impressione che anche i suoi compagni di squadra la pensassero come lui su quel tipo.

"Sta bene?" chiese Jag indicando con la testa Lexie, che aveva la testa appoggiata a peso morto sulla spalla di Midas, il che peraltro non gli dispiaceva affatto: Midas si chiese quando fosse stata l'ultima volta che Lexie si faceva una bella dormita per una notte intera, probabilmente ben prima di essere rapita.

Midas annuì, non voleva dire molto nel microfono, perché tutti avrebbero ascoltato dalle cuffie.

Quando l'elicottero sobbalzò sul terreno, atterrando, Lexie si scosse, alzò la testa e si guardò intorno confusa. Midas l'aiutò a togliersi le cuffie dopo essersele tolte lui stesso, mentre anche gli altri se le toglievano.

Poi la guardò, mentre le tornava in mente dov'era e cos'era successo. Lexie si voltò e lo guardò negli occhi, poi arricciò il naso e si scusò: "Mi dispiace, mi sono addormentata sulla tua spalla." La sua voce era bassa e roca.

Una ciocca dei suoi capelli si era impigliata nella retina del giubbotto di Midas, che allungò una mano per liberarla proprio quando Lexie faceva altrettanto. Le loro dita si sfiorarono... e Midas sentì il braccio pervaso come da una scarica elettrica.

Lei chiaramente ebbe una sensazione simile e spalancò gli occhi, abbassando subito la mano e dicendogli di nuovo: "Mi dispiace."

"Non c'è niente di cui dispiacersi," le rispose Midas. "Mi sembra di ricordare che anche a scuola i tuoi capelli andavano un po' dove volevano."

Lexie si fece sfuggire una risata: "Ho pensato seriamente di tagliarmi i capelli a zero, un paio di volte: sono sempre una rottura."

Midas la guardò inorridito.

Vedendolo reagire così, Lexie alzò gli occhi al cielo: "Sono solo capelli, poi ricrescono. Tra l'altro, adesso sono proprio brutti. Se avessi potuto, me li sarei tagliati anche nel deserto."

Midas capiva che tagliandosi i capelli Lexie si sarebbe probabilmente sentita meglio, fisicamente, magari anche mentalmente, ma si sentiva comunque sollevato che non se li fosse tagliati, non sapeva che farci.

"Fate attenzione!" Aleck avvertì tutti, mentre saltava con Pid fuori dall'elicottero: "Non siamo riusciti a provare la febbre alla città. Torniamo il prima possibile."

"Provare la febbre?" domandò Lexie guardando Midas.

"Vuol dire farsi un'idea di come la pensano gli abitanti sugli occidentali," le spiegò Jag.

Lexie si voltò verso di lui e annuì: "Penso che sia un po' come in tanti altri posti: ci sono anche quelli che odiano tutto ciò che è occidentale o americano, ma la maggioranza è composta da persone gentili e accoglienti."

Midas sorrise, così fecero gli altri. Gli abitanti potevano essere gentili e accoglienti con lei, che cercava solo di dare aiuto a chi ne aveva bisogno senza minacciare nessuno... ma l'atteggiamento nei confronti dei soldati era sempre un po' diverso.

"Speriamo che sia così," borbottò Mustang.

"Non ti fidi di me," replicò Lexie, mettendosi meglio a sedere.

"Non è che non ci fidiamo di te," le disse Mustang. "Ma è anche vero che sei stata *rapita* in questa città. Tu hai un modo di vedere più roseo e ti risulta difficile individuare le persone che non hanno piacere di avere degli occidentali nella loro città."

"Ma non sono mica scema," rispose Lexie con un tono di voce controllato, pur trasmettendo la sua irritazione. "Gli stronzi ci sono dappertutto. Basta guardare il telegiornale per rendersene conto. Anche in America la gente si ammazza per le strade, i bambini vengono maltrattati, ci sono rapimenti e richieste di riscatti. La Somalia, anzi, l'Africa in generale non è affatto più pericolosa di una passeggiata per strada in uno dei quartieri in cui sono cresciuta."

Midas non poté far altro che dirsi d'accordo: Lexie aveva dato una spiegazione logica, proprio una spiegazione convincente.

Mustang annuì: "Giusto."

Ma Lexie ribadì: "Dico davvero, qui ho incontrato alcune persone estremamente generose, famiglie che non hanno nulla ma che si offrono comunque di condividere anche l'ultimo cucchiaio di fagioli che hanno in dispensa. Sono persone orgogliose, penso vogliano solo essere trattate con rispetto, vivere una vita dignitosa. Non cercano un'esistenza stravagante, ma una vita in cui non debbano preoccuparsi costantemente di cosa mangiare o di dove procurarsi il prossimo pasto."

Nei ricordi di Midas, Lexie era una persona sempre un po' remissiva, sempre tranquilla, non parlava mai tanto. Ascoltarla mentre difendeva le persone che aveva conosciuto a Galkayo gliela fece vedere con una luce diversa. Era chiaramente una persona appassionata, che difendeva ciò in cui credeva. Aveva senz'altro trovato qualcosa che amava fare e lo dimostrava.

Gli ricordava la figura di un'orsa che difendeva i cuccioli: davvero impressionante.

"Calma, non volevo certo offendere te o il popolo somalo," rispose Mustang con un sorriso.

Midas sentì che Lexie rilassava i muscoli e la vide arricciare di nuovo il naso in modo adorabile mentre diceva: "Scusami, sono molto protettiva nei confronti delle persone con cui lavoro. Solo perché qualcuno non ha molti soldi non significa che valga di meno o che sia una minaccia."

"Noi siamo addestrati per considerare tutti una minaccia," commentò Jag.

Lexie si voltò verso di lui e gli rispose tranquillamente: "Però è triste."

Midas pensò che fosse vero, ma era il loro modo per rimanere vivi, quindi non se ne curò più di tanto; sapeva di essere un uomo impassibile, che non si fidava facilmente degli altri, unica eccezione gli altri uomini della squadra; tendeva a vedere problemi dietro ogni angolo. Invece Lexie era esattamente l'opposto: partiva fidandosi, probabilmente scopriva nel modo peggiore quando qualcuno non era sincero come le sembrava.

Gli faceva venire voglia di proteggerla da tutti gli stronzi del mondo.

Un pensiero ridicolo, in fondo lei era solo l'obiettivo di una missione, niente di più.

Certo, la cosa aveva funzionato per Mustang ed Elodie (era la donna di cui il suo compagno di squadra si era innamorato in una missione precedente), ma quello era stato solo un colpo di fortuna, una coincidenza; un miracolo. Dopo l'incontro di Dagmar con il medico, si sarebbero trasferiti tutti al sicuro su una nave della marina e Midas non avrebbe mai più visto Lexie. Si sentiva intrigato da lei, ma nel giro di qualche ora Lexie sarebbe tornata a essere solo un ricordo.

L'attesa del ritorno di Aleck, Pid e dei Cacciatori danesi sembrò durare un'eternità; quando tornarono, il sole era già alto nel cielo e la temperatura si era così alzata che l'interno dell'elicottero stava diventando quasi invivibile.

Finalmente Lexie stava cominciando ad assimilare il fatto che l'avessero liberata; non sembrava più così sotto shock come prima, il panico che l'aveva assalita quando le avevano detto che sarebbe stata separata da Dag sembrava essersi dissipato. Ma era chiaro che Dagmar non stava bene, Lexie continuava a guardarlo con espressione preoccupata.

Il rombo dei motori di due camionette in arrivo fu un'ottima notizia, Midas aiutò gli altri a preparare Dagmar per il trasporto. Lexie rimase in disparte, non voleva essere tra i piedi, si limitò a dare il suo contributo come e quando poteva.

Una volta sistemato Dagmar nel retro di una camionetta, Midas fece per raggiungere Lexie.

Lei gli venne subito incontro.

"Siediti lì," le disse indicando un posto libero nel retro nella camionetta, lontano dallo sportello.

Senza lamentarsi, Lexie saltò su e si accomodò sui sedili a panca, spostandosi fino a raggiungere l'angolo interno. Midas annuì soddisfatto e si voltò verso Mustang... ma lo trovò che lo guardava con un ghigno strano.

"Che c'è?" gli chiese sottovoce, prima di seguire Lexie all'interno.

"Nulla. Notavo solo che la stai proteggendo, non è vero?"

"Non cominciare a tormentarmi," brontolò Midas.

"Come dici?" fece eco Mustang, senza nascondere una certa malizia.

Midas decise di ignorare le provocazioni degli amici e saltò sul retro della camionetta, sedendosi vicino a Lexie. Era logico che Lexie sedesse nel retro; Midas e Mustang si sarebbero seduti tra lei e lo sportello posteriore... proteggendola da chiunque volesse farle del male.

Attraversare la città dava sempre una certa tensione: nessuno di loro poteva dimenticare quanto successo a Mogadiscio. Se da un lato Galkayo non era nemmeno lontanamente grande quanto la capitale, Midas non si sarebbe mai perdonato se Lexie, appena salvata da un rapimento, fosse rimasta uccisa proprio nella città che sembrava tanto amare.

Midas tenne gli occhi ben aperti aspettandosi problemi di ogni tipo, mentre le camionette procedevano rombando verso l'ospedale. Questo era un edificio a due piani in cemento, nel centro di Galkayo. Non c'era un servizio di pronto soccorso vero e proprio, era solo un grande spazio interno che brulicava già di persone. Slate e Jag trasportarono Dagmar in barella e furono accompagnati subito dall'altra parte del salone, in una stanzetta privata.

Midas fece cenno a Lexie perché lo seguisse, ma lei scosse la testa e si incamminò verso lo sportello dell'accettazione.

"Ma cosa fai?" le chiese, raggiungendola da dietro.

"Non ho intenzione di entrare e scavalcare tutte queste persone," protestò lei.

"Lexie, tu sei stata rapita," le disse Midas esasperato. "Sei disidratata, sporca, devi farti visitare *subito*, non tra qualche ora."

Lei tirò indietro le spalle e arricciò di nuovo il naso prima di parlare: "Tutti gli altri aspettano chissà da quanto tempo. Sto bene, Midas. Sì, ho sete e ucciderei per farmi una doccia, ma non significa che le mie esigenze siano più importanti di quelle degli altri."

Midas le spiegò: "Dobbiamo partire appena Dagmar viene visitato, dopo che vi sarete salutati; dato che ci siamo, sarà meglio che ti faccia fare almeno una visita veloce prima di partire."

"Senti, sappiamo entrambi che Dagmar non sta bene. Potrebbe persino aver bisogno di un intervento. Non so se potranno operarlo qui, ma di certo non avrà finito nel giro di un'ora," insisté Lexie. "Abbiamo tutto il tempo."

Midas sospirò. Aveva ragione lei, ma non per questo a lui faceva piacere, così le chiese: "Sei sempre stata così cocciuta?"

Al che lei sorrise, tanto che il suo viso letteralmente si illuminò. "No. Sei tu a farmi diventare così, penso."

Midas ridacchiò; Lexie mentiva spudoratamente, lo sapevano entrambi. "D'accordo, mettiti pure in lista d'attesa. Ma rimarrò al tuo fianco finché non partiremo."

Lexie trasformò il sorriso in un broncio: "Perché?"

"Perché cosa?"

Lei rispose: "Io qui sono perfettamente a mio agio. Guarda queste persone: nessuno verrà qui per prendermi e trascinarmi fuori."

Midas le rispose: "Hai ragione, è vero... perché io ti starò al fianco in ogni momento, per tenerti al sicuro."

Lexie lo fissò per un lungo momento, poi finalmente annuì: "Va bene."

"Va bene," le fece eco Midas.

Al che Lexie fece aggiungere il suo nome alla lista d'attesa e spiegò all'accettazione come mai aveva bisogno di farsi visitare. Come era prevedibile, la signora all'accettazione le disse che l'attesa sarebbe stata lunga, perché prima di Lexie c'erano moltissime altre persone, ma Lexie annuì a malapena.

Poi si diresse insieme a Midas verso un angolo in cui c'erano due sedie libere e si accomodò senza lamentarsi. La donna seduta vicino a lei aveva in braccio un bambino piccolo; Lexie si voltò subito verso quel bimbo e cominciò a parlare con lui.

Midas la guardò con un misto di sorpresa e di meraviglia. Lexie era appena stata salvata da un cazzo di rapimento, eppure eccola là, seduta in una sala d'attesa affollata, giocava con un bimbo. Era la donna più genuina ed esasperante che lui avesse mai conosciuto. Invece di pretendere qualcosa da bere e da mangiare, o di insistere per farsi visitare subito, per potersi cambiare e farsi una doccia, sembrava perfettamente a suo agio, contenta di pensare prima a tutti gli altri.

L'ingenuità di Lexie era quasi preoccupante; a volte era affascinante, ma soprattutto la metteva in pericolo.

Dopo un'ora, Midas si stufò.

Lexie si stava indebolendo e lui se n'era accorto; anche se lei faceva del suo meglio per fingere di star bene. Quando Pid attraversò il salone per un giro di ronda, Midas gli fece cenno perché Lexie venisse visitata: non gli importava se così facendo passava avanti a qualcun altro in attesa.

Dopo venti minuti fu chiamato il nome di Lexie e Midas l'aiutò ad alzarsi; quando la vide barcollare, si fece serio e lei gli disse: "Sto bene, mi sono solo alzata troppo alla svelta."

Lui non si preoccupò nemmeno di rispondere. Sapevano entrambi che non era quello il motivo; ormai anche lei non ne poteva più e Midas si era stancato di far finta che stesse bene quando non era vero.

Così le tenne una mano sotto al braccio per sostenerla, mentre attraversavano insieme la sala d'attesa per raggiungere lo stesso corridoio in cui si era infilato Dagmar un po' di tempo prima. Midas non aveva notizie sullo stato di salute del danese, ma sapeva che i suoi compagni di squadra si tenevano aggiornati; in particolare, Mustang teneva d'occhio Dagmar insieme a un soldato dei Cacciatori danesi, mentre gli altri uomini di entrambe le squadre pattugliavano la zona intorno all'ospedale per evitare problemi.

Mentre un'infermiera li precedeva su per le scale, Midas sentì Lexie che si lamentava con un filo di voce; avrebbe voluto prenderla in braccio e portarla di peso, ma ebbe la sensazione che così l'avrebbe solo messa in imbarazzo. Così si limitò a spostare la presa, mettendole il braccio intorno alla vita e sostenendola come meglio poteva, mentre salivano le scale fino al secondo piano.

L'infermiera li invitò a entrare in una saletta a metà di un corridoio, facendo del suo meglio per nascondere il disgusto, che però fu espresso forte e chiaro quando disse: "Nel bagno c'è anche una doccia, se intanto si vuole lavare. Ci sono anche spazzolino e dentifricio per i pazienti."

Lexie non si sentì affatto offesa, anzi, sembrò vivacizzarsi un poco: "Oh mio Dio, posso lavarmi i denti, è fantastico! Mi farei volentieri anche una doccia! Eh, però poi non ho niente da mettermi."

L'infermiera squadrò Lexie dalla testa ai piedi e le disse: "Le porto io un camice."

"La ringrazio tantissimo."

L'infermiera se ne andò e Lexie si rivolse a Midas con il viso illuminato da un sorriso enorme: "Oh mio Dio, sono così contenta!"

Midas la vide davvero contenta; bastava pochissimo per farla felice.

L'infermiera tornò con un camice e con una flebo di soluzione salina; chiaramente sapeva già cosa aspettarsi dalla visita medica. Passò a Lexie l'indumento che le aveva portato e appoggiò sul mobiletto vicino la sacca per la flebo, dicendole: "Faccia con comodo. Ci sarà un po' da aspettare, prima che il medico arrivi." Poi si voltò e se ne andò.

Midas avrebbe voluto insistere perché il medico visitasse Lexie con una certa urgenza, ma sapeva che lei avrebbe preso male ogni lamentela; almeno erano passati dalla sala d'attesa alla stanza per le visite, era già qualcosa.

Lexie gli sorrise appena e gli indicò il bagno: "Allora vado a... sì, lo sai. Non devi per forza aspettarmi qui; di sicuro avrai qualche super impresa militare da portare a termine," gli disse facendo un gesto col braccio.

Midas ridacchiò: "Super impresa militare?"

"Sì." Lexie fece spallucce.

"Ma te l'ho detto, rimango al tuo fianco finché non saremo al sicuro sulla nave."

"Nessuno entrerà in quel bagno per portarmi via," protestò lei.

"Hai ragione, per il motivo che ti ho detto prima: ci sarò io a tenerti al sicuro."

"E va bene, ma se mi metto a cantare a squarciagola sotto la doccia, non voglio sentire commenti ironici." Poi si girò e si diresse verso il bagnetto attiguo. Midas ci aveva buttato l'occhio appena era entrato in quella stanza: la doccia non era altro che un soffione che usciva dal muro; niente cabina, nemmeno una tendina; ma immaginò che a Lexie non importasse... in fondo era sufficiente per farsi la doccia.

Mentre lei era impegnata a darsi una ripulita, Midas si aggiornò con gli altri della squadra. Aleck gli disse che i risultati dei controlli di Dagmar non erano ancora arrivati e che intorno all'ospedale tutto sembrava normale.

Sollevato, Midas si mise a camminare avanti e indietro nella stanza, cercando di sfogare un po' di nervosismo. L'operazione nel deserto era partita senza una minima sbavatura, gli ostaggi erano stati salvati e tutto andava liscio, a parte la fermata imprevista in città.

Non riusciva a capire da dove gli venisse quella strana sensazione di disagio.

Dopo una ventina di minuti, ma pur sempre una decina di minuti prima che lui si aspettasse di vederla, Lexie aprì la porta del bagno; aveva i capelli bagnati, ma i riccioli erano sempre gli stessi di quando ce li aveva asciutti. Il camice che indossava le andava un po' largo, ma stava comunque meglio da pulita, al cento per cento.

"Ne avevo proprio bisogno," ammise Lexie uscendo dal bagno.

"È sbalorditivo quanto ci si sente meglio, dopo una bella doccia calda," le rispose Midas, facendo del suo meglio per scacciare il pensiero improvviso di Lexie nuda sotto la doccia. Quelle fantasie erano sbagliatissime, completamente fuori luogo; lui era in missione, avrebbe fatto meglio a ricordarselo.

"Calda?" gli fece eco arricciando il naso.

Midas sussultò: "Fredda. eh?"

"Sì, ma francamente non importa. Non sono mai stata tanto felice di vedere del dentifricio e del sapone in tutta la vita. Per riprendere il controllo dei miei capelli avrò bisogno di uno shampoo più efficace, ma per il resto sono proprio entusiasta di quanto ho trovato."

"Dai, vieni qui, siediti," le disse Midas.

Lexie si sedette sul lettino medico al centro della stanza e sospirò sollevata.

"Sdraiati," le ordinò Midas.

Lexie era tanto stanca che nemmeno protestò: fece come le aveva ordinato e si mosse sul lettino imbottito fino a mettersi sdraiata. Anche se non c'era alcun cuscino, non sembrò affatto contrariata.

Midas si guardò intorno e sui due piedi prese una decisione che poteva anche creargli dei problemi, ma lui se ne fregò: Lexie ormai aveva aspettato fin troppo. Così rovistò nei cassetti fino a trovare tutto il necessario.

Poi aprì la confezione di una benda antisettica e si avvicinò al braccio di Lexie.

Lei ritirò il braccio, tenendoselo sulla pancia, mentre gli chiedeva: "Cosa stai facendo?"

"Ti faccio la flebo," le rispose Midas senza esitare.

Lexie protestò: "Ma... tu non sei un medico."

Midas non trattenne la risata che gli si formò in gola e le spiegò: "Sono un SEAL, forze speciali della marina, penso di poter mettere una flebo senza troppi problemi."

"Non voglio farti passare dei guai."

Midas scosse appena la testa: voleva farle la flebo, ma gli serviva il consenso di Lexie; così la guardò negli occhi dicendole: "Ti fidi di me?"

"Sì," rispose lei senza nemmeno esitare, accendendo in lui una nuova scintilla di vita.

"Lex, sei disidratata e hai bisogno di fluidi. Mentre aspettavamo, hai bevuto solo una bottiglia d'acqua, non è abbastanza. La flebo sarà veloce e in pochissimo tempo ti sentirai meglio. Speriamo che il medico di Dagmar faccia alla svelta, così potremo tornare tutti sull'elicottero e raggiungere la nave; ma finché non conosceremo le condizioni di Dagmar, non abbiamo la più pallida idea di come saranno le prossime ora. Quindi lascia che ti aiuti."

Lei si morse un labbro per un attimo, poi annuì: "Va bene."

Midas la scrutò, poi le disse in modo molto pratico: "Fai molta fatica a lasciarti aiutare."

Lei gli rispose facendo spallucce: "Preferisco aiutare, non essere aiutata. E poi ti ho lasciato fare, mentre mi salvavi dal deserto, non è vero?"

Midas rise. "È vero. Su, dai, porgimi il braccio."

Quando lei gli porse il braccio, Midas notò con la coda dell'occhio che Lexie non si voltava dall'altra parte, mentre lui si preparava a infilare l'ago nella vena.

"Non ti fa impressione?" le chiese.

"No. Ho già visto abbastanza schifezze, nella vita."

"Del tipo?" le chiese Midas, anche per farla parlare un po': non era sicuro di quanta fatica avrebbe fatto a far partire la flebo, Lexie era disidratata e poteva diventare difficile trovare una vena.

"Ragazzini con ferite aperte, in cui c'erano dei vermi. Bambini piccoli con la pancia così gonfia per la fame che sembrava avessero appena mangiato un melone intero. Donne picchiate dai mariti, messe malissimo, con gli occhi talmente gonfi da non poterli aprire. Uomini con i piedi talmente piagati da lasciare impronte di sangue e pus... eppure si ostinavano a indossare delle scarpe della misura sbagliata per percorrere chilometri e chilometri a piedi, solo per cercare lavoro e guadagnare qualcosa per la famiglia."

Lexie aveva parlato con tono piatto, privo di emozioni, ma Midas ebbe la sensazione che quello fosse solo un meccanismo di protezione.

Per fortuna Midas infilò l'ago nel braccio e trovò la vena senza alcuna difficoltà, poi agganciò la soluzione e l'appese a un supporto a fianco del letto; infine si sedette sul letto, di fianco a lei.

Lexie guardò in su, passando con gli occhi dal braccio alla sacca della flebo, poi fissò Midas negli occhi: "Wow, davvero impressionante."

"Te l'ho detto che sapevo fare una flebo," le rispose lui tutto contento.

"Infatti ci sei riuscito."

"Sei sempre così calma," le disse Midas scuotendo la testa.

Lexie fece spallucce, al che lui le mise una mano vicino al

fianco opposto e si abbassò un pochino verso di lei, che nel frattempo continuò a fissarlo negli occhi.

Allora lui le disse tranquillamente: "Devo ancora capirti per bene, ho tantissime domande da farti e non so che farci, ma voglio conoscere tutti i tuoi segreti, scoprire cosa ti passa per la testa, dietro quei begli occhi nocciola."

CAPITOLO TRE

Lexie sbatté le palpebre e continuò a fissare Midas; era meglio non fargli sapere cosa le passava per la testa in quel momento, probabilmente sarebbe impallidito. O quanto meno ci sarebbe rimasto di sasso: lei si stava chiedendo se le labbra di Midas fossero buone tanto quanto belle.

Un pensiero totalmente inadatto alla situazione, ma Lexie aveva appena superato tre mesi da incubo, era stata ostaggio dei rapitori, poteva ben permettersi qualche pensiero fuori dall'ordinario.

Pierce Cagle era sempre stato un bel ragazzo; alto, spalle larghe, slanciato, divertente, un gran bel sorriso e una personalità altrettanto positiva. Quando lo aveva conosciuto, alle scuole superiori, era un ragazzo chiaramente fuori dalla sua portata. Lei era l'ultima arrivata, quella che si metteva in fondo e che nessuno notava. Lui invece era Midas, il prodigio della piscina e di tutta la scuola. Lexie non aveva mai sentito qualcuno parlar male di lui; rimaneva persino amico delle sue ex ragazze, dopo essersi lasciato.

Quando le era stato assegnato un progetto di inglese a cui doveva lavorare con lui, Lexie si era spaventata da morire.

Alla fine, però, quelle due settimane le erano bastate per farsi venire una bella cotta. Ovviamente lei non aveva fatto alcuna mossa per farglielo capire, tanto lui non la guardava nemmeno di striscio. Ma anche dopo il diploma, dopo aver cominciato a lavorare per Food For All, lei ogni tanto aveva ripensato a lui; si era chiesta dove fosse finito e cosa facesse nella vita.

Finché non si era ripresentato così, all'improvviso.

Che stranezza: un uomo per il quale da ragazza aveva avuto una cotta che tornava nella sua vita per salvarla... confermandole così di essere meraviglioso proprio come credeva lei una quindicina di anni prima.

Oltretutto le diceva di voler conoscere *i suoi* segreti? Ma lei non ne aveva.

Lexie non si trattenne e buttò l'occhio per guardargli la mano sinistra, che lui teneva appoggiata sulla coscia. Non c'era l'anello. Del resto non significava molto: c'era da immaginarsi che, anche se fosse stato sposato, probabilmente non avrebbe indossato l'anello in missione.

"Che c'è?" le chiese Midas.

Dannazione, era proprio un osservatore. Di lui si ricordava anche quell'aspetto.

"Nulla."

Ma lui insistette, abbassandosi e avvicinandosi di più a lei: "Lex... che c'è?"

"Mi stavo solo chiedendo se sei sposato."

Midas sembrò sorpreso da quella domanda: "No, non sono sposato."

"Oh." Lexie non sapeva bene che altro dire. L'uomo seduto sul letto di fianco a lei era senz'altro cambiato *fisicamente* dalle scuole superiori: era molto più muscoloso e non era più tanto magro; non era facile capirlo, perché indossava l'uniforme e il giubbotto aveva un sacco di accessori attaccati, ma sembrava avere ancora le stesse spalle larghe di quando era ragazzo, anche se le cosce e il fondoschiena si erano riempiti un po'.

Certo, lei l'aveva notato. Come poteva non notarlo? Non era mica morta! Midas era un uomo affascinante, da impazzire.

Quando lo sentì ridere, Lexie alzò lo sguardo alla velocità di un fulmine.

Merda, gli stava fissando le gambe? O peggio, lo stava fissando *in mezzo* alle gambe?

Probabilmente stava diventando rossa come un peperone, lei lo sapeva, così fece del suo meglio per nascondere l'imbarazzo: "Va bene, allora... stavo solo... ehm... mi stavo solo chiedendo se questa deviazione poteva far preoccupare qualcuno, magari qualcuno che ti aspetta a casa."

Lexie ormai non capiva più nulla di cosa stava dicendo, ma almeno doveva tentare di spiegare perché lo stava squadrando e perché gli aveva chiesto se fosse sposato.

Midas le spiegò: "Quando andiamo in missione, non possiamo dire dove andiamo o per quanto tempo staremo via, sai, sono questioni di sicurezza nazionale."

"Mi sembra logico. Anche se penso che sarebbe brutto, per te."

"Brutto per *me*?" le chiese Midas aggrottando le sopracciglia. "Non vorrai per caso dire che sarebbe brutto per la mia inesistente moglie?"

"Beh, certo. Cioè, sarebbe una gran seccatura non sapere dove sei o cosa stai facendo, ma posso immaginare che lo stress sarebbe lo stesso anche per te. Anche tu ti chiederesti cosa fa *tua moglie*, se sta bene, se per caso il bagno è intasato o se bisogna tagliare l'erba nel prato... sai, cose di questo tipo..." la voce di Lexie andò svanendo, si sentiva sempre più stupida. "Lascia perdere, è ovvio che sto mezzo delirando."

Midas scosse la testa. Si era abbassato più vicino?

Sì, era più vicino. Santo cielo. Lexie dovette dar fondo a

tutta la sua forza di volontà per non alzare la testa e tirarlo giù, su di sé. Lei non era mai stata tanto il tipo da cercare il contatto fisico, ma l'avevano tratta in salvo, era pulita, stava molto meglio, tanto che le sembrava difficile evitare pensieri un po' pazzi.

"Mustang è sposato," le disse sottovoce.

"Davvero?"

"Sì. Ha conosciuto Elodie in missione. Pensa, è successo non troppo lontano da qui; lei lavorava su una nave mercantile che è stata assaltata dai pirati."

"Ma va là, ma dai, e adesso sta bene?!" esclamò Lexie.

"Sì, sta bene. In ogni caso, lei si è trasferita alle Hawaii e hanno cominciato a uscire insieme. Poi ci sono stati altri inghippi, ma stanno bene. Si sono sposati... e comunque hai ragione: Mustang si preoccupa *davvero* per lei. Penso che dipenda da come siamo: cerchiamo di risolvere i problemi. Conosciamo fin troppo bene il lato oscuro della vita; sapere di non poter essere con lei, se succede qualcosa, lo tormenta. Elodie è una donna che sa badare a se stessa, poi conosce delle persone che si prendono cura di lei quando noi siamo via, ma non è la stessa cosa."

"Elodie. Che nome strano."

Midas annuì, ma Lexie si accorse che le aveva messo gli occhi sulle labbra e non riuscì a resistere, se le leccò."

Lui si abbassò e si avvicinò ancor di più; proprio quando Lexie si convinse che lui stava per baciarla, si aprì la porta e nella stanzetta per le visite entrò un uomo dalla pelle scura con indosso un lungo camice bianco.

Midas si alzò in piedi e si tolse dal lettino, senza allontanarsi troppo; si mise vicino ai piedi di Lexie, come pronto a proteggerla, qualora il medico facesse qualcosa di strano. Lexie stava per protestare, dicendogli che era ridicolo, ma era rimasta da sola per un sacco di tempo, forse da tutta una vita, non poteva certo negare che averlo vicino le faceva piacere.

Il medico le disse sorridendo: "Piacere di conoscerla, Lexie Greene. Tutto il personale dell'ospedale era molto preoccupato per lei."

"Grazie," rispose Lexie sopraffatta dall'emozione.

"Quando è stata rapita, abbiamo temuto per lei, non eravamo sicuri di vederla tornare," proseguì il medico.

Lexie arricciò il naso e annuì: "Nemmeno io ero sicura di tornare."

Il medico guardò Midas di sfuggita, poi tornò a parlare con lei: "I somali sono brave persone, non siamo tutti contro gli occidentali."

"Lei gli rispose: "Lo so. Sono qua da abbastanza tempo, me ne sono resa conto in prima persona."

Il medico annuì e le disse: "Mi sembra che stia bene. Meglio del suo amico."

"Come sta Dagmar? Ho paura che abbia avuto un ictus, ha cominciato a parlare in modo non chiaro, sembrava più debole sul lato sinistro," spiegò Lexie.

Il medico annuì e rispose: "Mi dispiace, ma non posso rivelare dettagli che riguardino altri pazienti."

"Lo capisco," ribatté subito Lexie.

Il dottore lanciò di nuovo un'occhiata a Midas dicendo: "Devo visitare la mia paziente."

Midas incrociò le braccia sul petto: "Io non me ne vado. La mia missione è far tornare la signorina Greene sana e salva, non la perderò di vista fino a missione compiuta."

Lexie sentì un leggero tuffo al cuore, sentendolo dire che per lui era solo una "missione". Almeno era un buon modo di ricordarsi che Midas stava solo facendo il suo lavoro; non era venuto in Africa apposta per lei, era lì solo perché glielo avevano ordinato.

In quel momento si sentì molto contenta di non essersi messa in completo imbarazzo cercando di baciarlo. Santo cielo, sarebbe stato un gesto veramente mortificante.

Il medico le chiese "Lexie? Gli consente di rimanere?"

Lei annuì: "Sì."

"Immagino questa sia opera sua?" chiese il medico a Midas, esaminando il braccio di Lexie in cui era infilato l'ago della flebo.

"Sì."

Il medico esaminò bene l'ago e annuì: "Ben fatto." Poi proseguì la visita, chiedendo a Lexie cosa le era successo durante la prigionia e come si sentiva.

Lexie non fu affatto imbarazzata nel rispondere a tutte le domande; non aveva fatto nulla di male, anche se quel che le era successo non era stato certo un divertimento, sapeva bene che poteva andarle molto peggio.

Dopo una ventina di minuti di domande e controlli fisici, il medico fece un passo indietro: "Allora, la trovo disidratata, la pelle è scottata dal sole, è piena di pulci, ma immagino di non dire nulla che lei non sappia già. A parte questo, non trovo nulla di veramente grave, ma le consiglio una visita medica approfondita appena tornerà negli Stati Uniti, con tanto di esame completo del sangue. Lei è stata molto fortunata e a prima vista si direbbe che stia bene, ma potrebbero esserci problemi sottostanti che non risultano a una semplice visita. È sicura di non essere stata molestata sessualmente?"

"No, non è successo." Lexie scosse la testa.

Vide il medico che lanciava di nuovo un'occhiata a Midas, prima di tornare a guardarla negli occhi. "Posso far venire un'infermiera, se preferisce parlare con una donna."

"Davvero, non mi hanno mai toccata in modo improprio, lo giuro."

Il medico sembrava ancora scettico, ma annuì comunque: "Va bene."

"Per quanto tempo pensa che Dagmar Brander dovrà rimanere in ospedale?" chiese Midas.

"Non ne sono sicuro; il suo medico ha insistito per un

esame del sangue, il campione è sotto analisi nel nostro laboratorio proprio in questo momento. Il signor Brander è... è un uomo molto malato."

Midas annuì. "Lexie può rimanere qui finché non verrà congedato Brander?"

Il medico rispose: "Ma certo, ha bisogno di fluidi. Farò portare un'altra sacca da sostituire a questa quando sarà finita."

Lexie pensò che avrebbe dovuto darle fastidio: Midas e il medico parlavano di lei invece di parlare con lei; ma era esausta, tanto che stentava a tenere gli occhi aperti. Il lettino della visita era il posto più comodo su cui si era sdraiata negli ultimi mesi, inoltre nell'edificio c'era l'aria condizionata, le sembrava di stare in paradiso.

Sentì una mano sulla spalla e scattò, aprendo gli occhi all'improvviso.

Era il medico: "Mi scusi. Non volevo spaventarla. la cosa migliore che può fare è riposare. Spero che quanto è successo non l'allontanerà per sempre dal nostro paese."

Lexie rispose: "No, un giorno voglio senz'altro tornare."

Il medico era un uomo anziano e le sorrise, poi strinse la mano di Midas, si voltò e se ne andò da quella stanzetta.

Lexie si aspettava di sentirsi a disagio, rimanendo da sola con Midas, dopo tutte le domande che il medico le aveva fatto sulla sua salute, ma era troppo stanca persino per recuperare le energie necessarie per sentirsi in imbarazzo.

"Chiudi gli occhi," le disse Midas dolcemente.

"Non voglio essere maleducata," gli rispose Lexie, ma gli occhi le si chiusero comunque.

Lui ridacchiò: "Va bene, vado a sentire gli altri della squadra, ma poi torno."

"Pensavo che saresti rimasto sempre al mio fianco," borbottò Lexie.

Sentì Midas scoppiare a ridere: "Vado via al massimo un

paio di minuti. Chiederò a un'infermiera di entrare mentre sono via. E poi tu in trenta secondi sarai già addormentata."

"Non è vero," protestò lei debolmente; non era nemmeno sicura del perché non era d'accordo con lui.

Poi le sembrò di sentire una mano che le accarezzava i capelli, ma decise che doveva essere un'illusione. Perché mai Midas avrebbe dovuto sfiorarla così dolcemente? Era un estraneo... anche se si erano conosciuti, tanto tempo prima.

"Dormi, Lex. Quando Dagmar riceverà il nulla osta per partire, dovremo sorbirci un altro viaggio scomodo e rumoroso in elicottero per raggiungere la nave che ci attende."

Lexie annuì; era quasi sul punto di abbandonarsi al sonno quando aprì gli occhi di colpo.

Fu sorpresa di vedere Midas in piedi molto vicino al bordo del letto, la fissava. Lei credeva che se ne fosse andato, o che almeno si fosse avviato verso la porta. "Midas?"

"Sì, Lex?"

"Se poi c'è troppo trambusto e mi dimentico... grazie per avermi trovata. Cioè, lo so che è il tuo lavoro e lo capisco, ma comunque... grazie."

Lui le rispose in modo strano: "Questa è una delle missioni più illuminanti in cui mi sia trovato, da molto tempo; torno presto, quando avrai assunto tutti i liquidi delle flebo vedrai che starai meglio."

Lexie annuì. Voleva chiedergli perché era illuminante liberare gli ostaggi; lei immaginava che un SEAL dovesse affrontare missioni come quella di continuo.

Ma era troppo stanca per pensare, così Lexie chiuse gli occhi e si addormentò.

CAPITOLO QUATTRO

Midas si costrinse a uscire dalla stanza di Lexie per scendere in salone. Si sentiva già legato a quella donna, per motivi che lui stesso non riusciva a immaginare. Lexie era una persona timida, generosa, divertente, così piena di fiducia nel prossimo da far paura. Lui proprio non capiva come facesse a non sentirsi tradita e disillusa, dopo aver lavorato in alcune delle zone più povere del mondo.

Solo dopo averla sentita parlare col medico, Midas aveva capito veramente che Lexie non incolpava nemmeno chi l'aveva rapita e tenuta in ostaggio: era veramente convinta che si trattasse di uomini disperati che compivano gesti disperati solo per un po' di soldi.

Midas scosse la testa, incredulo. Lexie non aveva alcun risentimento nei confronti degli uomini che l'avrebbero uccisa senza starci troppo a pensare, se non fossero stati sorpresi da lui, dalla squadra dei SEAL e dai soldati delle forze speciali danesi.

Eppure Midas non riusciva a negare che tutta quella... *bontà* lo catturava a un livello mai provato prima; non conosceva minimamente la donna che Lexie era diventata;

diamine, non la conosceva minimamente nemmeno quando erano ragazzi, tanti anni prima. Nulla di tutto ciò sembrava avere importanza: era intrigato da Lexie, che in lui stimolava un forte senso di protezione.

Midas si imbatté in Slate nel salone al piano terra e si fece aggiornare su Dagmar. Come aveva detto il medico che aveva visitato Lexie, Dagmar non stava affatto bene, era sotto osservazione ma sembrava sempre più debole, invece di migliorare, nonostante l'intervento e le cure in ospedale.

Midas avvertì Slate: "Non dovremmo rimanere qui troppo a lungo."

Slate era d'accordo: "Lo so. Fosse per me, ce ne saremmo già andati, anche Mustang la pensa così, sta cercando di parlare con i medici per decidere quando possiamo trasferire Dagmar, ha bisogno di cure per il cuore e qui l'ospedale non è attrezzato. Quindi più ci tratteniamo e peggio è anche per il suo cuore."

"Allora perché rimaniamo?"

"Suo fratello sta organizzando un jet charter per riportarlo in volo direttamente in Danimarca, ma sembra che ci siano troppi paletti, per non parlare del dubbio se Dagmar sarà o meno abbastanza forte da sopportare il viaggio in aereo."

Al che Midas chiese: "Però sarebbe un bene, giusto? Il fratello di Dagmar chiaramente ha abbastanza soldi per farlo tornare a casa il prima possibile."

Slate fece spallucce: "Penso di sì, ma finora i medici non hanno dato il consenso per dimetterlo. Poi i Cacciatori ci hanno chiesto di scortarli da qui fino all'aeroporto. Insomma, dobbiamo aspettare che i medici, il fratello di Dagmar e il governo danese decidano qual è il prossimo passo, fino ad allora possiamo solo aspettare... e tu sai quanto io *ami* aspettare. Come sta Lexie?"

Midas non era molto entusiasta di dover aspettare più a lungo del minimo indispensabile, ma almeno non poteva negare il sollievo perché Lexie stava ricevendo le cure mediche di cui aveva tanto bisogno. "Sta bene; è disidratata, ma tutto sommato è stata fortunata. È di sopra che dorme, intanto che decidiamo il da farsi."

"E tu stai bene?" gli chiese Slate.

"Io sì, perché?"

"È solo che sembravi... estremamente preoccupato per Lexie."

"È perché la conosco," ammise Midas.

"Cosa?"

"La conosco, siamo andati alle stesse scuole superiori."

"Ma perché non hai detto niente?" gli domandò Slate esterrefatto.

"Perché tanto non cambiava nulla. Cioè, non la vedo dal giorno del diploma. Non è che fossimo amici, niente del genere." Midas fece del suo meglio per parlare con estrema *nonchalance*, ma avrebbe dovuto sapere che il suo amico avrebbe colto le sfumature delle sensazioni combattute nella sua voce.

"Però c'è qualcosa, non è vero? C'è un motivo se hai insistito per farle tu da guardia mentre siamo qui," ribatté Slate.

Midas finalmente ammise: "È solo che... mi è entrata dentro e non so il perché."

"Probabilmente non sono la persona giusta con cui parlare di questo argomento, anche perché l'ultimo rapporto serio che ho avuto è stato... sì, esatto... praticamente mai. Ma dopo aver visto come si sono rincorsi Elodie e Mustang, tutto lo stress che lui ha dovuto sopportare quando non aveva sue notizie, dopo che ce ne siamo andati da quel mercantile... tutto quello che posso dirti è: ricordati di prendere il suo numero e di darle il tuo."

"Ma io non sono Mustang," commentò Midas.

"È vero, non sei Mustang e Lexie non è Elodie. Ma io ti conosco, Midas, se ti è entrata dentro, devi capire il perché e non puoi capirlo se non comunichi con lei."

"Sono sicuro che è solo per il contesto, per il fatto che la conosco," spiegò Midas, ma non ci credeva nemmeno lui. "Appena arriveremo sulla nave ci separeremo e tutto sarà finito. Non ci troviamo nel posto giusto e nel momento giusto per cercare di conoscerci meglio. Al massimo tra qualche ora Lexie sarà solo un'altra missione compiuta."

"Non capisco perché ti sforzi così tanto di allontanarla; del resto, nessuno ti può costringere a conoscerla, se non ne sei convinto tu per primo. Però sappiamo bene entrambi che quando succede qualcosa, c'è sempre una ragione. Abbiamo spalato abbastanza merda e visto fin troppi miracoli, queste non sono coincidenze."

Midas strinse le labbra; Slate aveva ragione. Più di una volta avevano parlato proprio di quell'argomento, le coincidenze. Quante erano le probabilità che lui dovesse andare in missione per salvare qualcuno che aveva conosciuto da ragazzo? Prossime allo zero.

Slate gli chiese: "Che male ti può fare se le chiedi l'email? Non so se ha un cellulare, ma se ce l'ha, dovreste scambiarvi il numero."

Midas protestò: "Lexie lavora per un'organizzazione non governativa di beneficenza; è già fin troppo sfiancante che il mio lavoro mi costringa a viaggiare in tutto il mondo, ma non è che posso trasferirmi in Africa per stare con lei, *se* scatta qualcosa." Nel discutere, Midas cercava di convincersi a starne fuori, evitando di approfondire troppo la conoscenza con la donna intrigante che dormiva al piano di sopra.

Ma Slate gli rispose senza mostrare alcuna comprensione: "Sono tutte scuse! Se è la donna giusta per te, non puoi farci niente. Troverete un modo per far funzionare il vostro rapporto."

"Cazzo se sei irritante," sbottò Midas, "non vedo l'ora che anche tu incontri una e che provi a raccontarmi tutti i motivi per cui non potete stare insieme."

"Mi sa che è improbabile. Io sono un rompipalle che vede sempre il peggio in tutti; a differenza tua, io sono contento di uscire con una anche solo per svagarci, niente di più. Non cerco un legame profondo, non voglio subito tirarmi in casa una tipa per sposarla."

Midas ribatté: "Se incontri la donna giusta puoi anche cambiare idea."

"Non ci sperare troppo," concluse Slate.

A quel punto, Jag si avvicinò e disse: "Ehi, ragazzi, è già da qualche minuto che cerco di contattarvi via radio."

"Dannazione! Questi aggeggi sono uno schifo. Lo sapevo che dovevamo portarci delle radio più potenti," commentò Slate scuotendo la testa e premendo sull'auricolare che aveva nell'orecchio.

Jag gli rispose: "Ormai è troppo tardi."

"Ma che succede?" chiese Midas.

Jag spiegò: "Sembra che dovremo aspettare ancora un'oretta e poi potremo andarcene. Il medico di Dagmar ha finalmente dato il via libera per trasferirlo."

"Andiamo alla nave o all'aeroporto?" domandò Midas.

Jag rispose: "All'aeroporto. Magnus Brander finalmente è riuscito a ottenere ciò che voleva e pagherà una barca di soldi per tirare fuori di qui suo fratello. L'elicottero ci verrà a prendere in aeroporto per portarci alla nave, poi andremo a casa entro breve. Come sta Lexie?"

"Sta bene. È di sopra che dorme nella stanzetta dove l'hanno visitata. La sveglio tra tre quarti d'ora e poi ci troviamo tutti quaggiù, così partiamo. Ci sono problemi nei dintorni?"

Jag rispose: "Finora no. Pid e Aleck tengono d'occhio il quartiere. Penso che siamo riusciti a portare Dagmar e Lexie in ospedale prima ancora che gli abitanti dei dintorni si accorgessero di noi."

Slate aggiunse: "Secondo me i rapitori non erano tutti al

campo. I rapporti dei servizi segreti parlavano di diciotto persone che andavano avanti e indietro nel deserto, noi ne abbiamo trovati solo una dozzina. Prima di scherzarci sopra è meglio che aspettiamo di avere decollato."

Midas e Jag annuirono, poi Jag disse: "Sì, per questo Aleck e Pid rimangono all'erta."

Midas non era tranquillo a lasciare troppo da sola Lexie, così disse: "Torno di sopra, fatemi sapere se c'è un cambio di programma. Prima ce ne andiamo via, meglio è."

"D'accordo," disse Slate.

Midas non pensò nemmeno di stuzzicare il suo amico, notoriamente impaziente; in quel preciso momento si sentiva in sintonia con Slate al cento per cento. Così salutò gli amici con un cenno del mento e si incamminò verso le scale.

Quando entrò nella stanza di Lexie, fece un cenno di assenso all'infermiera che usciva e fu contento di vedere che Lexie era ancora esattamente dove l'aveva lasciata. Si era solo girata su un fianco e il braccio con attaccato la flebo sporgeva dal lato del lettino. Ormai aveva i capelli quasi asciutti e ancor più impazziti rispetto a quando l'aveva vista per la prima volta nel deserto.

Midas sorrise: si chiedeva pure lui come mai trovava quei capelli così affascinanti. Forse perché erano pazzi e indomabili, mentre lei era tutt'altro: che strana dicotomia.

Avvicinò una sedia al lettino e si mise tra Lexie e la porta, fissando la donna che ci dormiva sopra.

Chissà cos'aveva, che lo attirava così stranamente? Non c'era alcuna logica. In fondo non la conosceva nemmeno, ma ciò che aveva scoperto da quando l'aveva vista dormire su un misero giaciglio nel deserto gli bastava per volerla conoscere meglio.

Midas pensò un po' a come potevano continuare a conoscersi, ma tutte le idee che gli venivano gli sembravano inconsistenti; non sapeva minimamente cosa volesse fare lei, una volta arrivata sulla nave della marina. Immaginava sarebbe tornata in volo negli Stati Uniti nell'attesa che Food For All le assegnasse un altro incarico. Midas non conosceva molto bene quell'organizzazione, non poteva immaginare quante missioni avessero nel mondo. Lexie sarebbe tornata in Africa? Oppure sarebbe andata in America Latina, o ai Caraibi? Erano moltissime le popolazioni che avevano bisogno di aiuto, Lexie poteva essere inviata letteralmente ovunque.

Mentre lui era di stanza alle Hawaii. Un paradiso in terra. Certo, anche alle Hawaii c'erano persone bisognose, ma era difficile immaginare che quelle isole paradisiache fossero una delle zone in cui Food For All inviava aiuti umanitari.

Midas scosse la testa sospirando. Non gli veniva in mente un solo modo in cui lui e Lexie potevano costruire un rapporto reale... del resto non sapeva nemmeno se lei fosse interessata.

Anche se... Midas si era accorto di come lo aveva guardato.

Ancora non ci credeva, la stava quasi per baciare. Alla faccia dello spudorato.

No, non era una gran mossa, cercare di rimanere in contatto con Lexie, una volta partiti dalla Somalia; era troppo complicato. Midas doveva portare a termine ancora qualche anno di servizio in marina e non riusciva a immaginare che Lexie, dopo anni di viaggi intorno al mondo, volesse sistemarsi e fermarsi in un posto solo: si sarebbe annoiata a morte nel giro di una settimana.

Midas si sentì depresso per una relazione che finiva prima ancora di cominciare, chiuse gli occhi e si abbassò sulla sedia per poter appoggiare la testa allo schienale. Poi incrociò le gambe all'altezza delle caviglie e fece del suo meglio per spegnere i propri pensieri.

Dopo circa un quarto d'ora, una forte esplosione fece scattare Midas, risvegliandolo dal suo pisolino.

Si mise a sedere ben dritto e allungò la testa, cercando di capire cosa l'avesse svegliato.

Si sentì presto una seconda esplosione, così Midas passò all'azione: scattò in piedi e in un battibaleno fu al fianco di Lexie.

"Lex? Svegliati!" le intimò con voce bassa ma decisa.

Lei spalancò gli occhi all'improvviso e lo fissò: "Cosa succede?"

Midas stava per tirarla su in piedi quando vide la flebo che le entrava nel braccio, così imprecò e le ordinò: "Rimani ferma un attimo."

Lexie annuì senza esitare; lui per un momento ringraziò il cielo che non gli facesse un milione di domande, mentre allungava una mano per prendere l'ago che le aveva infilato nel braccio non molto tempo prima. Purtroppo la soluzione salina che le era entrata in corpo non era tanta quanta lui sperava, ma ormai non c'era molto da fare: le sfilò rapidamente l'ago dal braccio e fece pressione col pollice sul segno della puntura, mentre nel frattempo la tirava su per farla sedere.

A quel punto sentì delle urla confuse provenire da qualche parte all'interno dell'ospedale. Non sapeva quanto tempo c'era per muoversi, ma immaginò non fosse molto.

Allora disse a Lexie: "Dobbiamo andarcene subito da qui."

Lei annuì: "Va bene."

Cacchio, Midas era impressionato: Lexie non si era fatta prendere dal panico. Si vedeva che era spaventata (aveva le pupille dilatate e respirava molto rapidamente), ma teneva il controllo di sé.

Midas le prese la mano e gliela spinse contro il segno della puntura, all'interno del gomito. "Presto smetterà di sanguinare, ma intanto continua a fare pressione."

Lexie annuì mentre lui le prendeva l'altra mano e si avviava verso la porta; Midas rimase in ascolto per qualche secondo, poi l'aprì di uno spiraglio. Sentì degli uomini urlare dalle scale e richiuse subito la porta. Senza dire una parola, trascinò Lexie verso la finestra.

"Midas?"

Lui le disse ciò che era ormai evidente: "C'è qualcosa che non va. Non ho sentito nulla dai miei compagni di squadra, ma immagino che i rapitori che non erano al campo abbiano scoperto dove abbiamo portato te e Dagmar e non hanno reagito bene."

"Pensi che stiano bene?" gli chiese Lexie.

"Chi, i rapitori? le domandò Midas confuso, mentre era impegnato ad aprire la finestra elaborando un piano di fuga.

"Ma no, i tuoi amici, e Dagmar."

"Stanno bene," le rispose Midas. La verità era che lui non aveva idea di cosa stesse succedendo al piano terra dell'ospedale, dalla radio non arrivava alcuna informazione, ma non c'era tempo per preoccuparsene: doveva portar via Lexie, allontanarla da chiunque stesse assaltando l'ospedale. Immaginò di avere al massimo tre minuti prima che gli uomini che salivano le scale arrivassero e aprissero la porta della stanza, alla ricerca degli ostaggi.

Guardando fuori dalla finestra, Midas si accorse con un certo sollievo che c'era una grondaia che scendeva lì vicino; si voltò verso Lexie: "Scendo io per primo; tu devi solo mettere i piedi sul piccolo davanzale esterno, poi ti allunghi fino a raggiungere la grondaia e scivoli giù. Capito?"

Lexie guardò dietro di lui, fuori dalla finestra, poi tornò a fissarlo coi suoi enormi occhi color nocciola chiedendogli: "Ma sei matto?"

"No, io sarò da basso, ti prendo così ti rallento."

"Midas, quello non è mica il palo della caserma dei pompieri, è una stupidissima grondaia. Non c'è niente a cui attaccarsi!"

Midas le prese la testa tra le mani e gliela fece alzare: "Ce la puoi fare, Lex. Ce la *devi* fare. Non so chi siano gli uomini che urlano sulle scale, ma dalle esplosioni che ho sentito immagino che non siano venuti a distribuire caramelle e buonumore. È vero che ho un fucile, ma non ho infinite munizioni. Dobbiamo andarcene subito, non ho *alcuna* intenzione di lasciare che rimettano le mani su di te, di nuovo. Hai capito?"

Lei deglutì a fatica, respirò a fondo e annuì.

"Sei pronta?" le chiese, cercando di non farle pressione, pur sapendo che ogni secondo poteva fare la differenza. Dovevano andarsene prima che gli uomini arrivassero dalle scale a quella stanza.

"Va bene... ho sempre pensato di provare un po' di lap dance, in un certo senso è la stessa cosa."

Non era proprio la stessa cosa, ma Midas non se la sentiva di contraddirla o di ridere a quella battuta: "Guarda me, poi fai esattamente quello che faccio io. Dai che ce la facciamo."

Lexie annuì e Midas non perse altro tempo; odiava lasciarla in quella stanza, ma non potevano certo uscire dalla finestra contemporaneamente. Gli dispiacque di trovarsi al secondo piano, ma se anche uno dei due cadeva, il salto non sarebbe stato fatale.

Midas si abbassò, passò una gamba dall'altra parte del davanzale e uscì. L'appoggio era largo meno di dieci centimetri, ma gli forniva una base sufficiente per spostarsi rapidamente fino ad afferrare la grondaia.

"Adesso, Lex. Dai," le gridò mentre faceva del suo meglio per fare presa con gli stivaletti sul canale di scolo della grondaia, in metallo scivoloso.

Attese che Lexie uscisse dalla finestra per lasciarsi cadere di peso. Midas scivolò *giù* rapidamente, controllando solo in parte la caduta, fino a toccare terra coi piedi.

Poi guardò subito in alto e vide Lexie che si sforzava di attaccarsi alla grondaia. Midas imprecò in silenzio quando la vide coi piedi nudi. Cacchio, quando l'avevano prelevata nel deserto indossava solo delle infradito, ma anche quelle sarebbero state meglio di niente, in quel momento. Midas non aveva nemmeno pensato di prenderle, era troppo concentrato sul farla uscire dalla stanza.

Ormai era troppo tardi; le avrebbe trovato dopo qualcosa da mettere ai piedi. Prima bisognava scappare.

Midas la incitò sussurrandole con una certa forza: "Coraggio!" Erano un bersaglio troppo facile e lui si sentiva troppo vulnerabile. La finestra della stanza dava su un vicolo che al momento era deserto, ma Midas sapeva che quella fortuna non sarebbe durata a lungo: dovevano allontanarsi come dei fulmini per trovare riparo.

Fu sorpreso di vedere che i piedi nudi di Lexie stavano facendo ottima presa sul metallo, la pelle l'aiutava a rallentarsi e la discesa di Lexie fu tremendamente lenta. Quando gli arrivò a portata di mano, Midas si allungò e l'agguantò, staccandola dall'edificio. Avrebbe voluto portarla in braccio (eh, gli dispiaceva farle mettere i piedi nudi su quel vialetto sporco), ma aveva bisogno delle mani libere per proteggere entrambi, mentre fuggivano.

"A posto?" le chiese.

Lei annuì.

Senza dire altro, Midas le fece agganciare le dita alla cinta dei suoi pantaloni e si incamminò nel vicolo allontanandosi dalla parete dell'ospedale. Si aspettava da un momento all'altro di sentire qualcuno gridare da una delle finestre del secondo piano, ma per miracolo riuscì a raggiungere la fine del vicolo senza farsi scoprire.

Certo, era difficile confondersi tra la folla: due americani dalla pelle chiara in un quartiere abitato quasi solo da somali spiccavano all'occhio come due fari; non aiutava nemmeno che lui fosse vestito con una divisa militare e che avesse un fucile in spalla. Tutti quelli che incrociavano si sarebbero ricordati facilmente di loro due e avrebbero potuto rivelare la loro posizione e la direzione in cui andavano a chiunque stesse dando loro la caccia.

"Parla due, c'è nessuno in ascolto?" disse Midas nel microfono della radio, mentre si addentrava con Lexie nel quartiere limitrofo all'ospedale.

La radio rimase in silenzio. Merda.

Si sapeva che quelle radio non erano il massimo, se n'erano accorti ancor prima di partire dagli Stati Uniti, ma nessuno si aspettava che andassero completamente in panne proprio nel bel mezzo della missione. Midas comunque non era troppo preoccupato: la squadra non sarebbe partita senza di lui e senza Lexie; poi avevano parlato abbondantemente di piani di riserva, alternativi anche agli altri piani di riserva, sapevano tutti cosa fare; ma sentirsi tagliato fuori e aver perso contatto con gli altri era sempre una brutta sensazione.

Midas divideva la sua attenzione tra Lexie e il posto in cui si trovavano. Le strade e i vicoli che percorrevano erano veri e propri sterrati, pieni di detriti, vetri rotti e altri oggetti pericolosi per i piedi nudi di Lexie. Gli dava molto fastidio anche che non ci fosse stato il tempo per completare le flebo di cui lei aveva bisogno; Lexie non aveva integrato i liquidi quanto Midas sperava. Porca vacca, era stata tenuta in ostaggio per dei mesi e ora doveva pure scappare da chissà cosa.

Ma Midas era sicuro che rimanendo nella stanza dell'ospedale si sarebbero probabilmente fatti ammazzare entrambi. I boati che aveva sentito erano delle esplosioni; quando aveva guardato nel vicolo, scendendo dalla grondaia, aveva visto del fumo provenire dalla facciata dell'ospedale.

Pregò che tutti gli altri della squadra stessero bene, ma per lui la missione era Lexie: l'obiettivo era salvarla, fin dall'inizio, nulla era cambiato.

Midas si fermò alla fine di un altro vicolo e fece capolino

oltre l'angolo, ma dovette imprecare in silenzio e voltarsi per tornare indietro.

"Cosa c'è? Cos'hai visto?" gli chiese Lexie seguendolo.

Le rispose rattristato: "Niente di buono."

Aveva visto sei uomini che correvano in strada verso il vicolo, tutti sei imbracciavano dei fucili semiautomatici e non avevano certo un bell'aspetto. Intorno a loro si sentivano sempre più persone gridare; sembrava quasi che quegli uomini stessero incitando il quartiere per creare subbuglio; non c'era modo di capire per certo se fossero o meno complici dei rapitori, ma Midas non aveva alcuna voglia di affrontare faccia a faccia un gruppo di uomini armati, per nessuna ragione.

Midas si fece ancor più serio e cercò di pensare a dove scappare, ma le grida tutto intorno si facevano sempre più numerose.

Era una brutta situazione, proprio brutta. Midas non voleva essere messo con le spalle al muro in un angolo; non poté fare a meno di pensare ancora a Mogadiscio. Gli tornarono in mente le immagini delle conseguenze delle sommosse contro gli uomini delle forze speciali e contro i piloti che erano rimasti intrappolati nella capitale somala.

Mentre correva insieme a Lexie in un altro vicolo molto stretto, all'improvviso si aprì una porta e Midas si fermò di punto in bianco. Sentì Lexie che gli correva addosso, ma rimase fermo e continuò a fissare la donna dalla pelle scura che aveva aperto quella porta.

Tenne gli occhi puntati su quelli di quella donna per un periodo che gli sembrò un'eternità, poi Lexie fece capolino da dietro e disse: "Astur?"

"Lexie?" replicò la donna.

Prima che Midas potesse fermarla, Lexie gli era già corsa incontro e stava già abbracciando quella donna. "Oh santo cielo! Che bello vederti!"

La donna tornò a guardare Midas e poi si guardò attorno

nel vicolo, da dove si sentivano le grida degli uomini che si avvicinavano.

Senza dire nulla, Astur prese il braccio di Lexie e la tirò verso la porta da cui lei era appena uscita.

Midas non aveva certo intenzione di perdere entrambe di vista, quindi le seguì da vicino. Non gli importava di entrare in un edificio, poteva essere un buon nascondiglio per sfuggire alla sommossa che imperversava nelle strade (con tanto di uomini armati che quasi sicuramente stavano dando la caccia a Lexie, Midas ne era sempre più convinto). Ma chissà se stavano passando dalla padella nella brace.

La porta si chiuse dietro di loro, Midas capì che si trovavano nel retro di una specie di negozio.

"Tu hai problemi," disse Astur a Lexie.

Lexie rispose arricciando il naso e annuendo.

Astur le disse: "Nascondi. Qui."

Lexie le rispose subito: "Non vogliamo crearti dei problemi. Ci basterebbe passare dal negozio e uscire dall'altra parte."

Ma Astur scosse la testa e le disse: "No, bene. Tanti uomini. Cercano americano. Li ho sentiti."

Al che Lexie imprecò e guardò Midas: "Merda, adesso che si fa? Forse tu dovresti andartene. Stanno cercando me, non te. Tu puoi tornare alla tua squadra e..." ma la sua voce svanì.

A Midas non importava cosa gli stesse per dire: non l'avrebbe mai abbandonata. Neanche morto. Glielo disse con tono inflessibile: "Non me ne vado."

Allora Astur ripeté: "Nascondi qui. Io lavoro al negozio. Nessuno pensa tu sei qui."

Midas scrutò quella donna; non aveva idea di chi fosse, ma nei suoi occhi non vide alcuna traccia di cattiveria. Anzi, caso mai ci vide preoccupazione. Non per lui, ma per Lexie. Non lo sorprese.

La donna si mosse spingendo da parte Lexie, poi si accovacciò a terra vicino alla porta da cui erano entrati, cominciò a spingere le tavole di legno vicine ai piedi fino a rivelare una piccola apertura. Era uno spazio strano, probabilmente una specie di magazzino, Midas ci vide delle lattine qua e là, alcuni scatoloni erano schiacciati sul fondo, per terra.

"Voi nascondi qua," disse Astur rialzandosi e indicando quello spazio.

Lexie alzò di nuovo lo sguardo verso Midas, a cui davvero non piaceva quello sguardo incerto. Nemmeno lui era sicuro sul da farsi; non conosceva quella donna, Astur; per quanto ne sapeva, poteva anche essere complice di chi li stava cercando e nel momento stesso in cui si fossero nascosti in quel buco lei sarebbe uscita e avrebbe richiamato l'attenzione del gruppo di uomini, portandoli dritti a Lexie.

Fuori dal negozio, nel vicolo si sentivano sempre più voci gridare, quando Lexie spalancò gli occhi e sussurrò: "Non penso che ci staremo entrambi, qui dentro."

"Ci staremo," le disse Midas, prendendo una decisione: certamente era uno spazio angusto e lui non era certo un piccoletto, anzi, era il più alto nella squadra; non era certo la situazione ideale per lui, ma si trattava di tenere al sicuro Lexie e lui era disposto a tutto.

Così entrò in quel buco, che era profondo poco più di mezzo metro, si sedette per terra e spostò il fucile sul fianco destro, poi si allontanò più che poteva verso destra, facendo cenno a Lexie perché si unisse a lui.

Lei aveva l'aria ancora più scettica, vedendolo dentro quello spazio.

"Sembra quasi una bara," gli disse con un'espressione accigliata.

"Lexie, non c'è tempo," l'avvertì Midas, mentre le voci da fuori si avvicinavano sempre più.

"Merda," mormorò Lexie, che poi si voltò verso la donna

che li aveva fatti entrare nel negozio abbracciandola di nuovo: "Grazie, Astur."

"Tu aiuto Astur e bambini. Noi aiuta te," le rispose, ricambiando l'abbraccio di Lexie. Poi la spinse via pian piano, indicando con una certa impazienza il buco nel muro.

Lexie prese fiato e si infilò con cautela in quel buco, abbassandosi vicino a Midas. Si sistemò come meglio poteva, cercando di mettersi a suo agio; prima ancora che smettesse di muoversi, Astur aveva già rimesso a posto le tavole di legno, facendo cadere tutta la polvere che si era accumulata su di loro. Dalle assi trapelava una luce appena sufficiente perché Midas e Lexie si vedessero.

Nemmeno un secondo dopo che Astur aveva rimesso a posto l'ultima tavola di legno, la porta che dava sul vicolo si aprì con uno schianto.

Midas si tese e preparò le dita intorno al grilletto del fucile. Era giunto il momento decisivo. Astur poteva consegnarli facilmente proprio in quel momento; se gli uomini che avevano fatto irruzione avevano delle armi (e se erano anche un minimo intelligenti), gli avrebbero sparato prima ancora di fargli aprire bocca.

Invece non si sentì alcuno sparo. Si sentirono alcuni uomini entrare nel retro del negozio e cominciare a parlare in somalo. Midas non aveva idea di cosa dicessero, ma Astur non sembrava impaurita e parlava apertamente. Alzarono la voce e a un certo punto Astur batté anche un piede per terra. Almeno a lui sembrava fosse stata Astur. Era offesa? Arrabbiata? Frustrata? Midas non lo sapeva, ma si sentiva teso più che mai. Riusciva a sentire ogni volta che Lexie respirava, anche perché gli stava praticamente appiccicata.

Lexie gli aveva appoggiato la testa sulla spalla e teneva un braccio appoggiato al fianco, quindi anche appoggiato *a lui*, mentre gli aveva gettato l'altro braccio intorno alla parte bassa della schiena; la sentiva, era aggrappata al lembo del suo giubbotto tattico; avevano le gambe quasi intrecciate.

Passarono cinque minuti, o forse anche un quarto d'ora, ma dopo un'attesa molto ricca di tensione, in cui si erano sentiti altri passi e altre grida, gli uomini finalmente uscirono da quello stanzino tornando nel vicolo da dove erano arrivati.

La loro partenza fu accolta dal silenzio, persino Astur lasciò la stanza, probabilmente per tornare nella parte anteriore del negozio.

"Porca vacca," sussurrò Lexie.

"Shhhh," le intimò Midas con un filo di voce appena percettibile.

La sentì annuire contro di lui, sentì anche che si stava rilassando, un muscolo dopo l'altro.

Rimasero così, accovacciati e nascosti in quel misero buco per lungo tempo, sembrarono delle ore.

La temperatura aumentava e Midas cominciò a sentire i crampi alle gambe. Eppure non si mossero né lui né Lexie. Midas era addestrato per rimanere nella stessa posizione per ore, ma Lexie no; tra l'altro, non aveva ancora recuperato al cento per cento, dopo la disavventura del rapimento. Midas era già impressionato da come si era comportata in precedenza, ma ogni minuto che passava l'ammirava sempre di più.

La porta sul retro si era aperta altre due volte, nel frattempo, e ogni volta Astur aveva affrontato chi era entrato, chiunque fosse, finché gli intrusi non se n'erano andati. Midas sapeva bene che bastava un colpo di tosse o uno starnuto per farsi scoprire, infatti pregava che la polvere che entrava dalle crepe non gli arrivasse nel naso o nella bocca.

Dopo molto tempo, le urla e i rumori dal vicolo svanirono e sia il nascondiglio che il retro del negozio piombarono nel silenzio. Quando Midas si convinse che era abbastanza sicuro parlare, anche se con un filo di voce, le sussurrò: "Stai bene?"

"Io sì, e tu?"

"Alla grande. Immagino sia così che si sentono le sardine in un barattolo."

Più che sentirla, percepì contro la spalla la risata soffocata di Lexie, che poi gli disse: "Chissà poi perché devo ridere? Non c'è niente di lontanamente divertente in questa situazione."

"Abbraccia lo schifo," le disse Midas.

"Pardon?"

Lui le ripeté: "Abbraccia lo schifo, è una frase che ci dicevamo sempre al campo di addestramento dei SEAL. Vuol dire che la situazione è brutta, ma la devi affrontare. Accetta le situazioni di merda inevitabili per poter andare oltre."

Lexie gli disse: "Non è una grande ispirazione, che altro puoi dirmi?"

"L'unico giorno facile era ieri?" le disse scherzando.

Con sua grande sorpresa, Midas si stava divertendo. Probabilmente perché Lexie non stava dando di testa, né era diventata isterica. Era proprio il tipo di conversazione che poteva avere con un commilitone, in una situazione simile.

"Eh... no. Perché ieri non è stato facile, provaci ancora," gli disse Lexie senza mezzi termini.

Midas ridacchiò appena: Che ne dici di... sei meravigliosa, non vorrei essere in questa situazione con nessun altro, solo con te."

Lei scosse leggermente la testa e gli rispose: "Ma certo, e io ho una casa in Kansas[1] vista oceano da venderti."

"Dico davvero, pensi che preferirei stare qui con Mustang?"

Fu il turno di Lexie di soffocare una risata: "Ehm... forse sarebbe un po' scomodo. Cioè, non può essere divertente stare qui con *me*, non è che ci incastriamo per bene."

"Secondo me sì che ci incastriamo per bene," le disse Midas prima ancora di pensare a ciò che stava per dire.

"Immagino sia un bene che abbia fatto una doccia, altrimenti non saresti altrettanto contento di avermi così appiccicata, se puzzassi ancora come prima. Tre mesi senza un sapone... è tanto tempo.”

Allora Midas fece qualcosa che stava pensando di fare da quando l'aveva vista sdraiata sul lettino delle visite: si girò e affondò il naso nei capelli di Lexie. Non profumavano certo di rose e fiori, ma gli accarezzavano il viso morbidamente.

“Mi stai annusando?” gli chiese lei confusa.

Le rispose a tono: “Sto solo respirando e ho i tuoi capelli davanti al naso.”

“Sei strano,” commentò Lexie.

Midas sorrise. Vero, era strano, ma in quel momento non gli importava. Rilassò le dita dalla presa sul fucile per la prima volta, alzò una mano e gliela passò sui capelli, spostandoglieli dal viso.

Non era certo quello né il luogo né il momento di pensare a quanto gli piaceva sentire Lexie tra le braccia. Anche se in quel momento la situazione sembrava sicura, Midas non aveva certo intenzione di fare capolino dal nascondiglio, se non a notte fonda, quando sperava che chi li cercava si fosse arreso, quindi mancavano ancora alcune ore.

Gli tornò in mente la conversazione con Slate, che gli diceva che le coincidenze non esistono. Midas si era rassegnato al fatto di non avere il tempo di conoscere Lexie prima di doversi separare da lei. Beh, l'universo gli aveva praticamente riso in faccia, come a dire *Vuoi avere tempo? Eccoti il tuo tempo.*

Infatti Midas voleva conoscere tutto di Lexie.

Allora le parlò, facendole la prima domanda che gli venne in mente: “Parlami di Astur. Come facevi a sapere che potevamo fidarci di lei?”

CAPITOLO CINQUE

LEXIE SI SENTIVA una persona orribile: si stava nascondendo da qualcuno che la voleva ammazzare, eppure si stava divertendo, appiccicata a Midas. Se qualcuno le avesse detto, quando frequentava le scuole superiori, che un giorno si sarebbe ritrovata in una situazione del genere, lei gli avrebbe riso in faccia.

Eppure non poteva negare che non odiava quella sensazione, appiccicata al corpo muscoloso di Midas. La divertiva che le avesse annusato i capelli; amava la tenerezza di come le passava la mano sulla testa, per domarle i riccioli ribelli che le tornavano sempre davanti agli occhi. Per fortuna il nascondiglio non era del tutto buio: Astur aveva lasciato accesa la lampada nel retrobottega, i raggi di luce attraversavano le crepe tra le tavole di legno, illuminando abbastanza da non farla sentire sepolta viva.

Aveva ancora una paura folle, non stava benissimo, aveva fame e sete, ma non voleva rischiare, uscendo dal nascondiglio. Chi la stava cercando non aveva certo intenzione di tenere una festa d'addio in suo onore, anzi; a giudicare dalle grida, erano incazzati perché era scappata.

Si sarebbe schiaffeggiata da sola, perché non aveva chiesto a Midas o agli altri suoi commilitoni quante persone avevano ucciso nel deserto, ma in quel momento capì che almeno una persona doveva essere sfuggita. Qualcuno aveva visto tutto e aveva sparso la voce.

Lei più di tutti sapeva quanto era importante il denaro per i rapitori. Non condivideva il modo in cui cercavano di guadagnarsi da vivere, ma da un certo punto di vista lo capiva. La disperazione costringe ad azioni disperate, specialmente quando si ha famiglia.

Lei aveva incontrato molte persone disperate, negli anni di lavoro alla Food For All. Soprattutto in Somalia. La *piramide dei bisogni* di Maslow era una teoria molto azzeccata. Tante persone non dovevano pensare molto ai bisogni primari, perché soddisfare i bisogni fisiologici era per loro molto semplice. Ma Lexie negli anni aveva conosciuto moltissime persone che non arrivavano a soddisfare quei bisogni: cibo, acqua, riparo, sonno, vestiti. A parte queste esigenze, tutto il resto diventava secondario.

"Lex?" la chiamò Midas.

Dal tono, Lexie capì che Midas le aveva fatto una domanda. "Scusami. Ho incontrato Astur appena sono arrivata, circa sei mesi fa. Food For All fornisce alloggio agli operatori, ma tutte le camere nella sede erano occupate così mi hanno assegnato una casetta a circa due isolati di distanza da qui. A me ha fatto piacere, perché sono contenta di vivere tra la gente. Insomma, circa una settimana dopo il mio arrivo, ero appena uscita dal negozio di alimentari quando è arrivata Astur con i suoi tre figli. Hodan è la figlia piccola, ha cinque anni; Cumar è il mezzano, ha nove anni, mentre Shermake è il primogenito, ha sedici anni. Stavano messi maluccio, erano sporchi, vestiti strappati, Hodan era l'unica con le scarpe. Astur non riusciva a esprimersi in inglese, ma io ho capito che stava cercando da mangiare per sé e per i figli."

Lexie odiava quel ricordo, ma sapeva che Astur e i suoi parenti erano tra i tanti senzatetto affamati che ci sono al mondo. "Allora sono tornata indietro per comprare da mangiare anche per loro, ma il supervisore che avevo a quel tempo stava chiudendo e mi ha detto di no, perché il negozio era chiuso e poi andava contro le regole regalare da mangiare o dei vestiti dopo l'orario di chiusura. Al che mi sono arrabbiata. Cioè, la presenza stessa di Food For All è finalizzata a fornire da mangiare per tutti, cacchio. Avevo già sentito parlar male di quel supervisore, prima ancora di arrivare in Somalia, ma credevo fossero solo chiacchiere."

"Comunque Astur era delusa, ma ha preso per mano Hodan e Cumar e se n'è andata. Anch'io ero delusa e triste, ma non volevo far arrabbiare il capo dopo neanche una settimana, quindi non ho detto nulla. Sono tornata a casa e quando sono arrivata nella mia strada ho visto di nuovo Astur coi figli. Si erano messi sotto il tendone di un negozio proprio di fronte alla mia casetta. Allora... li ho invitati in casa."

"Buon Dio, Lex," commentò Midas scuotendo la testa.

"Lo so, lo so... ma dovevi vederli, Midas. Avevano proprio bisogno di qualcuno che prestasse loro attenzione. In quel momento c'ero solo io. Quindi li ho convinti a entrare e ho preparato qualcosa di semplice da mangiare per tutti. Quando ho cominciato a spostare i mobili per fare spazio, in modo da creare un giaciglio per terra, Astur ha cominciato a piangere. Mi ci sono dovuta mettere d'impegno per convincerla a restare, così hanno dormito in casa mia, per terra. Il mattino dopo hanno fatto colazione e poi se ne sono andati. Ma poi, la sera, li ho incontrati di nuovo per strada e li ho invitati ancora da me."

"Insomma, è andata avanti così per un mese, tutti i giorni. Shermake, il ragazzo più grande, era quello che parlava meglio inglese, ci siamo esercitati ogni sera. Sono stati tutti molto tranquilli e rispettosi, ogni mattina uscivano e andavano a passare la giornata facendo non so cosa. Ho cominciato ad apprezzare la loro compagnia, quindi mi faceva piacere quando li trovavo che mi aspettavano vicino a casa, quando tornavo dal lavoro.”

“Davi loro da mangiare e da dormire senza chiedere nulla in cambio, perché mai non dovevano tornare?” commentò Midas un po’ sarcastico.

Ma Lexie insisté: “Anche *loro* mi davano tanto: ero in un paese nuovo, cercavo di capire un sacco di cose, le loro abitudini, Shermake mi ha aiutata molto. Astur un fine settimana mi ha portata al mercato agricolo, è stato molto affascinante vedere l’interazione tra lei e i commercianti; è stata la trattativa più tosta a cui abbia mai assistito. Comunque sì, pagavo io da mangiare, ma se davvero avesse voluto solo approfittare di me, non le sarebbe importato tanto di strappare dei prezzi più bassi.”

Midas le fece notare: “Sembra che si sia sistemata, adesso lavora in questo negozio.”

“Shermake mi ha detto che il padre era andato in Etiopia per guadagnare qualcosa, per la famiglia. È rimasto via più a lungo del previsto, così Astur ha finito i soldi, ha perso il capanno e non ha avuto scelta, se non quella di vivere per strada con i figli. Ma alla fine Yuusuf è tornato, gli era andata molto bene: ha guadagnato abbastanza da affittare un altro capanno e Astur ha deciso di volerlo aiutare, guadagnando anche lei per la famiglia, in modo da non rimanere mai più senza un tetto.”

Midas non disse nulla e Lexie cercò di girarsi per guardarlo bene e capirne l’espressione, però lo spazio non era sufficiente e non riuscì a muoversi molto, solo quanto le bastava per vedergli il contorno del viso: aveva la bocca chiusa e le sembrava quasi di vederlo digrignare i denti.

“Cosa c’è?” gli sussurrò.

Lui abbassò il mento, si girò verso di lei quanto poteva

fino a guardarla negli occhi e le disse: "Tu ti sei sempre preoccupata per gli altri."

Lexie fece spallucce; da ragazza si sentiva in imbarazzo perché voleva prendersi cura degli altri, ma da quando ne aveva fatto il suo lavoro aveva smesso di preoccuparsi di ciò che pensavano gli altri. "Sono tanti quelli messi peggio di me, aiutare gli altri mi fa star bene."

Ci fu un momento di silenzio, poi Midas le chiese: "Messi peggio di te?"

Lexie non gli rispose, non sapeva bene cosa raccontargli. Non voleva farlo impietosire, in fondo lei stava bene, era sopravvissuta e soddisfatta di come stava andando la sua vita.

Allora Midas le raccontò: "Quando sono entrato in marina ero molto naïf; ero cresciuto con due genitori molto amorevoli e con un fratello e una sorella eccezionali. Karen era una vera rompipalle, ma avrei ammazzato chiunque cercasse di farle del male. Immagino sia normale per un fratello maggiore proteggere la sorellina. Max cercava sempre di imitarmi, tanto che quel cretino è riuscito persino a battere uno dei miei record."

Lexie sorrise; non sapeva molto di Midas, alle superiori non avevano fatto davvero amicizia, quindi cercò di assimilare ogni minima informazione che stava scoprendo su di lui.

"I miei genitori erano felici, hanno sempre trattato noi figli mettendoci al primo posto, eravamo l'aspetto più importante delle loro vite e per Natale ci regalavano sempre un sacco di doni. Quando chiedevo tutti i vestiti più alla moda, di solito me li compravano. Avevo un sacco di amici e non ho fatto molta fatica a scuola per ottenere dei bei voti. Mi hanno viziato, ora lo so e posso ammetterlo, anche se i miei sono stati molto bravi e si sono assicurati che apprezzassimo tutto ciò che avevamo. Ma quando sono entrato in marina... tutt'a un tratto non ero più nessuno. Ero solo un altro tonto, se ero un pesce grosso nel mio paesino, diventavo un microbo inutile in un oceano enorme. È stato un vero shock."

"Sono sicura che non sei rimasto un pesce piccolo tanto a lungo," commentò Lexie.

Midas ridacchiò sottovoce e lei sentì nel corpo le vibrazioni di quella risata, dato che erano schiacciati l'uno contro l'altra. Se si fosse trovata in quel buco con chiunque altro, Lexie sarebbe stata molto a disagio; ma c'era qualcosa in Midas che la faceva rilassare.

"Ho dovuto imparare molto alla svelta che non importava da dove venivamo: per farcela, per superare l'addestramento di base e quello speciale dei SEAL, bisognava lavorare con gli altri."

"Abbraccia lo schifo," commentò Lexie sorridendo.

"Esatto. Negli anni ho visto un sacco di situazioni di merda. Persone che si facevano stronzate a vicenda, mancanza di rispetto verso bambini, verso le mogli o i vicini di casa. Persone che si facevano la guerra per qualcosa che nemmeno capivano. Hai visto il film *World War Z*?"

Lexie sbatté le palpebre per quel cambio di argomento.

"C'è un motivo," le spiegò Midas.

"È il film con Brad Pitt e gli zombie, giusto?" gli chiese.

Midas annuì. "Sì. Allora, c'è un punto in cui stanno scappando dagli zombie a Gerusalemme e il personaggio di Brad Pitt guarda indietro e vede un corpo tutto incasinato, rannicchiato per la strada con le mani sulla testa. Tutti gli zombie gli girano attorno senza nemmeno fermarsi a guardarlo, mentre cercano di attaccare tutti gli altri. Ecco, ti senti un po' così, come quel ragazzo."

Lexie arricciò il naso accigliandosi: "In che senso?"

"Tutti gli altri intorno a te combattono a sgomitate per qualcosa: mangiare, potere, soldi... e poi ci sei tu, una lucina nell'oscurità. Tu distribuisci sorrisi e cibo, ti fai degli amici in un territorio molto ostile. Sembra che il male non possa sfiorarti."

"Ehm, forse dimentichi che sono stata rapita e tenuta in ostaggio," gli disse Lexie con una certa ironia.

"No, non me lo sono dimenticato. Sì, sei stata rapita e fa schifo, ma almeno non ti hanno toccata. Fidati, per quanto ne so è un cazzo di *miracolo*. Tantissimi ostaggi non hanno la stessa fortuna. Tu sei rimasta viva e abbastanza in salute, tutto sommato."

Lexie si sentì costretta a spiegare: "Volevano dei soldi, se mi avessero uccisa il riscatto si sarebbe dimezzato."

Ma lo sentì fare spallucce.

"Dico solo che mi ricordo, sei sempre stata così. Quando eravamo a scuola, andavi apposta dai tipi più strani per fare amicizia, rinunciavi ai soldi per il pranzo per comprare un panino a qualcun altro, ti offrivi volontaria per entrare nel gruppo di quelli con cui non voleva stare nessuno. Sei una brava persona, Lexie. Anche se da un lato mi spaventa che tu abbia invitato a casa tua dei completi sconosciuti, dando loro da mangiare, è ovvio che ami quello che fai."

Dopo un lungo momento di silenzio, Lexie sbottò: "Sono entrata in Food For All per scappare da mio padre."

Si sentiva tesa in ogni muscolo.

Midas le disse a denti stretti: "Spiegami."

"Non mi picchiava, ma non era certo affettuoso." Lexie lo stava ammettendo per la prima volta in vita sua. Non aveva mai parlato a nessuno del padre. In parte perché non si era mai avvicinata a qualcuno dei suoi colleghi, anche perché non rimaneva mai abbastanza a lungo nello stesso posto. Lei cambiava spesso località, anche gli altri si spostavano spesso, era normale conoscere qualcuno e vederlo ripartire nel giro di breve. Ma stare chiusa al buio con Midas creava un'atmosfera particolare, forse perché l'aveva conosciuto tanto tempo prima, aprirsi con lui non era affatto difficile come lei si aspettava.

"Mio padre non sapeva mai cosa fare con me. Poi beveva molto, era spesso ubriaco e per questo si faceva sempre licenziare. Il nostro Natale non è mai stato molto ricco, penso che l'ultima volta che abbiamo addobbato l'albero sia stato alle scuole elementari. Quando si ubriacava, l'ultimo dei suoi pensieri era prepararmi la cena."

"Ma tua mamma dov'era?" le chiese Midas.

"Sparita. Se n'è andata quando ero piccola. Me la ricordo a malapena. Mia madre e mio padre litigavano di continuo. I miei ricordi sono pieni di grida, mi nascondevo in camera mia quando cominciavano. Comunque, abbiamo fatto molti traslochi, per questo sono arrivata a Portland all'ultimo anno delle superiori." Ripensando a quell'anno, al suo primo incontro con Midas, pensò anche a quanto era stata difficile la scuola per lei. "Non sono una stupida," aggiunse con un tono un po' più deciso di quanto volesse.

"Non ho mai detto che tu fossi..." le rispose Midas, un po' confuso.

Lexie sentì che con le dita le sfiorava appena il braccio che gli teneva al fianco; non si era accorta di come aveva cominciato, ma innegabilmente la faceva sentire bene... era confortante.

"Scusa. Mi è uscito così, vecchie abitudini. Ripensavo alla scuola, a quanta fatica ho fatto. I miei voti non erano un granché. È solo che... sono dislessica. Poi con tutti quei traslochi, mio padre che si preoccupava solo di guadagnare qualcosa per bere, non si è mai preoccupato di farmi certificare. La scuola è stata come un inferno. Le lettere mi ballavano davanti agli occhi, anche se ho fatto di tutto per nascondere il mio problema, per nascondere che quasi sempre ero persa tra le pagine dei libri. Non posso nemmeno biasimare i docenti perché non se ne sono accorti, nei compiti copiavo tantissimo." Fece spallucce prima di proseguire: "Avevano sempre qualcun altro più bravo di me o più somaro di me su cui concentrare la loro attenzione. Quindi sono passata tra le loro maglie."

Midas esordì: "Cacchio, Lex..."

Ma lei lo interruppe: "No, va bene così. Mio papà non mi aiutava, anzi, rideva di me e mi dava della stupida quando portavo a casa la pagella. Guarda che *non* cerco compassione, solo che posso ricordare ogni singolo episodio in cui qualcuno è stato gentile con me, da ragazza, talmente poche sono state le occasioni.

"C'era questa ragazza, si chiamava Renee, eravamo insieme in quarta elementare, credo. Durante la ricreazione mi ha chiesto se volessi giocare con lei, è stata la prima volta che qualcuno me l'ha chiesto. Abbiamo giocato, siamo andate sulle altalene, abbiamo corso insieme durante la ricreazione per tutto l'anno. Ero felicissima. L'anno dopo l'hanno messa in una classe diversa e si è fatta delle altre amichette, ma ripensare a quell'anno mi dà ancora gioia."

"Poi al primo anno delle superiori un ragazzo si è accorto che me ne stavo sempre seduta da sola in mensa, non mangiavo, così mi ha portato un biscotto. Potrei andare avanti, ma... insomma avrai capito l'andazzo. Quando sei invisibile e qualcuno finalmente ti vede e fa qualcosa di carino, te lo ricordi bene.

"Guarda che non te lo dico per farti sentire in colpa, per come sei cresciuto o per qualcosa che hai fatto in passato. Sto solo cercando di spiegarti il perché sono come sono. Anche se forse non mi spiego bene," ammise Lexie con una leggera risatina. "Per tanti, anche per mio padre, ero invisibile. Io *vedo* gli invisibili, Midas. Richiamano la mia attenzione e io non posso far altro che essere gentile con loro. Devo cercare di aiutarli, perché per me è un'enorme soddisfazione; spero solo che un giorno, magari, chissà, si ricorderanno di quando qualcuno ha fatto qualcosa di carino nei loro confronti e ricambieranno il gesto con qualcun altro. Il mondo ha bisogno di più bontà e di meno odio."

"Hai proprio ragione," commentò Midas.

"Ora che mi viene in mente, grazie per non aver fatto storie, quando la signora Allen ti ha affibbiato quel progetto con me."

"Lex," riattaccò Midas, ma lei lo interruppe di nuovo.

"No, dico davvero. Lo so che ero l'ultima persona con cui volevi lavorare, a te interessava Candace, anche lei se l'è presa quando non vi hanno messi insieme; eppure tu mi hai sorriso comunque, non mi hai fatto sentire un peso."

Midas intervenne: "Tu ti sei fatta il mazzo per quel progetto, ti sono venute delle idee molto buone."

Lei minimizzò: "Di sicuro avresti preso il massimo dei voti se avessi fatto squadra con qualcun altro, non sono stata un grande aiuto nello scrivere al computer."

"Ma dai, a me quell'Ottimo che abbiamo preso andava benissimo. Poi mi piaceva parlare con te, Lexie. Mi dispiace solo che non sapevo un'acca della tua situazione."

Lexie gli disse: "Non preoccuparti, era impossibile che tu lo capissi, di sicuro io non avevo intenzione di dirtelo, non volevo che provassi compassione per me. Poi tu sei uno dei pochi bei ricordi di cui ti dicevo prima. La scuola mi faceva schifo, ma grazie a te posso ripensare al mio ultimo anno delle superiori e almeno ho dei bei ricordi."

Midas non riusciva a rilassarsi; anzi, gli sembrava di essere più teso di prima. Lexie non aveva intenzione di irritarlo.

Dopo un momento, le chiese: "Parli ancora con tuo padre?"

"No. Mio padre è morto qualche anno fa di cirrosi epatica."

"Ottimo."

Quell'unica parola gli venne fuori con un tono avvelenato

che Lexie non gli aveva mai sentito usare in tutte le ore che aveva passato al suo fianco.

"Non ti meritava. Adesso capisco meglio perché sei come sei, perché fai quello che fai. Nessun padre dovrebbe dare dello stupido a un figlio, o a una figlia. Tu hai detto che non ti ha picchiata, ma sei stata comunque molestata, Lex. Mi dispiace per quel che ti è successo, ma alla fine ride bene chi ride ultimo e tu l'hai avuta vinta. Spero che sia morto nel dolore, da solo, spero che ti guardi da lassù pieno di rimpianto per tutte le parole dure che ti ha detto."

"Midas," Lexie cercò di interromperlo, ma lui proseguì.

"Il fatto che Astur non abbia esitato ad aiutarti non mi sorprende minimamente. Sei uno spiraglio di bontà in un mondo altrimenti oscuro e difficile. Tu l'hai aiutata, sei stata vicina ai suoi figli quando Astur aveva più bisogno di un gesto di bontà. Non cambiare, Lex, non cambiare mai. Il mondo ha bisogno di persone come te. Devi equilibrare le persone come me."

Lexie scosse la testa: "Ma no, Midas, tu sei un brav'uomo."

Lui ridacchiò, anche se non in modo felice: "Tu non mi conosci."

"Va bene, giusta osservazione, non ti conosco, ma non conosco nessuno disposto a fare per me ciò che hai fatto tu. Tu sei rimasto al mio fianco, non hai aspettato che il medico mi mettesse la flebo per integrare i liquidi nel mio corpo. Non mi hai lasciata da sola quando ci sono state le esplosioni, anche se sappiamo bene entrambi che tu avresti potuto scappare molto più in fretta senza avere me al traino. Ti sei fidato di me quando ti ho detto che Astur ci avrebbe aiutati, non ti sei lamentato e non hai esitato a intrufolarti in questo buco con me. Nel caso non te ne fossi accorto, ti faccio notare che saresti stato molto più comodo da solo, qui dentro, senza di me."

Midas ribatté: "Questo è solo un altro motivo per cui mi

fa incazzare quello che hai passato, perché non conosci nessuno disposto a fare qualcosa per aiutarti, è ridicolo."

Lexie scosse la testa, non sapeva come fare per farsi capire da Midas, allora gli disse: "Io non sono una persona sociale e mondana come Candace e le altre. Nessuno fa i salti mortali per me, nessuno mi apre le porte o mi compra da mangiare, nessuno si prende la briga di conoscermi. Ma non devi dispiacerti per me, io me ne sono fatta una ragione. Ho imparato a star bene con me stessa; posso fare quello che voglio, vivere dove voglio, se voglio spendere il mio stipendio per soccorrere una famiglia bisognosa che vive vicino a me posso farlo e non devo nemmeno preoccuparmi di quello che pensano gli altri."

"Allora te lo ripeto, al mondo c'è più bisogno di tante Lexie che di tante Candace."

Quelle parole le facevano piacere, ma Lexie immaginava che gliele dicesse solo per il contesto in cui si trovavano.

Midas sembrò capirla inspiegabilmente e le disse: "Tu non mi credi."

"Io credo che tu sia sincero, in questo momento, in questo contesto, sì," gli rispose diplomaticamente.

Lo sentì scuotere la testa. "Vorrei tanto che tuo padre fosse ancora vivo, vorrei andarlo a trovare per dirgli quanto è stato scemo con te."

Lexie rise, non poté trattenersi.

Midas le chiese: "Che c'è?"

"A mio padre non importerebbe; non gli è mai importato quello che pensavano gli altri di lui."

"Invece ai miei genitori piaceresti," le disse Midas.

Lexie fu colta di sorpresa: "Cosa? Ma va' là."

Ma lui insisté: "Sì, a loro piaceresti. Loro mi dicono sempre che non rido abbastanza, si lamentano che non sono abbastanza gentile con gli altri. Cioè, non faccio lo stronzo, ma non sono il tipo che si prenda la briga di fare amicizia; poi il mio lavoro mi ha fatto diventare più cinico e ho perso la fiducia nel prossimo. Tu? Tu sei gentile con *tutti*. Credimi, i miei genitori ti apprezzerebbero."

Lexie non sapeva bene come replicare. Così si spostò addosso al corpo di Midas, trasalendo quando sentì un rivolo di sudore che le scivolava lungo la tempia. Il camice che indossava era umido di sudore e caldo, la doccia che si era fatta da poco sembrava ormai lontana mille miglia.

Midas le chiese: "Stai bene?"

Gli rispose subito: "Ho solo caldo, ma sempre meglio che farsi sparare o rapire di nuovo."

Midas commentò sottovoce: "Cerchi sempre il lato migliore delle cose."

Lei gli spiegò: "Essere sempre pessimisti non serve a niente, serve solo a far sembrare la realtà peggiore."

"È vero."

"Cioè, in fondo in questo buco potevano anche esserci delle cimici," gli disse, al che lo sentì tremare.

"Odio le cimici," le disse.

Lexie non trattenne una risata e gli chiese: "Ma come, sei un SEAL grande e grosso e odi le cimici?"

"Eh sì. Non ho problemi con i serpenti e con gli alligatori, preferisco addirittura i pipistrelli alle cimici."

"Le cimici a me non danno fastidio," ammise Lexie, "anzi, hanno un fascino tutto loro. Ma non sopporto gli scarafaggi. Quei cosi mi fanno venire i brividi."

Dopo un paio di minuti, Midas le chiese: "Come vanno i piedi?"

Lexie sospirò.

"C'è che cambi argomento più di chiunque altro abbia mai conosciuto. Un attimo prima parlavamo di cimici, poi mi chiedi dei miei piedi."

Al che lui le spiegò: "Adesso ti racconto come funziona la mia mente. Stavamo parlando di cimici, quindi ho collegato ai segni che hai sulla pelle, sono delle pulci del deserto. Allora ho pensato all'ospedale e a quanto eri felice dopo aver fatto la doccia. Poi ho collegato ai tuoi capelli, che mi piacciono molto. Mi sembra che vivano di vita propria. Poi mi è venuto in mente quanto eri felice di poter indossare il camice, quando al tuo posto tanti altri si sarebbero lamentati per non poter indossare i propri vestiti. Allora mi sono ricordato che pelle morbida avevi quando ti ho infilato l'ago della flebo e dalla tua pelle sono passato ai piedi nudi, quando siamo scappati dall'ospedale. Siccome adesso non posso abbassarmi per guardarli, beh, del resto non possiamo muoverci di un centimetro, in questa specie di loculo, allora ho deciso che almeno potevo chiederti come stavano i tuoi piedi."

"Ah... wow. Capisco. Una logica impeccabile. Stanno bene, non indosso scarpe da tanto tempo. Cioè, avevo le infradito, ma erano scomode e anche indossandole mi facevano male i piedi. Quindi spessissimo me le toglievo e andavo a piedi nudi comunque. Ho le piante dei piedi belle toste, comunque a dirla tutta ero più preoccupata di scappare da quei pazzoidi che volevano far esplodere l'ospedale, più che dei miei piedi."

"Brava. Comunque ci do un'occhiata appena usciamo di qui."

"Quando usciamo di qui, probabilmente dovremo raggiungere la tua squadra. Non ci sarà tempo di mettersi giù a fasciarmi la mia bua," gli rispose.

"Allora ammetti che ti fanno male? Dove ti fa male? Cosa? Forse possiamo spostarci appena e..."

"Sto *bene*, Midas, davvero; comunque non possiamo spostarci minimamente."

Al che lui sospirò; dopo un momento, le disse: "Mi hai chiamato Midas."

Lexie si stava abituando a quei bruschi cambi di argomento, anzi, sotto sotto li trovava anche molto carini, così lo seguì a ruota: "È così che ti chiamano i tuoi amici, non ti fa piacere?"

"Elodie chiama Mustang usando il suo vero nome, Scott."

Lexie non era sicura di capire cosa intendesse dire Midas, così glielo chiese: "Preferisci che ti chiami Pierce?"

Ma lui minimizzò: "Voglio che mi chiami come vuoi chiamarmi *tu*. Devo ammettere che però mi farebbe strano, sentire il mio vero nome. So che a Mustang non dà fastidio sentirsi chiamare col vero nome, ma le uniche persone che mi chiamano Pierce sono i miei genitori, mio fratello e mia sorella."

"MI ricordo che a scuola i professori ti chiamavano tutti Pierce, ma per me è difficile tornare a vederti come allora. Immagino perché ormai ti ho visto in modalità SEAL e non riesco a collegare il nome Pierce con l'immagine del SEAL, mi stona."

Lui ridacchiò e le disse: "Tu invece non fai Lexie di nome, eppure ti fai chiamare così. C'è un motivo?"

"Mia mamma ha deciso di chiamarmi Elizabeth. Quando poi se n'è andata, mio papà ha pensato bene di odiare quel nome e mi ha detto senza mezzi termini che mi avrebbe chiamata Lexie e che dovevo abituarmi al nuovo nome. Io ero troppo piccola per capire davvero, quindi non mi importava. Poi quando sono cresciuta e ho cominciato a capire... mi sono trovata d'accordo con lui. Per questo ho continuato a farmi chiamare Lexie."

"Comunque è un bel nome, è unico."

Merda, che uomo pazzesco. Lexie probabilmente stava dando a quella situazione un peso che non aveva, e lei lo sapeva, ma nell'ultima giornata aveva superato con lui momenti molto intensi che la facevano sentire molto più vicina a Midas di quanto non si sarebbe sentita normalmente. A quel punto gli chiese: "Adesso che si fa?"

"Si aspetta," le rispose immediatamente.

"No, cioè, intendo dire dopo che usciamo di qui e ci troviamo con la tua squadra, dopo che andiamo via da Galkayo?"

Midas scosse la testa e mormorò: "Di nuovo tutto il tuo ottimismo."

"Perché? Preferisci che stia qui con la convinzione che ci troveranno, che ci uccideranno, o che verrò trascinata di nuovo nel deserto per un riscatto che probabilmente non arriverà mai, così alla fine si stancheranno di dovermi dare da mangiare e di portarmi dell'acqua, così mi venderanno a qualcun altro che mi userà come schiava o abuserà di me, oppure mi uccideranno direttamente, lasciando il mio corpo nel deserto in pasto agli avvoltoi e alle pulci del deserto?"

"Santo Dio, che prospettiva! Ma no, merda."

Allora lei gli spiegò: "Io tendo a essere ottimista, ma non significa che non possa fare la pessimista."

"Mi sembra ovvio. Allora, vediamo, *quando* usciamo da questo buco ci troviamo con la mia squadra e ce ne andiamo via da questo inferno, proprio com'era previsto dal piano originale. Andiamo in volo a una nave della marina che ci aspetta. Là potrai mangiare, sarai visitata da un altro medico, poi verrà organizzato il tuo rientro negli Stati Uniti. Verrà contattata Food For All e immagino che i tuoi capi saranno entusiasti di sentire che stai bene, organizzeranno tutto per il tuo rientro, anche per il tuo recupero, dopo tutto questo macello. Hai una casa a cui tornare?"

Lexie sospirò. Nel suo racconto di cosa li aspettava, Midas non aveva affatto detto che si sarebbero tenuti in contatto. Lei un po' ci sperava, invece per lui era soltanto lavoro. Le diede un po' fastidio. "Non proprio. Cioè, immagino che l'Oregon sia un po' casa mia come qualunque altro posto. Quando ho ricevuto il mio primo incarico all'estero, non avevano comunque molto, in termini di casa, di mobili. Tutta la mia roba l'ho lasciata a casa di mio padre, sai, molti vestiti, libri e gingilli vari. Quando mio padre è morto, il padrone di casa ha buttato via tutto. Comunque le cose che ho lasciato da mio padre non mi sono affatto mancate. Negli anni ho recuperato delle cose mie, ma ogni volta che cambio destinazione Food For All mi fa i bagagli e me li spedisce, un po' come fa l'esercito con i familiari dei militari che cambiano base."

Midas annuì: "Mi sembra logico."

Poi non disse altro, così Lexie chiuse gli occhi: non sapeva nemmeno lei cosa aspettarsi che dicesse, che voleva farla trasferire alle Hawaii? Era un pensiero ridicolo.

"Pensi che non c'è niente di male se chiudo gli occhi per un pochino?" gli chiese, facendo del suo meglio per non far trapelare alcuna emozione dal tono della voce.

"Ma certo, anzi, probabilmente è un'ottima idea. Non so per quanto tempo dovremo rimanere chiusi qui. Direi che la scelta più furba è rimanere nascosti fino al calar del sole. Poi possiamo anche uscire, protetti dal buio della sera. Starai bene, anche se non mangiamo per un po' di tempo? Mi prenderei a calci da solo, perché non ti ho fatto portare nulla da mangiare in ospedale."

"Sto bene." Era vero, perché in tutto il tempo che aveva passato nel deserto si era abituata alle lunghe attese tra un pasto e l'altro. Aveva bevuto dell'acqua e assimilato dei liquidi, prima di dover scappare dall'ospedale; poteva resistere fino a notte.

"Allora fai pure, prova a dormire," le disse Midas.

"Non ti sono di peso? Magari riesco a staccarmi un minimo," gli disse, quasi sperando che lui accettasse: aveva un disperato bisogno di mettere della distanza tra sé e quell'uomo; Midas le stava entrando dentro, Lexie aveva una strana sensazione, che le si sarebbe spezzato il cuore separandosi da lui, sulla nave della marina.

"Di peso? Impossibile, Lex. Appoggiati pure. Mi piace sentirti vicina."

Cacchio; nessuno l'aveva mai fatta sentire così al sicuro e così speciale come lui. Era una donna di trentatré anni, poteva farsi venire una cotta?

Sì, decise di sì. Assolutamente.

Senza dire altro, Lexie provò a chiudere gli occhi. L'uomo a cui era appiccicata puzzava di sudore, di pelle e di metallo per via del fucile, ma per uno strano motivo a lei non dava fastidio. Probabilmente perché sapeva bene di essere anche lei sudata, in quel momento, non profumava certo come una rosa. Ma preferiva cento volte l'odore di Midas, rispetto al tanfo di chi indossava troppo deodorante e puzzava di profumi artificiali.

Gli sussurrò: "Midas?"

"Sì?"

"Grazie per essere venuto a salvarmi."

Lexie avrebbe quasi giurato di sentire che la baciava sulla testa, ma immaginò fosse solo l'illusione di un desiderio.

"Grazie per essere la donna forte e ottimista che sei; sarebbe stata una missione schifosa se non avessi fatto altro che la stronza, lamentandoti di continuo."

Lexie sorrise, anche se all'improvviso faceva molta fatica a rimanere ottimista.

Sarebbe stata meglio al risveglio. Quando era stanca, i pensieri negativi sembravano trovare più facilmente accesso al suo cervello. Con l'arrivo della notte, sarebbe stata più brava a gestire le sue emozioni.

Inoltre, un po' di sonno sarebbe stato anche una tregua, impedendole di innamorarsi ancora di più dell'uomo che aveva accanto.

L'ultima sua sensazione, prima di soccombere alle lusinghe dello sfinimento, furono le dita di Midas che le sfioravano leggermente il braccio.

CAPITOLO SEI

MIDAS FISSAVA le tavole di legno a pochi centimetri dalla sua testa, non sapeva quanto tempo fosse passato, da quando Lexie si era addormentata, appoggiata addosso a lui, ma immaginava fossero passate alcune ore.

Lui invece non riusciva a dormire, era troppo in allerta, allarmato da ogni movimento che sentiva intorno. C'erano persone che andavano e venivano dalla porta sul retro, quella vicina al nascondiglio, per questo Midas teneva sempre la mano destra pronta sul fucile al suo fianco.

Si chiedeva cosa stessero facendo gli altri della squadra, immaginava fossero asserragliati da qualche parte, in attesa che il sole calasse all'orizzonte, proprio come stava facendo lui. Non temeva minimamente che se ne andassero senza di lui: un SEAL non lascia mai indietro un altro SEAL. Mai. Avrebbero atteso tutto il tempo necessario, finché lui non fosse uscito allo scoperto.

Midas si chiedeva anche cosa fosse successo all'ospedale, sperava che Dagmar fosse riuscito a scappare, che l'avessero portato via senza alcuna complicazione.

I suoi pensieri tornarono dove erano stati tutto il giorno,

cioè alla donna che gli dormiva praticamente sdraiata addosso. Lui aveva intuito che quella missione sarebbe stata diversa dalle altre: aveva avuto ragione. Non solo era la prima volta che conosceva personalmente uno degli ostaggi... ma cominciava a provare per Lexie delle sensazioni che non aveva mai provato per nessuna delle persone che aveva salvato in passato.

Midas si era estremamente *irritato* ascoltando tutti i problemi che Lexie aveva avuto da bambina; come faceva a essere così buona, così gentile, dopo essere stata trattata in quel modo? Lui proprio non riusciva a concepirlo. Eppure era così. Il calore con cui Astur l'aveva accolta era una prova tangibile che l'impressione che Midas si era fatto di lei non era esagerata: Lexie aveva salvato la vita di quella donna, probabilmente anche la vita dei suoi figli, accogliendoli senza chiedere nulla in cambio. Astur infatti le era chiaramente grata.

Midas non aveva mai incontrato una persona altruista quanto Lexie; lei si preoccupava degli altri prima ancora che di se stessa.

In parte, Midas avrebbe voluto provare a scuoterla, dicendole che doveva pensare prima a se stessa, ma sospettava che facendolo avrebbe avuto in cambio solo un sorriso, una pacca sulla spalla e lei che gli rispondeva che andava tutto bene.

Non aveva mai incontrato una donna come Lexie, sentiva il forte bisogno di conoscerla ancor meglio, voleva scoprire tutti i suoi segreti, cosa le piaceva e cosa non le piaceva, il posto in cui aveva lavorato e in cui si era trovata meglio, le sue speranze, i suoi sogni.

Quando Lexie gli aveva chiesto cosa sarebbe successo, una volta raggiunta la nave della marina, lui aveva fatto un resoconto impassibile e privo di emozioni... ma ciò che *non* le aveva detto era quanto voleva rimanere in contatto con lei.

Nulla era cambiato, per quanto lo riguardava: Midas

doveva comunque tornare alle Hawaii per proseguire il suo impegno con la marina. Lui non aveva mai creduto nelle relazioni a lunga distanza, ma sentiva il forte bisogno di conoscere i passi successivi di Lexie.

Anche se non gliel'aveva detto, intendeva rimanere nella vita di Lexie, in qualche modo, sempre che lei fosse d'accordo. Voleva parlare con lei al telefono, scriverle delle mail, magari anche mettersi giù con carta e penna per scriverle una lettera, se avesse dovuto. Lexie aveva decisamente risvegliato molto interesse in lui e Midas non era disposto a lasciarla andar via, facendo finta di non aver passato con lei alcune delle ore più intense di tutta una vita.

Lexie si mosse contro di lui e Midas aspettò di capire se si fosse svegliata del tutto o se stesse ancora dormendo, si era già mossa altre volte nel sonno. Lui non amava tanto starsene fermo a far nulla, era un tipo mattiniero, non vedeva l'ora di alzarsi e di cominciare la giornata; non guardava molto la TV e potendo scegliere preferiva sempre andare a fare una passeggiata, o andare a correre, a nuotare, piuttosto che poltrire a far nulla.

Eppure, con sua grande sorpresa, era perfettamente a suo agio a starsene lì, con Lexie che gli dormiva addosso. Certo, in quel momento non aveva altra scelta, poteva solo rimanere dov'era, ma aveva comunque la sensazione che dormire fino a tardi con lei, in una domenica pigra, a casa, sarebbe stato meraviglioso.

Quella sensazione avrebbe dovuto spaventarlo, invece lo rattristava... perché era quasi certo che non sarebbe mai successo. Midas non riusciva a immaginare il modo in cui passare dal nascondersi con Lexie in un buco, nel retrobottega di un negozio in Somalia, all'averla tra le braccia nel suo letto comodo a Oahu.

"Dannazione," sussurrò Lexie con voce roca, svegliandosi.

"Che c'è?" le chiese Midas allarmato, predisponendosi

mentalmente a uscire da quel buco per aiutarla, qualunque fosse il problema.

"Niente, speravo solo che fosse stato tutto un sogno," gli rispose.

Allora Midas si rilassò un pochino. "Se può consolarti, ormai è un po' che tutto è tranquillo. Tra un'oretta o giù di lì penso che potremo uscire di qui e andare a trovare la mia squadra."

Lexie annuì: "Non pensavo di dormire così tanto."

"Ne avevi bisogno."

"Ma tu sei riuscito a dormire?" gli chiese.

"Ho riposato," le rispose Midas: non avrebbe mai abbassato la guardia tanto da addormentarsi; soprattutto se c'era il rischio che Lexie venisse ferita o rapita di nuovo. Lei era la missione... ma era anche molto di più. Ormai era diventata una questione personale.

Lexie si spostò di nuovo, sempre addosso a lui; non c'era abbastanza spazio per staccarsi più di tanto.

Al che Midas le chiese: "Stai bene?"

"Sono solo indolenzita," gli rispose.

Midas sentì che Lexie stava sgranchendo i piedi uno alla volta, il che gli fece pensare di nuovo che lei non indossava le scarpe. Saperla a piedi nudi gli dava un fastidio viscerale, Midas sentiva che avrebbe dovuto prendersi cura meglio di lei. Il pensiero di farla camminare a piedi nudi per le strade di Galkayo lo ripugnava.

"Che c'è?" gli chiese Lexie.

Midas sussultò dalla sorpresa e le chiese: "Cosa intendi con *che c'è*?"

"Ti sei irrigidito, c'è qualcosa che non va?"

Midas non fu sorpreso di sentire che erano sulla stessa lunghezza d'onda, del resto erano appiccicati come due fidanzatini, era impossibile nascondere la minima reazione fisica.

Così ammise: "Stavo solo pensando che sei senza scarpe e che mi dispiace tantissimo."

Lexie gli chiese: "Ma perché? Non avevi certo il tempo di trovarmi delle scarpe, chi se lo aspettava, che dovevamo uscire dalla finestra e scappare così. E poi capita a tutti, da queste parti, di andare in giro a piedi nudi, gli abitanti del posto ci sono abituati."

"Sì, è vero, ma io sono responsabile per te, avrei dovuto pensarci prima, dovevo aspettarmi che potesse succedere qualcosa. Mi sono lasciato andare."

"Ma tu *non sei* responsabile per me," ribatté Lexie con un certo fervore. "Cioè, sì, va bene, agli occhi del governo hai la responsabilità di portarmi alla nave, ma sono una donna adulta, Midas: sono perfettamente in grado di decidere da sola sulla mia vita. Dubito di avere il potere psichico di sapere cosa faranno le persone intorno a me, ogni secondo della mia vita. Sono molto grata a te e agli altri per avere liberato me e Dagmar, ma non significa che sono una damigella indifesa dalla testa vuota, sempre in difficoltà. Se mi mettessi a urlare e attirassi qui tutti quei malintenzionati, saresti tu il responsabile delle mie azioni? Sentiresti la responsabilità di ciò che mi succederebbe? Oppure se insistessi che dobbiamo fermarci perché devo fare la spesa, appena usciti da qui, saresti responsabile delle conseguenze, qualunque esse fossero?"

"A volte la realtà è una realtà di merda, Midas. Possiamo solo affrontarla giorno per giorno, oppure crolliamo e ci lasciamo andare. Io in vita mia non ho mai avuto il lusso di riuscire a lasciarmi andare. Ho sempre dovuto tirare avanti, farmi forza, quindi non ho certo intenzione di fermarmi o di crollare adesso. A meno che tu non mi dica che sei una specie di veggente e che mi racconterai tutto ciò che succederà in futuro, se no la devi smettere di tormentarti per cose che sfuggono al tuo controllo."

Oddio, era una donna magnifica.

Lexie aveva la testa a posto ed era molto appassionata, l'esatto opposto di una primadonna viziata, tanto affabile che quasi non era nemmeno divertente. Quello sfogo non lo aveva offeso. Sì, forse Lexie aveva usato spiegazioni un po' estreme e lui non credeva che un commento sarebbe bastato per farla reagire in quarta in quel modo; ma quella reazione non lo abbatté di sicuro: gli piaceva sentirla parlare senza timore, Lexie diceva ciò che le passava per la testa.

Midas non aveva mai pensato in particolare al tipo di donna che voleva avere al fianco, alla lunga, ma l'aveva trovata. Era *lei*. Voleva una partner forte e concreta, una donna che fosse in grado di badare a se stessa quando lui era in missione.

Evidentemente non le rispose abbastanza alla svelta, perché Lexie gli chiese: "Sei arrabbiato con me? Scusami. Ora che ci ripenso, ho reagito male a quanto hai detto, forse l'ho presa un po' troppo sul personale. Certo, ammetto anche che non so cosa farei, se non ci fossi qui tu ad aiutarmi, non avrei la minima idea di come muovermi... se non tornare alla sede di Food For All, che immagino non sarebbe la mossa migliore, soprattutto in questo momento. Non dico certo di non avere paura, perché ne ho, sono spaventata; ma se mi lasciassi sopraffare dalla paura, la situazione potrebbe persino peggiorare."

"Guarda che non me la sono presa, anzi, sono d'accordo. Non ti ho mai considerata una damigella in pericolo," le spiegò Midas. "Dal momento in cui ho visto il tuo nome sul rapporto, quando ho capito che ti conoscevo, questa missione per me è cambiata, non è più stata come tutte le altre. Io apprezzo, anzi ammiro il modo in cui ti sei comportata finora, Lex. Sei stata fantastica. Solo che... non mi piace pensarti in difficoltà. Potrei anche trasportarti in braccio, se dovessi, anche se mi diventerebbe più difficile proteggere entrambi. Ma il fatto che tu sia senza scarpe ti espone di più, potresti ferirti e io non posso farci nulla. *Ecco* perché mi dà fastidio che tu sia a piedi nudi, perché così sei più vulnerabile. Tutto qua."

Midas sentì che Lexie respirava a fondo e poi la sentì annuire contro di lui: "Mi dispiace: quando mi sveglio sono sempre un po' troppo suscettibile. Ma lo sai cosa mi manca di più?"

"Che cosa?"

"Il caffè. Almeno quello buono. Quello che piace a me è dolcissimo, tanto che quasi non sa nemmeno di caffè. Mi piace berne un sorso e sentire le papille gustative che si svegliano e si accorgono che è mattino. Il primo sorso di caffè mi fa sentire in paradiso."

Midas ridacchiò: "A me il caffè piace nero e amaro."

"Sei strano."

Midas allargò il sorriso, ma poi tornò serio e non poté più trattenersi dal chiederle: "Che piani hai, per quando torni a casa?" Midas sapeva bene che quei cambi improvvisi di argomento irritavano tante persone. Stavano parlando di caffè e di punto in bianco lui portava la conversazione a un livello più serio. Ma ora gli era venuta in mente l'immagine di Lexie seduta nella terrazza di casa, sul retro, a guardare il sorgere del sole sorseggiando una tazza di caffè fin troppo dolce e con un bel sorriso stampato in viso.

Midas sapeva che le probabilità di realizzare quel sogno ad occhi aperti erano quasi nulle; del resto, non poteva fare a meno di chiedersi dove sarebbe andata Lexie, una volta uscita dalla Somalia. Sarebbe tornata negli Stati Uniti? Avrebbe assunto subito un nuovo incarico? Forse poteva prendersi una vacanza, non gli aveva dato l'impressione di avere una famiglia o dei cari amici con cui passare il tempo, prima di sentirsi pronta ad accettare un nuovo incarico.

Ma invece di chiedergli come diamine era passato dal caffè al futuro, Lexie fece spallucce e gli rispose: "Non lo so."

Quella risposta succinta non lo fece star meglio proprio per nulla.

"Devo parlare al mio coordinatore di Food For All per vedere che scelte mi danno. Per quel che ne so, non ho più un lavoro."

Midas le rispose un po' stizzito: "Ma va là, non dire così. Quando ti hanno rapita non stavi certo bighellonando in giro per la città a causare guai. Eri insieme a un pezzo grosso ed eravate in missione fuori sede: se ti licenziano puoi anche fare causa."

Lexie gli diede qualche colpetto con la mano che gli teneva sulla pancia, quasi come volesse calmarlo: "Dicevo solo per dire, c'è anche questo rischio. Non penso proprio che mi licenzieranno solo perché sono stata rapita."

"Sarà meglio per loro," brontolò Midas.

Lexie gli spiegò: "Il fatto è questo: mi piace il mio lavoro; mi piace aiutare la gente a rimettersi in piedi. Per me è una soddisfazione enorme vedere gli uomini, le donne, le famiglie con cui lavoro che riescono a farcela anche per conto loro. A un certo punto non hanno più bisogno di Food For All. Mi piacerebbe continuare in quest'attività... anche se penso di poter scegliere i miei incarichi con un po' più di attenzione."

Midas chiuse gli occhi sollevato e le disse: "Ottimo."

Più che vederla, Midas sentì che Lexie lo stava guardando: "Tu invece torni alle Hawaii, eh?"

"Sì," le rispose Midas aprendo gli occhi e tornando a vedere le stesse stupide tavole di legno che aveva davanti al naso da ore. Poi girò appena la testa per guardare Lexie: aveva i capelli tutti in disordine intorno al viso, alcune ciocche puntavano all'esterno e gli pizzicavano appena la barba corta: "Per caso Food For All ha una sede anche a Honolulu?"

Quella domanda gli sorse spontanea, senza pensarci; Midas avrebbe tanto voluto guardare Lexie negli occhi.

"Non lo so, ma non credo proprio. Cioè, ci sono sedi in

molte grandi metropoli degli Stati Uniti, come New York, Chicago, Detroit, Orlando, Houston, Los Angeles... immagino che anche alle Hawaii ci siano molti senzatetto o persone in difficoltà."

"È così," le confermò Midas.

Cercarono di guardarsi, senza aggiungere altro. Midas voleva dirle quanto gli avrebbe fatto piacere, se fosse andata alle Hawaii, ma non era sicuro di come l'avrebbe presa. Sì, si conoscevano da tempo, sembrava quasi una vita passata, ma erano due persone diverse dai tempi delle scuole superiori. Poi Lexie sembrava contenta del lavoro che faceva, un lavoro in cui era anche molto brava. Poteva sempre aiutare le persone bisognose alle Hawaii, ma sarebbe stata disposta a fermarsi in un posto, dopo tutti i luoghi remoti ed esotici in cui aveva vissuto e lavorato?

Midas voleva chiederglielo, ma invece la baciò teneramente sulla fronte, lasciandole le labbra appoggiate sulla pelle: voleva di più, ma *senza* approfittarsi della situazione.

Sentì che Lexie muoveva la mano che gli teneva sulla pancia. Gliela spostò sul petto, passandola sul giubbotto in Kevlar e su tutti gli accessori attaccati, finché non gli mise le dita sulla guancia.

Al che Midas le sussurrò: "Lex?"

Ma lei non rispose a parole: Midas la sentì muoversi; Lexie alzò il mento finché le loro bocche non furono a pochi centimetri di distanza.

Santo cielo, quanto voleva baciarla. Era il desiderio più forte che Midas avesse mai provato in vita sua. Si sentiva come trascinato verso di lei anima e corpo. Voleva assaggiarla, farla sua.

Che follia: erano ancora in pericolo e lui era un SEAL, di stanza alle Hawaii, mentre lei era un ostaggio, l'ostaggio che lui stava traendo in salvo.

Eppure Lexie era molto di più, per Midas.

Lexie si leccò le labbra e poi avvicinò la testa a quella di Midas.

Le loro labbra si sfiorarono leggermente. Una volta. Due volte.

Midas fece un verso gutturale: odiava non avere più spazio. Odiava non poterla toccare come desiderava. Con la mano di Lexie ancora sul viso, Midas le leccò il labbro inferiore, quasi chiedendo il permesso di entrare.

Lei glielo concesse subito, ma invece di aspettare che facesse lui la prima mossa, gli spinse la lingua in bocca.

Midas sorrise mentre ricambiava il bacio di Lexie.

Lexie baciava come faceva tutto il resto... con entusiasmo, mandando al diavolo ogni pensiero. Quel bacio fu più ricco di sentimenti che di passione travolgente, ma nonostante questo fu come una rivelazione per Midas.

Dopo un minuto all'incirca, dopo il bacio più intenso ed emozionante di tutta una vita, Midas sentì Lexie che si allontanava. Lo fissò continuando ad accarezzargli la guancia facendo avanti e indietro col pollice. Midas si chiedeva se Lexie si rendesse conto di quel movimento.

Anche lui avrebbe tanto voluto sfiorarla, avrebbe voluto metterle una mano dietro la nuca, intrecciare le dita in quei capelli indomiti, fino a divorarla; ma non poteva far altro che guardarla negli occhi e accertarsi di farle sentire quando l'ammirava e quanto voleva tenersi in contatto con lei.

Midas prese fiato per dirglielo apertamente, quando la porta del retrobottega si aprì e qualcuno entrò nel negozio.

In quel preciso istante, l'atmosfera cambiò: Midas strinse la mano al fucile e spostò tutta l'attenzione ai passi che si sentivano; invece di proseguire a camminare verso il negozio, i passi si fermarono. Poi si sentì grattare sulle tavole di legno e Midas si tese al massimo.

Ormai sentiva ancor di più l'istinto di proteggere la donna

che gli stava accanto: nessuno gliel'avrebbe mai portata via. A costo della vita.

Una delle tavole di legno fu spostata di poco, poi la persona che l'aveva spostata fece un passo indietro.

"Va bene, sicuro," disse una voce profonda da fuori.

Midas non si mosse; quando Lexie fece per muoversi contro di lui, come volendo spostare le tavole di legno, lui scosse rapidamente la testa. Allora lei si fermò.

"Lexie? Sono Shermake."

"Shermake?" chiese Lexie con un tono di voce abbastanza forte da farsi sentire.

Midas strinse le labbra frustrato: si ricordava che Shermake era il nome del figlio maggiore di Astur, ma non c'era modo di sapere se fosse davvero lui, se stava dalla parte di Lexie o magari da quella dei rapitori.

Ma ormai non c'era più tempo, quella persona ovviamente sapeva che erano lì, quindi bisognava fare qualcosa.

Con un movimento rapido, Midas saltò fuori dal buco; sapeva che così avrebbe preso di sorpresa anche Lexie, forse spaventandola, ma non aveva scelta: meglio un piccolo spavento che farsi ammazzare.

Le tavole di legno furono scagliate a terra e Midas uscì dal nascondiglio. Sentiva tutti i muscoli indolenziti per aver tenuto la stessa posizione tanto a lungo, ma ignorò il dolore, per quanto opprimente: puntò il fucile verso il giovane in piedi nel retrobottega.

Shermake alzò subito le mani, in segno di resa.

Midas si guardò intorno e vide che il ragazzo era da solo, ma c'era sempre il rischio che qualcun altro fosse fuori ad aspettarli, tendendo loro un'imboscata.

"Amico!" disse subito il ragazzo.

Senza guardarla direttamente, Midas sentì che Lexie usciva dal nascondiglio, ma le disse: "Rimani dove sei, Lex."

Ma lei ignorò l'avvertimento e chiamò di nuovo: "Shermake?"

Poi si avvicinò e si sedette appena fuori dal nascondiglio.

"Sono io," rispose il ragazzo rivolgendo a Lexie un timido sorriso.

Al che Lexie strattonò leggermente i pantaloni di Midas: "Va tutto bene, Midas, lo conosco, è il figlio di Astur, siamo in buone mani."

Midas non ne era del tutto sicuro, ma abbassò comunque il fucile in modo da non puntarlo contro al ragazzo.

"Aspetta..." disse Midas, ma ormai era troppo tardi: Lexie si era di nuovo alzata, allontanandosi dal buco in cui era rimasta con lui per ore, per fare qualche passo verso Shermake. I due si abbracciarono come vecchi amici ritrovatisi dopo anni di separazione.

"Sei diventato altissimo!" gli disse Lexie ridendo un poco.

"E tu sei bassa," replicò Shermake.

Midas fece un po' di conti e capì che il ragazzo che aveva davanti ormai non era più tanto un ragazzo, era più un uomo. Ormai doveva avere sui diciassette anni, in quella zona a quell'età i ragazzi dovevano essere molto più maturi rispetto ai coetanei negli Stati Uniti. Shermake era più alto di Lexie di alcuni centimetri, da grande sarebbe arrivato facilmente ai due metri; indossava una maglia nera con pantaloncini marroni che gli arrivavano al ginocchio, ai piedi calzava un paio di scarpe da ginnastica. Aveva i capelli tagliati corti... e guardava Lexie quasi in adorazione.

Quello sguardo fece rilassare Midas: l'espressione di quel ragazzo era solo preoccupata per Lexie.

"Cosa ci fai qui?" gli chiese Lexie.

Shermake la guardò come fosse una pazza e le disse: "Ti aiuto. Mamma ha detto che sei qui, aspettato scuro, felice tu stai bene, dispiace la mia gente ti ha rubata."

"Non è stata colpa tua. Sai che ti esprimi molto meglio?" gli chiese Lexie, facendogli un complimento.

Shermake rispose: "Fatto esercizio, dai, andiamo. So dove sono soldati americani e danesi."

Lexie gli chiese: "E Dagmar? L'uomo che era stato rapito con me?"

Shermake scosse la testa: "Non so."

Midas non era ancora pronto a fidarsi ciecamente di quel giovane, quindi disse: "Aspetta. Mi dispiace, ma io non ti conosco. Come faccio a sapere che posso fidarmi di te?"

"Midas!" Lexie protestò, ma Midas non tolse gli occhi da quelli di Shermake.

"Il ragazzo gli rispose: "Tu fida di me, conosco uomini che cercano Lexie. Non sono bravi, pigri, non lavorano per guadagnare. Abshir Farah era nel deserto, non ucciso. Tornato qui e racconta storia su lotta in deserto, gli amici cercano di prendere ancora Lexie. Vogliono soldi. Io porto indietro da amici. Fida di me."

Midas strinse le labbra; c'era sempre il rischio di non aver ucciso tutti i rapitori, ma era sorprendente quanto questo Abshir fosse stato veloce a tornare a Galkayo per trovare dei complici. Era stato un errore tornare in città, dovevano andare subito sulla nave. Ma i Cacciatori danesi avevano convinto la squadra di SEAL ad accettare il piano di Magnus. Tutto grazie ai soldi: ovviamente la famiglia Brander era molto potente e riusciva a influenzare persino le forze speciali come aveva fatto Magnus.

Al che Shermake disse a bassa voce e con la massima franchezza: "Giuro sulla vita della mia famiglia, Lexie è al sicuro con me."

Così finalmente Midas annuì; non si fidava ancora al cento per cento di quel ragazzo, ma faceva comodo una guida nelle strade di Galkayo, specialmente se il ragazzo sapeva dove si era rintanato il resto della squadra.

Allora Midas porse una mano a Lexie e quando lei lo raggiunse al suo fianco lui si sentì più tranquillo.

Poi le ordinò: "Stammi sempre vicino. Se vado troppo veloce, dimmelo. Se ti fa male, dimmelo così posso aiutarti."

"Va bene, Midas, lo farò."

"Dico davvero. Non sappiamo chi o che cosa ci aspetti, fuori da questa porta. Il mio obiettivo è sempre farti uscire di qui sana e salva; anche se non siamo più nel deserto, non mi importa, il mio obiettivo non è cambiato."

"Ho capito," gli rispose con grande serietà.

Midas non si trattenne e aggiunse, facendo un cenno con la testa verso il buco in cui si erano nascosti: "Soprattutto dopo quanto è successo, sono determinato al massimo per assicurarmi di tirarti fuori da qui senza neanche un cacchio di graffio."

Lexie si leccò le labbra, come ricordandosi ciò che era successo poco prima che Shermake li interrompesse, poi annuì.

Midas alzò una mano e le sistemò una ciocca di capelli dietro l'orecchio; i capelli le si erano schiacciati contro il viso sul lato che gli aveva appoggiato alla spalla. Midas vedeva le tracce del sudore di Lexie sul collo e sotto le ascelle del camice. Era tutta sconquassata... eppure lui non si era mai sentito così attratto da una donna in vita sua.

L'attenzione di Midas fu attirata da un rumore dietro la schiena di Lexie, quando Midas fece per guardare, vide Shermake seduto a terra che si slacciava le scarpe.

Il ragazzo si tolse le scarpe da ginnastica e le passò a Lexie: "Tu metti ai piedi."

Lexie sembrò confusa: "Che cosa?"

"I piedi, metti scarpe," ripeté Shermake.

Midas le spiegò: "Ti sta dando le sue scarpe."

Lexie scosse la testa e fece un passo indietro, imbattendosi in Midas, poi disse con grande determinazione: "No, non prendo le tue scarpe."

Ma Shermake le rispose con altrettanta ostinazione: "Sì prendi."

Midas prese le scarpe del ragazzo e annuì verso di lui: "Indossale, Lex."

"No. Midas, non capisci: quando l'ho incontrato, mesi fa, non aveva nemmeno le scarpe e andava in giro a piedi nudi, come lui anche il fratello e la sorella. Non gli porto via le scarpe. Non posso."

"Invece sì," le disse Midas, inginocchiandosi davanti a lei e avvicinando una scarpa da ginnastica al piede di Lexie.

"Io ho altro paio, grande scatola di scarpe viene dalla Francia. Tante scarpe per tutti. Io ho altre scarpe. Tu hai bisogno. Io ho piedi duri, la strada non mi fa male. Tu hai *bisogno*." Shermake sembrava estremamente preoccupato.

"Merda," disse Lexie con un filo di voce. "Adesso si offende se *non* le prendo."

"Esatto. Dai, forza, non so tu, ma io sono pronto ad andarmene di qui," le disse Midas, commosso da quel ragazzo che offriva le scarpe a Lexie. Così svaniva uno dei suoi pensieri, quello di percorrere a piedi nudi le strade della città. Midas non doveva più temere che Lexie pestasse dei vetri e si tagliasse un piede, per questo si sentì molto meglio; sperava solo che quel ragazzo non corresse gli stessi rischi.

Lexie gli mise una mano sulla spalla per rimanere in equilibrio mentre alzava un piede. Midas le infilò la scarpa e le strinse i lacci come meglio poteva. Una volta calzata la seconda scarpa, Lexie si voltò verso Shermake e lo abbracciò di nuovo: "Ti ringrazio tantissimo."

"Vanno bene?"

Midas sapeva che le scarpe non le calzavano a perfezione, erano troppo grosse, ma Lexie gli sorrise e annuì lo stesso, dicendogli: "Sono perfette."

Il ragazzo spiegò: "A noi non bisogno scarpe, a noi bisogno scuola. Imparare come si *fanno* le scarpe, non serve carità. Insegna come si fanno vestiti, non serve più vestiti usati di America. Insegna come fare elettricità, fare matematica, fare durare acqua, così noi popolo di Somalia diventa più forte."

Lexie gli strinse un braccio: "Lo so, davvero."

Shermake aggiunse: "Non serve più prendere persone per soldi se abbiamo modo di fare soldi da soli."

Midas annuì, capiva quel ragazzo. Conosceva anche il proverbio, come faceva? Dai a un uomo un pesce e sfamerà la famiglia; *insegna* a un uomo come si pesca e lui sfamerà un villaggio intero.

Shermake scosse la testa, quasi per allontanare i pensieri, poi si avvicinò al buco in cui Midas e Lexie erano rimasti nascosti per tutto il giorno e rimise le tavole di legno dov'erano prima, coprendo quel piccolo nascondiglio, mentre diceva: "Adesso andiamo."

Midas prese la mano di Lexie e gliela infilò di nuovo nella vita dei propri pantaloni. Poi le disse accennando col capo ai piedi di lei: "Stai attenta a non inciampare."

Lei gli rispose: "Starò attenta."

Poi uscirono tutti e tre di soppiatto dalla porta sul retro e si avviarono nel vicolo dietro al negozio. Non c'era molto buio, non quanto sperava Midas, ma il sole era ormai tramontato. Nel giro di una mezz'ora, il buio della notte si sarebbe infittito, ma per allora, con un po' di fortuna, Midas sperava di aver raggiunto la squadra, portando in salvo Lexie.

Shermake si muoveva con molta disinvoltura nel vicolo, Midas lo seguiva con più attenzione; era sicuro al novantanove per cento che quel ragazzo non li avrebbe traditi, ma non era disposto a rischiare la vita di Lexie abbassando la guardia.

Si ritrovarono presto in una strada più grande, ma passarono subito in un altro vicolo, poi in un altro ancora. Percorsero molti vicoli simili, Shermake sembrava privilegiare i passaggi più angusti, forse per rimanere nell'ombra, lontano da occhi indiscreti. Quando c'era un bivio, il ragazzo non esitava; Midas perse ben presto l'orientamento. Attraversarono alcuni quartieri molto dubbi, ma le poche persone che incrociarono non alzarono nemmeno lo sguardo verso di loro.

Nel giro di una ventina di minuti, arrivarono a un quartiere chiaramente più ricco rispetto a quello da cui si erano mossi. Shermake si infilò in un altro vicolo e Midas lo seguì a ruota, sempre attento che Lexie gli rimanesse al fianco, molto vicina.

"Poi Shermake disse: "Voi andate da soli adesso. Attraversa quella strada, poi a destra fino a casa marrone, vedete soldati."

Midas annuì: "Grazie."

"Fatto per Lexie."

"Lo so," rispose Midas, per nulla offeso. Lexie aveva un modo di fare molto speciale e suscitava lealtà in tutti quelli che la conoscevano.

"Non mi dimenticherò mai di te," disse Lexie mentre passava di fianco a Midas per abbracciare il ragazzo un'ultima volta.

Rimasero lì per un attimo e Shermake le disse: "Anche io non dimentico di te."

Poi Lexie si tirò indietro tenendo le mani sulle spalle del ragazzo: "Continua a studiare, adesso ti esprimi molto meglio, ma vedrai che migliorerai ancora." Poi gli sorrise per fargli capire che lo stava stimolando a fin di bene. "Vedrai, farai grandi cose, Shermake, ne sono sicura. Di' a Hodan e Cumar che mi dispiace e che mi mancheranno. Prenditi cura della mamma."

"Shermake le rispose: "Va bene. Adesso andate. State attenti."

Lexie annuì.

Midas si mise la mano nella tasca del giubbotto per prendere alcuni scellini somali. Come tutti gli altri della squadra, anche lui faceva in modo di avere sempre un po' di soldi in valuta locale, in caso di bisogno. Nelle missioni passate, quello stratagemma era servito più di una volta.

Il valore di quegli scellini era ridicolo, ecco perché Midas non era sorpreso che i rapitori di Lexie e Dagmar fossero disposti a tutto, pur di riavere i loro ostaggi: mille scellini corrispondevano a circa due dollari. La banconota di massimo valore era quella da mille scellini e Midas ne estrasse una ventina per passarle a Shermake: era tutto ciò che aveva.

Il ragazzo spalancò gli occhi e fece un passo indietro scuotendo la testa.

Ma Midas gli disse: "Prendili, vorrei averne di più, ma è tutto ciò che ho."

"Non aiuto per soldi," ribatté il ragazzo con convinzione.

"Lo so," gli rispose Midas. Era proprio vero, Midas l'aveva capito. "Ma per favore lascia che ti aiuti: sono in debito con te e voglio fare qualcosa per aiutare te e la tua famiglia, per il vostro futuro; per adesso mi farebbe solo piacere che tu accettassi questi soldi."

Erano meno di quaranta dollari, ma Midas aveva la sensazione che per Shermake e per la sua famiglia fossero una vera fortuna. Il tasso di povertà in Somalia era all'incirca al sessantanove per cento, quindi tante persone vivevano con meno di due dollari al giorno.

Midas non sapeva come poter mantenere la promessa di aiutare la famiglia di Shermake, ma avrebbe trovato un modo. Era impossibile ringraziare e ricambiare Astur e Shermake per l'aiuto che avevano offerto a Lexie, di conseguenza anche a lui.

Alla fine il ragazzo annuì e accettò il denaro, ficcandoselo nella tasca dei pantaloni. Poi si voltò senza dire altro e tornò da dove erano venuti.

"Merda, adesso mi viene da piangere," commentò Lexie tirando su col naso.

Midas avrebbe voluto consolarla, ma prima doveva metterla al sicuro. Così le disse con dolcezza: "Piangi, ma intanto camminiamo."

"Sei un brav'uomo, Pierce Cagle," gli disse, aggrappandosi di nuovo alla vita dei suoi pantaloni.

Lui le rispose: "Sono solo molto grato; quel ragazzo poteva anche portarci dritto tra le braccia dei tipi che ti cercavano."

"Non lo farebbe mai. Ha vissuto tutta la sofferenza della famiglia, odia non poter fare di più. È un bravo ragazzo."

"Anche i bravi ragazzi possono essere attirati sulla cattiva strada dalla prospettiva della ricchezza," commentò Midas.

"Lo so."

Lexie non aggiunse altro, Midas non se la sentì di insistere. Camminarono fino alla fine del vicolo e Midas fece capolino dietro l'angolo; la strada era deserta. Midas seguì le indicazioni di Shermake e nel giro di cinque minuti ebbe la visione più bella delle ultime ore.

Tra le ombre Midas intravide cinque sagome, sagome che lui conosceva bene.

"Era ora che ti decidessi a tornare da noi," scherzò Aleck.

"Merda, Midas, ti sei addormentato da qualche parte? Che cavolo," gli disse Pid.

"Queste merde di radio, dobbiamo gettarle in discarica e prenderne di nuove," si lamentò Slate.

"Ma voi due state bene?" chiese Mustang.

"Santo cielo, cosa le hai fatto, Midas? Sembrate appena usciti da una centrifuga," commentò Slate.

"Dovreste vedere che fine ha fatto la centrifuga," ribatté Lexie impassibile.

Risero tutti e la tensione nell'aria si ridusse al minimo.

Midas fu contento di vedere che Lexie non se l'era presa minimamente per il commento di Slate. Anzi, Lexie aveva affrontato ogni momento di quella disavventura con la massima disinvoltura, era davvero meravigliosa. Ma per quanto sembrasse star bene, per quanto Lexie sembrasse resistere, Midas sapeva che a un certo punto sarebbe crollata. Aveva passato le pene dell'inferno e sembrava sopportare tutto molto bene, ma Midas lo sentiva: a Lexie serviva un momento per stare da sola, per riflettere su tutto quanto era accaduto, per lasciarsi andare.

"Allora ce ne andiamo o no? Dove sono i Cacciatori? Dove avete portato Dagmar? Chiamiamoli subito, così ce ne andiamo via prima di subito," disse Midas.

Rimasero tutti in silenzio... e Midas imprecò mentalmente.

"Cosa c'è? Se ne sono già andati via?" domandò Lexie guardandoli tutti confusa.

Per la prima volta da quando era uscito dall'ospedale, Midas infilò la testa e un braccio nella tracolla del fucile, mettendosi l'arma dietro la schiena; ormai non doveva più tenerlo a portata di mano, c'erano gli altri a proteggere Lexie.

Midas mise un braccio intorno al corpo di Lexie e la tirò più vicina, mentre Mustang le diceva cos'era successo: "Non ce l'ha fatta, mi dispiace tanto, Lexie."

Lexie reagì turbata sussurrando: "Come?"

"Quando sono scoppiati gli esplosivi all'ospedale, gli è venuto un attacco cardiaco fatale. Non ce l'ha fatta."

Lexie scosse la testa e sussurrò: "No, ma stava bene. Cioè, lo so che era malato, ma parlava. Se la *cavava*."

"Come avevi immaginato, nel deserto gli è venuto un ictus. Il cuore di Dagmar si era troppo indebolito e non ha sopportato tutto lo stress. Quando i rapitori hanno scoperto che Dagmar era morto e che tu eri riuscita a scappare, si sono sguinzagliati per darti la caccia. I Cacciatori se ne sono andati qualche ora fa con la salma, passano prima in Italia per andare in Danimarca," raccontò Mustang.

Lexie abbassò la testa, appoggiando il mento al petto, poi sospirò profondamente; aveva le braccia lungo i fianchi, Midas l'abbracciò e la strinse, chiamandola: "Lex?"

Lei gli rispose sottovoce: "Sto bene. Solo che non immagino neanche cosa proverà suo fratello; suppongo che fossero molto vicini. Che disdetta, prima lo salvano dai rapitori, ma poi muore prima ancora di tornare a casa."

"Di sicuro Magnus Brander apprezzerà le tue condoglianze, appena ti portiamo al sicuro," le disse Jag.

"Sì," rispose Lexie annuendo; ma Midas capì che era persa nei suoi pensieri.

Così le disse: "Forza, dobbiamo andarcene da questo inferno, va bene?"

"A me sta bene," rispose Pid.

"Aspettavamo solo te," commentò Slate facendo una smorfia.

Midas sapeva che i suoi amici lo stavano punzecchiando, ovviamente si erano preoccupati.

"Ma senti, come avete fatto a trovarci?" gli chiese Mustang.

"Ci ha portati qui un amico di Lexie," rispose Midas, raccontando la storia di Shermake e della madre del ragazzo, oltre al loro contributo alla fuga e concludendo: "Mi farebbe piacere ricambiare, quando torneremo a casa."

"Di sicuro Baker sarà contento di aiutarti a rintracciarli," intervenne Aleck, "gli basterà avere i loro nomi e gli altri dettagli che puoi ricordarti, vedrai che non c'è problema."

"Chi è Baker?" domandò Lexie.

Le rispose Jag: "È un tipo che sta alle Hawaii e risolve ogni problema."

"Wow, che descrizione dettagliata," commentò Lexie.

Mentre si incamminavano, Mustang le spiegò: "È difficile da spiegare, è un ex SEAL, ora fa surf estremo, poi è un po' la nostra centrale operativa ufficiosa. Conosce tutti e può trovare informazioni su chiunque, anche se è sempre incazzoso."

"Che tipo affascinante; è bello come voi, ragazzi?" aggiunse Lexie.

"Tu pensi che siamo belli?" ribatté Jag, gonfiando il petto in modo esagerato.

"Insomma, ora siete tutti messi un po' male, specialmente lui," rispose Lexie puntando con la testa in direzione di Slate.

Gli altri risero tutti; Lexie soffriva molto per la perdita di Dagmar, era evidente, ma almeno faceva del suo meglio per essere cordiale con tutti.

Midas le chiese: "Ti ho già presentato a tutti?"

"No, ma del resto non c'è stato il tempo," rispose Lexie.

"Vero. Allora, lui è Aleck, di cognome fa Smart, per questo l'abbiamo soprannominato Aleck[1]," disse Midas sottovoce senza fermarsi: immaginava fossero diretti alla zona di atterraggio dell'elicottero, che doveva essere già in volo per venirli a prendere, almeno così sperava Midas. Dovevano fare alla svelta, nel caso i rapitori facessero un ultimo disperato tentativo di rapire Lexie, impedendole di lasciare la Somalia.

"Allora sei davvero uno sbruffone, o è solo un soprannome che ti hanno dato?" gli chiese Lexie.

"Oh, tengo fede al mio soprannome, al cento per cento," rispose Aleck sorridendo.

"Quelli vicino a lui è Pid, che in realtà si chiama Stuart," continuò Midas.

Lexie gemette: "Accidenti, certo che potevate scegliervi dei soprannomi più decenti, ragazzi!"

"Poi c'è Jag, che si chiama Jagger."

"Ah, ecco, adesso va meglio," commentò Lexie sorridendo verso Jag.

"Quello impaziente è Slate (che di cognome fa Stone[2]), mente lui è Mustang, il nostro caposquadra."

"Tu sei quello che ha sposato Elodie, vero?" gli chiese Lexie.

"Hai sentito parlare di mia moglie?" le chiese Mustang.

Lexie annuì e gli rispose: "Oggi abbiamo avuto un po' di tempo per chiacchierare."

"Hai qualcosa in comune con Elodie: ho conosciuto anche lei da queste parti, eravamo nel Golfo Persico, ma su una nave, comunque qui vicino."

Lexie commentò: "Dev'essere una persona davvero speciale."

"Proprio così," confermò Mustang semplicemente.

Aleck aggiunse: "Prepara anche degli hamburger fenomenali."

Lexie gemette e domandò: "Vi va bene se non parliamo di cibo?"

Midas si fece un appunto mentale: trovare da mangiare per Lexie era una priorità.

Camminarono per altri cinque minuti, sempre chiacchierando con Lexie. Midas sapeva che stavano cercando tutti di distrarla, anche perché all'arrivo dell'elicottero avrebbero vissuto un paio di minuti molto pericolosi.

Raggiunsero la periferia del quartiere che stavano attraversando e Midas guardò il deserto che gli si apriva davanti; era affascinante, all'improvviso finiva la città e cominciava il deserto. Davanti a loro non c'era alcuna luce, solo sabbia a vista d'occhio... anche se lo sguardo non arrivava molto in là, dato che ormai c'era buio.

Pid domandò a Midas: "Ce la fa a correre, con quelle scarpe enormi?"

Ma fu Lexie a rispondere: "Ce la faccio a correre."

"Scusa, non intendevo ignorarti."

"Nessun problema. Lo so, sono solo la ragazza che dovete salvare, non sono certo una militare delle forze speciali, come voi SEAL, ma non sono nemmeno una ragazzina indifesa," gli spiegò Lexie.

"Immagino che quelle scarpe abbiano una storia alle spalle," disse Jag. "A quanto mi ricordo, non le indossavi quando ti abbiamo salvata nel deserto."

"Vero, me le ha date Shermake," rispose Lexie.

"Sì, vedrai che senz'altro Baker sarà contento di aiutarlo," intervenne Slate, che aveva capito l'importanza del gesto di un ragazzo disposto a regalare le proprie scarpe.

"Tutti pronti?" chiese Mustang.

Annuirono tutti.

"Pronti a cosa?" sussurrò Lexie a Midas.

"Pronti a correre. Quando l'elicottero si avvicina, se ne accorgeranno tutti in città. Quelli che non ti vogliono far scappare cercheranno di arrivare qui il prima possibile," le spiegò Midas.

"Allora siamo fortunati, almeno non possono correre più veloci di un elicottero in volo, non è vero?" commentò Lexie.

Midas sentì che i suoi commilitoni ridevano, ma lui non riusciva a togliere gli occhi di dosso a Lexie: era decisamente molto triste, anche se aveva negli occhi una luce nuova, era più determinata. Nonostante l'aspetto, da cui era facile capire che ne aveva passate di cotte e di crude, aveva comunque uno stile tutto suo. Così Midas le rispose dicendole: "Ma certo, rimani comunque al mio fianco. Mustang e Aleck saranno i primi, noi li seguiamo, mentre Pid, Jag e Slate ci coprono alle spalle. Quando arrivi all'elicottero, tira su le braccia, Mustang e Aleck ti aiuteranno a salire. Allontanati dallo sportello e vai più all'interno, hai capito?"

Lexie gli rispose subito: "Ho capito, va bene. Guarda che l'ho già fatto una volta, ti ricordi? Una passeggiata."

La voce le tremava un poco, ma Lexie alzò il mento quasi in segno di sfida, invitandolo a dirle qualcosa.

Midas non osò spiaccicare parola; sarebbe stato preoccupante se Lexie non avesse avuto la minima paura per quanto stava per accadere, ma Midas nutriva anche la massima fiducia negli elicotteristi, erano tipi tosti e sapevano il fatto loro, erano in grado di far volare i loro elicotteri anche nelle peggiori condizioni. Bastava arrivare a bordo dell'elicottero per stare al sicuro.

"Arriva," annunciò Mustang.

Midas sentì il rumore delle pale dell'elicottero che si avvicinava ad alta velocità per raggiungere la zona di atterraggio.

Nel giro di pochi secondi ci fu sabbia per aria da tutte le parti e Midas sentì che Lexie abbassava la testa appoggiandogliela al petto per proteggersi al meglio gli occhi. Allora la prese per mano e si abbassò: "Conto fino a tre, al tre corri più forte che puoi. Tieni sempre gli occhi chiusi. Se inciampi ti sostengo io, non preoccuparti che non cadi."

Lexie annuì; la grande fiducia che riponeva in lui gli fece venire una stretta allo stomaco.

Midas cominciò a contare: "Uno, due, *tre*," e cominciò a correre con Lexie al fianco.

La sabbia li colpiva in faccia, ma loro la ignorarono. Mettersi in salvo era molto più importante del leggero disagio del momento. Midas vide Mustang e Aleck tuffarsi nello sportello aperto dell'elicottero, per poi girarsi subito con le braccia tese.

Midas aiutò Lexie a mettersi davanti allo sportello e le urlò: "Su le braccia, Lex."

Lei gli obbedì all'istante e sparì subito all'interno dell'elicottero. Midas si tuffò dietro di lei e fu seguito in un baleno dagli altri. Nel giro di pochi secondi, si sentì l'elicottero che si staccava da terra barcollando, per poi rimettersi subito in volo.

Per qualche minuto rimasero tutti sul chi va là, mentre l'elicottero volava rapidamente sul deserto... nella speranza di sfuggire a chiunque avesse tentato di sparare qualche colpo, per cercare di abbatterlo.

La fuga da Galkayo fu priva di imprevisti: le luci della cittadina somala si fecero sempre più piccole, finché Midas non emise un sospiro di sollievo e si voltò verso Lexie, mostrandole il pollice in alto. Non si erano fermati nemmeno per indossare le cuffie dell'interfono, quindi non potevano parlare tra loro, ma sembrava non importare a nessuno. Lexie gli rispose con un grande sorriso e replicò il segnale con il pollice.

Sì, Midas poteva ben dire che Lexie Greene gli era entrata dentro e lui non aveva la minima idea di come fare a lasciarla andar via.

CAPITOLO SETTE

LEXIE FECE del suo meglio per mostrare ai SEAL un viso allegro e ottimista; certo, era felice di essere stata portata fuori pericolo, così non rischiava più di farsi rapire, ma era molto incerta sul futuro. Inoltre, era completamente spaesata: non sapeva molto del mondo militare, farsi portare in volo su una nave della marina era così insolito per lei, che non era nemmeno divertente.

Tra l'altro, sentiva che il suo tempo al fianco di Midas stava per scadere. Lui sarebbe tornato alle Hawaii con gli altri della squadra, mentre lei sarebbe di nuovo rimasta da sola.

Per la prima volta nella vita, Lexie non era più felice del suo stile di vita solitaria. Quando era entrata in Food For All, all'inizio era entusiasta di andarsene da casa, voleva solo allontanarsi dal padre, dai suoi commenti acidi, dal suo continuo sminuirla. Ecco perché le piaceva tanto starsene da sola, senza dover rendere conto a nessuno. Ma ormai aveva capito anche di non avere nessuno che si preoccupasse per lei, nessuno a cui far sapere se le succedeva qualcosa, nessuno a cui importasse, se spariva dalla faccia della Terra.

Essere rapita le aveva fatto comprendere quanto era veramente sola. Una sensazione davvero spiacevole.

Le piaceva la complicità che Midas sembrava avere con i suoi amici, sentire la storia di Mustang e di sua moglie le aveva fatto nascere dentro un desiderio viscerale: desiderava anche lei quel tipo di vicinanza... ma non sapeva come ottenerla, con delle amicizie, o con un uomo?

Anche il legame che sentiva di avere con Midas comportava una grande seccatura: le piaceva pensare che anche lui provasse la stessa sensazione. Il bacio che si erano scambiati l'aveva letteralmente scombussolata in tutto e per tutto. Ma non avevano avuto il tempo di parlarne, per capirne il significato... sempre che avesse un significato. Poteva anche essere scaturito dalla situazione.

Midas le aveva fornito delle cuffie insonorizzanti da indossare in elicottero, ma non erano collegate all'interfono, quindi non aveva idea di cosa stessero dicendo gli altri. Midas la toccò sulla spalla e le indicò il finestrino dell'elicottero; lei si sedette meglio per riuscire a guardare fuori e intravide il riflesso di una nave enorme. Fuori c'era buio, ma le luci della nave erano un vero e proprio faro di benvenuto. L'elicottero cambiò direzione e cominciò a perdere quota, così Lexie si fece forza.

Era giunto il momento: stavano per atterrare, poi avrebbe dovuto dire addio a Midas.

Non era pronta.

Del resto, pronta o non pronta, l'elicottero rallentava man mano che si avvicinava al ponte della nave.

Lexie fu colta di sorpresa da Midas che le metteva una mano sulla coscia. Ancora non riuscivano a parlare a causa del rumore, ma quando lo guardò, vide che le sorrideva e annuiva.

Le sembrò patetico il pensiero di quanto fosse importante per lei quel semplice contatto. Lexie di solito non cercava molto il contatto fisico. Del resto, non aveva avuto molti contatti fisici, era single da tantissimo tempo, come poteva? Ma dopo aver passato la giornata spiaccicata contro Midas, cominciava a capire il motivo per cui le persone normalmente desideravano avere un contatto umano a livello fisico.

L'elicottero atterrò senza alcun problema e Lexie trasalì per le luci forti che entrarono dallo sportello aperto. Midas l'aiutò a togliersi le cuffie, poi Slate e Jag le porsero le mani, per aiutarla a scendere dall'elicottero.

Lexie trovò ad accoglierla una donna che le disse: "A nome di tutto il personale di servizio della *USS Nimitz* bentornata in patria, Lexie."

"Ehm... grazie," borbottò Lexie.

"Ho l'ordine di portarti subito in infermeria per una visita medica. Ora non dovrai più preoccuparti, sei al sicuro."

Lexie annuì. Credeva di dover aspettare che Midas e gli altri uscissero dall'elicottero, ma quella donna le fece cenno di precederla dicendole: "Dopo di te."

Sentendo di non avere scelta, Lexie si avviò nella direzione indicata da quella donna. Si guardò alle spalle per vedere se Midas la seguiva, ma lo vide indaffarato a parlare con la squadra e con altri ufficiali della marina che erano venuti ad accogliere l'arrivo dell'elicottero: non l'aveva nemmeno seguita con lo sguardo, per vederla allontanarsi.

Lexie si sentiva instabile, nervosa, ora che non aveva più Midas vicino. Era una sensazione stupida, in fondo si trovava su una nave americana e la donna che l'accompagnava in infermeria era molto carina e gentile. Ma Lexie sperava almeno di riuscire a salutare Midas, per ringraziarlo di nuovo. Per dirgli...

Non sapeva nemmeno lei cosa voleva dirgli.

La donna che l'accompagnava aprì una pesante porta in acciaio e Lexie ne attraversò la soglia. La porta si chiuse alle sue spalle facendola spaventare: fu un suono assordante e definitivo.

Era tutto finito. Midas sarebbe tornato alle Hawaii con il resto della squadra e lei...

Lei non sapeva bene cosa fare.

Una volta entrata all'interno della nave, l'altra donna si mise davanti a Lexie e l'accompagnò giù per le scale, scendendo di alcuni livelli e percorrendo vari corridoi, finché Lexie non si sentì del tutto persa. Le sembrava impossibile ritrovare la via per tornare sul ponte... almeno non senza un aiuto indispensabile.

Mentre Lexie camminava, l'altra donna parlava con lei di nulla in particolare, raccontandole dettagli, del tipo dove si trovava la mensa ufficiali, dove mangiavano i marinai, le sale per il tempo libero. Tutti quelli che incrociavano le salutavano rispettosamente, ma più si allontanavano dall'elicottero e dai SEAL e più Lexie si sentiva a disagio: sapeva di avere un aspetto orribile. Probabilmente aveva i capelli tutti arruffati, del resto faceva sempre fatica a tenerli a posto, il camice che indossava era sporco di terriccio e puzzava di sudore, ai piedi aveva ancora le scarpe di Shermake, che le andavano larghe. Tutti i marinai che incontrava erano vestiti in uniforme d'ordinanza, erano impeccabili.

Finalmente arrivarono a una porta con una croce rossa verniciata, entrarono nell'infermeria e la donna che l'aveva accompagnata le indicò un lettino in fondo alla stanza. A parte loro due, non c'era nessuno; chissà perché, ma Lexie si sentì ancor *più* a disagio. Essere al centro dell'attenzione la metteva sempre un po' in difficoltà.

La donna le disse: "Prego, siediti pure lì. Il medico è stato avvertito del tuo arrivo, vedrai che arriverà presto."

"Non voglio essere un peso," rispose Lexie.

Ma l'altra donna corrugò la fronte, sembrava quasi confusa, poi le disse: "Un peso?"

"Sì. Se il medico stava dormendo o era impegnato, posso

aspettare domattina per la visita. Mi basta solo un posto per dormire."

Ma l'altra donna scosse la testa. "Lexie, sei stata tenuta in ostaggio, devi farti visitare subito. Comunque è il suo lavoro."

"Giusto, mi dispiace," replicò Lexie, che aveva l'impressione di essere appena stata sgridata per chissà quale ragione.

"Laggiù c'è un camice, puoi cambiarti," le disse l'altra donna, indicando una pila di camici chiusi in una borsa di plastica. "Io rimango fuori mentre ti cambi. Mi fa molto piacere incontrarti, facevamo tutti il tifo per te."

Poi Lexie la vide annuire e uscire dalla stanza.

Lei invece non si mosse, non voleva cambiarsi d'abito. Si sentiva già abbastanza vulnerabile così com'era, non aveva intenzione di farsi trovare praticamente nuda, incontrando un medico per la prima volta.

Lexie cominciò a tremare, il fresco della stanza cominciava a farsi sentire, così alzò i piedi e li mise sul lettino su cui si era seduta. Sapeva che così facendo stava sporcando la carta pulita su cui sedeva, ma non le importava. Si mise le braccia intorno alle gambe e sospirò.

Lexie non sapeva il perché, ma in quel luogo aveva più paura di quanta ne aveva avuta nelle ultime ventiquattr'ore. Forse perché era circondata da estranei e non aveva idea di cosa stesse per succedere. Non le piaceva quella brutta sensazione. Come avrebbe fatto ad andarsene da quella nave? Dove sarebbe andata? Avrebbe lavorato ancora per Food For All?

Non le piaceva quella sensazione, le sembrava di aver perso il controllo della sua stessa vita.

Lexie appoggiò una guancia alle ginocchia. All'improvviso si sentì esausta. era andata avanti spavalda grazie all'adrenalina pura da quando i SEAL avevano fatto incursione nel campo in cui era prigioniera, nel deserto. Sì, era riuscita a dormire un poco, nascosta in quel buco con Midas, ma ormai sembrava passata più di una vita.

Le facevano male i muscoli, le piangeva il cuore per Dagmar, poi era triste, perché non era riuscita a salutare per bene Midas e gli altri. Probabilmente i SEAL erano abituati a salvare persone continuamente, lei lo sapeva, non doveva credere di essere poi così speciale, per loro; ma *per lei* era la prima volta, non si era mai trovata nelle condizioni di essere salvata. Si sarebbe sentita molto meglio se avesse avuto modo almeno di salutarli e ringraziarli.

Lexie perse la sensazione del tempo che passava, così quando la porta dell'infermeria si aprì di nuovo la colse di sorpresa facendola sussultare. Entrò un uomo che sembrava troppo giovane per essere il medico, le sorrise e le disse: "Lexie Greene?"

Lei annuì.

"Mi chiamo Chow, dottor Chow. Mi hanno detto che è rimasta prigioniera per alcuni mesi, è corretto?"

Lexie fu infastidita; che stupidaggine, non poteva credere che quel tipo non conoscesse già i dettagli della situazione.

Ma poi le dispiacque subito, poteva essere così egocentrica da pensare che tutti sapessero automaticamente chi era e quel che aveva passato?

Così Lexie rispose: "Sì, sono io, ma sto abbastanza bene, tutto sommato."

Il medico portava un apparecchio, sembrava un iPad, lo sollevò e cominciò a inserire dati; poi alzò lo sguardo per un attimo e si accigliò: "Non si è cambiata, ci sono i camici apposta."

Lexie rispose subito: "No no, sto più comoda con questo." Era vero.

Il medico annuì, sembrava cercare di capire meglio le parole di Lexie, poi le disse: "Qui è al sicuro, nessuno le farà del male."

Lexie rispose: "Lo so." Poi si rese conto di cosa intendeva e gli disse: "Non ho subito violenza."

Lui annuì di nuovo, ma chiaramente non le credeva.

Lexie avrebbe voluto lasciarsi andare al pianto; avrebbe preferito non essere dov'era. Così insisté: "Ma è vero. Sono stanca, ho fame, ho sete, sono tutta indolenzita perché sono rimasta nascosta per un giorno intero in un buco nel retrobottega di un negozio a Galkayo. Ho freddo, perché non sono abituata all'aria condizionata; ma sono sincera, mi sorprende quanto mi sento bene. Ho solo bisogno di una doccia, di abiti puliti e di un posto dove dormire." Farsi valere la fece star meglio.

Ma quel che le disse il medico le tolse ogni sicurezza.

"Che ne dice se prima le faccio una visita completa per capire di cosa ha bisogno?"

Lexie sospirò: sapeva che il medico stava solo facendo il suo lavoro, così annuì... che altro poteva fare?

————

Midas era molto irritato. Dopo l'atterraggio sulla portaerei, era stato preso da alcune incombenze, si era fermato a parlare con gli elicotteristi che avevano effettuato il trasporto, ma quando si era girato per accompagnare Lexie in infermeria, lei era sparita.

Mustang lo aveva informato che l'avevano già portata via, poi tutta la squadra era stata convocata per fare rapporto sulla missione. Midas aveva dovuto spiegare cosa aveva fatto all'ospedale e dove si era nascosto tutto il giorno con Lexie. Aveva ascoltato il rapporto degli altri sulla morte di Dagmar e su ciò che avevano fatto per evitare di imbattersi nei gruppi di uomini che cercavano Lexie e Dagmar.

La videochiamata con il comandante, nella base alle Hawaii, era andata avanti per tre ore. Quando tutto era stato riferito per filo e per segno, quanto bastava agli ufficiali, almeno per il momento, Midas e gli altri della squadra erano stati congedati.

Potevano prendersi alcune ore di sonno, ma alle prime luci dell'alba dovevano andare in volo in Corea del Sud, da cui sarebbero tornati alle Hawaii. Midas era esausto, ma non sarebbe mai riuscito a dormire senza vedere come stava Lexie.

Anche se di sicuro stava bene; anzi, probabilmente dormiva, ma andar via senza nemmeno parlarle gli sembrava... sbagliato. Gli sembrava di lasciare un discorso in sospeso. Dopo tutto, erano stati interrotti subito dopo quel bacio, un bacio meraviglioso; lui non era nemmeno riuscito a dirle che voleva tenersi in contatto.

"Vai a trovare Lexie?" gli chiese Mustang nel corridoietto appena fuori dalla sala riunioni in cui erano rimasti nelle ultime ore. Gli altri erano già andati a farsi una doccia e una bella ronfata.

"Sì," gli rispose, mettendo nella voce una certa forza, più di quanta voleva.

"Calma, chiedevo solo," gli disse Mustang.

"Scusa, sì, lo so."

"È stata una missione intensa, in alcuni momenti, eh?" gli chiese Mustang.

Midas annuì. "Però lei è stata bravissima. Non si è lasciata prendere dal panico, anche quando siamo stati costretti a uscire dalla finestra dell'ospedale, non ha fatto una piega. Mi ha seguito di corsa per le strade senza scarpe, Mustang. Non si è lamentata mai una volta."

Il suo amico commentò: "Non mi sembra il tipo da lamentarsi tanto. Siete stati molto fortunati a imbattervi in quella donna, che la conosceva."

"Eh già. ma senti che ti dico, non fosse stata lei, sono convinto che avremmo trovato qualcun altro. Lexie non ha una goccia di cattiveria in corpo, è generosa fino all'eccesso."

Al che Mustang inclinò la testa: "Sembra quasi sia diventata molto più di una missione, per te."

"Lo credo anch'io," ammise Midas, dicendolo per la prima volta a voce alta. Ma poi scosse la testa: "Però è una situazione impossibile, non potrà mai funzionare."

Mustang si mise a ridere. Lasciò andare la testa all'indietro ridendo letteralmente in faccia al suo amico.

Midas gli lanciò un'occhiataccia, si accigliò e gli disse: "Sei uno stronzo."

Mustang gli rispose, con tono affatto dispiaciuto: "Scusami, ma tu te ne stai lì a dire che è impossibile che funzioni un rapporto con la donna che hai appena salvato, e lo dici proprio a uno che si è appena sposato con la donna che ha salvato da una missione dall'altra parte del mondo rispetto a dove vive lui."

Midas strinse le labbra; il suo amico aveva fatto un commento un po' intricato, ma il significato era comunque chiaro.

Poi Mustang andò avanti: "Senti, io ti capisco, so bene come ti senti, capisci? Tra tutti quelli della squadra, io lo *so*. So quanto ci stavo male, quando siamo tornati alle Hawaii e aspettavo che Elodie si facesse sentire. Vi ho fatti impazzire tutti. Ma per me lei era diversa, aveva qualcosa di unico, rispetto a tutte le altre che avevo conosciuto. Le nostre probabilità di far funzionare un rapporto erano pari a zero, invece vedi, Midas, davanti a te hai un uomo felicemente sposato e pazzamente innamorato di sua moglie. Non rischiare che diventi il tuo rimpianto più grande. Magari non sarà facile instaurare un certo rapporto con lei, ma potrebbe anche essere la cosa più bella che ti sia mai successa."

"Solo che non so come farlo funzionare."

"Non lo sapevo neanch'io. Sapevo solo che mi seccava dover lasciare Elodie su quella nave," gli spiegò Mustang.

"Devi solo fidarti, se siete destinati a stare insieme, fidati, vedrai che funzionerà."

"Beh, che discorso, proprio preciso," brontolò Midas.

Mustang ridacchiò: "Scusami... dai, vai a cercarla, Midas. Dille chiaro e tondo che vuoi rimanere in contatto con lei. Poi vedrai come va."

"Grazie," gli disse Midas.

Mustang gli diede una pacca sulla spalla annuendo: "Comunque, per la cronaca, mi piace come persona, anche se ovviamente non la conosco quanto la conosci tu, ma capisco da cosa sei attratto."

L'approvazione del caro amico fu molto importante per Midas; nulla gli avrebbe impedito di cercare di tenersi in contatto con Lexie, in ogni caso, ma sapere che Mustang approvava lo fece stare un mondo meglio.

Midas sapeva di avere bisogno di una doccia, prima di andare a cercare Lex, ma era troppo impaziente di vederla. Voleva scoprire cosa le aveva detto il medico, voleva assicurarsi che stesse bene. Gli servì un po' di tempo per trovare l'infermeria, perché non conosceva quella nave; ma dopo aver sbagliato strada qualche volta, dopo aver chiesto informazioni ad alcuni marinai che andavano in giro per la nave anche a quell'ora di notte, la raggiunse. Si chiedeva se l'avrebbe trovata ancora lì, ma almeno era un buon punto di partenza.

Spinse la porta per aprirla e si guardò intorno in quella stanza. C'erano vari lettini medici, oltre ad alcuni letti più grandi per i pazienti che dovevano essere tenuti sotto osservazione. Ma i suoi occhi atterrarono subito sull'unico lettino occupato in fondo alla stanza.

Midas si incamminò verso quel lettino, spinto da una gran voglia di parlare con Lexie.

Ma appena riuscì a vederla meglio, sentì una stretta allo stomaco.

Era sdraiata su un fianco, si vedeva chiaramente la coperta

che tremava su di lei, tanto forti erano i brividi che la scuotevano.

"Ma che cazzo?" mormorò Midas, che poi si mise in ginocchio di fianco al lettino e mise una mano sulla spalla di Lexie, chiamandola: "Lex?"

Lei si girò... e Midas si sarebbe volentieri preso a calci da solo. Lexie aveva la faccia rossa e segnata dal pianto, gli occhi gonfi e anche in quel momento le scendevano le lacrime dagli occhi.

Senza dire una parola, Midas si alzò in piedi e la fece scostare con garbo, salendo sul lettino vicino a lei.

"Midas? Che cosa..."

"Spostati," le disse, interrompendola.

Lei fece come le diceva, anche se lo spazio angusto che rimaneva sul letto non poteva bastare. Così Midas si mise in una posizione che sapeva avrebbe funzionato: sollevò Lexie e si mise supino sul lettino, appoggiandola a sé nello stesso modo in cui erano rimasti quasi tutto il giorno. Sembrava impossibile, ma erano passate poche ore da quando erano usciti da quel buco.

Invece di protestare, Lexie si accoccolò contro di lui, girando la testa e appoggiandola sulla spalla di Midas. Poi gli mise un braccio intorno al petto, ma stavolta sentì molto meglio quel contatto. Senza il suo giubbotto di Kevlar e tutti gli accessori da combattimento, riusciva a sentirla appoggiata su di lui.

"Come sei caldo," gli disse sottovoce.

Midas si spostò in modo da poter tirare su la coperta fino a coprirle le spalle, poi le disse: "In infermeria c'è sempre molto freddo, non so il perché."

"Va bene, è solo che dopo aver passato tutto questo tempo al caldo nel deserto penso che il mio corpo sia tutto scombussolato."

Gli fece piacere sentirla parlare in modo abbastanza

normale, ma Midas ce l'aveva ancora con se stesso per non essere stato presente, quando l'adrenalina aveva finalmente ceduto e Lexie era crollata.

"Stai bene? Cosa ti ha detto il medico? Perché indossi ancora lo stesso camice che ti sei messa ieri? Davvero, porti ancora le scarpe di Shermake?" le chiese Midas, sentendo contro i polpacci le scarpe da ginnastica, mentre lei gli si accoccolava contro.

"Il medico ha detto che sono disidratata," rispose Lexie, con un tono irritato facile da percepire. "Poi se l'è presa perché non volevo cambiarmi; mi ha trattata con sufficienza, quasi come se il rapimento fosse tutta colpa mia. Ho avuto l'impressione che sperasse di trovarmi tutta rovinata, che mi avessero sparato o qualcosa del genere, ma quando ha scoperto che avevo solo fame e sete e che ero sporca, mi è sembrato deluso."

Il fastidio di Midas si decuplicò, ma lui fece del suo meglio per rimanere calmo, parlandole con voce tranquilla: "Immagino che la vita su una portaerei non sia sempre molto emozionante, per un medico della marina. Mi dispiace che ti abbia fatto sentire così."

Lei fece spallucce senza commentare. Dopo un po', smise di tremare e Midas la sentì sospirare.

"Midas?"

"Dimmi, Lex."

"Cosa ci fai qui?"

"Pensavi che me ne andassi senza nemmeno salutarti?" le chiese.

Lexie fece di nuovo spallucce: "Non so nulla di come funziona l'ambiente militare. Immaginavo che dovessi ripartire immediatamente con i tuoi amici."

"No. Prima abbiamo dovuto fare rapporto," le rispose Midas, "subito dopo l'atterraggio ho dovuto parlare con i tipi dell'elicottero, poi mi sono girato ma tu eri già sparita."

"Volevo salutarti, dirti qualcosa, ma ho visto che eri impegnato... la donna che mi ha avvicinata sembrava ansiosa di farmi entrare," spiegò Lexie.

"Mi dispiace," le disse Midas.

Lexie scosse la testa: "No no, non fa nulla."

"Hai mangiato?"

"Sì, il medico ha chiamato qualcuno per portarmi da mangiare."

"Qualcosa da mangiare?" domandò Midas.

"Sì, non mi chiedere cos'era, della specie di carne con una salsa pesante. Sinceramente avevo così tanta fame che avrei mangiato di tutto."

Midas le chiese: "Ti hanno portato il tuo caffè dolce?"

Lexie sbottò: "No, due flebo di fluidi e due bottiglie d'acqua."

"Però, ti dirò, forse è stato meglio così, per te."

"Lo so."

"Lo sapevi che qui c'è anche una doccia?" le disse dolcemente.

"Sarà una stupidaggine, ma più il medico cercava di convincermi a cambiarmi e più mi innervosiva. Midas, non ho *nulla* con me, proprio nulla. Niente vestiti, niente scarpe, nemmeno dell'intimo. Se mi portano via questo camice..." la voce di Lexie svanì.

Ma Midas capì. La capì davvero e le disse: "Ma certo, va bene."

"No, non va bene, sono ridicola. Cioè, questo camice non è nemmeno mio. L'ho indossato per meno di un giorno, è sporco, tutto sudato... ma è proprio tutto ciò che mi rimane."

Midas si sentiva abbattuto.

"Poi non voglio dar via le scarpe di Shermake. Mi ha dato probabilmente l'unico paio di scarpe che aveva. Sì, ne riceverà un altro da una qualunque organizzazione di beneficenza che abbia delle scarpe da regalare, ma insomma."

"Va bene, non c'è problema." Midas cercò di nuovo di rassicurarla passandole una mano sui capelli, ribelli proprio come nel nascondiglio, ma almeno in quel momento Midas aveva le mani libere e abbastanza spazio per accarezzarla. Gli si impigliarono le dita tra le fitte ciocche di capelli, Midas non trattenne un sorriso.

Al che, Lexie gli disse: "Se non stai attento, ti perdi la mano nei miei capelli."

Almeno aveva smesso di piangere, Midas ne era contento, odiava saperla da sola, sdraiata in quella camera, al freddo, a disagio, sconvolta. Così le disse: "Correrò il rischio."

Rimasero in silenzio per qualche minuto. Midas era contento anche solo di tenerla abbracciata e di accarezzarle con leggerezza i capelli.

Fu Lexie a interrompere il silenzio, chiedendogli: "*Io lo so* perché sono ancora tutta sporca e puzzolente, ma tu?"

Midas ridacchiò: "Siamo andati a fare rapporto e abbiamo finito poco fa. Volevo solo assicurarmi che tu stessi bene, che ti fossi sistemata, quindi sono venuto subito a cercarti."

Lexie si tirò su appoggiandosi a un gomito e lo guardò con espressione incredula. Nell'infermeria c'era solo una luce accesa, ma fu sufficiente per vedersi.

"Che c'è" le chiese Midas.

"Quando devi partire?"

"Tra qualche ora."

Lexie si lasciò cadere di nuovo su di lui con un sospiro. Poi gli disse, ricordandosi quanto le aveva detto: "Lo sapevi che qui c'è anche una doccia?"

"Lo so, ma per il momento sto comodo così come sono."

"Midas?"

"Eccomi qua."

"Mi mancherai," gli disse sottovoce.

Midas chiuse gli occhi sollevato. Santo cielo, in quel momento Lexie era molto più coraggiosa di lui, che non se l'era sentito di farle pressioni parlando del futuro che li aspettava, sempre che ne avessero uno. "Anche a me."

"Anche a te ti mancherai?" lo provocò.

"Furbacchiona. Per caso hai preso lezioni da Aleck? No, mi mancherai *tu*."

"Ma non ti mancherà che ti sto addosso mentre cerchi di dormire," scherzò.

Ma Midas le rispose: "In realtà mi piace. Pensi che ti farebbe piacere rimanere in contatto, in futuro?" le chiese Midas tutto d'un fiato. La domanda gli era uscita così all'improvviso che quasi si sorprendeva lui stesso, ma ormai non poteva più tirarsi indietro, così trattenne il fiato in attesa che Lexie rispondesse.

Lei alzò di nuovo la testa per guardarlo. "Dici davvero?"

"Sì?" gli uscì più come una domanda che come una risposta.

"Mi farebbe molto piacere," gli rispose con un sorriso.

"Meno male," reagì Midas esagerando un po'.

"Però sarà meglio che ti avverta: uso la dettatura vocale per le email e i messaggini, perché... sì, lo sai, la dislessia, comunque spesso ci sono degli errori."

"Non m'interessa," le disse subito Midas.

Ma lei ribadì: "Potrebbe interessarti, se poi non capisci cosa intendo dire."

"Se non capisco te lo dico. Ma stai sottovalutando le mie capacità di intuizione, lo sai che sono un SEAL grande e tosto."

Lexie rise e tornò di nuovo a sdraiarsi.

Poi Midas ammise: "Non mi sono mai sentito così."

"Così come?" gli chiese Lexie.

"Legato. Interessato. Entusiasta di conoscere meglio qualcuna. Frustrato perché me ne devo andare tra qualche ora. Preoccupato di cosa ti aspetta."

Lexie non rispose subito.

Allora Midas le chiese: "Lex? Ho esagerato?"

Lei gli rispose scuotendo la testa: "No, è solo che... ho la stessa sensazione, ma mi stavo chiedendo se è solo per le circostanze. Cioè, ti ho detto che non mi sento una damigella in pericolo, ma... e se lo fossi? Se mi sentissi così legata a te solo perché mi hai salvata?"

Midas non poté nascondere una certa delusione per quell'idea. Ma la capiva. La capiva davvero. Così le rispose: "Non posso certo dirti quello che devi provare, ma devi capire che sono stato coinvolto nel salvataggio di moltissime persone, molte più di quante ne possa ricordare. Tuttavia, non ho mai saltato una doccia, un pasto, un sonnellino per controllare che poi stessero bene. Ho sempre lasciato il passo ai medici o a chi di dovere, andandomene per la mia strada."

"Invece tu mi sei entrata dentro, Lex. Forse è perché ti conoscevo anche alle superiori. Non lo so. Ma non sono disposto a lasciar perdere. Non ho mai visto Mustang così felice, contento e soddisfatto come adesso. Se ha funzionato per lui ed Elodie, perché non dovrebbe funzionare anche per me?"

Midas temeva di aver parlato troppo, ma era molto importante e lui se ne rendeva conto. Se lo sentiva: prima di andarsene doveva far capire bene a Lexie che per lui non era una qualunque, altrimenti non l'avrebbe mai più rivista.

Lexie gli rispose: "Anch'io non so bene cosa mi aspetti. Dico davvero, non ho la più pallida idea di cosa farò. Devo parlare col mio capo della Food For All e vedere se vogliono ancora che lavori con loro. Ho una paura folle, prima che arrivassi tu, ero qua che mi disperavo, un vero festino del pianto con me stessa. Però tu mi piaci, Midas, mi sei sempre piaciuto, anche all'epoca, quando eravamo ragazzi. Adesso che ti conosco un pochino meglio... sì, voglio che ci teniamo in contatto, senz'altro."

Allora Midas le rispose con voce ferma: "Ottimo. Allora ti

lascio il mio numero di telefono, l'email e anche l'indirizzo. Sentiti libera di chiamare quando vuoi, o anche di scrivermi o di inviarmi un messaggio. Comunque vedrai che ti rimetti in piedi, ne sono sicuro. Le autorità presenti sulla nave stanno trovando il modo di portarti in un posto sicuro, ti aiuteranno a metterti in contatto con quelli di Food For All. Non preoccuparti di tutto il resto: qua sulla nave sei in buone mani."

Lexie annuì strofinandosi contro di lui: "Va bene. Anch'io ti lascio la mia email."

"Va bene," la voce di Midas riecheggiò nella stanza.

Gli sembrava gli avessero tolto un peso dalle spalle, anche Lexie voleva rimanere in contatto. Non voleva necessariamente dire che il loro rapporto avrebbe funzionato, ma almeno era un punto di partenza.

Midas cominciò a sentire gli occhi che si chiudevano, Lexie era ancora sdraiata su di lui. Aveva già impostato l'allarme all'orologio, quindi era sicuro di non dormire troppo; così, sapendo che la donna che teneva tra le braccia era al sicuro e che sarebbero rimasti in contatto anche dopo aver lasciato la nave, finalmente sentì di poter abbassare la guardia.

Midas si addormentò profondamente, riuscendo a riposare molto, più di quanto fosse mai riuscito da quando aveva saputo che Lexie Greene, la ragazza che conosceva, era stata rapita.

———

Midas sentì l'orologio vibrare, gli sembrava fossero passati solo alcuni minuti, invece erano passate tre ore. Con grande dispiacere, scivolò via da sotto Lexie e si avviò nel bagno dell'infermeria. Vide il suo borsone appoggiato appena dentro, vicino alla porta, così sorrise: grazie a Dio c'era Mustang. Si fece una doccia e indossò abiti puliti, per poi tornare vicino a Lexie.

Si era girata su un fianco dopo che lui era sceso dal letto, ora era abbracciata al cuscino che teneva all'altezza del petto. Midas le sistemò la coperta, che era mezza scivolata giù, poi non riuscì a trattenersi e la baciò in fronte.

Lexie aprì gli occhi e lo fissò per un secondo, prima di girarsi sulla schiena e chiedergli: "È già ora?"

"Purtroppo sì."

"Fai buon viaggio," gli disse.

"Grazie."

"Ti sei fatto la doccia," aggiunse Lexie.

"Sì, ho pensato che ai ragazzi non sarebbe piaciuto il mio fetore, il viaggio è lungo. Per non parlare degli altri."

"Sentirti pulito mi fa capire quanto devo essere sporca io," gli disse arricciando il naso.

"Ti ho lasciato dei vestiti in bagno," le disse Midas.

Lexie sbatté le palpebre. "Davvero?"

"Sì, anche se ti andranno larghi, non abbiamo certo la stessa taglia. Ma ho pensato che una maglia ti avrebbe fatto piacere, anche se molto larga. Dovrai fare il risvolto ai pantaloni della tuta, ma almeno per un po' dovresti essere a posto, finché non trovi qualcosa che ti vada meglio. Sulla nave c'è uno spaccio, è un negozio con anche dei vestiti, ci sarà senz'altro anche qualcosa della tua taglia."

"Ti ringrazio," gli sussurrò.

"Ti ho anche lasciato due paia di calzini e un sacchetto, puoi metterci le scarpe o quello che vuoi, così nessuno ti butta via le cose che vuoi tenere."

"Cacchio, va a finire che mi farai piangere," gli rispose Lexie mettendosi seduta.

"Ma no, non piangere," la pregò Midas.

Si fissarono in silenzio per un lungo momento.

Midas non si accorse di chi si era mosso per primo, ma a un certo punto si abbassarono entrambi e le loro labbra si incontrarono a metà strada. A differenza del bacio che si erano scambiati a Galkayo, stavolta non partirono con calma, lentamente; si baciarono con grande passione quasi disperata.

Midas aveva le mani libere e ne mise una dietro la nuca di Lexie, tenendole la testa mentre la assaporava. Lexie mise tutta se stessa in quel bacio, gemendo dal profondo della gola e aggrappandosi alla maglia di Midas; lui non si era fatto la barba e sapeva che i peli ispidi probabilmente le davano fastidio, ma non poteva trattenersi.

Le loro lingue si incontrarono e duellarono, poi lui le mordicchiò il labbro inferiore, lei ricambiò nello stesso modo. Midas inclinò la testa da un lato, poi dall'altro lato, sempre tenendola ferma mentre le gustava le labbra.

Midas aveva un'erezione dura come una roccia e avrebbe tanto desiderato spingere Lexie sul letto e mostrarle quanto cominciava a essere importante per lui; ma non era il momento, non era il luogo adatto, poteva entrare chiunque e l'ultima cosa che Midas voleva era mettere Lexie in una situazione imbarazzante.

Così si staccò, sempre tenendole la mano dietro la testa, poi le appoggiò l'altra mano a una guancia. Avevano entrambi il respiro affannato, le pupille di Lexie erano dilatate, le guance arrossate, le labbra gonfie per il bacio. Era di una bellezza esagerata, Midas odiava doversene andare.

Lexie sussurrò: "Wow."

"Questo non è un addio," le disse Midas, con un tono un po' più deciso del previsto.

Lei annuì.

Ma lui l'avvertì: "Guarda che dico davvero. Nel momento stesso in cui sbarchi da questa nave voglio che ti trovi un telefono. Anche uno di quelli usa e getta. Voglio poter parlare con te, sapere dove sei, come ti va."

Lexie rispose: "Di sicuro Food For All mi aiuterà a prendermi un telefono."

"Bene."

Midas appoggiò la fronte contro quella di Lexie e lentamente le tolse la mano dai capelli. Sembrava quasi che anche i capelli di Lexie cercassero di trattenerlo, perché Midas impiegò diversi secondi a districare le dita dalla massa di ricci. Poi le disse: "Vedrai che andrà tutto bene, Lexie, sei meravigliosa. Troveremo un modo, ne sono certo."

Midas stesso non sapeva se stesse parlando del loro rapporto o della vita di Lexie in generale, ma non gli importava; sapeva bene che Lexie non aveva bisogno di lui, era perfettamente in grado di badare a se stessa. Ma Midas cominciava a pensare di essere *lui* ad avere bisogno *di lei*. Lexie gli faceva desiderare cose che lui non aveva mai nemmeno considerato, in passato; come avere una famiglia, una vita che fosse qualcosa di più che una mera esistenza tra una missione e l'altra.

"Ti faccio sapere quando arrivo alle Hawaii."

Lexie annuì.

Poi Midas si staccò da lei sospirando. Era ora, doveva andare. Le disse di nuovo: "Non è un addio."

Lexie annuì di nuovo.

Allora Midas le disse: "Arrivederci."

"Arrivederci," ripeté lei.

Midas cominciò a camminare all'indietro verso la porta, non voleva nemmeno voltarsi e darle le spalle. Afferrò la maniglia, respirò a fondo, poi spinse la porta per aprirla, alla fine si girò e uscì.

Ogni passo che lo portava lontano da Lexie era un dolore acuto, ma Midas si ripromise che quella non sarebbe stata l'ultima volta che la vedeva. In qualche modo, a un certo punto, avrebbe incontrato di nuovo Lexie e avrebbe avuto la prova che il legame che entrambi sentivano era reale, non solo dovuto alle circostanze.

———

Magnus Brander era seduto nel suo ufficio, sulla sua poltrona in pelle, con lo sguardo fisso nel vuoto, incredulo. Non aveva la più pallida idea di cosa fosse successo veramente. Era già abbastanza brutto che suo fratello, il suo fratello gemello, fosse stato rapito, anche se Magnus non aveva mai dubitato per un solo secondo che Dagmar non superasse quella tragedia

Alcuni snobbavano al sentire che i gemelli avevano una specie di legame soprannaturale, ma nel caso di Magnus e Dagmar era assolutamente vero. Anche da piccoli, riuscivano a comunicare a modo loro; balbettavano per ore ma si capivano alla perfezione.

Quando frequentavano le scuole elementari, se non li mettevano in classe insieme, nelle stesse squadre, o anche solo negli stessi gruppi di lavoro, facevano dei capricci plateali. Poi, da adolescenti, avevano imparato a fare il solito gioco dei gemelli con i docenti e con gli amici.

Avevano un legame viscerale, l'avevano sempre sentito, tutta la vita.

Quando Dagmar era caduto dalla bicicletta e si era rotto un braccio, Magnus l'aveva sentito. Quando Magnus era stato coinvolto in un incidente stradale, a vent'anni o poco più, Dagmar era stato il primo a telefonargli, solo perché si era sentito che c'era qualcosa che non andava.

Quindi, quando Dagmar era stato rapito mentre visitava uno degli avamposti di Food For All, Magnus aveva subito sentito che era successo qualcosa.

Aveva fatto tutto ciò che era in suo potere per liberare suo fratello gemello, persino mettere insieme l'importo del riscatto di tasca sua, tutti i soldi che i rapitori avevano preteso.

Ma il suo sforzo non era bastato.

Quei bastardi avevano rinnegato l'accordo, raddoppiando l'importo.

Magnus non poteva certo pagare il riscatto di un'americana che nemmeno conosceva. Più informazioni acquisiva su quella donna, Lexie Greene, più si era rinforzato nella sua posizione; non era nemmeno laureata, santo Dio! Non era nessuno. Non *aveva* nessuno. Perché mai doveva essere Magnus a pagare per il suo rilascio? Ma nemmeno Food For All, secondo lui. Di operatrici come lei ce n'erano a bizzeffe.

Dagmar era un uomo intelligente e di talento. Era un uomo di valore.

Magnus aveva appena saputo che suo fratello era morto. Anche se in realtà non aveva bisogno di essere informato ufficialmente.

Si era già accorto che la sua altra metà non c'era più; nel momento in cui era successo, era come se una parte dell'anima di Magnus fosse stata distrutta.

Dove prima sentiva la presenza di Dagmar, nel petto, ora c'era solo una sensazione di vuoto. Era impossibile da capire, per chi non aveva dei gemelli.

Magnus era come annebbiato.

Eppure, sotto sotto, nel profondo c'era un barlume, una sensazione che via via montava...

Era la determinazione a farla pagare alla persona responsabile della morte di Dagmar.

Per quel che ne sapeva Magnus, c'era solo una persona a cui dare la colpa.

Quella stronza di Lexie Greene.

Non fosse stato per lei, Dagmar sarebbe stato rilasciato dai rapitori appena scambiati i cinque milioni di dollari del riscatto. Invece, per colpa di Lexie, i rapitori si erano ingolositi e avevano deciso di pretendere di più.

Qualcuno lo avrebbe creduto pazzo per quel pensiero, ma a Magnus non interessava, lui sapeva di non essere pazzo. Lexie era l'unica responsabile, se Magnus aveva perso l'altra metà dell'anima; Dagmar, il suo migliore amico, era *morto*.

Porco cane, Lexie non era nessuno! Fosse stata una persona di valore, abbastanza importante perché qualcuno racimolasse i soldi per pagarle il riscatto, Dagmar sarebbe stato ancora vivo! Se i rapitori non avevano liberato il fratello di Magnus, la responsabile era *lei*.

Lexie si sarebbe pentita di essere sopravvissuta, quando invece Dagmar era morto. Magnus non sapeva ancora come o quando, ma avrebbe trovato il modo.

Lexie Greene doveva morire. Era come se Lexie avesse puntato una pistola alla tempia di Dagmar e avesse premuto il grilletto. Era lei la responsabile. *Era tutta colpa di Lexie.*

CAPITOLO OTTO

Lexie si guardava attorno mentre raggiungeva i nastri trasportatori per ritirare il suo bagaglio all'aeroporto internazionale di Honolulu. Era passato un mese, due giorni e diciotto ore dall'ultima volta che aveva visto Midas.

Per prima cosa, quando era arrivata in Germania con un volo di Food For All, dopo aver parlato con i funzionari addetti alle assegnazioni degli incarichi, si era fatta dare un telefono cellulare. Poi aveva inviato un'email a Midas per fargli sapere che aveva un cellulare, lui le aveva risposto nel giro di nemmeno dieci minuti.

Poi erano rimasti in contatto tutti i giorni con messaggi, email o telefonate, mentre lei rimaneva in Germania per riposarsi, per riorganizzarsi e anche per rimpiazzare i vestiti. Aveva deciso lei di fermarsi a lungo: doveva pensare per bene a cosa fare, a come voleva che fosse il suo futuro.

Lexie doveva riconoscere che tutti gli operatori e i funzionari di Food For All si erano fatti in quattro per aiutarla a tornare negli Stati Uniti. Le avevano pagato l'alloggio in Germania, dandole anche tutto il tempo che voleva per superare quanto le era successo e per decidere i passi successivi.

Anche se era stata tenuta prigioniera solo per tre mesi, le sembrava che in quel periodo tutto il resto le fosse scivolato di mano. Era una sensazione davvero stupida, in fondo non era cambiato poi molto, ma doveva abituarsi di nuovo a fare ciò che voleva quando lo voleva, era più dura di quanto si aspettasse, dopo la liberazione.

Le avevano anche consentito di scegliere il suo incarico successivo. Poteva andare letteralmente ovunque Food For All fosse presente. Normalmente Lexie doveva scegliere tra un elenco di incarichi disponibili, anche in base all'anzianità di servizio. Benché lavorasse per la stessa organizzazione da una quindicina d'anni, c'erano comunque molti altri con più anzianità di lei che avevano la priorità, quindi non aveva mai avuto molta scelta.

Quando le avevano dato l'elenco di tutte le attività di Food For All per scegliere, ce n'era solo una che le interessava veramente.

Che follia. Stava davvero per scegliere di andare alle Hawaii solo per via di un uomo?

Assolutamente sì.

Lexie non riusciva a togliersi dalla testa i ricordi dei momenti passati con Midas. Certo, non avrebbe augurato a nessuno di passare i brutti momenti che aveva vissuto lei, al cento per cento, ma ricordava anche le attenzioni di Midas durante la visita medica all'ospedale di Galkayo: era preoccupato per lei a tal punto da non aspettare che fosse il medico a infilarle l'ago della flebo. Quando poi erano scappati e si stavano nascondendo dai tipi che le davano la caccia, con lui si era sentita al sicuro. Nessuno l'aveva mai protetta così in passato. Anche se sapeva che in parte Midas la proteggeva per dovere, perché era in missione, non era quello l'unico motivo.

Poi Midas la baciava come nessun altro l'aveva mai baciata. Lexie non era certo alle prime armi, eppure si era sentita come una verginella quando Midas l'aveva baciata;

forse solo perché non aveva mai provato per nessuno le emozioni, le sensazioni scatenate dalle labbra di Midas.

Aveva scelto Honolulu anche perché le vertigini che la frastornavano non erano affatto svanite, da quando Midas l'aveva salutata e se n'era andato dalla nave. Anzi, erano diventate più intense. Le mandava dei messaggini divertenti, a volte le scriveva parole dolcissime, le inviava delle email molto lunghe e ricche di contenuti, raccontandole come passava le giornate. Midas non si comportava certo come un uomo a cui interessava solo fare sesso. Ne aveva conosciuti anche lei parecchi di quei tipi, nessuno di loro aveva cercato di conoscerla come faceva Midas.

Anche lei voleva un brav'uomo, se lo meritava. Un uomo che si facesse in quattro per farla felice. In cambio, lei avrebbe fatto lo stesso. Nulla le aveva ancora fatto credere che Midas non fosse quell'uomo.

Quando gli aveva telefonato per dirgli che poteva trasferirsi a Honolulu, Lexie era nervosissima. Se Midas le avesse detto che non era una buona idea, allora Lexie avrebbe optato per la sua seconda scelta: Parigi. Non era mai stata in Francia e immaginava fosse un posto da visitare almeno una volta nella vita.

Ma nel momento stesso in cui aveva detto a Midas che stava pensando di andare alle Hawaii, lui aveva reagito come un bambino la mattina di Natale. Si era emozionato al massimo, le aveva detto senza esitare che gli faceva piacere, che doveva senz'altro andare a Honolulu.

Quindi lei ci era andata.

Lexie si sentiva come una ragazzina alla prima cotta. Ogni volta che le vibrava il telefonino, o che sentiva la notifica di un messaggio, le veniva un sorriso da ebete. Aveva inviato a Midas i dettagli del viaggio, ma non si aspettava che venisse a prenderla in aeroporto. L'idea era di recarsi nel piccolo monolocale che Food For All le aveva messo a disposizione e dormire venti ore ininterrotte. Poi si sarebbe data una rinfrescata e avrebbe provato a incontrare Midas.

Ma nel momento stesso in cui Lexie uscì dalla zona sicura dell'aeroporto, lo vide subito.

Era anche più bello di quanto lei si ricordasse.

Midas era là, in piedi, in mezzo al corridoio, non gli importava che i viaggiatori appena arrivati dovessero girargli attorno coi bagagli. Era abbastanza alto da vedere in lontananza nonostante tutte le persone intorno, il suo sguardo penetrante incontrò gli occhi di Lexie mentre lei lo raggiungeva.

Midas indossava un paio di jeans, sembravano modellati sui suoi muscoli. Sembrava nato apposta per indossare la maglietta hawaiana che indossava. I grandi fiori di ibisco che gli ornavano la maglietta di cotone erano di un blu che gli faceva risaltare il colore degli occhi. Ai piedi calzava delle infradito. Nel complesso, con la pelle abbronzata, sembrava rientrare perfettamente nel paradiso delle Hawaii.

Così com'era, Midas la intimidiva. Nel deserto, con indosso l'uniforme, il giubbotto in Kevlar, gli occhiali per la visione notturna, gli stivaletti, tutto coperto di sabbia e sporco quanto lei, non le aveva dato lo stesso disagio, chissà perché. Invece, vederlo così, dall'alto del suo metro e novanta, in tutto il suo splendore, la fece bloccare.

Midas si mosse prima ancora che Lexie si accorgesse di aver smesso di camminare, in un attimo le fu davanti. Senza esitare, la tirò a sé per abbracciarla platealmente.

Con quell'abbraccio, in un attimo tutte le insicurezze di Lexie svanirono.

Addosso a lui si sentiva perfettamente a suo agio, proprio come era successo in Somalia. Certo, ora erano in una posizione diversa, non erano nascosti in un buco rifugio, né erano stretti in un lettino come quello dell'infermeria, ma la sensazione era la stessa.

"Benvenuta alle Hawaii," le disse allontanandosi un poco, senza però staccare le braccia da lei.

Lexie gli rispose sussurrando: "Grazie."

"Mi sembri..." la voce di Midas svanì, sembrava stesse cercando le parole.

"Stanca? Stravolta? Somiglio a un senzatetto, come quelli che aiuto?" gli chiese arricciando il naso. Lexie indossava abiti comodi per stare più a suo agio durante i lunghi voli per le Hawaii. I pantaloni elasticizzati di cotone e la camicetta leggera a maniche lunghe non erano esattamente in voga, ma almeno così era comoda, proprio come voleva.

"Cacchio se sei bella," le disse Midas, squadrandola da capo a piedi. Poi con una mano le sfiorò un braccio risalendo fino alla testa, intrecciando le dita con una ciocca dei capelli castani di Lexie, sempre fuori controllo. Si era impegnata tanto per cercare di domare ogni riccio, prima di partire dalla Germania, ma le ore di viaggio erano state molte e Lexie aveva dormito in aereo, dove i sedili erano molto scomodi; ormai era certa di avere i capelli di nuovo ribelli come la prima volta che si erano incontrati.

Bastava che Midas la guardasse e Lexie sentiva lo stomaco stringersi. L'espressione negli occhi di Midas le diceva tutto ciò che Lexie voleva sapere. Anche lui era felicissimo di vederla, proprio quanto lei era felice di rivedere lui. In quel momento svanì un po' dell'ansia che l'aveva attanagliata, quando non sapeva se trasferirsi alle Hawaii era la cosa giusta da fare. Midas non la stava prendendo in giro, altrimenti doveva essere un vero maestro nel farlo, ma Lexie non lo credeva. Vedere un uomo che esprimeva così apertamente i propri sentimenti era come respirare una boccata d'aria fresca.

Poi Midas cominciò ad abbassare la testa verso di lei, lentamente, come aspettandosi che lei lo respingesse (ma lei senz'altro non l'avrebbe respinto). Lexie si alzò in punta di piedi e lo raggiunse a metà strada. Si baciarono teneramente, con dolcezza, anche se il bacio fu fin troppo breve, secondo lei. Ma le scintille che si era sentita un mese prima erano ancora tutte belle vive.

"Ho qualcosa per te," disse Midas lasciandola andare controvoglia e abbassandosi per riprendere il sacchetto di carta che aveva appoggiato per terra, vicino ai piedi. Lexie non aveva nemmeno notato quel sacchetto, prima... era troppo impegnata a guardare golosamente il corpo di Midas.

Midas sorrise e tirò fuori dal sacchetto un *lei*, era una corona di fiori profumatissima, poi le chiese: "Posso?"

Lexie stava arrossendo e non sapeva nemmeno il perché, ma si sentiva il calore sulle guance; allora annuì e abbassò la testa, mentre Midas le passava sulla testa la corona di fiori.

Nel momento stesso in cui i fiori le si appoggiarono alle spalle, si sentì circondata dal profumo della Plumeria.

Abbassò la testa di lato immergendo il naso nei petali, poi gli sorrise: "È meravigliosa, grazie."

"Ci mancherebbe," le rispose Midas, che poi le tolse dolcemente i capelli da sotto il *lei*. Lexie sentiva i petali freschi sul collo, ma fu la sensazione delle dita di Midas sulla pelle che le fece venire la pelle d'oca.

"Andiamo a prelevare i tuoi bagagli?" le chiese, mentre faceva per prenderle una mano e con l'altra afferrava il manico del trolley.

Lexie non smise un attimo di sorridere, mentre attraversavano insieme l'aeroporto, fianco a fianco. Che stupidaggine, nessuno era mai venuto a prenderla in aeroporto. Aveva sempre pensato da sola ai suoi bagagli, portandoli fino al taxi, per raggiungere l'alloggio offerto da Food For All, ovunque fosse. Ma le faceva piacere, tanto che avrebbe voluto farci l'abitudine. Le faceva molto piacere.

Tanto piacere da renderla molto nervosa. Se il rapporto con Midas non avesse funzionato, il dolore sarebbe stato troppo. Lexie aveva capito che Midas costituiva un esempio difficile da uguagliare per ogni fidanzato futuro. Aveva già alzato l'asticella con tutte le telefonate e le email, era venuto a prenderla in aeroporto, con una corona di fiori hawaiana.

Merda, forse non era stata affatto una buona idea, ripensandoci.

"Lo so che probabilmente sarai esausta, quindi ti ho evitato i ragazzi e la mega festa di benvenuto alle Hawaii che volevano organizzarti."

"Cosa?" Lexie sbatté le palpebre.

"Sì, sono molto entusiasti del tuo arrivo. Certo, non quanto lo sono io, ma quasi. Quindi volevano organizzare una grigliata sulla spiaggia per darti il benvenuto sull'isola. Nel complesso residenziale di Aleck c'è una spiaggia privata, è attrezzata anche per fare il barbecue. Tra l'altro, Elodie voleva anche cucinare per tutti... non che sia stato difficile convincerla. L'abbiamo spostata a questo fine settimana, sabato pomeriggio. Ti va bene? Se no possiamo anche ripensarci, la posticipiamo. Agli altri ho detto che prima dovevi sentire i tuoi capi per vedere come sei messa con gli orari di lavoro."

Lexie sentiva la testa che le girava. "Ehm... wow. Va bene."

"C'è qualcosa che non va? È troppo? Sai, a volte gli amici possono essere... un po' troppo entusiasti. Poi siamo abituati che ogni scusa è buona per trovarci, quando non siamo in missione. Se però non te la senti..."

Ma Lexie lo rassicurò subito: "No no, anzi, è solo che nessuno mi ha mai organizzato una festa di benvenuto."

Allora Midas le sorrise. "Sono contento di essere io, la tua prima volta."

Cacchio, detto da lui assumeva chissà quale significato recondito, ma Lexie accennò appena un sorriso.

"Oh, scusa, non volevo alludere," le disse, mentre si avvicinavano alla zona di ritiro bagagli. Midas lasciò andare il trolley e abbracciò di nuovo Lexie, che gli si appoggiò sul petto lasciando andare un piccolo *oof*. Lui sorrise ampiamente: "Non riesco ancora a credere che tu sia qui."

"Nemmeno io," gli rispose, appoggiandogli le mani sul petto.

Poi il sorriso di Midas scemò in un'espressione più seria. "Però sono davvero molto contento. Per me questo non è un incontro come un altro. So che sto correndo, ma da quando sono venuto via da quella nave non ho fatto altro che pensare a te. Mi sono appassionato ogni volta che ti sentivo, aspettavo con ansia i tuoi messaggi, le tue mail. Per me sei diversa, Lexie. Non so il perché, ma è così."

Lexie deglutì a fatica. Come faceva Midas a sapere di doverla rassicurare, Lexie non ne aveva idea. Del resto, forse non lo sapeva, forse anche lui era nervoso quanto lei. Però era comunque apprezzabile, almeno Midas non ci girava troppo attorno e diceva esattamente ciò che pensava. Era un atteggiamento sincero, rigenerante, Lexie si augurava che fosse l'inizio migliore per il loro rapporto.

"Vale lo stesso anche per me. Ero nervosa, non sapevo cosa fare, dopo la Somalia. Senza di te, senza la signora di Food For All che praticamente mi spiegava per filo e per segno tutto ciò che bisognava fare, anche con i giornalisti, non so come avrei fatto."

"Sono sicuro che te la saresti cavata comunque, non ho alcun dubbio," le disse Midas. "Le poche interviste che hai rilasciato erano perfette. Hai fatto un ottimo lavoro, hai condannato i rapitori, pur mettendo in luce le grandi difficoltà di chi è meno fortunato nel mondo. La tua organizzazione sarà molto orgogliosa di te."

Lexie fece spallucce con un po' di imbarazzo. "C'eri anche tu, hai visto la disperazione di quella gente, vogliono solo riuscire a mantenere la famiglia, vogliono una vita in cui non doversi sempre preoccupare della corruzione, di come procurarsi da mangiare, di avere un tetto sulla testa. Non posso certo perdonare un rapimento per profitto, non sono d'accordo, ma lo capisco."

"Beh, in questo paradiso non corri certo il rischio di venire rapita," le disse Midas con decisione.

"Ottimo," gli rispose Lexie.

Rimasero lì a fissarsi per un momento molto lungo e intenso, ignorando il frastuono della gente intorno a loro che chiacchierava.

Dopo un momento, Midas disse: "Mustang aveva ragione."

"Ragione su che cosa?"

"Ha detto che se doveva funzionare, avrebbe funzionato."

Lexie arricciò il naso. "Eh... mi sembra una frase molto generica, tipo quelle dei biscotti della fortuna."

Midas rise e Lexie continuò a fissarlo. Era molto affascinante, quando rideva lo era ancora di più. E la teneva tra le braccia. Diamine, Lexie si sentiva proprio la donna più fortunata al mondo.

"In pratica è la stessa cosa che gli ho detto io. Eppure, eccoti qua."

Lexie avrebbe potuto dire qualcosa, ad esempio che non c'era alcuna garanzia che il loro rapporto funzionasse. Le relazioni richiedevano impegno e c'era sempre il rischio di scoprire che non erano compatibili quanto speravano. A lei piaceva moltissimo parlare con Midas, sembravano andare molto d'accordo; ma nel giro di qualche mese poteva sempre andare diversamente. In ogni caso non si sarebbe mai pentita di aver accettato il rischio, trasferendosi alle Hawaii. Se il rapporto con Midas non avesse funzionato, le sarebbe dispiaciuto a livello viscerale, ma l'avrebbe superato. Era alle Hawaii, faceva un lavoro che amava, non aveva bisogno di un uomo per essere felice, di questo era già sicura, l'aveva già dimostrato.

Ma non poteva certo negare che avere Midas con lei la faceva stare meravigliosamente bene.

Lexie vide la valigia sul nastro trasportatore e Midas la fece girare tra le braccia fino a farle appoggiare la schiena contro il proprio petto, poi l'avvolse con le braccia all'altezza della vita. Lexie indicò la valigia e Midas la sollevò di peso dal nastro trasportatore senza nemmeno sforzarsi. Lexie fu impressionata, anche perché ricordava bene quanto era pesante quel macigno di bagaglio. In Germania, lei aveva dovuto pagare un extra perché la valigia eccedeva il peso limite consentito.

Lexie impugnò il manico del trolley mentre Midas tirava il pesante valigione verso l'uscita. La prese di nuovo per mano e le rivolse un sorriso prima di raggiungere le porte dell'aeroporto.

Lexie inspirò profondamente, le piaceva un sacco l'aria dei Tropici. Stentava ancora a credere di essere alle Hawaii. Sì, aveva scelto quell'incarico perché lì ci viveva Midas, ma non poteva nascondere l'entusiasmo e l'impazienza di provare tutto ciò che l'isola di Oahu aveva da offrire. Passeggiate, nuoto, surf, snorkeling, paesaggi, il *luau*, la festa tradizionale hawaiana... voleva viversi tutto.

"Mi sembri felice," le fece notare Midas mentre si avvicinavano alla macchina.

Lexie fissò semplicemente la Ford Mustang decappottabile in cui Midas stava infilando la valigia.

"È la tua macchina?" gli chiese.

"No. Solo che mi sembrava forte, mi chiedevo solo se la tua valigia ci stava sul sedile posteriore," le disse facendo una strana faccia.

Lexie lo guardò negli occhi stranita.

Al che lui si mise a ridere: "Ma sì, certo che è mia. Lo so che è un po' atipica, ma fin dalla prima volta che sono arrivato sull'isola ho sempre voluto una decappottabile. Questa era in offerta, perché ha qualche annetto."

"È... porca vacca, Midas, è perfetta."

Il sorriso di Midas si allargò: "Allora immagino che ti piaccia."

"Mi piace? L'*adoro*!"

Midas le prese il trolley e lo mise insieme alla valigia, sul sedile posteriore. "Hai qualcosa per tenerti i capelli? A me piacciono molto i tuoi capelli, sempre ribelli, ma sto pensando che forse non ti farebbe piacere arrivare a casa tua e faticare a usare un pettine."

Lexie annuì. Di solito aveva delle forcine per i capelli a portata di mano. Si mise a cercare nella sua borsetta a tracolla e ne tirò fuori un elastico in tessuto come quelli di una volta. Sapeva che quell'accessorio andava di moda negli anni Ottanta, ma a lei non interessava. Era la soluzione migliore per i suoi capelli così folti.

Raccolse rapidamente i capelli andando a formare uno chignon disordinato alla base del collo, che poi fissò con l'elastico, infine disse allegramente: "Pronta."

"Andiamo, ti faccio vedere la mia isola," le disse Midas aprendole lo sportello sul lato passeggero.

Nel sedersi, Lexie lo provocò: "La *tua* isola? Non sapevo che fossi tu il padrone di tutto."

Lui ridacchiò intanto che girava attorno alla macchina per mettersi alla guida; poi entrò e mise un braccio sullo schienale dietro di lei: "Lex?"

"Sì?" gli rispose.

Midas la guardò negli occhi, facendosi totalmente serio: "Farò tutto ciò che posso per non farti pentire di essere venuta qui."

Ma lei gli rispose: "Non me ne pentirei mai, a prescindere."

"Sono troppo contento che tu sia qui," concluse Midas, prima di abbassarsi verso di lei.

Di nuovo, Lexie lo incontrò a metà strada. Si stava abituando rapidamente a baciare quell'uomo ogni volta che voleva.

Si baciarono a lungo, lentamente e in profondità. Quando Midas si tirò indietro, Lexie aveva il respiro affannato. Allora lui alzò una mano e le passò il pollice sul labbro inferiore in modo provocante, sorridendole dolcemente prima di avviare il motore.

Mentre la macchina usciva dal parcheggio dell'aeroporto per raggiungere la superstrada, Lexie cercava di capire cos'avesse Midas di così diverso da tutti quelli con cui lei era uscita. Forse era il modo in cui era totalmente concentrato su di lei, quando erano insieme. Non si guardava attorno, non era distratto dalle altre persone, o perso nei suoi pensieri, non aveva in mente qualcos'altro, o qualcun altro. Era tutto per *lei*, attentissimo a ciò che lei diceva e faceva.

A volte la intimidiva un poco, ma al contempo la lusingava parecchio.

Forse era diverso perché era pieno di vita. Non solo perché era alto e muscoloso, o perché poteva chiaramente affrontare chiunque si permettesse di dire qualcosa di sbagliato o di comportarsi in modo maleducato. Oppure le piaceva tanto perché l'aveva conosciuto anche da ragazza e quel periodo di vicinanza formava una specie di base per quel che sentivano da adulti. O forse era solo una reazione chimica intensa, una potente attrazione sessuale.

Qualunque fosse il motivo di quel legame, Lexie non aveva certo intenzione di metterlo in dubbio.

Non le veniva altro che il sorriso, mentre si dirigevano verso il centro di Honolulu. Il vento le accarezzava la testa e la colpiva in faccia, il sole alto nel cielo li baciava entrambi;

Lexie era stanca per il lungo viaggio, ma si sentiva comunque in fermento.

Trovarono insieme la strada per raggiungere l'edificio in cui si inseriva il suo piccolo monolocale, in centro. L'aspetto non era nulla di speciale, la zona non era certo uno dei quartieri migliori della città, ma Lexie aveva visto di peggio. Molto peggio. Ormai niente poteva più deluderla.

Si presentarono all'amministratore dell'edificio, che controllò i documenti di Lexie e le fece firmare alcuni incartamenti, per poi consegnarle la chiave del suo nuovo appartamento. Midas salì con lei per dare un'occhiata. Era al ventesimo piano, per fortuna non era troppo vicino all'ascensore. Lexie aprì la porta con grande impazienza e fece un passo all'interno.

L'interno era arredato probabilmente in stile anni Settanta, l'aria puzzava leggermente di muffa, ma non in modo preoccupante. Il cucinotto era subito a sinistra entrando. C'erano un lavandino, un forno a microonde, due fuochi e sotto quel che sembrava un fornetto. Contro il muro c'era anche un piccolo frigorifero, con un tavolo e due sedie, il tutto ben staccato dal resto del monolocale. In mezzo alla zona giorno c'erano un letto a due piazze, una cassettiera contro la parete più lontana, una piccola scrivania; nient'altro.

A Lexie non importava nulla, andò subito alla finestra e aprì le tende, impaziente di ammirare il panorama.

Per un attimo fissò fuori dalla finestra, poi le venne da ridere. Partì come una risatina ma si trasformò in una grassa e sonora risata.

"Eh... wow!" esclamò Midas avvicinandosi.

Lexie rideva tanto che non riuscì a rispondere subito. Guardò di nuovo fuori dalla finestra: invece di vedere l'oceano in distanza, o magari le montagne dell'interno dell'isola, si vedeva solo l'edificio di fronte. La sua stanza dava proprio sull'esterno di un altro appartamento, nell'edificio adiacente.

Dalla finestra, si vedeva un signore anziano che si muoveva nel suo salotto indossando solo un paio di mutandoni bianchi.

Lexie chiuse subito le tende e si girò verso Midas, che la fissava in un misto di divertimento e dispiacere.

Quando finalmente riprese il controllo di sé, Lexie fece spallucce e gli disse: "Beh, il panorama non è esattamente quello che mi aspettavo, ma sono pur sempre alle Hawaii."

"Sei sempre positiva, vero?"

Lexie gli chiese con tono serio: "Come potrei non esserlo? Sto bene, ho un tetto sulla testa, un lavoro e sono alle *Hawaii*, da impazzire! Se voglio andare in spiaggia, ci arrivo in pochi minuti. E poi... poi ci sei tu," gli disse infine, timidamente.

"È vero, eccomi qui," le rispose facendo un passo verso di lei.

Lexie sentì il cuore che le batteva più forte, mentre fissava Midas.

Lui alzò una mano per prendere l'elastico che Lexie si era messo nei capelli e con delicatezza glielo sfilò, cercando di non tirarle i capelli. Poi le smosse la chioma per volumizzarla e sorrise. "Cacchio se adoro i tuoi capelli," le mormorò, poi si abbassò e la baciò. Ma invece di un bacio lungo e ricco di contatto fisico, come desiderava Lexie, Midas si staccò dal bacio fin troppo presto.

"Ora sarà meglio che vada. Probabilmente avrai voglia di disfare i bagagli, senz'altro sarai stanca. Ti chiamo più tardi, se per te va bene."

Lexie annuì con entusiasmo e gli disse: "Certo, va più che bene. Mi faccio sentire dal nuovo capo per vedere che orari mi aspettano, così ti faccio sapere anche per sabato."

"Ottima idea. Adesso che sei alle Hawaii, cosa ti piacerebbe fare, per prima cosa?" le chiese Midas.

Lei gli rispose subito: "Voglio provare una granita hawaiana."

Midas rise e il suono della sua risata riecheggiò in tutto l'appartamentino. "Di tutto quel che c'è da fare, la tua scelta è la *granita*?"

"Beh... sì. Ho sentito che sono fantastiche."

Midas ribatté: "Sono un po' sopravvalutate, ma se è quello che vuoi, allora vada per la granita."

"Grazie," gli rispose, sopraffatta dalla generosità di quell'uomo.

"Non vedo l'ora di portarti in giro," le disse Midas, che poi si abbassò, la baciò in fronte dolcemente e si avviò verso la porta. Prima di andarsene, si voltò e le disse: "Ma prima sarà meglio che andiamo a comprarti delle tende o degli scuri che facciano entrare abbastanza luce senza che da fuori ti guardino in casa. Va bene?"

"Va bene," disse subito Lexie.

La porta si chiuse alle spalle di Midas con un piccolo scatto, ma Lexie si rese conto che stava ancora sorridendo come una matta.

Ogni volta che si spostava in una nuova città o in un nuovo paese, Lexie si sentiva nervosa per tutto; per la prima volta, non si sentiva così tanto in difficoltà. Tutto grazie a Midas, ne era certa.

Non vedeva l'ora di passare più tempo con lui, di rivedere i suoi amici. Le erano piaciuti, da quel poco che avevano parlato, poi aveva voglia anche di incontrare Elodie. Non poteva negare un certo imbarazzo, considerando che donna forte era Elodie, che momenti strazianti aveva dovuto superare; oltretutto era anche una cuoca fenomenale, almeno così si diceva. Lexie aveva finito a malapena le scuole superiori e non aveva alcun talento particolare di cui vantarsi. Dopo tutto ciò che aveva sentito dire sulla moglie di Mustang, Lexie sperava tanto di fare amicizia con lei.

Lexie andò a prendere le valigie che nel frattempo erano rimaste sul pavimento; doveva andare a fare la spesa al negozietto che aveva visto appena fuori dal suo edificio, ma prima doveva riposare un momento, la stanchezza era più forte della fame. Prima disfaceva i bagagli e prima poteva farsi una doccia e una bella dormita. Poi avrebbe anche potuto cominciare la sua nuova vita, alle Hawaii.

Stava per aprire la valigia, quando sentì il telefono vibrare nella tasca e lo tirò fuori, era un messaggio.

Con un grande sorriso, lesse il messaggio che Midas le aveva appena inviato.

Midas: Sono felicissimo che tu sia qui. Benvenuta alle Hawaii.

Lexie sapeva di avere un'altra smorfia stampata in viso, un sorriso felice e sdolcinato, ma non sapeva che farci. Si portò il telefono alla bocca per dettare il messaggio da inviargli in risposta.

Lexie: Grazie. Anch'io. Grazie per il passaggio dall'aeroporto.
Midas: Quando vuoi, Lex. Quando vuoi. Ora dormi un poco, ci sentiamo dopo.

Proprio mentre stava per appoggiare il telefono sul mobiletto, Lexie notò di aver ricevuto un'email di cui non si era accorta prima. Probabilmente le era stata inviata mentre era in volo. Proveniva da Magnus Brander.

Lexie gli aveva scritto un paio di email per fargli avere le condoglianze; purtroppo non era riuscita ad andare in Danimarca per il funerale di Dagmar e le era dispiaciuto moltissimo.

. . .

Signora Greene,

grazie per quanto mi ha scritto. Lei ha ragione, mio fratello mi manca terribilmente. Per questo ho aspettato così tanto prima di risponderle. Lei è una delle ultime persone ad averlo visto, per questo mi farebbe molto piacere parlare con lei, per saperne di più su quanto è successo nel deserto. Teniamoci in contatto.

In fede,
Magnus Brander

Fu sollevata di leggere l'email di Magnus, le avrebbe fatto piacere parlare con lui del fratello; Dagmar non meritava quanto gli era successo, era difficile credere che non ci fosse più.

Lexie decise che avrebbe risposto all'email più tardi, così appoggiò il telefono al mobile della cucina e fece per aprire la valigia. Stentava ancora a crederci, era alle Hawaii, nella stessa città di Midas. La vita si stava davvero mettendo bene.

CAPITOLO NOVE

"Smettila di andare avanti e indietro, cribbio, così divento nervoso pure *io*!" esclamò Aleck.

Midas si accigliò con l'amico: "Ma io non sono nervoso."

"Se lo dici tu," commentò Aleck alzando gli occhi al cielo.

"Va bene, d'accordo, un po' sono nervoso, ma è solo perché Lexie non ha accettato che andassi a prenderla. Ha detto che voleva imparare a usare gli autobus e che ci avrebbe raggiunti qui," concluse Midas.

Erano passati tre giorni da quando Lexie era arrivata alle Hawaii; avevano parlato ogni giorno, si erano visti il primo e il secondo giorno; era arrivato il terzo e di nuovo Midas non vedeva l'ora di stare con lei.

Lexie era proprio... divertente. Non nel senso che faceva i salti mortali pur di attirare l'attenzione; Midas aveva scoperto che quando era insieme a lei sorrideva di continuo; gli piaceva tantissimo guardarla mentre provava per la prima volta ciò che le Hawaii avevano da offrire; Midas si stava anche facendo una lista per ricordarsi tutto ciò che voleva mostrarle.

Quel giorno, Lexie stava venendo a casa di Aleck; si trovavano tutti insieme per una mangiata all'aperto, con Elodie e gli altri della squadra. Lexie aveva detto a Midas quanto era entusiasta di incontrare Elodie, persino un po' nervosa, ma lui era sicuro al cento per cento che non c'era niente di cui preoccuparsi; Elodie era altrettanto ansiosa di conoscere Lexie, ma lui non aveva dubbi che sarebbero andate d'accordo.

Erano tutti all'aperto, in una delle piazzole attrezzate vicine alla spiaggia. Elodie ronzava già intorno al barbecue, soprattutto per evitare che Mustang e Pid "incasinassero" gli hamburger. Elodie era molto gelosa e protettiva nei confronti di ciò che cucinava, Midas trovava quell'atteggiamento particolare un po' ridicolo. Piaceva a tutti provocarla un poco, fingendo di fare qualcosa di tremendo nel preparare da mangiare, solo per vederla agitata. Funzionava sempre.

In passato Midas aveva temuto che la presenza di Elodie, quando si trovavano tra amici, potesse cambiare le dinamiche tra loro della squadra, invece non era andata così. Anche lei era diventata in modo del tutto naturale una del gruppo, per questo Midas sperava proprio che anche Lexie fosse accolta nello stesso modo.

Non era certo sul punto di farle la proposta di matrimonio, nulla del genere, ma Midas era sicuro di una cosa: con Lexie voleva un rapporto stabile. Con lei ci stava bene, gli sembrava davvero di conoscerla da tanti anni. Lo faceva ridere, lo stimolava, gli faceva venir voglia di stare sempre con lei, ogni secondo di tempo libero che aveva; proprio quello era l'indizio più importante, Lexie era diversa da qualunque altra donna Midas avesse frequentato.

La sera prima aveva persino parlato di Lexie alla madre, che gli aveva telefonato per sentirlo, per sapere come gli andava; Midas non ci aveva pensato due volte, le aveva raccontato tutto della ragazza delle superiori con cui era tornato in contatto.

Midas aveva parlato ininterrottamente per oltre venti

minuti di fila, prima che sua mamma finalmente scoppiasse a ridere.

Allora Midas le aveva chiesto: "Ma cosa c'è?"

Sua madre gli aveva risposto: "Non ti ho mai sentito parlare così di una donna, prima d'ora."

"Così come?"

"Senza sosta. Come se fosse perfetta."

Midas non pensava certo che Lexie fosse priva di difetti, anzi, ne conosceva già alcuni, ma anche lui ne aveva. Eppure i difetti di Lexie non lo preoccupavano minimamente: Lexie era piena di qualità, gli aspetti positivi erano tanti da compensare ampiamente qualunque aspetto negativo potesse saltar fuori nelle settimane o nei mesi di frequentazione.

Ovviamente la madre di Midas aveva reagito molto bene, con grande entusiasmo per lui, dicendogli che non vedeva l'ora di incontrare Lexie. Midas non sapeva ancora quando sarebbe successo, perché i suoi genitori vivevano a Portland mentre lui era di stanza alle Hawaii, ma ogni tanto lo venivano a trovare. Una vacanza alle Hawaii non era certo un sacrificio; se poi potevano combinare una gita romantica e passare del tempo col figlio, meglio ancora.

Midas sentì il telefonino vibrare tra le mani e lo guardò immediatamente.

Lexie: Sono scesa dall'autobus. Sto arrivando.

Midas si voltò e disse agli amici: "Lex è arrivata, torno subito."

Annuirono tutti e lo videro partire di gran lena, dirigersi verso l'ingresso del palazzo e uscire dalla porta principale. Midas vide Lexie sulla destra e si incamminò verso di lei.

Quel giorno si era legata i capelli all'indietro, in una coda di cavallo non troppo lunga, indossava un paio di pantaloncini corti a metà coscia e una canotta con al centro un ananas enorme. Gli sorrideva, era proprio raggiante.

Nel momento in cui gli arrivò a portata di mano, Midas si mosse senza nemmeno pensarci, la tirò più vicina e la baciò. Non poteva proprio resisterle.

Lexie si sciolse tra le braccia di Midas, aggrappandosi alla sua camicia con le mani.

Ogni volta che la toccava o che la baciava, lei si sentiva sempre più accolta.

Midas si costrinse a rialzare la testa e le disse: "Ciao."

"Ciao," gli rispose Lexie.

"Tutto a posto con gli autobus?"

"Sì, tutto a posto, il trasporto pubblico funziona molto bene. Lo sapevi che posso anche fare tutto il giro dell'isola in autobus?"

"Sì, ma ci impiegheresti il doppio, è meglio se ti porto io in macchina," le rispose Midas.

Lexie gli sorrise.

"Ci sono novità da quando abbiamo parlato ieri sera?" le chiese.

Lexie ridacchiò: "Del tipo? Pensi che abbia vinto la lotteria o che altro, nelle ultime ore da quando ci siamo sentiti?"

"Con te non si sa mai, magari sei uscita a fare una passeggiata e alla fine hai salvato la vita del governatore, chi lo sa, poi ti hanno invitata in villa e adesso la moglie del governatore è la tua migliore amica."

Lexie alzò lo sguardo: "Come vuoi, ieri sera, dopo che ci siamo sentiti, sono andata giù a fare la spesa."

Midas si accigliò e le disse: "Ma era tardi."

"Sì, lo so, ma oggi volevo portare qualcosa anch'io."

"Ti ho detto che non dovevi preoccuparti."

"Lo so, me l'hai detto, ma io non sono il tipo che arriva a mani vuote. Ho portato qualcosa per fare i biscotti."

"Biscotti?" chiese Midas, guardando giù il sacchetto che Lexie aveva con sé.

"Sì."

"Che biscotti?"

Lexie inclinò la testa e gli sorrise. "Ti piacciono i biscotti?" gli chiese, invece di rispondergli.

"Ma *certo* che mi piacciono i biscotti," le rispose.

"Chiedevo solo, perché a me sembra che non mangi niente che possa farti male," gli spiegò Lexie tastandogli la pancia piatta.

Midas le prese la mano e se la portò alla bocca, baciandole il palmo prima di metterselo sul petto, tenendo la mano su quella di lei. Poi le disse: "Mangio anch'io qualche porcheria, solo che faccio molto esercizio quindi brucio calorie. Ora mi dici che biscotti hai preparato?"

"Se ti dico biscotti d'avena con l'uvetta ci rimani male?"

"Col cavolo. Perché mai dovrei rimanerci male?"

"A qualcuno non piace l'uvetta."

"A me sì. Allora hai fatto i biscotti di avena e uvetta?"

"No. Cioè, a me piacciono tutti i biscotti e i dolci da forno. Sai già che ho un gusto particolare, amo il dolce, ma ho deciso di preparare i miei biscotti preferiti, quelli speziati alla zucca guarniti con formaggio alla cannella."

Midas sentiva già l'acquolina in bocca, allungò una mano verso il sacchetto e le chiese: "Posso assaggiarne uno?"

Lexie rise e si voltò per impedirgli di raggiungere il sacchetto: "No, sono per il dessert."

Midas fece un po' il muso, facendo ridere Lexie ancora più forte. "Wow, che brutta faccia," gli disse.

"Non sapevo che ti piacesse cucinare," commentò lui, facendola voltare verso l'edificio.

"Credimi, non sono certo uno chef stellato, ma questa ricetta è semplicissima."

"Beh, sono sicuro che andranno a ruba. I ragazzi sono voraci di dolcetti fatti in casa."

"Spero che li apprezzino. So che non tutti impazziscono per i biscotti speziati alla zucca; avrei anche provato qualche ricetta hawaiana, ma non ho avuto il tempo di sperimentare."

Midas la rassicurò: "Vedrai, li adoreranno. Poi sei stata impegnata al lavoro, da quando sei arrivata."

"Proprio vero; ma le persone con cui lavoro mi piacciono davvero tanto," gli disse.

Midas la ascoltò con molto affetto mentre lei gli raccontava delle persone che aveva incontrato alla Food For All. L'edificio in cui lavorava l'organizzazione era solo a un paio di isolati da dove Lexie abitava; aveva passato gli ultimi due giorni cercando di inquadrare il suo nuovo incarico. Aveva incontrato gli altri operatori a tempo pieno che ci lavoravano, poi c'erano degli impiegati part-time e dei volontari; Lexie si era data subito da fare, aiutando le persone che venivano a prendere da mangiare o a cercare assistenza.

La sera prima, Lexie aveva raccontato a Midas di una donna che era venuta a chiedere da mangiare per sé e per il marito, vivevano per strada. Di solito riuscivano a elemosinare abbastanza per comprarsi da mangiare, ma ultimamente non avevano potuto stare troppo in giro perché avevano avuto l'influenza, quindi mancavano loro le forze di stare al sole tutto il giorno chiedendo ai turisti qualche moneta. Erano sfiniti, ammalati e avevano fame. Lexie aveva dato alla donna un pacchetto di vivande, poi l'aveva accompagnata fino al luogo in cui il marito stava riposando.

Da un lato Midas non era contento perché Lexie si metteva sempre in situazioni di potenziale pericolo, ma dall'altro era orgogliosissimo di lei. Si occupava delle persone che quasi tutto il resto dell'umanità si sforzava di ignorare.

Vedeva degli esseri umani anche nei più derelitti, trattandoli con rispetto.

Midas le aprì la porta dell'abitazione e la seguì all'interno.

"Wow!" esclamò Lexie guardandosi intorno in quell'edificio dall'interno così opulento.

"Sì, è un po' sopra le righe, infatti prendiamo sempre in giro Aleck."

"Come cavolo fa a permettersi un posto come questo, con lo stipendio dell'esercito? Se no vuol dire che non ci capisco niente e che guadagnate molto più di quanto pensassi."

Midas ridacchiò. "No, non è così, te lo assicuro. È Aleck che sta messo bene. Beh, i suoi genitori. Lavorano nell'edilizia, hanno comprato l'attico di questo palazzo, insistendo che Aleck ci vivesse. Lui si impegna a ripagarli, ma loro non sono molto propensi a portargli via dei soldi."

"Oh, wow, l'attico?" gli chiese Lexie.

"Già."

"Non l'avrei mai immaginato," commentò Lexie.

Midas le spiegò: "Eh sì, perché lui invece è molto alla mano. Ma devo dire che ci piace moltissimo venire qui per i nostri ritrovi, nel tempo libero. Aspetta di vedere il suo balcone, c'è un panorama mozzafiato."

"Non è come quello che vedo io quando apro le tende, eh?" lo stuzzicò Lexie.

A quel punto fu Midas ad arricciare il naso. "Eh no."

Lexie ridacchiò mentre Midas le apriva la porta dall'altra parte dell'atrio per andare nel cortile sul retro del condominio, dove c'era il prato con le piazzole attrezzate per il barbecue.

Con la massima naturalezza, Midas la prese per mano e si incamminò con lei.

Il primo a vederli fu Slate, che disse abbastanza forte per farsi sentire da tutti: "Grazie al cielo! Finalmente si mangia."

"Ti ricordi? Lui è quello impaziente," le disse Midas mentre si avvicinavano.

Lexie fece una riflessione: "Wow, certo che con i vestiti sembrate tutti molto diversi."

Midas trattenne una risata.

"Ma no, cacchio, non intendevo in quel senso," chiarì quasi subito Lexie. "Intendevo dire con i vestiti *normali*. Dai, tipo con le magliette e i pantaloncini, non con la divisa che indossavate l'ultima volta che vi ho visti."

"Ho capito cosa volevi dire," le disse Midas, pur divertito.

"Accidenti, vedrai quante altre stupidaggini dirò per mettermi in imbarazzo, lo sapevo."

Midas la rassicurò: "Ma va', stai tranquilla. Tanto sono sicuro che gli altri diranno qualche stupidaggine nel giro di breve, quindi nessun problema."

"Che piacere, ci si rivede!" disse Aleck a Lexie che entrava nella zona attrezzata.

Arrivò anche Pid: "Sì, anche tu comunque non sembri più tanto strapazzata."

Jag colpì dietro la nuca il suo amico e gli disse: "Non fare il maleducato, stronzo."

"Te l'avevo detto," mormorò Midas a Lexie; era contento di vederla sorridere, per nulla offesa dalla battuta di spirito di Jag, una boutade sincera ma un po' eccessiva.

"Ciao," le disse Slate con un cenno del mento.

Mustang si avvicinò con un sorriso. "Sono davvero elettrizzato, sei riuscita a organizzarti per venire a Oahu. Se i miei uomini sono contenti, sono contento anch'io. E credimi, Midas non sta davvero nella pelle, è un cazzone contento."

"Scott, credo proprio che non dovresti dire parolacce quando incontri qualcuno per la prima volta," lo riprese Elodie.

"Ma io non la sto incontrando per la prima volta,"

protestò Mustang, "poi Midas è *davvero* un cazzone contento; da quando è arrivata, lo vedo molto più contento."

"Mustang," l'avvertì Midas, vedendo che Lexie aveva le guance rosse.

"Va bene, d'accordo, scusami. Dicevo solo che... sono molto contento che tu sia qui," ripeté a Lexie.

Lei rispose educata: "Grazie, anch'io sono felice di essere qui."

"Ciao, io sono Elodie," le disse la dolce metà di Mustang porgendole la mano. "Scott mi ha raccontato tutto di te. Cioè, non proprio tutto, perché ovviamente non gli è permesso raccontarmi alcuni dettagli, ma mi ha detto abbastanza. Comunque è pazzesco, tutte due abbiamo avuto a che fare con la Somalia."

Lexie le disse subito: "Non tutti i somali sono cattivi. Io ho conosciuto delle persone meravigliose, uomini e donne."

"Oh, lo so, non volevo certo generalizzare," le rispose Elodie un po' accigliata.

"È solo che là c'è una povertà fuori controllo. Non ci sono le opportunità che ci sono qui negli Stati Uniti o in tanti altri paesi. I genitori faticano a portare a casa da mangiare per i figli, per questo sono disposti a tutto, per procurare il sostentamento alla famiglia."

Elodie insistette: "Lo capisco, davvero. Cacchio, ora penserai che sono una persona orribile, ma non è così, te lo giuro, scusami"

Midas vide Mustang accigliarsi e fare un passo più vicino alla moglie, come per proteggerla.

"Ma no! Non lo penso affatto!" le rispose Lexie, aggrottando la fronte costernata, "anzi, *scusami tu*. Sai, io tendo a partire in quarta quando parlo di ciò che mi appassiona e poi non mi accorgo delle implicazioni di ciò che dico. Non giustifico certo i pirati e quello che hanno fatto al mercantile dove lavoravi, o gli uomini che hanno rapito me e Dagmar, ci mancherebbe."

"Meno male," commentò Elodie fingendo di asciugarsi il sudore dalla fronte, "per un attimo pensavo di aver pestato una cacca."

"Ma no, niente affatto," rispose Lexie.

"Ottimo. Ora, se i nostri cani da guardia si fanno da parte, possiamo anche andare alla griglia e fare in modo che Slate non ci rovini gli hamburger. Gli ho detto cento volte di non schiacciarli, ma sembra proprio che non gli entri in testa."

Lexie sorrise e Midas si rilassò.

Anche Mustang si allontanò da Elodie, al che Midas lasciò andare un sospiro di sollievo. Non si sarebbe mai sognato di doversi confrontare con uno dei suoi compagni di squadra, ma in quel momento l'avrebbe fatto senz'altro, perché si trattava di Lexie. Avrebbe dovuto immaginare che Lexie non avrebbe mai portato la discussione a quel livello, era una persona gentile in tutto e per tutto, fino all'ultimo dei capelli ribelli. Si impegnava sempre al massimo per alleggerire ogni tensione, come aveva fatto anche in quell'occasione.

"Non lasciare che Slate si prenda un biscotto," l'avvertì Midas, mentre Lexie andava con Elodie verso la zona barbecue.

"Biscotti? Che tipo di biscotti?" chiese Mustang.

"Speziati alla zucca," gli rispose Lexie.

Mustang provò a fare il furbo: "Lascia che li porti io, penso che sia meglio, li metto sul tavolo con il resto del cibo."

Midas intervenne: "Non farlo, per carità, lui è peggio di Aleck con i dessert."

Elodie rise: "Ma dico io, ragazzi, vi comportate come se non aveste mai mangiato prima d'ora. A me sembra, così, vado a memoria, che una ventina di minuti fa ci fosse un vassoio pieno di lamponi intinti nel cioccolato, adesso c'è solo un vassoio completamente vuoto. Non ne avete lasciato neanche uno per Lexie, poverina."

Mustang andò dalla moglie e la strinse in un abbraccio dicendole: "Non è certo colpa nostra, sei tu che sei troppo brava a preparare da mangiare."

"Adulatore," brontolò Elodie senza troppo entusiasmo.

Midas incrociò lo sguardo di Lexie sorridendole; non sembrava a disagio, andava perfettamente d'accordo con tutti, proprio come lui si aspettava. Era fatta così, accettava gli altri per quello che erano.

Elodie si liberò dall'abbraccio del marito e prese Lexie sottobraccio. "Dai, andiamo, dobbiamo proteggere i tuoi biscotti dagli sciacalli affamati e nel contempo controllare che Slate non stia rovinando gli hamburger."

Aleck arrivò al fianco di Midas, che distolse lo sguardo da Lexie appena il tempo di vedere il suo amico. Aleck non gli disse nulla, così Midas gli chiese: "Cosa c'è?"

"Niente. Mi piace."

Midas non aveva certo bisogno dell'approvazione degli amici, ma comunque gli faceva molto piacere averla: "Grazie, piace anche a me."

"Ma sì, è ovvio, ma intendo..." la voce di Aleck svanì.

"Cosa?" gli chiese Midas di nuovo.

Aleck concluse il suo discorso facendo spallucce: "È solo che... correte."

"Sì, è vero, è tutto molto veloce, ma non è che ci sposiamo domani," gli rispose Midas. "Lexie mi piace, mi piace molto. Ma ci stiamo ancora conoscendo. Però sai cosa ti dico? Rispetto a tutte le ragazze con cui sono uscito finora, lei è diversa. Tu aspetta e vedrai che un giorno anche tu incontrerai quella che ti spiazza completamente, allora ti ricorderò di questa conversazione e del tuo scetticismo."

Aleck fece spallucce: "Solo perché tu e Mustang avete

trovato delle donne eccezionali non significa che capiterà anche a me o agli altri."

"È vero, ma a volte la persona giusta ti piove addosso dal cielo proprio quando meno te lo aspetti."

Aleck scoppiò a ridere: "Allora ti metti a cantare sotto la pioggia, eh? *I'm singing in the rain...*"

"Non intendevo che piove per davvero, stronzo," gli disse Midas colpendo l'amico sulla spalla.

Aleck concluse: "No, dai, davvero, sono contento per te, amico, solo che non voglio vederti star male."

"Ti ringrazio e lo apprezzo. Non ho la più pallida idea di come andrà a finire, con Lexie, ma ho un ottimo presentimento. In ogni caso, se dovesse andar male, so che ci sei tu a tirarmi su."

"Cazzo, ma certo," commentò Aleck.

"Dai, andiamo, gli hamburger ormai saranno pronti. Muoio di fame."

Midas andò con Aleck verso la zona della grigliata e vide Pid che rideva per qualcosa che Lexie gli aveva detto. Non fu minimamente sorpreso di vederla inserita così bene. Se l'immaginava, anche se l'avessero fatta piombare in mezzo a una tribù di cannibali primitivi, in un luogo sperduto della foresta amazzonica, nel giro di un'ora Lexie sarebbe diventata molto amica della moglie del capo, anzi, di tutta la famiglia, tutta la tribù l'avrebbe accolta a braccia aperte. Un'immagine un po' estrema, forse... ma comunque veritiera.

Lexie voleva darsi un pizzicotto per svegliarsi, le sembrava di sognare: era arrivata da due ore e stava mangiando l'hamburger più buono di tutta la vita, i suoi biscotti erano andati a ruba, se li erano pappati come lupi affamati, poi si erano spostati nell'attico dell'edificio a guardare un temporale che arrivava dall'oceano.

L'attico di Aleck era proprio come se l'era immaginato, forse pure meglio: si vedeva chiaramente che era un appartamento di classe molto costoso, ma anche estremamente comodo, in parte grazie ai cuscini e alle coperte sparse per casa sui vari mobili. O forse perché c'erano libri sparpagliati a casaccio sulle mensole. Oppure erano i piatti sporchi nel lavello della cucina. Insomma, era un appartamento vissuto, non un ambiente asettico da esposizione, dove non si tocca nulla per la paura.

Lexie era seduta con Elodie sul balcone, mentre i ragazzi erano impegnati all'interno a fare qualcos'altro, Lexie non sapeva proprio che cosa; era felice di avere finalmente il tempo di parlare con Elodie da sola; immaginava che Mustang e Midas avessero invitato gli altri a lasciarle stare per un po', per dare loro lo spazio di conoscersi, uno spazio di cui Lexie era grata.

"Qui è davvero meraviglioso," disse Lexie.

"Vero? La prima volta che ci sono salita, sapessi che invidia per questo balcone," disse Elodie senza alcun segno di gelosia.

Lexie fu d'accordo: "Penso che solo questo balcone sia più grande del mio monolocale. Poi, quando apro le tende, il panorama da casa mia è il primo piano di un signore anziano che vive nell'edificio di fronte... e va in giro per casa in mutande."

"Sul serio?"

"Purtroppo sì."

Elodie rise: "Mammasantissima! È successo anche a me, prima che mi trasferissi da Scott, ma almeno Midas ha un buon panorama."

"Questo non lo so," le disse Lexie.

Elodie la guardò sorpresa: "Davvero?"

"Davvero. Cioè, non è nemmeno una settimana che sono arrivata."

"Sì, lo sapevo, ma tu e Midas sembrate così... vicini. Immaginavo solo che fossi già andata a casa sua."

Lexie si sentì arrossire, anche se non sapeva bene il perché: "Ci stiamo ancora conoscendo."

"Voi due avete frequentato le scuole superiori insieme vero?" le chiese Elodie.

"Beh, più o meno. Mi sono trasferita a Portland all'ultimo anno, per cui ci siamo visti ma non ci siamo conosciuti molto, all'epoca."

"Scott mi aveva dato un'impressione diversa."

"Cioè, ci siamo conosciuti, ma non uscivamo insieme, niente del genere. Lui era il capitano della squadra di nuoto, campione a livello nazionale, sempre popolare con le ragazze. Io... ero solo me stessa. Ci hanno messi insieme per un progetto, una volta."

"E poi?"

"E poi cosa?" chiese Lexie.

"Ti sei innamorata pazzamente di lui e da allora ne hai sentito la mancanza?" domandò Elodie con una strana luce negli occhi.

Lexie reagì con una risata: "Ma no, cioè, ogni tanto ci ho pensato, ho ripensato a lui, ma solo come a un bel ricordo. Però non dirglielo, non vorrei ferirlo, sai com'è, ha un ego così fragile."

Elodie ridacchiò e le chiese: "Eh sì, ai ragazzi certo non manca quel po' di autostima, vero?"

"Appunto, però sai, sono belli, uomini di valore, insomma, sono SEAL della marina."

"Vero."

"Comunque, tornando a noi, io ero sempre l'ultima arrivata a scuola, una vera seccatura. Non riuscivo mai a fare amicizia perché quando arrivavo c'erano già i gruppetti, ero sempre fuori dai giri, ma alla fine mi ci sono abituata quindi non era poi così male. Midas all'epoca era molto popolare, si sapeva già che dopo il diploma sarebbe entrato in marina. Io sono stata fortunata a finire le scuole," raccontò Lexie.

"Davvero? Come mai? Oh, scusa... è una domanda scomoda? Mi dispiace, sai, non sono molto brava a chiacchierare così," le disse Elodie, che sembrava un po' in imbarazzo.

"Ma no, ci mancherebbe, sono stata io la prima a parlarne. Poi mi fa piacere che ci conosciamo. Di solito quando inizio un nuovo lavoro, in una città che non conosco, sono sempre per conto mio. Invece sono contenta che mi abbiate invitato, oggi. In ogni caso, il fatto è che soffro di dislessia, ma quando andavo a scuola non lo sapevo, nessuno se n'era accorto."

"Cosa? Ma va' là? Ma non è possibile," commentò Elodie, ovviamente sbalordita per quanto successo a Lexie.

Lexie fu contenta di avere qualcuno dalla sua parte: "Come ti dicevo, traslocavo spesso e immagino che sia passata inosservata; di certo mio padre non mi ha aiutata, mi diceva sempre e solo che ero stupida. Quindi a forza di sentirmelo dire mi è entrato dentro, inconsciamente ho cominciato a crederci."

"Brutto bastardo!" esclamò Elodie.

Lexie le raccontò: "Eh già, di certo non meritava il Nobel come padre dell'anno, ma ha fatto quel che poteva."

"È ancora vivo?" chiese Elodie.

"No. È morto qualche anno fa."

"Hmmmm."

Lexie non riuscì a trattenersi, le scappò da ridere.

Elodie le chiese: "Perché ridi?"

"Hai reagito molto più... tranquilla di Midas."

Elodie rispose: "Me l'immagino. Lui somiglia molto a Scott, è molto protettivo e se qualcuno mi dà fastidio tira fuori un brutto temperamento."

"Voi due non state insieme da molto, vero?" le chiese Lexie, che sperava di non sembrare troppo ficcanaso.

"Non da molto, ma dopo tutto quello che è successo, abbiamo legato molto rapidamente. Immagino che il pericolo e le disavventure contribuiscano molto."

"Eh sì," concordò Lexie.

Elodie le sorrise: "Esatto, anche tu ne sai qualcosa, vero? Sei sicura di star bene, dopo tutto quello che ti è successo? Ho letto degli articoli su quanto è accaduto, che esperienza orribile! Cioè, anche trovarmi su una nave attaccata dai pirati non è stata certo una passeggiata nel parco, ma rispetto al dramma che hai vissuto tu la mia esperienza è stata molto breve."

Lexie le spiegò: "Non è stata certo divertente, ma per lo più è stata noiosa."

"Noiosa?" ripeté Elodie sorpresa.

"Eh sì, se togli la parte del rapimento vero e proprio. Quello è stato molto spaventoso, da morire, lo ammetto. Ma quando siamo arrivati nel deserto non abbiamo fatto altro che starcene seduti a farci ignorare per quasi tutto il tempo. Dopo l'ictus di Dagmar, ci siamo anche mossi pochissimo. Prima almeno cercavamo di camminare, solo per fare un po' di movimento... anche se ovviamente eravamo sempre sorvegliati. Ma dopo, me ne stavo seduta con lui all'ombra, cercavo solo di tenergli su il morale.

"L'aspetto peggiore era non sapere cosa ci sarebbe successo. Potevamo rimanere prigionieri per mesi, o le trattative potevano anche riuscire e la prigionia poteva finire da un giorno all'altro. Sinceramente non mi aspettavo che ci fosse un intervento come quello di Midas e degli altri, davvero, è stata una sorpresa totale."

"Allora i rapitori ti ignoravano?"

"Beh, non proprio. Qualcuno di loro amava provocarci,

dicendo che nessuno pagava il riscatto e che ci avrebbero ammazzati... cose così."

"Wow, che brutto, mi dispiace, un vero orrore."

Lexie fece spallucce. Nell'ultimo mese si era data da fare per mettersi alle spalle tutti gli aspetti di quella tragedia. Non le dispiaceva parlarne con Elodie, perché lei voleva solo capire, non cercava di estorcerle delle informazioni succulente da mettere in un articolo per ottenere più traffico su internet.

Elodie le chiese: "Posso farti una domanda? Ma non voglio sembrare prevenuta."

"Certo, dimmi pure."

"Allora, dopo che sei stata liberata, vi hanno riportato nella stessa città in cui vi avevano rapito, esatto?"

"Sì."

"Ma perché? Cioè, non è molto logico. Perché non vi hanno portato via, fuori dal paese, direttamente sulla nave americana?"

Lexie sospirò: "Certo, col senno di poi sarebbe stato meglio andarsene subito, ma il fratello di Dagmar è un uomo potente, in Danimarca; ha mosso le sue pedine, probabilmente pagato per oliare gli ingranaggi giusti, ha fatto arrivare in volo a Galkayo il medico personale di Dagmar. In pratica le forze speciali danesi avevano l'ordine di portare Dagmar in città per una visita medica, prima del trasporto sulla nave."

"Oh."

"Eh già. Sfortuna ha voluto che Dagmar sia sopravvissuto alla prigionia, tre mesi nel deserto, più un mezzo ictus, per poi morire in un'imboscata proprio nell'ospedale; sono stati dei simpatizzanti, forse anche qualcuno dei rapitori che non era presente al campo durante l'incursione, cercavano di riprenderlo per avere i soldi del riscatto. Con Magnus ci siamo scambiati delle mail, sta malissimo per quanto è successo."

"Davvero?" le chiese Midas da dietro.

Lexie si girò e vide Midas, Mustang e Aleck in piedi alla porta del balcone, non l'aveva sentita aprirsi: "Eh sì."

"Non lo sapevo," le rispose Midas; poi le disse avvicinandosi: "fatti un po' più in là," e Lexie si spostò senza pensarci.

Midas si sedette dietro di lei sulla sdraio, poi la fece accomodare su di sé, quasi come facendole da schienale. Poi le passò una tazza di caffè e con uno sguardo le fece capire di averlo preparato proprio come piaceva a lei: con un sacco di zucchero e latte, con solo una spruzzata di caffè.

Lexie si rilassò su Midas e proseguì: "Gli ho mandato un appunto, quando sono arrivata in Germania, poi un altro il giorno del funerale di Dagmar. Volevo fargli sapere quanto ero dispiaciuta per quello che era successo. Lui si è preso del tempo, ma alla fine si è fatto vivo. Era triste, ferito, voleva disperatamente sapere ogni minima informazione sugli ultimi momenti del fratello, sul periodo che abbiamo passato insieme nel deserto."

"Hmmm."

"Cosa intendi dire?" chiese Lexie a Midas, girando la testa con un certo sforzo per guardare l'uomo che aveva dietro.

"Tranquilla, Lex. È solo che è una storia interessante, tutto qui."

"Ragazzi, ci credete che i gemelli hanno un legame molto stretto?" chiese Elodie rivolgendosi a Mustang e Aleck. Il marito la fece alzare, si sedette sulla sedia facendola accomodare sulle proprie ginocchia, mentre Aleck si accomodò su una terza sedia rivolgendo le spalle al muro per godersi il panorama dell'oceano e del temporale passeggero.

"Io non ho gemelli, ma se qualcuno mi dice che riesce a sentire ciò che prova il fratello o la sorella, non vedo perché non dovrei crederci," disse Mustang.

Aleck si disse d'accordo: "Idem, anche se è strano. Cioè, immaginate di essere Magnus e di sentire che il fratello ha un ictus, oppure immaginate di sentire la paura che Dagmar provava durante il rapimento, o il momento in cui il suo cuore ha ceduto per l'eccessivo stress, alla fine, in ospedale."

"Penso sia per questo che Magnus vuole parlare con me," disse Lexie, "vuole capire bene cos'è successo."

Midas aggiunse tranquillamente: "Mi dispiace ma devo dirlo, se Magnus non avesse insistito così tanto per farci fermare a Galkayo, Dagmar potrebbe essere ancora vivo."

Quella frase rimase sospesa nel silenzio.

Lexie non se la sentiva di discutere non dicendosi d'accordo, perché probabilmente Midas aveva ragione. Dopo un minuto, commentò: "Comunque che schifo. Non è giusto giudicare adesso cosa si doveva o non si doveva fare, ormai sappiamo come sono andate le cose. Cioè, se vogliamo tornare indietro, allora non avremmo dovuto uscire dalla sede di Food For All in quel preciso momento; se avessimo aspettato una decina di minuti, magari nessuno ci avrebbe rapiti."

"Non è così," intervenne Slate, appena arrivato sul balcone, seguito a ruota da Jag e Pid; "di sicuro avevano preso di mira Dagmar, che era un pezzo grosso nell'organizzazione. Poi rapire una donna fa sempre comodo, perché gli altri si sentono più sotto pressione e fanno di tutto per salvarla."

"Dici sul serio? Mi sembra una stupidaggine," disse Lexie un po' irritata.

"Stupidaggine o meno, è un dato di fatto," rispose Jag con noncuranza, appoggiandosi al muro di fianco ad Aleck. "Se fossero riusciti a beccare anche un bambino, sarebbe stato ancora meglio per loro."

Lexie sospirò: "Ma perché la gente è così crudele? Io proprio non lo capisco."

Midas le accarezzò un braccio mentre Lexie beveva un sorso di caffè, poi le disse: "C'è il bene e c'è il male, il mondo è fatto così."

"Beh, è fatto male," ribatté Lexie mettendo il broncio.

"Sono d'accordo," intervenne Pid, "ma tu stai facendo la tua parte per aiutare quelli meno fortunati; e come ti va?"

Era la domanda giusta da farle in quel momento; Lexie amava parlare degli uomini, delle donne e dei bambini con cui lavorava. "È interessante, ogni città che ho visitato per lavoro ha delle esigenze diverse. Cioè, la fame e il bisogno di un riparo ci sono sempre, costantemente, ma qui alle Hawaii ci sono meno famiglie senza casa; però ci sono tante persone, donne e uomini, con problemi mentali, più degli altri posti in cui ho lavorato."

"Sì, è un problema reale," concordò Aleck.

Midas le chiese: "Però tu stai attenta, vero?"

"Ma certo, poi non sono persone pericolose come pensi tu," gli rispose Lexie.

"Ehm... va bene, se lo dici tu," ribatté Midas, che ovviamente non le credeva affatto.

"Non sono pericolosi," ripeté Lexie.

"Accidenti, guardate!" intervenne Elodie con un tono di voce chiaramente meravigliato.

Lexie guardò nella direzione indicata da Elodie e rimase a bocca aperta: c'erano due arcobaleni perfetti sull'oceano, proprio davanti a loro, così sussurrò: "Santo Dio, che bello."

"Eh, aspetta un paio di minuti che tutti i turisti tornino in spiaggia a urlare come matti, così rovinano tutto," disse Aleck cinicamente.

"Fai sul serio?" gli disse Lexie.

"Già."

"No, voglio dire, fai sul serio nel senso che te ne stai lì e non ammetti che quegli arcobaleni sono meravigliosi, da rimanerci di stucco?" gli chiese Lexie.

"Già," ripeté Aleck sorridendo.

"Sei proprio viziato," commentò Elodie.

"Assolutamente," concordò Lexie.

"Mi dispiace non stare dalla tua parte, amico mio, ma

trovo che le ragazze abbiano ragione," disse Slate con un sorriso sornione.

Lexie aggiunse: "Magari dovremmo fare a cambio di appartamenti, così per un po' potresti goderti la vista dell'appartamento di fronte al mio, c'è uno che gira sempre senza niente addosso, così potresti apprezzare meglio questo panorama."

Aleck chiese: "Hai una *vicina* che gira per casa nuda? Se è così potrei davvero fare a cambio."

"Eh no. Hai presente Homer Simpson in mutande che si gratta il sedere e poi mangia con le mani direttamente dal piatto?"

"Ehhhhh?" chiese Elodie un po' schifata.

"Che impressione," aggiunse Pid.

"Eh già," continuò Lexie.

Al che Aleck concluse: "Oh, wow, guardate che begli arcobaleni, davvero stupendi."

Risero tutti.

Lexie sentì Midas che le appoggiava il mento sulla spalla, così lo guardò e gli chiese: "Sei comodo?"

"Moltissimo," le rispose Midas.

Infatti stava benissimo. Lexie si accomodò lasciandosi andare più di peso, ancora stentava a credere di essere alle Hawaii, in un attico con un balcone enorme, davanti a un panorama fantastico, a bocca aperta per un arcobaleno doppio, con delle persone che stavano rapidamente diventando molto speciali per lei. Quanto era cambiata la sua vita? A volte faceva quasi fatica a ricordare le lunghe giornate e le nottate nel deserto.

"Sei felice?" le chiese Midas, quando gli altri cominciarono a parlare di ciò che volevano fare nel fine settimana successivo. Midas aveva già detto a Lexie che gli amici della squadra cercavano sempre di trovarsi almeno una volta a settimana, a parte il lavoro. Così mantenevano sempre un rapporto molto stretto, basato su qualcosa di più che il mero cameratismo militare.

Lexie gli rispose sinceramente: "Così tanto felice che quasi mi spavento."

Allora Midas le chiese: "Domani vuoi venire da me? Potrei portarti giù a Waikiki così te lo faccio visitare."

"Mi piacerebbe molto."

"Però passo io a prenderti," le disse con decisione.

Lexie sorrise: "Va bene."

"Lex?"

"Sì?"

"Grazie."

"Grazie di cosa?"

"Grazie di essere venuta qui; so che potevi scegliere il tuo incarico e hai scelto le Hawaii, per me è importantissimo."

Non erano né il luogo né il momento per delle smancerie, ma Lexie avrebbe trovato il modo di fargli capire che per lei quella scelta non era mai stata in dubbio: provava qualcosa per lui; magari il loro coinvolgimento era stato affrettato da ciò che avevano passato insieme, ma andare da lui le era sembrata decisamente la scelta giusta.

"Non c'è di che," gli rispose sottovoce. Anche lei si meritava quella felicità, la felicità di cui senz'altro cominciava a godere.

Midas le baciò la tempia, poi si appoggiò allo schienale. Lexie gli strinse il braccio che le teneva intorno alla vita e poi tornò a guardare gli arcobaleni, che lentamente stavano svanendo. Allora le venne una preghiera, che il loro legame fosse più stabile e concreto della bellezza evanescente dei raggi del sole che incontrano le ultime gocce di pioggia.

———

Magnus ignorò il telefono che stava squillando sulla scrivania davanti a lui: sapeva di dover rispondere, probabilmente era la sua assistente che voleva invitarlo a guardare dei fogli di calcolo o qualche email. Ma come poteva concentrarsi sul lavoro, quando non provava altro che un vuoto strozzato nel petto?

Sentiva fisicamente il legame spezzato con Dagmar; i medici lo deridevano, gli amici non lo capivano, ma Magnus sapeva come si sentiva. Aveva perso per sempre una parte di sé, la parte che era morta in quell'ospedale con il fratello.

Magnus aveva *sentito* la morte di Dagmar, ne aveva sentito il terrore, il dolore, la rabbia.

Era proprio la rabbia che stava cominciando a inasprirsi in Magnus; lui sapeva che il fratello si era arrabbiato, nei suoi ultimi momenti. Si era arrabbiato perché stava per morire invece di tornare a casa sano e salvo, in Danimarca.

Non era un segreto che Magnus avesse raccolto personalmente i soldi del riscatto per i rapitori; Dagmar sicuramente l'aveva saputo, se lo sarebbe aspettato. Ma quando il riscatto era raddoppiato all'improvviso, passando a cinque milioni per ciascun ostaggio, era arrivata anche la condanna a morte per Dagmar.

Era colpa di quella stronza! La donna per cui nessuno era disposto a pagare.

Era *lei* che doveva morire, non Dagmar, che era una persona estroversa, intelligente e talentuosa.

Quando Magnus lesse l'email che aveva di fronte, se ne convinse ancora di più.

Magnus,

Suo fratello non è stato felice di scoprire che non saremmo stati liberati. Avevamo sentito i rapitori che parlavano del riscatto, dicevano che i cinque milioni erano stati trovati troppo alla svelta e che quindi non sarebbe stato un problema trovarne altri cinque. Dagmar ha cercato di dire loro che sarebbe stato un bel gesto di buona volontà liberare uno di noi, ma loro si sono messi a ridere.

Dagmar sapeva che Lei ha fatto tutto il possibile, Le voleva molto bene. Mi parlava di quello che sentivate, tra gemelli. Più di una volta, Dagmar mi ha detto che era preoccupato per Lei, sentiva il dolore e la preoccupazione. Ma sapeva anche che Lei stava facendo tutto il possibile per liberarlo. Anche quando gli è venuto quel mezzo ictus, ha detto che Lei l'avrebbe sentito e avrebbe fatto il possibile per aiutarlo.

Avere Dagmar come fratello è stata una fortuna.
-Lexie

Sì, era stata davvero una fortuna, ma non fosse stato per lei Dagmar sarebbe stato *ancora vivo*.

Magnus non aveva mai capito la vena caritatevole del fratello; a lui piaceva molto di più starsene a casa in Danimarca a godersi i piccoli piaceri della vita. Non era sposato, preferiva pagare una donna che gli tenesse compagnia quando la desiderava, per poi cacciarla a calci in culo la mattina dopo. Gli piacevano i sigari di lusso, il cognac di qualità, le lenzuola di seta. Chi chiedeva la carità gli dava fastidio. Gli davano fastidio anche quelli che cercavano di convincerlo che non meritavano di trovarsi in situazioni di merda. Dovevano farsi furbi, cacchio, fare meno figli, lavorare di più, così non avrebbero avuto problemi di casa e non avrebbero dovuto allungare la mano per chiedere aiuto *a lui*.

Invece Dagmar era sempre stato più tenero, una sera era andato a una cena di beneficenza organizzata da Food For All e si era fatto convincere a investire un sacco di soldi in quell'organizzazione.

Anche Dagmar non era sposato, quindi Magnus era l'unico erede, e anche se il suo patrimonio era raddoppiato, dopo la morte del fratello, l'unica cosa che gli interessava era saperne di più dell'organizzazione che aveva creato i presupposti per la morte del fratello.

Voleva sapere come operava, chi comandava, chi decideva dove mandare gli operatori, dove farli vivere, quanto venivano pagati.

Magnus cliccò su una cartella nel suo computer chiamata *Elizabeth Lexie Greene*. Voleva sapere *tutto* del suo nemico... un ottimo punto di partenza era il documento in cui era tenuta la sua storia professionale per Food For All.

Magnus aveva già contattato l'organizzazione, facendo sapere che voleva prendere il posto del fratello per portare avanti il suo operato. Voleva fare l'ispettore come Dagmar. Era certo che gli avrebbero detto di sì: volevano i soldi che aveva sventolato davanti a loro come una carota, erano troppi per rifiutarli.

Finalmente Magnus sorrise, forse per la prima volta nell'ultimo mese.

Sì, la signora Greene l'avrebbe pagata per la morte di Dagmar, fosse stata l'ultima cosa che Magnus faceva. Ma prima voleva farla soffrire; voleva stressarla, farla preoccupare. Voleva spaventarla, proprio com'era spaventato Dagmar prima di esalare l'ultimo respiro. Lexie doveva vivere *tutto* ciò che era capitato a Dagmar, prima di morire. Quello era l'ultimo regalo di Magnus per il fratello.

CAPITOLO DIECI

LEXIE NON STAVA nella pelle per la giornata che l'aspettava. Sì, finalmente voleva vedere la famosa spiaggia di Waikiki, ma era anche entusiasta di passare più tempo con Midas. Quanto più parlava con lui, quanto più tempo passava con lui, tanto più le piaceva e si sentiva attratta da lui.

Lexie sapeva di essere ormai persa, anche se erano passati solo pochi giorni; ma tutto ciò che aveva scoperto di quell'uomo le faceva crescere un senso di rispetto; Midas le piaceva sempre di più. Certo, l'attrazione nasceva anche dal fatto che era un SEAL della marina, ma c'era molto di più. Era un uomo generoso, educato, chiaramente molto amico dei suoi compagni di squadra. Elodie le aveva confidato che Midas era molto protettivo anche verso di lei (come lo erano tutti gli altri della squadra) semplicemente perché Elodie era sposata con Mustang. Midas non temeva di mettersi in ridicolo, sapeva ridere di se stesso e si impegnava tantissimo in ciò che faceva.

Ogni mattina andava a correre, poi lavorava alla base navale, eppure trovava sempre il tempo di chiacchierare con lei o di scriverle, durante la giornata; sembrava davvero interessato a chiederle come passava la sua giornata e cosa faceva al lavoro. Trovavano sempre qualcosa di cui parlare, Lexie non aveva mai l'impressione che Midas le chiedesse informazioni solo perché pensava di doverlo fare.

Sì, Lexie poteva senz'altro dire che Pierce Cagle era un brav'uomo, il che la spaventava da morire. Lexie non voleva deluderlo, voleva essere alla sua altezza, ma lei aveva sempre avuto problemi a sentirsi adeguata; suo padre di certo non l'aveva mai fatta sentire adeguata, anzi, l'aveva sempre fatta sentire indegna della sua attenzione o di quella degli altri.

Stare con Midas la faceva sentire felice, ma le faceva anche sentire il bisogno di una relazione duratura; Lexie non era sicura che anche lui sentisse lo stesso bisogno.

Ma Lexie voleva godersi la giornata e quindi decise di mettere da parte ogni preoccupazione. Era domenica, il suo giorno libero, avrebbe conosciuto meglio l'isola.

Sentì il telefono squillare, vide che era Midas e rispose al secondo squillo dicendogli tutta allegra: "Ciao!".

Midas le disse: "Ciao anche a te, come siamo allegri."

Lexie commentò con entusiasmo: "Sì, è vero: ho la giornata libera, c'è anche bel tempo e staremo insieme io e te." Aveva parlato senza starci a pensare, ma dato che Midas non le rispondeva subito, per un secondo Lexie si chiese se non ci aveva messo troppo entusiasmo.

Poi però Midas le disse: "Non avrei saputo dirlo meglio di così. Sei pronta?"

"Sì."

"Ottimo. Arrivo davanti a casa tua tra circa tre minuti."

"Scendo subito," lo rassicurò Lexie.

"Lex?"

"Sì?"

"Non vedo l'ora di godermi la giornata, di passare il tempo con te."

Lexie deglutì sonoramente; non si aspettava che Midas

diventasse così serio, subito di primo mattino, così gli rispose: "Anch'io."

"Ottimo, a tra poco."

"A tra poco," gli fece eco, per poi chiudere la conversazione. Lexie si girò per prendere la borsetta, se la mise a tracolla e si avviò verso la porta.

Dopo tre minuti, Lexie stava uscendo dall'edificio e vide la decappottabile di Midas che l'aspettava accostata al marciapiede. Lui saltò fuori e la raggiunse all'altro lato della macchina.

Lexie lo salutò: "Ciao."

"Ciao," le rispose Midas abbassandosi.

A Lexie sembrò il gesto più naturale del mondo alzarsi in punta di piedi e mettergli una mano sul petto per tenersi in equilibrio. Si scambiarono un bacio breve e dolce; Midas aveva sapore di caffè e profumava di sapone; Lexie si leccò le labbra per gustarlo meglio.

Midas gemette.

Lexie non trattenne un sorriso; non si era mai sentita tanto sensuale in vita sua, era sempre e solo se stessa. Ma Midas le faceva riaffiorare la femminilità, tanto che Lexie si leccò le labbra di nuovo.

A quel punto Midas sorrise e alzò una mano per sistemarle i capelli dietro l'orecchio, chiedendole: "Forcina per i capelli?"

Lexie aveva tenuto i capelli sciolti solo perché sapeva che Midas non avrebbe resistito e le avrebbe messo le mani nei capelli. Ogni volta che erano vicino, Midas sembrava non saper tenere le mani a posto, gliele metteva sempre in testa. A lei non aveva mai fatto piacere che qualcuno le toccasse i capelli, in passato, invece il tocco di Midas le piaceva, lo desiderava. Così mise una mano nella borsetta e tirò fuori un elastico con un sorriso complice.

"Posso?" le chiese, facendo un cenno all'elastico che Lexie aveva in mano.

"Mi vuoi tirare su i capelli?" gli chiese.

"Oh, sì."

Sembrava una risposta strana, eppure l'effetto fu che Lexie sentì una bella stretta allo stomaco, gli passò l'elastico e si girò, dandogli la schiena.

Poi le venne la pelle d'oca alle braccia appena sentì il tocco delle dita di Midas tra le ciocche di capelli ricci che lui le raccoglieva in una coda di cavallo. Midas si mosse lentamente e Lexie capì che sarebbe rimasta volentieri in mezzo al marciapiede per tutto il tempo necessario a Midas per finire. Chissà perché il tocco delle mani di Midas tra i capelli le dava quella sensazione così intima, Lexie non se lo spiegava. Nessuno le aveva mai raccolto i capelli, nemmeno la mamma, per quanto si ricordasse, di certo non il papà.

Lexie chiuse gli occhi e sentì i capezzoli che si indurivano mentre Midas continuava a sistemarle i capelli; le passò i capelli nell'elastico varie volte, poi glieli sistemò un'ultima volta prima di metterle le mani sulle spalle e di abbassarsi.

Infine le disse nell'orecchio, con voce roca: "Grazie."

Lexie sentì il fiato caldo di Midas sulla pelle e le venne voglia di prendergli la mano e di trascinarlo di sopra, in camera sua, per poi gettarlo sul letto e prenderlo come ne aveva voglia. Non si era mai sentita tanto eccitata in vita sua, solo perché le aveva toccato i capelli, nient'altro.

Era completamente andata.

Lexie aprì gli occhi e fece per girarsi per... Non sapeva nemmeno lei *cosa* voleva fare. Ma proprio in quel momento un senzatetto le passò vicino e le fece quasi perdere l'equilibrio con la borsa enorme che portava in spalla.

Per fortuna Midas la strinse in tempo con le mani, tirandola a sé facilmente per farla spostare, evitando che venisse colpita in faccia dal fagotto di quell'uomo.

"Ma che cazzo?" disse Midas con un filo di voce, ma Lexie riconobbe quell'uomo e fece subito un passo verso di lui.

"Buongiorno, Theo," lo salutò gentilmente. Era un *habitué* del centro di Food For All, un uomo piuttosto alto, sul metro e ottanta, smilzo, con capelli castani un po' lunghini. Era spesso molto spettinato e coi capelli unti, tanto che faceva un po' paura; dall'aspetto, si capiva che non si faceva una doccia da un bel po'. Lei gli dava una quarantina d'anni. Era un tipo molto... intenso; aveva l'abitudine di guardare dritto negli occhi le persone, senza accorgersi che così metteva a disagio chi incontrava, o forse non gli importava.

Forse il problema nasceva anche da una certa instabilità mentale di Theo, che spesso borbottava a voce bassa, ma Lexie non conosceva tutti i dettagli medici degli assistiti; quelle poche volte che l'aveva incontrato al centro, le aveva dato l'impressione di non sapere nemmeno dov'era.

Lei non poteva fare a meno di preoccuparsi per lui; del resto, si preoccupava di *tutti* quelli che incontrava. Ecco perché il suo incarico poteva diventare stressante, per quella sua spinta interiore a fare tutto ciò che poteva per aiutare gli assistiti di Food For All.

Theo borbottò qualcosa con un filo di voce, poi si girò e la guardò negli occhi. Era una delle prime volte che la guardava dritta negli occhi, chissà perché Lexie fu colta di sorpresa e fece d'istinto un passo indietro.

"Tu non devi stare qua," le disse chiaramente l'uomo.

"Oh," disse Lexie, non sapendo bene come rispondere.

"Guarda che può stare in piedi sul marciapiede," gli disse Midas, facendola spostare in modo da mettersi davanti a lei.

"Alla mensa, non qua," rispose Theo, che poi abbassò la testa per fissare le crepe nel marciapiede, ai suoi piedi.

Lexie mise una mano dietro la schiena di Midas e si sporse al suo fianco dicendogli: "Oggi non lavoro, ma Jack e Natalie dovrebbero essere di turno. Ti daranno loro la colazione."

"Non mi piacciono i waffle," disse Theo, parlando come un robot.

Lexie cercò di calmarlo: "Ci sono tante altre cose che puoi avere."

Allora Theo mormorò qualcos'altro e poi proseguì verso il centro di Food For All senza aggiungere una parola.

Midas sospirò di sollievo, Lexie se ne accorse pur non sentendolo.

Allora gli disse: "Guarda che è innocuo."

Midas le chiese: "Da quanto lo conosci, diciamo da tre giorni? Non hai idea di come possa comportarsi."

"Non ho idea nemmeno di come *tu* possa comportarti," ribatté Lexie con un po' troppa determinazione, più di quanto volesse, "ma non per questo mi comporto male con te, non è che quando tu ti avvicini a me, io attraverso la strada per starti lontana, vero?"

Midas si passò una mano nei capelli e si scusò subito: "Hai ragione, scusami."

Lexie sospirò: "No, scusami *tu*. Sai, tendo a essere molto protettiva nei confronti delle persone a cui presto assistenza."

Midas le rispose: "Anch'io sono molto protettivo, sono fatto così. Penso proprio che non sarò mai completamente a mio agio sapendo che hai a che fare con persone come lui."

"Persone come? Persone affamate che cercano solo qualcosa da mangiare?" rilanciò Lexie.

Midas non rispose a tono alla provocazione: "Ma no. Persone con problemi mentali. Sono sempre imprevedibili, per quanto tu li conosca bene, in un batter d'occhio possono sempre cambiare e rivoltarsi contro chiunque."

Lexie sapeva che Midas aveva ragione; anche lei aveva vissuto in prima persona uno o due episodi come quello, ma quella triste realtà non doveva piacerle per forza. Non era solo chi aveva problemi mentali a comportarsi male con gli altri; tante persone cosiddette "normali" lo facevano continuamente.

"Io non ti farei mai del male. Mai," le disse Midas sottovoce, quasi come leggendole nel pensiero. Gli occhi azzurri con cui la fissava erano intensi, penetranti.

Lexie sospirò: "Lo so. È solo che... non esiste una soluzione per persone come Theo. Ha bisogno di aiuto, chiaramente, ma nessuno fa in modo di dargli l'aiuto che gli serve. Non ha soldi, quindi comunque non può certo pagare per l'assistenza medica. Pensare di riattivare i vecchi manicomi è una follia, non certo una soluzione. Erano luoghi in cui si consumavano abusi, facevano più male che bene. Ma lasciare che Theo e altre persone come lui possano vagare per la strada, costringendoli ad arrangiarsi, nemmeno questa è una risposta. Non parliamo poi dell'arresto. Il sistema carcerario non è certo un luogo adatto a chi ha problemi mentali. A volte l'unica faccia amica che vedono in tutto il giorno sono io. La gente è crudele, Midas, io faccio ciò che posso per alleviare la crudeltà del mondo."

Midas si voltò all'improvviso, tirandola a sé tanto da coglierla di sorpresa, ma Lexie si avvicinò a lui appoggiandogli la fronte su una spalla.

"Hai ragione, ma certo che hai ragione. Però il pensiero che qualcuno ti faccia del male mi fa venire i conati di vomito, letteralmente. Se potessi, ti metterei in una bolla protetta in modo che nulla o nessuno possa mai metterti le mani addosso."

Lexie non riuscì a trattenere una risatina.

"Che c'è?" le chiese, allontanandosi un pochino per guardarla meglio in faccia.

"Niente, sto solo pensando a come sarebbe andare in giro per strada in una bolla gigante, sai come i criceti?"

Midas fece una smorfia.

"Lo so, pensi che io sia un'ingenua," gli disse seriamente, "ma non è così. Sto sempre attenta, sul lavoro. Quando alcuni dei nostri utenti se la passano male, quando è chiaro che è una brutta giornata, sto sempre a una certa distanza. Che tu ci creda o no, oggi Theo è in formissima. Cioè, ancora non lo conosco molto bene, ma l'ho già visto varie volte e oggi addirittura ha parlato con me. Non è che parli così con tante persone."

"Quella la chiami conversazione?" le chiese Midas.

Lexie non percepì alcun sarcasmo in quella domanda, così annuì: "Sì."

"Va bene, Lex. Però ti prego, promettimi che farai sempre attenzione. Ti ho appena trovata, non voglio certo perderti."

Lexie sentì quella frase in *tutto* il corpo, dalla testa ai piedi, così gli rispose sottovoce: "Va bene."

"Come vanno i capelli? Te li ho legati bene?"

Lexie gli rispose: "Alla perfezione. Devo essere gelosa, se ti chiedo come hai fatto a imparare?"

Lui ridacchiò: "Da ragazzino guardavo mia sorella, si legava i capelli di continuo. Poi ero nella squadra di nuoto, avevo sempre attorno un sacco di ragazze che si legavano i capelli ogni giorno. Io non l'ho mai fatto prima, a dire il vero, quindi non ero sicuro di averlo fatto per bene."

"L'hai fatto bene," lo rassicurò Lexie; bastò quello per farla eccitare di nuovo.

Gli occhi di Midas scivolarono sul petto di Lexie, che cercò di non mostrarsi in imbarazzo; era una donna adulta e vaccinata, non c'era niente di male a pensare che il suo ragazzo fosse un figo (immaginava di potersi considerare la ragazza di Midas, anche se era appena arrivata in città). Non si sarebbe nemmeno trasferita alle Hawaii, se non avesse sentito un forte legame con lui; a giudicare da quanto avevano parlato, da quando era arrivata, si sentiva alquanto sicura di potersi definire la sua ragazza... almeno così la pensava lei.

Midas le passò una mano dietro la schiena fino ad afferrarle la testa, mentre con l'altra le fece alzare il mento dicendole dolcemente: "Oggi sei proprio bella."

Se anche un asteroide fosse atterrato proprio lì vicino,

Lexie probabilmente non se ne sarebbe accorta; aveva occhi solo per l'uomo che aveva davanti: "Grazie, anche tu non sei affatto male."

Midas sorrise: "Non vedo l'ora di uscire con te, sai, un appuntamento come si deve; mi sa che dovrò allontanare i pretendenti col bastone. Se ti metti un vestitino, i tacchi alti, con quei bei capelli sistemati bene? Cacchio, sono fortunato se passo la serata senza mettermi troppo in imbarazzo." Le si avvicinò di un paio di centimetri facendole sentire sulla pancia l'erezione.

Lexie non riusciva a stare nella pelle, tanto la entusiasmavano le parole e le mosse di Midas.

Allora lo prese in giro: "Ma per favore. In divisa sei figo da far paura, figuriamoci se ti vesti tutto tirato. Dovrò essere *io* a tenere lontane le donne che ti si getteranno ai piedi cercando di avere il tuo numero di telefono."

Midas ridacchiò e le rispose: "Impossibile; l'unico numero di telefono che mi interessa è il tuo e comunque le donne possono anche gettarsi ai miei piedi, ma tra le mie braccia ci sarai sempre e soltanto tu."

Erano parole molto dolci, forse fin troppo, ma Lexie si sentì comunque incantata.

Midas abbassò di nuovo la testa, ma prima che arrivasse a baciarla si sentì un clacson molto potente che la spaventò a morte, così Lexie gli sussultò tra le braccia e Midas la strinse più forte dicendole: "Calma, Lex."

"Muoviti, stronzo!" si sentì un uomo urlare dal grosso SUV dietro la decappottabile di Midas.

"Immagino che dobbiamo andare," le disse Midas.

Lexie concordò: "Immagino di sì."

Allora la prese per mano e la accompagnò alla macchina, le aprì la portiera e la chiuse di nuovo dopo che lei si fu sistemata sul sedile. Poi Midas girò intorno alla macchina saltellando, mostrò il dito medio al maleducato impaziente che aspettava sul SUV e saltò al posto di guida dicendole: "Pensavo di portarti fino a Waikiki, se per te va bene. Così puoi vedere un po' meglio l'isola. È ancora presto, poi oggi è domenica, il traffico non dovrebbe essere eccessivo."

"A me va benissimo." A Lexie non importava molto dove andavano, le bastava passare il tempo con Midas.

"Ottimo. Allora prendiamo la 61 per Waimanalo, passiamo Makapu'u Point, Hanauma Bay, tagliamo per Kahala Avenue così possiamo superare Diamond Head e lo zoo, troveremo parcheggio in fondo a Waikiki, poi possiamo fare una passeggiata lungo la spiaggia. Ti piace l'idea?"

"Midas, non ho la minima idea di dove siano tutte quelle strade e quei posti, quindi me ne starò qui seduta a godermi l'arietta, il sole e la compagnia, felice di essere alle Hawaii."

Midas si allontanò dall'edificio, ignorò il tipo nel SUV dietro la macchina, che continuava a rimproverarlo per averlo rallentato, e le sorrise. Poi allungò una mano per prendere il bicchiere di caffè da asporto che aveva messo nel portabicchieri tra i sedili e glielo passò: "Ho pensato che ti facesse piacere un caffè al volo, stamattina."

Lexie prese la tazza e notò che le aveva portato il caffè esattamente come piaceva a lei. Diamine, che uomo! Era davvero unico, tanto che era difficile credere che stesse proprio con *lei*. Ne bevve un sorso e gli disse: "Grazie."

"Ti piace?" le chiese Midas.

"È perfetto."

Il sorriso compiaciuto sul volto di Midas non dava per nulla fastidio a Lexie; era stato *davvero* bravo, Lexie era senz'altro impressionata.

Mentre percorrevano la superstrada, Midas le fece da Cicerone, spiegandole quali edifici si vedevano dalla strada e facendole notare i punti di maggiore interesse. Anche se non era nato su quell'isola, ovviamente sapeva bene come orientarsi e ne conosceva anche la storia. Lexie sospirò di felicità, mentre cercava di osservare tutto insieme.

————

Dopo tre ore, Midas ancora non riusciva a togliere gli occhi di dosso a Lexie. Camminavano insieme mano nella mano per le vie turistiche affollate di Waikiki. All'andata avevano camminato sulla spiaggia, coi piedi nella sabbia, mentre ora stavano tornando al parcheggio con tutta calma. Lungo la via c'erano negozi di lusso uno dopo l'altro, ma Lexie non sembrava interessata a fare acquisti.

A lui non avrebbe dato alcun fastidio, se lei avesse voluto comprare qualcosa, anche se lui non era molto propenso a entrare nei negozi, ma del resto anche lei non sembrava dell'idea. Lui non si aspettava certo che una donna abituata a vivere nei paesi più poveri del mondo avesse la mania dello shopping, ma fu comunque un sollievo.

Avevano camminato tutta la mattina senza mai fermarsi, ma Midas aveva ancora voglia di conoscerla meglio. Lexie era sempre molto cordiale con tutti quelli che incontrava per la strada, sorrideva sempre.

Si era persino fermata per aiutare una madre chiaramente sfinita, perché il bambino nel passeggino continuava a strillare mentre all'altro bambino, sui sei o sette anni, usciva il sangue dal naso e lei non riusciva a fermare l'emorragia. Lexie aveva intrattenuto il bambino piccolo e aveva ordinato a Midas di fare un salto al ristorante da asporto più vicino per prendere dei tovaglioli di carta, per soccorrere quella povera donna. Quando era tornato, ormai Lexie sembrava aver fatto amicizia con quella signora, lui non avrebbe mai immaginato che si fossero appena conosciute.

L'unico posto in cui Lexie volle fermarsi fu l'ABC Stores, un negozio pieno di chincaglierie e souvenir di cattivo gusto delle Hawaii, tutti oggetti molto economici. Alla fine Lexie si comprò una maglia a colori sfumati con la scritta Honolulu, un paio di infradito di plastica, una confezione di patatine Maui alla cipolla, un asciugamano con l'immagine del tramonto, una statuina di una ragazza con lo *hula*, il tipico gonnellino di paglia hawaiano (andava messa sul cruscotto della macchina), del burro di cacao e una penna tutta ricoperta di immagini di tartarughe marine.

Uscendo dal negozio, Lexie sorrideva come una ragazzina e Midas non poté far altro che lasciarsi contagiare da quel buonumore, così le chiese: "Lo sai che quelle robe sono quasi tutte fatte in Cina, vero?"

Ma lei gli rispose senza perdere minimamente il sorriso: "Non m'importa. Ora stai buono e non mi rovinare l'overdose di Hawaii."

"L'overdose di Hawaii?" ripeté Midas ridacchiando.

"Già."

Midas le prese la borsa con una mano, mentre con l'altra intrecciò le dita con quelle di lei. Camminarono ancora un poco e quando furono vicini alla macchina Midas le chiese: "Vuoi venire ancora un po' da me?"

Lei si voltò e lo guardò negli occhi, annuendo subito: "Sì."

Midas sorrise. Chissà come mai aveva fatto tanta fatica a chiederglielo. Beh... sì, in realtà lui sapeva il perché: aveva paura che Lexie cambiasse idea, mentre lui desiderava averla tutta per sé. Gli faceva piacere vederla fare amicizia, era una donna estroversa, ma lui si sentiva anche un poco egoista e voleva essere l'unico oggetto di tutta quell'energia positiva senza freni.

Così la fece accomodare sul sedile del passeggero e fece il giro per andare al posto di guida. Lexie si mise a rovistare nella borsa dell'ABC Stores... e tirò fuori tutta orgogliosa la ragazza hawaiana con l'*hula*.

"Ma no," le disse con tutta la fermezza possibile.

"Ma sì," ribatté lei.

Midas scosse la testa; sapeva bene che non avrebbe insistito perché Lexie lasciasse quella statuina un po' pacchiana nella scatolina. Se Lexie era felice di mettere quell'accessorio sul cruscotto, andava bene così.

Allora lei tolse la protezione dell'adesivo alla base della figurina danzante e la spinse contro il cruscotto per farla aderire, mentre Midas cercava di trattenere una smorfia. Sarebbe stato impossibile togliere l'adesivo dal cruscotto, ma insomma, dopo aver visto l'espressione di felicità sul viso di Lexie, non aveva certo intenzione di fare delle storie per quel motivo.

"Guarda, Midas! È fantastica!"

Lui si limitò a scuotere la testa, poi avviò il motore. La bambolina cominciò a dondolare mentre l'auto manovrava per imboccare la strada, la risatina di gioia di Lexie gli entrò dentro fino al midollo. Cacchio, gli amici lo avrebbero preso in giro a non finire. Ma a lui non importava: vedere Lexie così contenta e spensierata valeva qualunque presa per i fondelli.

Gli venne in mente il momento in cui aveva visto Lexie nel deserto; era spaventata a morte, tutta in disordine, ma determinata a non diventare un peso. Poi quando si erano nascosti in quel buco, nel retro di quel negozio, lei era molto preoccupata di cosa sarebbe successo. Midas preferiva di gran lunga vederla cambiata, felice e spensierata. Ebbe la sensazione che non servisse molto per farla felice, in quel momento si prese un impegno con se stesso, avrebbe sempre fatto di tutto per farla divertire senza preoccupazioni.

La casa di Midas non era affatto impressionante come quella di Aleck (nessuno degli altri aveva una casa come quella di Aleck), ma l'aveva arredata in modo molto accogliente. Passarono vicino all'aeroporto e alla base interforze di Pearl Harbor-Hickam, dove Midas lavorava. Voleva portare Lexie al

Pearl Harbor Memorial, un giorno, ma non quel giorno, così proseguì per Barbers Point, dove si trovava la sua casetta.

Quando Midas era arrivato la prima volta sull'isola, aveva avuto un colpo di fortuna, riuscendo ad affittare subentrando a un altro SEAL; il collega era stato trasferito ed era contento non solo di passare la casa a un altro SEAL, ma anche di non perdere soldi per via del contratto di affitto che aveva sottoscritto. A casa di Midas c'erano due piccole camere da letto, un salotto con la tavola da pranzo, una cucina molto funzionale, ma il vero punto di forza era il giardino, almeno secondo Midas.

Da casa sua non si vedeva certo l'oceano, ma almeno si sentivano le onde in lontananza e l'aria profumava di mare. Gli alberi di mango e guava che aveva in giardino erano un non plus ultra. Midas aveva passato un bel po' di tempo a mettere insieme una piattaforma in legno con tettoia e aveva scelto le sedie più comode sul mercato. Aveva persino costruito un mobile bar su un lato della piattaforma, con tanto di mini-frigo e lavandino. Non era perfetto, ma lo aveva costruito tutto da solo e ne era estremamente orgoglioso.

Midas accostò nel vialetto e saltò fuori dall'auto per aprire la basculante del garage. Aveva imparato a non sottovalutare mai gli sbalzi del meteo alle Hawaii: anche se al momento non c'era una nuvola nel cielo e il sole batteva forte, nel giro di un'ora tuttavia poteva piovere a catinelle. Midas mise la macchina nel garage singolo e attese che Lexie venisse fuori per porgerle la mano, che lei prese subito.

"Sei pronta?"

Lei arricciò il naso. "Pronta a cosa? Cos'hai, uno struzzo da guardia o qualcosa del genere, un animale che cercherà di mangiarmi gli occhi appena entriamo?"

Midas scoppiò a ridere: "Ma no, però volevo avvertirti che non ho un balcone enorme come quello di Aleck."

Lexie fece spallucce: "E allora?"

"Giusto." A quel punto lui si girò per aprire la porta di casa, ma Lexie lo fermò mettendogli una mano sul braccio.

"Non mi interessa com'è casa tua, Midas, dico sul serio. Tu hai visto che armadio minuscolo che ho nel mio appartamento. Poi non sto con te per la casa in cui vivi o per i beni materiali che potresti possedere."

"Allora perché?" La domanda gli venne spontanea, Midas avrebbe preferito rimangiarsela nel momento stesso in cui le parole gli uscivano di bocca.

Lexie fece una smorfia. Che sorriso sensuale e monello. Lo stuzzicò: "Perché hai un fisico mozzafiato, è ovvio."

"Ah sì?" le chiese Midas avvolgendole un braccio intorno alla vita e alzandola da terra.

Lexie gridò ridendo e gli afferrò le spalle: "Ma certo, se no perché?"

"Beh, speravo che la mia enorme... personalità avesse qualche merito."

Lei lasciò andare la testa ridendo ancor più, mentre Midas non riusciva a toglierle gli occhi di dosso. Era bellissima. Ma non solo per il suo aspetto. La sua gioia di vivere era incontenibile. Aveva un carattere molto simile ai suoi capelli ricci: selvaggio e indomabile.

Lexie si ricompose e lo guardò negli occhi chiedendogli: "Pensi di mettermi giù?"

"No no," le rispose Midas, che la teneva sollevata con estrema facilità mentre girava il pomello della porta di casa.

"Così mi vizi, poi mi abituo," gli disse ridendo, mentre lui la portava in casa. Entrando dal garage, c'era un piccolo atrio, ma appena entrati nel salotto si poteva vedere tutta la casa con uno sguardo.

La porta della camera da letto era aperta, Midas fu contento di vedere che si era ricordato di farsi il letto, quel mattino. La porta della seconda camera da letto era chiusa, perché la stanza era piena di chincaglierie che aveva accumulato negli anni. Una serie di pesi, una bicicletta, una libreria piena di thriller in ambiente militare, più altri oggetti e cianfrusaglie.

Lexie si agitò contro il corpo di Midas, che controvoglia si abbassò per farle rimettere i piedi per terra. Lei appoggiò la borsa di ABC Stores sul tavolo, poi proseguì per la cucina. Lì si girò su se stessa e vide i quattro fornelli, il frigorifero bianco (che probabilmente aveva una ventina d'anni), il tostapane, il frullatore, la friggitrice ad aria e la macchina del caffè sul bancone, poi notò una mattonella crepata sulla parete sotto al pensile, prima di incontrare gli occhi di Midas.

"Mi piace," gli disse.

Midas scoppiò a ridere.

"Cosa c'è?" gli chiese, corrugando la fronte.

"Lex, questa cucina è più vecchia di me. Non c'è niente di abbinato, non c'è una superficie libera, niente lavastoviglie, non ha assolutamente nulla di speciale."

Lei scosse la testa: "Ma dai, non è vero. È una cucina vissuta. Posso immaginarti, la mattina, che bevi il caffè pensando a come sarà la tua giornata. Non importa se i mobili non sono abbinati, importa solo che funzioni."

"Vieni qui," le disse Midas, porgendole una mano. Sentiva il bisogno di baciarla. Subito.

Lei gli sorrise e gli disse fingendosi ingenua: "Perché?"

Lui non trattenne una smorfia di malizia e ammise: "Perché voglio baciarti."

"Ah, va bene," gli rispose facendo un passo verso di lui. Appena gli arrivò vicino, lui la tirò tra le braccia, senza strattonarla, poi abbassò la testa.

Infine la baciò, era tutto il giorno che desiderava baciarla.

Ogni minuto che passava con quella donna, gli entrava sempre più nel cuore. Aveva un modo tutto suo di guardare il mondo, un modo che lui non avrebbe mai pensato, se non avesse avuto lei al fianco. Le piaceva guardare i bambini che imparavano a fare surf nell'oceano, rideva quando vedeva i granchi muoversi nella sabbia, osservava con ammirazione suprema i ballerini assunti per intrattenere la folla nei centri commerciali all'aria aperta. Lexie riusciva a far sembrare tutto nuovo e brillante, mentre Midas era più spesso scettico e prevenuto sullo spirito che motivava le persone intorno a lui.

Lo rendeva un uomo migliore, anche solo essendo se stessa.

Midas poteva anche pensare che Lexie gli avesse lasciato l'iniziativa di quel bacio, ma si sbagliava: la sentì che gli afferrava i capelli e gli faceva inclinare la testa per baciarlo da un angolo migliore, poi Lexie gli spinse più in profondità la lingua in bocca. Midas la lasciò fare come voleva, sorridendo, sempre più eccitato da quell'entusiasmo, da quel desiderio.

Ma per quanto desiderasse portare Lexie in camera e spogliarla per fare l'amore con lei, lentamente, a lungo, non voleva farle credere di averla invitata a casa solo per quello. Così si tirò indietro; gli piaceva molto il sorrisetto di Lexie, il modo in cui gli sospirava contro le labbra.

"Hai sete?" le chiese dolcemente.

Lei annuì.

"Acqua? Limonata? Caffè? Tè?"

"Va bene dell'acqua, ti ringrazio."

Midas la baciò in fronte e si diresse verso un pensile. Tirò fuori una tazza di plastica, aprì il congelatore e mise nella tazza dei cubetti di ghiaccio, riempiendola poi d'acqua presa da un contenitore nel frigo. Infine tornò da lei e le passò l'acqua, che lei accettò con un sorriso.

"Non compri le bottiglie d'acqua?" gli chiese.

Midas fece spallucce e le rispose: "Non fanno bene all'ambiente."

Allora lei allargò il sorriso: "No, proprio per niente."

Si fissarono negli occhi per un momento, poi Midas si scrollò di dosso ogni smania: ci mancava pochissimo che la trascinasse in camera da letto, quindi sapeva di doversi distrarre. "Dai, la cucina e il salotto non saranno strabilianti, ma so che il giardino ti piacerà un sacco."

Le appoggiò una mano dietro la schiena per accompagnarla alla porta finestra scorrevole in vetro che si apriva sul retro, la aprì e attese col fiato sospeso di vedere la reazione di Lexie. Il giardino era il suo orgoglio personale, un gioiello che Midas amava.

"Santo cielo, Midas, ma questo è..." le svanì la voce, mentre si guardava attorno in giardino.

Gli alberi da frutta andavano lungo tutto lo steccato e c'era un praticello in mezzo al cortile; loro rimasero in piedi all'ombra del pergolato, con la brezza continua dell'oceano che li rinfrescava.

Lexie attraversò il giardino, raggiunse gli alberi e alzò un braccio per toccare un mango. Poi fece lo stesso con l'albero di guava. Si girò ed esaminò la struttura in legno che aveva costruito Midas, infine tornò da lui, appoggiò la tazza sul tavolo tra le due sedie di legno e si sedette con cautela sul cuscino. Mentre Lexie si appoggiava allo schienale, la sedia si reclinava e lei gli sorrise.

Midas ricambiò il sorriso e le avvicinò il poggiapiedi in modo da farle alzare le gambe.

Lei sospirò contenta: "Te lo dico, è giusto che tu lo sappia... non vado più via di qui."

Lui ridacchiò e si sedette sull'altra sedia; aveva altre quattro sedie simili nella seconda camera da letto, in casa, le usavano quando venivano tutti gli altri della squadra. Midas immaginava di doverne trovare un altro paio, ora che c'era anche Elodie nel gruppo... oltre naturalmente a Lexie.

"Davvero, è tutto... è meglio del balcone di Aleck," gli disse Lexie.

Midas sbottò: "Ma dai."

Ma lei insistette: "È vero! Dico sul serio, certo, ammetto

che il doppio arcobaleno è stato molto impressionante, ma qui è tutto molto intimo. Siamo praticamente sull'erba, il venticello che fa frusciare gli alberi... se poi mi viene fame posso andare a prendermi un mango fresco, direttamente dalla pianta. Poi, questa piattaforma in legno... è..." le svanì la voce.

Midas la guardò... vide che Lexie stringeva le labbra come per cercare di contenersi, così le chiese allarmato: "Lex?"

Lei gli fece un cenno con la mano, poi gli disse con voce ricca di emozione: "Sto bene; è solo che... ogni volta che sognavo di avere una casa tutta mia, il tipo di giardino che volevo era proprio come questo. Niente di esagerato, perché poi curare il prato è una rottura di scatole, ma con degli alberi e con una piattaforma in legno coperta, proprio come questa. Un posto in cui rilassarmi, senza dovermi preoccupare che il sole mi cuocia, un posto in cui portarmi fuori una copertina, sedermi e starmene lì a godermi i suoni della natura. Midas, è perfetto," gli disse spontaneamente, girando la testa per guardarlo.

Midas avrebbe voluto tirarla a sé e abbracciarla, ma si sforzò di rimanere fermo dov'era. "Grazie. Questo è il mio posto preferito al mondo. Dopo ogni missione, torno a casa e mi siedo qua fuori per ore, mi serve per resettarmi, per riprendere il mio equilibrio interiore. È il mio angolino privato, non devo preoccuparmi che qualcuno possa interrompermi; anche se piove, posso sedermi qui lo stesso e godermi il giardino."

Lexie annuì: "Sei un uomo fortunato, Midas."

Lui lo sapeva. Lo sapeva bene. Ancor più dopo aver condiviso quello spazio con lei.

Il resto del pomeriggio passò un po' troppo alla svelta. Midas e Lexie parlarono un po' di tutto, dalla politica ai pro e contro del turismo alle Hawaii, fino al suo lavoro nei SEAL... almeno per quanto poteva parlarne. Parlarono anche di Food

For All, Midas scoprì che Lexie aveva ricevuto da Magnus Brander un'altra mail o due. Quel tipo sembrava più interessato a Food For All e voleva percorrere le orme del fratello, ripartendo da dove lui era stato interrotto.

Midas le raccontò di Baker Rawlins, l'ex SEAL solitario che viveva nella North Shore, quello che aveva aiutato Mustang ed Elodie, rassicurandoli che la famiglia mafiosa di New York da cui lei stava scappando l'avrebbe lasciata in pace.

Certo, il racconto di quell'episodio aveva suscitato molte domande su Baker; proprio quando Midas stava cominciando a ingelosirsi, perché Lexie sembrava quasi più interessata a Baker che a lui, lei si alzò e gli si avvicinò.

"Posso?" gli chiese, facendo un cenno con la testa verso le gambe di Midas.

Lui le porse le braccia: "Pensavo non me lo avresti mai chiesto."

Lexie gli si sedette in braccio senza fare complimenti, oscillando e dondolando per mettersi comoda. Midas non fu mai così grato come in quel momento per le sue sedie reclinabili.

"Devo dire che sto molto più comoda a sdraiarmi addosso a te se non indossi il giubbotto con tutta quella roba dentro."

Midas ridacchiò: "Adesso dici così, ma non mi sembrava che avessi tanti problemi, ti sei persino addormentata su di me, in quel buco."

Lei gli rispose con un sorrisetto, sottovoce: "È vero; sembra impossibile da credere, non è passato poi molto tempo."

Midas alzò un braccio e le tolse l'elastico dai capelli, era tutto il pomeriggio che voleva farlo. Le tolse le ciocche di capelli dal viso, poi li accarezzò più volte. Le coccolò i capelli distrattamente e la sentì sospirare di gioia sul suo collo.

"Mi chiedo come stia Astur."

Midas le spiegò: "Anche se dicendotelo rischio di farti innamorare di Baker e non di me, sappi che gli ho parlato di Astur e della sua famiglia."

Lexie alzò la testa e lo fissò: "Davvero?"

"Sì. Avevo promesso a Shermake che avrei fatto il possibile per aiutarli, quindi ora Baker sta organizzando un lavoretto per me."

"Che lavoretto?"

"Voglio fare da sponsor a Shermake, Cumar e Hodan, se vogliono proseguire gli studi fino all'università. A Galkayo ci sono delle facoltà della East Africa University, potrebbero studiare scienze informatiche o ingegneria. Ci sono anche dei corsi di medicina, ma se non sono interessati a quegli indirizzi possono anche andare alla Puntland State University, sempre a Galkayo, o possono scegliere di trasferirsi all'università di Mogadiscio."

A quel punto, Lexie aveva gli occhi spalancati.

"Respira, Lex, non vorrai svenire," le disse Midas un po' preoccupato.

"Tu... ma... ma santo cielo, Midas!"

"Sono in debito con Shermake e con sua madre, di *tutto*. Ti hanno offerto un posto dove nasconderti, finché non sono riuscito a tirarti fuori da quel posto."

"Hanno offerto anche a te un nascondiglio," gli disse Lexie, tornando ad appoggiarsi a lui.

Ma lui le rispose: "No. Astur non ha fatto un tubo per me, se mi avesse incontrato da solo in quel vicolo sarebbe tornata dentro al negozio senza pensarci un secondo."

Lexie non ribatté, così Midas sospirò. Era la verità, lo sapeva anche lei.

"Stavo pensando a cos'ha detto Shermake. Sai, che voleva imparare a fare da solo, per provvedere alla famiglia, in modo che i suoi compatrioti non dovessero più dipendere dalla beneficenza. Certo, non si può salvare il mondo intero, ma penso che potrei aiutare Shermake a diventare l'uomo migliore che può diventare, così lui a sua volta potrà fare del bene al mondo."

"Merda, adesso mi metto a piangere," gli disse Lexie tirando su forte dal naso.

"Non piangere." Midas cercò di calmarla e le mise una mano dietro la testa, tenendola stretta a sé. Gli piaceva molto il modo in cui i capelli di Lexie gli si intrecciavano tra le dita, sembravano avere una volontà tutta loro. "Non so ancora cosa sia riuscito a scoprire Baker per me, prima deve rintracciare Shermake e la famiglia. Non so nemmeno che cognome abbiano. Poi dovrà contattare le università che ti dicevo per scoprire come funziona, per procurare una borsa di studio. Poi bisognerà aprire un fondo vincolato intestato ai ragazzi, dove i soldi possano crescere man mano, finché non basteranno anche ai più giovani, per quando andranno anche loro al college. Se poi decidono che non ci vogliono andare, potranno tenere i soldi per farci ciò che vogliono."

Midas sentì che Lexie si asciugava le lacrime con la sua camicia, così ridacchiò provocandola: "Non ti sarai mica appena asciugata il naso sulla mia camicia?"

Allora lei borbottò: "No... forse."

Cacchio se amava quella donna.

Ehi. Amava... era possibile, dopo una frequentazione così breve?

Eh già, era possibile senz'altro.

"Accomodati pure. La camicia si può sempre lavare," le disse.

Lei pianse per qualche minuto, ma dopo un po' alzò di nuovo la testa: aveva la faccia rossa e gli occhi gonfi, ma Midas non aveva visto nulla di più prezioso in tutta la vita.

Lexie gli disse sottovoce: "Nessuno ha mai fatto nulla del genere per me, in passato."

Lui le rispose semplicemente: "Per te questo e altro."

"Ora dovrò trovare un modo per sdebitarmi con te e con questo tipo, Baker," gli disse.

Midas pensò a un sacco di sconcezze, ma le tenne per sé.

Lei sembrò quasi leggergli nella mente, infatti alzò gli occhi al cielo, chiedendogli in modo un po' retorico: "Ma si può sapere perché gli uomini sono sempre così pervertiti?"

"Ehi, ho tra le braccia una bella donna, una che ammiro molto, una con cui ho appena passato una giornata meravigliosa. Non puoi certo biasimarmi," le disse.

"Dico davvero, Midas. Grazie. Non hai idea di quanto trasformerai la loro vita, in questo modo. Probabilmente anche la vita dei loro genitori."

"Non ci avrei mai pensato, se non grazie a te," le rispose sinceramente, "sei tu che mi fai desiderare di essere un uomo migliore."

Lei gli sorrise e gli disse: "Ora devo alzarmi, devo soffiarmi il naso, anche tu probabilmente avrai da fare."

Midas aveva da fare, ma scosse comunque la testa.

Lexie gli disse: "Che giornata meravigliosa. Grazie per il bel giro che mi hai fatto fare."

"Ci mancherebbe. Un giorno ci fermiamo in tutti i posti che abbiamo visto mentre andavamo a Waikiki."

Gli occhi le brillarono: "Mi farebbe molto piacere."

"Ottimo." Per quanto Midas volesse far rimanere Lexie dov'era, sapeva di avere da fare. Così si spostò sulla sedia, muovendola con sé, poi l'aiutò ad alzarsi. Infine prese la tazza da cui lei aveva bevuto e andò in casa con lei. Le indicò il bagno e mise la tazza nel lavello.

Midas aveva in programma una settimana impegnativa. Erano emerse delle nuove minacce a Papua New Guinea, i SEAL stavano seguendo la situazione e quella settimana c'erano in programma varie sessioni di preparazione per un'eventuale missione. Per quanto Midas volesse passare tutto il tempo con Lexie, aveva anche delle responsabilità, come ne aveva anche lei.

Midas sapeva che Lexie avrebbe lavorato molto a Food For All, doveva continuare a imparare come funzionavano tutte le attività. Lexie voleva conoscere bene tutti i collaboratori, far sapere loro che anche lei voleva fare la sua parte. Per non parlare dei due interventi esterni di Food For all, in programma per quella settimana. Prima dovevano intervenire nel parco regionale di Ala Moana, in cui si sapeva vivevano molti senzatetto, poi c'era un'uscita nel parco regionale di Kapi'olani, vicino a Diamond Head, dove avrebbero distribuito da mangiare gratis. Era stata Lexie a organizzare entrambi gli eventi, era decisa e determinata a lavorare sodo, non solo per l'organizzazione, ma anche per tutte le persone che ne usufruivano.

Quando Lexie uscì dal bagno, Midas rimase a fissarla per un momento.

"Che c'è?" gli chiese, passandosi una mano nei capelli per l'imbarazzo.

"Nulla," le rispose scuotendo la testa e avvicinandosi a lei, "sono solo contento di aver passato la giornata con te, oggi."

Lei ribadì: "Anch'io, la tua casa mi piace tanto, davvero."

"Ottimo, perché spero che vorrai passare più tempo insieme a me."

"Se mi stai invitando, allora accetto," gli disse timidamente.

"Ti stavo invitando, quindi va bene. Allora andiamo. Possiamo fermarci a prendere qualcosa per cena al volo, prima di arrivare da te."

"Idea fantastica," commentò Lexie.

"C'è un posticino che si chiama Thelma's non troppo lontano da qua. Possiamo prendere del cibo da asporto, quando arriviamo a casa tua sarà ancora caldo."

"Grazie," gli rispose.

"Per te questo e altro," le disse Midas, con convinzione. Le mise il palmo della mano sulla guancia e l'accarezzò col pollice, avanti e indietro sulla pelle morbida. "Ora va meglio?"

Lei annuì.

"Posso baciarti ancora?"

"Mi dispiacerebbe se non lo facessi," gli rispose sinceramente.

Midas sorrise e continuò a sorridere anche quando posò le labbra sulla bocca di Lexie.

Passarono almeno un paio di minuti, prima che Midas tornasse a respirare, allontanandosi da lei. Una mano gli era scivolata sotto la camicetta di Lexie, mentre lei gliene aveva messa una dietro il sedere. Midas non voleva correre, ma ebbe la sensazione che non sarebbe passato molto tempo, prima che finissero a letto.

Non vedeva l'ora. Non aveva dubbi, fare l'amore con Lexie sarebbe stato bello da impazzire. Quel rapporto gli sembrava tutt'altro che leggero e superficiale, una volta entrato dentro di lei, si sarebbe perso. Lo sapeva.

Midas non riusciva a leggere le emozioni che turbinavano negli occhi di Lexie, ma fu confortato nel vederla riluttante ad andarsene, tanto quanto lo era lui a lasciarla andare.

"Forza, Cenerentola, ti riporto a casa."

Lei arricciò il naso nel modo che lui amava tantissimo, ma si lamentò: "Non sono così sicura che quella favola si adatti a me."

"Dipende se la scarpetta ti va bene," scherzò Midas.

Con un lamento, Lexie prese la borsetta e la borsa degli acquisti, poi lo seguì al garage.

Midas lasciò che si sistemasse da sola i capelli; non poteva toccarglieli ancora, altrimenti non avrebbe resistito e l'avrebbe davvero trascinata in camera da letto.

La fermata da Thelma's non fu molto lunga, Midas accostò davanti all'edificio dove abitava Lexie molto prima di quanto avrebbe voluto. Girò intorno alla macchina a grandi passi per aprirle la portiera, poi la baciò sulla fronte e le disse: "Allora buona notte."

"Anche a te."

"Mi chiami più tardi?" le chiese; Midas non sapeva resisterle.

Lexie annuì.

"Ci vediamo presto," le disse, rifiutando di andarsene.

"A presto," gli rispose.

Midas la guardò entrare nell'edificio finché non vide che era al sicuro, poi tornò alla macchina. Nel percorso verso casa sua, ricordò il sorriso contento sul volto di Lexie, mentre la accompagnava a casa, con i capelli che facevano di tutto per sfuggirle.

Si era perso, per lei, dalla testa ai piedi, senz'ombra di dubbio. Lexie era la cosa migliore che gli fosse mai capitata. Midas ora sapeva esattamente come si sentiva Mustang quando stava con Elodie.

Chissà come, quando stava con lei il mondo gli sembrava un posto migliore. Non sentiva di meritarla, ma avrebbe fatto di tutto per non farglielo mai capire.

CAPITOLO UNDICI

DOPO TRE SETTIMANE, Lexie ormai sapeva che non avrebbe mai più trovato un uomo come Midas. Si erano sentiti tutti i giorni, lui aveva cominciato a venire a trovarla, andava a prenderla al lavoro tutti i pomeriggi e la portava a casa propria per cena. A lei piaceva moltissimo passare del tempo con lui, la faceva sempre sentire valorizzata, la ascoltava parlare delle sue giornate e delle persone con cui lavorava. Non si era mai sentita così vicina a qualcuno quanto si sentiva con Midas.

Nei due fine settimana precedenti erano usciti anche con gli altri della squadra; Lexie cominciava a conoscere anche gli altri un po' meglio, erano persone meravigliose come Midas, ma questo non l'aveva affatto sorpresa: se fossero stati degli stupidi lui non li avrebbe frequentati molto.

Lexie aveva fatto amicizia con Elodie molto rapidamente; le telefonava per chiederle come salvare una torta che stava preparando se non aveva l'olio giusto o se non aveva voglia di andare in negozio a comprare un ingrediente. Elodie le aveva suggerito di usare il succo di mela al posto dell'olio, Lexie si era meravigliata, perché ne aveva un po' a portata di mano.

Erano andate avanti a parlare per un'altra ora, mentre Lexie cucinava.

Trasferirsi alle Hawaii era la decisione migliore che avesse mai preso, Lexie non poteva essere più felice.

Era venerdì, mancavano ancora alcune ore, ma lei era ansiosa che arrivasse il fine settimana, per passare del tempo con Midas. Era contenta di come si stava evolvendo il loro rapporto, anche se non le sarebbe certo dispiaciuto sentirsi invitare a passare la notte con lui.

Il solo pensiero di fare sesso con Midas la fece sentire per un attimo in difficoltà. Era impossibile resistergli, del resto lei nemmeno voleva resistergli. Anzi, aveva proprio voglia di stare con lui; ma lui faceva il galantuomo. Le aveva detto che non voleva metterle fretta, perché il rapporto che aveva con lei era troppo importante, voleva essere sicuro di farle capire che non stava con lei solo per sfogarsi fisicamente.

Certo, era molto dolce, ma ormai era passato tantissimo tempo da quando Lexie era stata con un uomo, si sentiva più che pronta. Quando pomiciava con Midas le venivano vampate di calore, tanta era la voglia, non immaginava nemmeno l'effetto che le avrebbe fatto vederlo nudo, farsi toccare da lui su tutto il corpo.

Lexie stava sistemando degli scatoloni nella dispensa di Food For All quando le vibrò il telefono. Guardò il display e vide che era una chiamata da un numero sconosciuto. Si accigliò e rispose.

"Pronto?"

"Parlo con Lexie Greene?" rispose l'uomo che aveva chiamato.

"Sì, con chi parlo?"

"Sono Magnus Brander."

Per un secondo, Lexie non si raccapezzò su chi fosse quell'uomo, poi capì: "Oh! Salve! È successo qualcosa?"

"No, no, no. Scusa, non volevo farti preoccupare," proseguì Magnus, "è un brutto momento?"

Lexie non aveva idea del perché il fratello di Dagmar le stesse telefonando, quindi non era sicura se credergli, quando le diceva che non era successo nulla. Nelle ultime settimane si erano scambiati varie mail. Prima comunicavano in modo più formale, Lexie gli aveva mandato le condoglianze, ma poi erano entrati più in confidenza, raccontandosi meglio.

Ma la telefonata era una vera sorpresa, Lexie non credeva proprio di fare amicizia con Magnus, però aveva come abbassato la guardia, un'email dopo l'altra.

"No, non c'è problema. Stavo solo preparando dei pasti per il gruppo che andrà in strada domani."

"Ah sì, la dispensa viaggiante, che bell'idea. Sei stata tu a proporla, vero?"

Lexie fece spallucce: "Sì. Allora come andiamo? Tutto bene?" gli chiese, sempre cercando di capire il motivo della telefonata di Magnus. Non che non le facesse piacere parlare con lui, ma lo trovava insolito e voleva solo essere sicura che andasse tutto bene. Magnus le aveva chiesto i dettagli degli ultimi momenti di vita del fratello, Dagmar; ogni volta che le aveva scritto, aveva insistito sempre più per sapere cos'era successo nel deserto, voleva più informazioni, in particolare voleva sapere di cosa parlasse Dagmar.

Lexie aveva fatto del suo meglio per raccontargli ciò che si ricordava, anche se quell'insistenza la preoccupava. Magnus le sembrava ossessionato dalla morte del gemello, secondo lei non era un atteggiamento sano... ma Lexie provava comunque a ricordarsi che il lutto era diverso per ognuno, specialmente per due gemelli, un livello di dolore impossibile da capire, per lei.

Magnus le disse: "Tutto bene, grazie. Di sicuro ti chiederai il motivo della telefonata."

"In verità sì, cioè, mi fa piacere, ci mancherebbe, ma..."la voce di Lexie svanì; si era scambiata il numero di cellulare con Magnus in qualche mail passata, quando le era sembrato particolarmente giù di morale per la morte di Dagmar.

"Saprai già che Dagmar era molto impegnato con Food For All," le disse Magnus.

Lexie annuì, ben sapendo che Magnus non poteva vederla. "Sì, era uno dei pochi ispettori che viaggiava nel mondo, andava a visitare i vari avamposti per riferire al consiglio di amministrazione." Lexie si era sentita intimidita quando le era stata assegnata la responsabilità di portare Dagmar in giro per Galkayo, per spiegargli i programmi messi in atto per aiutare gli abitanti del posto meno fortunati. Lei era stata onesta, gli aveva raccontato pregi e difetti di ogni intervento, spiegandogli anche ciò che si stava facendo per migliorare. Poi, certo, erano stati rapiti e lei non si era sentita più come prima, come una semplice operatrice a confronto con uno dei capi.

"Sì, ci ho pensato molto e ho deciso di voler rendere onore a mio fratello prendendo il suo posto," le disse Magnus.

"Penso sia un'idea fantastica," gli rispose Lexie.

"Vero? Mi fa piacere. Date le circostanze molto particolari, ho chiesto di farmi assegnare come primo incarico il controllo alle Hawaii."

Lexie sorrise e gli chiese: "Stai venendo qui?"

"Sì, se non è un problema."

"Ma certo che no, anzi," lo rassicurò.

"Tu sei stata molto gentile, mi hai aiutato molto, sei stata molto comprensiva, quindi volevo incontrarti di persona; sai, per ringraziarti, per essere stata vicina a mio fratello."

"Oh, Magnus. Davvero, anch'io non vedo l'ora di incontrarti di persona. Quando pensi di arrivare?"

"Devo ancora sbrigare delle formalità burocratiche, ma credo che il consiglio mi darà il nulla osta per partire nel giro di un mese o giù di lì."

"Ma è fantastico!"

"Sì, e mentre sarò da quelle parti a osservare le strutture di Food For All e a prendere appunti sugli operatori, vorrei che passassimo un po' di tempo insieme; ovviamente per parlare di mio fratello."

"Ma certo. Magari posso anche presentarti il mio ragazzo? Anche lui era in Somalia e ha incontrato Dagmar, anche se di sfuggita."

"Ah sì?" le chiese Magnus.

"Eh sì. Anche se... cacchio, forse non avrei dovuto dirlo," disse tra sé e sé, arricciando il naso perplessa.

"Va bene, ho capito, non lo dirò a nessuno," le disse Magnus.

"Grazie. Ma comunque, anche lui ha sentito parlare di te e Dagmar e sono certa che gli farà piacere conoscerti di persona."

"Va bene, ottimo; vorrei sapere il più possibile di come ha passato il tempo mio fratello in Somalia... mi manca tantissimo."

Lexie si rattristò: "Capisco quanto ti manca, mi dispiace davvero Magnus."

"Eh sì, comunque, non volevo presentarmi di sorpresa, senza avvertire. Non volevo ti venisse un colpo vedendomi, in fondo io e Dagmar siamo... cioè, eravamo gemelli."

"Allora grazie dell'avviso. Devo dire a Natalie del tuo arrivo?"

"Natalie?" chiese Magnus.

"Oh, immagino che non ti abbiano ancora dato l'elenco del personale; Natalie è la manager locale di Food For All."

Magnus le rispose: "La dovrebbe avvertire il consiglio; le arriverà un promemoria, ma sai che questi dettagli a volte passano nel dimenticatoio. Del resto, a quanto ne so, Dagmar a volte faceva delle visite a sorpresa, quindi forse sarebbe meglio che non le dicessi nulla. Non vorrei che il mio primo intervento per Food For All fosse compromesso, se il consiglio scoprisse che io e te ne parliamo, potrebbero farmi notare che non è prassi ideale."

"Capisco." Lexie non voleva fare o dire cose che mettessero nei guai Magnus; lei non aveva mai incontrato i consiglieri di Food For All, non aveva mai nemmeno parlato con uno di loro. L'organizzazione aveva sede in Gran Bretagna, i responsabili, uomini e donne, si erano fatti una reputazione impeccabile per come facevano rispettare le regole. Lei era comunque contenta che l'avessero assunta, tanti anni prima, era contenta anche che a un uomo in lutto venisse permesso di percorrere le orme del fratello scomparso.

Magnus le disse: "Grazie, ma sarai impegnata, quindi sarà meglio che ti lasci ai tuoi impegni. Sei al centro da stamattina presto, immagino, vero?"

"Eggià," confermò Lexie. Gli aveva comunicato gli orari di lavoro qualche tempo prima, in una mail. Lui si era detto curioso di sapere come funzionava, come passava il tempo, cosa faceva, così Lexie era stata contenta di raccontargli tutto. Lei viveva vicino alla sede, quindi non aveva problemi ad alzarsi presto e occuparsi delle colazioni, preparava il caffè e tutto ciò che andava preparato prima di aprire i battenti.

"Spero che non ti stiano facendo lavorare troppo," le disse Magnus.

Lexie ridacchiò: "Ma no, mi piace molto quello che faccio, aiutare gli altri non mi pesa affatto. Questo fine settimana, Midas mi porta alla piantagione di Dole Pineapple. C'è un labirinto, sono super entusiasta di provarlo."

"Midas è l'uomo che ha conosciuto Dagmar?"

"Sì."

"Spero che anche con lui vada tutto bene."

"Sì, è così." Lexie si sentì di rassicurare Magnus. Più parlavano e più anche lei si sentiva a suo agio. Ciò che era successo a Dagmar era una tragedia orribile; se una delle conseguenze era fare amicizia con suo fratello, almeno si sarebbe sentita un po' meglio.

"Dalla voce mi sembri felice," le disse Magnus.

"Lo sono."

"Ottimo. Allora ti lascio andare, ti dispiace se mi faccio risentire?"

"Niente affatto, chiama quando vuoi."

"Grazie. Allora ci teniamo in contatto, presto ti farò sapere come procede la pratica e quando dovrei arrivare."

"Non vedo l'ora."

"Nemmeno io, a presto," le disse Magnus.

"A presto."

Lexie chiuse la conversazione e si mise il cellulare in tasca.

Dopo qualche secondo, Ashlyn, una delle altre operatrici a tempo pieno, entrò nella dispensa e le chiese: "Tutto bene? Ho sentito che parlavi."

"Tutto bene," le rispose Lexie, felice di vedere che la collega si era interessata a lei, "ero al telefono."

"Col tuo uomo?" le chiese Ashlyn sorridendo.

Lexie fece una smorfia imbarazzata e rispose: "No, con un amico." Si era ricordata di non dire nulla dell'arrivo di Magnus.

"Ottimo, comunque mi ha mandata qui Natalie per chiederti se puoi uscire, sai, per aiutare Pika nel servizio. C'è un sacco di gente, pazzesco, è così quasi tutti i venerdì pomeriggio, sembrano tutti esagitati. Tu sei bravissima a relazionarti, Natalie pensa che sarebbe meglio se venissi in mezzo agli altri."

"Ah, ma certo, vengo volentieri, ma qui non ho finito," rispose Lexie.

"Non preoccuparti. Finisco io con Jack di preparare le confezioni con i pasti, lo facciamo appena finisci il servizio. Oggi devi andare via prima, vero?"

"Se c'è bisogno mi fermo più a lungo," le disse Lexie.

"No, no, no, non lo dicevo per questo," le spiegò Ashlyn sorridendole di nuovo, "da quando sei qui in servizio, sei sempre la prima ad arrivare, per me sei stata un sollievo enorme, perché a me non piace tanto alzarmi presto. Adesso Jack sa mettere i bimbi sull'autobus e Pika la mattina va a fare surf, quindi ci stai facendo un grande favore. Non c'è alcun problema se devi andare via prima."

"Meno male," commentò Lexie, fingendo di asciugarsi il sudore dalla fronte; poi mise giù le borse di carta che stava aprendo, perché fosse più facile metterle via, offrendo un sorriso ad Ash.

"Sul serio, stai facendo un lavoro meraviglioso, siamo proprio contenti che tu sia qui."

"Grazie."

"Hai impegni per il fine settimana?" le chiese Ash mentre si dirigevano al salone, il luogo in cui si trovavano le persone che dovevano mangiare, o che venivano a ripararsi dal calore almeno per un po' di tempo, anche solo per chiacchierare con qualcuno. A volte era molto affollato, come aveva detto Ash, poi le persone che venivano a cercare ristoro a volte erano anche stressate e scoppiava qualche tafferuglio. Quando la situazione si surriscaldava, gli operatori facevano del loro meglio per mitigare gli animi, per calmare tutti.

"Midas mi porta a vedere la piantagione Dole Pineapple così posso provare il labirinto."

Ash alzò gli occhi al cielo: "Ma dai, fai sul serio? Quella è per i turisti."

"Eh, ma io *sono* una turista," disse Lexie ridendo.

"Se cerchi qualcos'altro da fare, qualcosa di divertente, fammelo sapere che te lo trovo io. Anzi, meglio ancora, chiedi a Pika: lui è nato e cresciuto qui, saprà di sicuro cosa fanno di fico i ragazzi."

"Grazie. Di sicuro Midas e i suoi amici avranno anche loro qualche idea di attività, qualcosa di non troppo affollato o turistico; ma finora mi è piaciuto tutto ciò che ho visto o fatto."

Arrivarono nel salone e Lexie si accorse subito del perché Natalie le aveva chiesto di venire a dare una mano: sembrava anche più affollato del solito... l'atmosfera era particolarmente strana. Lexie non capì bene il perché, ma annuì alla responsabile, dall'altra parte del salone, notando lo sguardo sollevato di Natalie nel vedere che anche Ashlyn era tornata.

Poi Lexie guardò Jack e Pika, che stavano distribuendo i pasti a chi li chiedeva. In ogni cartone c'erano una mela, una piccola confezione di patatine, delle carote e un panino con prosciutto e formaggio. Niente di eccezionale, ma un pasto ben accolto da chi ne aveva bisogno.

Nei quaranta minuti successivi, Lexie andò da varie persone, chiacchierando un poco. Alcuni erano più propensi a scambiare qualche battuta, altri la ignoravano del tutto; ma almeno lei si impegnava a far sentire tutti i benvenuti.

C'era anche Theo, era seduto al suo solito posto, da solo, contro la parete più lontana. Con gli occhi continuava a scandagliare il salone, sembrava che stesse cercando qualcosa, o qualcuno. Lexie andò verso di lui.

"Ciao, Theo, mi fa piacere vederti, come stai oggi?"

Lui le rispose con un grugnito.

"Fuori c'è caldo, vero? Cioè, è vero che siamo alle Hawaii, quindi fa sempre caldo, ma penso che oggi sia più caldo del normale. Forse è per questo che ci sono tante persone oggi, qui, eh?"

"Persone. Tante persone."

"Eh sì, ho visto. Ti hanno dato qualcosa da mangiare? Posso andare io a prenderti una mela o un panino, se vuoi."

"Ho mangiato un panino."

"Ottimo, fantastico. Posso fare qualcos'altro per te?"

Theo alzò lo sguardo verso di lei e Lexie dovette sforzarsi per non fare un passo indietro. Negli occhi di Theo c'era un'espressione che la rendeva nervosa, anche se Lexie non sapeva il perché. Magari solo perché Theo concentrava tutta l'attenzione su di lei.

Allora Theo le disse: "Sei bella, mi piacciono i tuoi capelli."

"Ah... grazie," rispose Lexie, passandosi una mano nei capelli con un po' di imbarazzo. Quel mattino se li era legati in una coda di cavallo, come al solito, ma sentiva i capelli molto ribelli, forse per il calore e l'umidità.

Allora Theo le disse: "Devi stare attenta. Ci sono tanti matti qui."

Lexie annuì e capì che Theo si riferiva tanto a se stesso quanto agli altri. Lui sapeva di essere diverso, ma lei gli disse tranquillamente: "Siamo tutti esseri umani. Solo perché qualcuno ha un modo di pensare diverso da tutti gli altri non significa che non sia importante."

Theo inclinò la testa e la fissò senza nemmeno batter ciglio. Lexie non aveva idea di cosa gli passasse per la testa e pensò che la rendeva davvero nervosa. Lexie odiava quella sensazione, perché lei si era sempre fatta vanto di non giudicare le persone; ma quello sguardo così penetrante le creava senz'altro apprensione.

"Bene, allora se non ti serve più nulla vado a parlare con qualcun altro."

Theo non le rispose, così lei andò via per parlare con alcune persone vicine, ma dopo un po' gli lanciò un'occhiata e notò che la stava ancora fissando intensamente.

A quel punto, entrarono nel centro quattro uomini che catturarono l'attenzione di Lexie. Non li aveva mai visti prima, anche se non ne fu troppo sorpresa, perché comunque non era arrivata da tanto tempo e si ricordava solo le persone che venivano regolarmente a chiedere aiuto.

Jack si diresse verso di loro per salutarli e indicò un tavolo proprio vicino a dove si trovava Lexie. C'erano già due donne sedute allo stesso tavolo, ma si alzarono appena quegli uomini si avvicinarono.

"Benvenuti a Food For All. Posso portarvi qualcosa da mangiare?" chiese Lexie educatamente.

"Vaffanculo," borbottò uno degli uomini con un filo di voce, mentre tirava fuori da sotto al tavolo una sedia col piede, lasciandosi crollare di peso.

"Vorrei da mangiare," disse un altro con uno sguardo lascivo che scorreva su e giù per il corpo di Lexie.

Per la prima volta, Lexie si sentì *molto* a disagio. In generale, gli utenti che venivano a chiedere aiuto, uomini, donne e anche bambini, erano sempre molto rispettosi, quasi imbarazzati per il bisogno che avevano. Invece quegli uomini sembravano proprio in cerca di guai.

Sempre per la prima volta, Lexie fece qualcosa che non aveva mai fatto prima: se ne andò senza aiutare più quegli uomini. Non sapeva perché erano venuti al centro, ma non sembrava cercassero da mangiare, o un'altra forma di assistenza.

Natalie chiaramente li aveva visti e aveva capito che si comportavano senza alcun rispetto, infatti Lexie la vide fare un cenno a Jack e Pika per farli intervenire.

Lexie continuò il suo giro del salone, andò a salutare e a sorridere a tutti quelli che incontrava. Poi sentì di nuovo il telefono vibrare in tasca e lo tirò fuori: aveva bisogno di staccare un attimo. Si fece da parte con la schiena al muro, per poter tenere tutto l'ambiente sott'occhio; quando vide che era Midas a chiamarla, sorrise.

"Ciao."

"Ciao, bella. Pensavo di farmi sentire per sapere se ce la fai ancora a uscire per le tre."

"Certo. Aspetta, dove sei? Cos'è il rumore che sento in sottofondo?"

Midas ridacchiò: "Sono su una barca, stiamo tornando alla

base. Oggi c'è stata un'esercitazione al largo. Penso che il pilota abbia un appuntamento galante, perché sta andando all'impazzata. Il rumore che senti sono le onde che colpiscono la chiglia della barca."

"Ah, ma dai. Ho capito. È andata bene?"

"L'esercitazione? Ma certo, è andata bene. La tua giornata com'è stata, invece?"

"Interessante. Oggi Magnus mi ha telefonato."

"Davvero? Vi state ancora scrivendo delle mail?" le chiese Midas.

"Sì. Ha detto che verrà alle Hawaii tra circa un mese, voleva farmelo sapere."

"Viene da queste parti?"

"Sì. Ha deciso di entrare anche lui in Food For All e prendere il posto di Dagmar. Andrà in giro a controllare i centri, cose così. Ha chiesto le Hawaii come primo incarico perché ha detto che voleva incontrarmi di persona."

Midas rimase in silenzio per un lungo momento.

"Midas? Sei ancora lì?"

"Ci sono."

"C'è qualcosa che non va?" gli chiese Lexie.

"Penso di essere geloso," le rispose.

Lexie spalancò la bocca incredula: "Sul serio?"

"Beh, sì, cioè, vi scrivete con una certa regolarità, adesso si dà tanto da fare per venire a trovarti."

"Midas, intanto è molto più grande di me. Cioè, sarà più grande di almeno una ventina d'anni. Poi fidati, non nutro nei suoi confronti il *minimo* interesse. Per me è come un fratello maggiore, magari come una figura paterna. Mi dispiace per lui, perché so che Dagmar gli manca molto. Magnus fa molta fatica a superare la perdita del fratello. Penso che senta un legame con me perché sono stata con Dagmar nel deserto per un certo periodo. Tutto qua. Non c'è niente di cui essere geloso. Mamma cara."

"Va bene."

Lexie non era sicura che andasse *davvero* bene a Midas, ciò che gli aveva appena detto, quindi continuò a cercare di convincerlo. Non le dava fastidio sentirlo sospettoso, per il ruolo che Magnus voleva ritagliarsi con lei. Lei conosceva la reazione di alcuni uomini alla gelosia: la cattiveria, l'eccesso di attenzioni, gli abusi. Ma Midas non era così, Lexie ne era certa. Tuttavia se lo immaginava, imbronciato, sulla barca, quindi voleva rassicurarlo.

Lexie abbassò la voce per non farsi sentire dagli altri che aveva intorno: "E poi l'unico uomo a cui penso, la sera, quando sono a letto, sei tu."

"Ah sì?" le chiese Midas.

Lexie si sentì incoraggiata e proseguì: "Sì. Te lo giuro, mi basta guardarti per farmi venire caldo."

Al che Midas imprecò: "Merda, Lex, adesso mi fai morire."

"Per la cronaca... guarda che lo so che non esci con me solo per portarmi a letto. Ormai me l'hai fatto capire. Mi hai portata in giro dappertutto, hai accettato che ti attaccassi quella statuina sul cruscotto, sai la bambolina con l'*hula*, mi hai fatto visitare ogni località turistica che ti ho chiesto di vedere, il fine settimana scorso siamo anche andati alla festa hawaiana, il *luau*. Poi ti perderai con me nel labirinto al Dole, anche se sono sicura che non vorresti passare così il tempo."

"Passerò il tempo *con te*, quindi è esattamente come vorrei passarlo."

Ecco, Midas era proprio dolcissimo. "Giusto, comunque sto dicendo solo che ho capito, l'apprezzo, ma... voglio di più."

"Di più? Vuoi che ti porti da qualche altra parte? Ti basta dirmelo e ci andiamo," la rassicurò Midas.

"Voglio che mi porti a letto," sbottò Lexie, che poi pensò di sentire rumore di risate dall'altra parte del telefono.

"Midas?" Le venne il dubbio di avere esagerato con la schiettezza.

"Perdinci, Lex, abbi pietà di me."

Lexie sorrise: "Volevo solo essere sicura che capissi, non c'è niente di cui essere geloso, tu sei l'unico che desidero."

"Ottimo," le disse con voce roca e profonda.

Poi le disse qualcos'altro, ma l'attenzione di Lexie fu catturata all'improvviso da un movimento all'interno del salone, così gli disse nervosamente: "Aspetta un attimo."

"Cosa succede?" le chiese Midas, perdendo ogni traccia di dolcezza nella voce, come se avesse premuto un interruttore.

"Non lo so... oh no, cacchio! Theo si sta azzuffando."

"Lo stesso tipo che abbiamo incontrato per strada qualche settimana fa?"

"Sì!"

Alcune donne urlarono, all'improvviso si scatenò il parapiglia e in molti cercarono di scappare dal salone, dove stava scoppiando un tafferuglio.

"Lexie?" la chiamò Midas, ma una donna inciampò in una borsa che qualcuno aveva appoggiato per terra vicino a un tavolo e cadde addosso a Lexie, facendole volare via di mano il cellulare, che cadde per terra a un paio di metri di distanza.

Ci furono altre urla, poi sembrò quasi che tutti stessero gridando. Lexie afferrò la donna che le era caduta addosso e le chiese: "Va tutto bene?"

La signora annuì, ma si girò subito per andare verso l'uscita, insieme ai tanti altri che cercavano di fuggire dal salone.

Per un paio di minuti ci fu un caos totale, come se metà dei presenti stesse cercando di sparire, uscendo tutti insieme dalle porte del centro, mentre l'altra metà stava urlando a dismisura. Alcuni stavano incitando alla rissa, mentre altri cercavano di impedirla. Lexie cercò di far calmare i pochi ragazzini presenti, cercando di evitare che i passanti spingessero troppo, travolgendo i più giovani mentre cercavano di raggiungere l'uscita.

Lexie si guardò attorno e vide che qualcuno le aveva calciato via il telefonino, che era finito sotto a un tavolo, così si mise a quattro zampe per riprenderlo. Quando riuscì a riprenderlo se lo portò all'orecchio e gridò freneticamente. "Midas?"

"Ma si può sapere che *cazzo* succede?" sbraitò Midas, anche lui molto preso dalla frenesia.

Lexie gli rispose: "Va tutto bene."

Midas le ordinò: "Dico sul serio, dimmi subito cosa succede."

"Theo si è messo a litigare con qualcuno," gli spiegò.

"Dannazione," borbottò Midas.

"No, non è colpa sua. Cioè, non ne sono certa al cento per cento, ma immagino siano stati gli altri, quelli che sono appena entrati. Non erano molto educati."

"Cosa vuoi *dire*? Lexie, diamine, devi cercare di farmi capire. Pid è al telefono con la polizia in questo preciso istante, vogliono sapere che situazione troveranno."

"Al telefono con la polizia?" gli chiese Lexie confusa. "Ma se siete su una barca, nel bel mezzo dell'oceano."

"Esatto. Infatti non posso raggiungerti alla svelta, come vorrei. Quindi la mossa successiva è chiamare la polizia. Ora dimmi cosa sta succedendo, così lo dico a Pid che a sua volta lo dice alla polizia."

"Oh, insomma... penso che ora sia tutto a posto. In tanti se ne sono andati appena è partita la lotta. Jack e Pika hanno bloccato un paio dei tipi che facevano i cretini, Ashlyn sta parlando con Theo e... porca vacca."

"Porca vacca che cosa?" le chiese Midas impaziente.

"Natalie ha tirato fuori la pistola. La tiene sempre nell'ufficio, sul retro. La punta contro gli altri due perché non facciano stupidaggini. Devo andare ad aiutarla!"

"No! Devi stare ferma dove sei, spero che tu sia abbastanza lontana da quella pistola e che nessuno stronzo tiri dei pugni."

"Midas, sto bene, va tutto bene. Natalie ha tutto sotto controllo. Ti telefono appena si sono tutti calmati."

"No, Lex, non..."

Ma lei aveva già chiuso la conversazione; si sentiva in colpa per quella telefonata con Midas, quando sentiva di dover intervenire per aiutare i colleghi, invece di starsene nascosta sotto a un tavolo, del tutto inerte.

Così Lexie uscì da sotto al tavolo e si incamminò verso l'altro lato del salone in direzione di Ashlyn.

"Come sta, sta bene?"

"Gli verrà un bell'occhio nero, ma cavolo, non sapevo proprio che Theo potesse fare a botte così," disse Ash.

Lexie guardò Theo... ma in quel momento *fece* un passo indietro, guardandolo in faccia.

Era... proprio... *incazzato*.

Con lei? Difficile a dirsi. La carica di rabbia che quell'uomo trasmetteva era spaventosa, tremendamente spaventosa. Ciononostante, Lexie non riuscì a togliergli gli occhi di dosso; si fissarono per un lungo momento.

Quello strano momento che sembrava essersi creato tra Lexie e Theo fu interrotto da un rumore alla porta, lei si girò verso l'ingresso e vide una mezza dozzina di poliziotti che le si avvicinavano con le pistole puntate. Senza pensarci, Lexie alzò in alto le mani, per far capire di essere disarmata.

Vide con la coda dell'occhio Theo ripetere lo stesso gesto; ma gli agenti di polizia non si preoccuparono affatto di loro due, la loro attenzione era tutta rivolta a Natalie.

"Getta la pistola!"

"Giù la pistola!"

Passarono diversi secondi di estremo caos, i poliziotti ordinarono a Natalie di gettare l'arma, mentre Natalie e Jack cercavano di far capire agli agenti cosa diamine fosse appena successo.

Dopo una trentina di minuti, Lexie era seduta davanti a un tavolo e guardava un agente che discuteva con Natalie, mentre un altro parlava con Pika, che spiegava cos'era successo; altri due cercavano di parlare con Theo, che si era seduto per terra con la schiena contro il muro e lo sguardo fisso nel vuoto, senza dire una parola. I quattro che sembravano aver avviato il parapiglia erano stati portati via, in centrale. A quanto aveva capito Lexie, tre di loro erano ricercati, mentre il quarto aveva tentato di stendere uno degli agenti e per quella reazione era stato arrestato immediatamente.

Lexie aveva già reso la sua deposizione a uno degli agenti, quando la porta d'ingresso si aprì di colpo un'altra volta.

Tutti i poliziotti si voltarono per affrontare la nuova minaccia, qualunque fosse, mettendo le mani sulle armi, ma Lexie invece fece un bel sospiro di sollievo.

Non aveva la minima idea di come avesse fatto Midas, con tutti gli altri della squadra, ad arrivare in centro così in fretta, specialmente considerando che poco prima erano su una barca nel bel mezzo dell'oceano, ma lei era felicissima di vedere lui e gli altri, tanto che cominciò subito a tremare.

Midas si guardò attorno nel salone, nel momento stesso in cui la vide seduta al tavolo si avviò verso di lei. Mustang rassicurò i poliziotti qualificando il gruppo di militari della base navale, mentre Midas prese Lexie in braccio, sollevandola dalla sedia.

Poi le mise la testa vicino al collo e la strinse tanto forte che quasi le fece male.

Aleck gli disse: "Con calma, Midas, se no la strizzi."

Lexie lo sentì allentare leggermente l'abbraccio, ma Midas non la lasciò andare per diversi momenti. Poi si allontanò da lei, ma solo il minimo indispensabile per poterla guardare negli occhi: "Va tutto bene?"

"Sto bene," gli disse, passandogli le mani sulle braccia per tranquillizzarlo.

"Cazzo," borbottò Midas.

Al che Aleck gli ordinò: "Seduto, se no cadi."

"Ma no che non cado," gli rispose Midas, voltandosi per guardare in faccia l'amico.

"Cercavo solo di aiutare; cioè, penso che tu non abbia preso fiato per tutto il viaggio fin qui."

"Ragazzi, ma come avete fatto ad arrivare in così poco tempo?" domandò Lexie.

"Poco tempo? Merda, ci abbiamo messo un secolo," commentò Midas.

Aleck scosse la testa. "Abbiamo detto al pilota del gommone che se arrivava al porto in meno di sette minuti vinceva cento dollari. I soldi fanno girare il mondo."

"Ma poi avevate la strada dalla base," disse Lexie confusa.

"Sì. Ci siamo fatti scortare dalla polizia militare," spiegò Aleck.

"Mamma cara, Midas, mi dispiace tanto. Non dovevo riattaccare così. Se ti avessi spiegato meglio la situazione, non avreste dovuto creare così tanto trambusto. Sentite, voglio restituirvi i soldi che avete dato al pilota della barca."

"Ma certo," disse Aleck sottovoce, proprio mentre Midas stava per parlare.

"*Non dovevi* riattaccare così," confermò Midas, scuotendola un poco, "ma lo sai che paura mi hai fatto prendere? Non sapevo che cazzo stesse succedendo, se qualcuno ti aveva fatto del male!?"

"Ti ho detto che stavo bene," gli spiegò Lexie.

"No, non me l'hai detto, Lex. Io ho sentito solo gridare, un gran trambusto, poi hai detto che c'era un tafferuglio e che Natalie era armata. Qualcuno poteva sopraffarla, prendere la pistola, far del male a te, o agli altri. Merda..." le disse, chiudendo gli occhi. "Non ho mai avuto tanta paura in vita mia."

In quel momento, Lexie si sentì malissimo. Proprio non voleva spaventare Midas, non credeva nemmeno che si potesse spaventare tanto. Ma guardandolo in quel momento era ovvio che era uscito completamente di senno. Allora gli mise una mano sulla guancia e gli disse sottovoce: "Sto bene."

Con la coda dell'occhio, Lexie vide Aleck che si allontanava, per lasciarli un po' da soli.

"Stavamo chiacchierando, una bella conversazione rivelatrice, mi stavi dando un sacco di belle idee, quando a un certo punto sento urlare e tu non sei più al telefono con me. Poi ti risento e mi dici che va tutto bene, peccato che hai la voce agitatissima e mi dici che Natalie ha la pistola e alla fine mi metti giù! Te lo giuro su Dio, Lex, sono invecchiato di trent'anni in un colpo solo. Per favore, ti imploro, non me lo fare mai più. Se no il cuore non mi regge."

"Va bene, non lo faccio più," gli disse subito Lexie. Diceva sul serio; nessuno si era mai preoccupato così tanto per lei. Per questo non ci aveva pensato due volte, quando aveva interrotto la conversazione. Ma mettendosi nei panni di Midas, se fosse stata al telefono con lui e avesse sentito che stava succedendo qualcosa di brutto intorno a lui e lui avesse chiuso improvvisamente la telefonata? Anche lei ci sarebbe rimasta male. Midas glielo stava facendo pesare meno di quanto avrebbe potuto. Lei lo capì e in quel momento decise di impegnarsi a diventare una compagna più brava, in futuro.

"Attenzione," disse Pid non molto lontano.

Midas guardò il suo commilitone, poi avvolse un braccio intorno alla vita di Lexie e la fece spostare, per lasciar passare due poliziotti che accompagnavano Theo verso l'uscita.

"Oh, ma non lo state arrestando, vero?" domandò Lexie accigliata.

"No. Lo portiamo solo in ospedale, per farlo visitare.

Sembra non ci stia molto con la testa," le rispose uno degli agenti.

Theo la guardò, poi fissò Midas negli occhi e borbottò dal profondo della gola: "Devi stare più attento a lei."

"Come dici?" ribatté Midas.

Lexie lo sentì quasi tremare dalla rabbia.

Theo disse: "È colpa sua, è stata lei, la devi controllare."

Midas ringhiò. Lexie lo sentì ringhiare veramente dalla gola e si allarmò tanto da muoversi, per mettersi in mezzo tra Midas e Theo.

"Calmati, amico," disse Mustang a Midas, mettendogli una mano sul bicipite.

I poliziotti portarono via Theo alla svelta e Midas disse: "Che cazzo voleva dire?"

Mustang gli rispose: "Ma non vedi che non ci sta con la testa? Non puoi prendere per buono quello che dice."

Ma Midas rispose all'amico: "A me sembrava proprio una minaccia. Ha dato la colpa a lei per quanto è successo al centro." Poi si rivolse a Lexie: "Tu hai detto che non eri lì vicino, quando è cominciata la lotta, vero?"

Lexie ignorò il leggero tono accusatorio nella voce di Midas. Era stressato e lei non poteva certo biasimarlo. Anche a lei non era piaciuto molto, ciò che aveva detto Theo. Lei si era impegnata molto per essere gentile con lui, eppure doveva ammettere che la rendeva nervosa.

"Esatto," disse Lexie a Midas e agli altri della squadra, che a quel punto si erano avvicinati intorno a lei. "Ho parlato un poco con Theo, due chiacchiere, poi sono venuta qui, quando mi hai telefonato."

"Gli agenti hanno riferito che uno di quei quattro ha detto qualcosa su di te," aggiunse Slate, che interveniva per la prima volta. "Poi Theo gli è saltato addosso senza motivo. Quando li ha attaccati, non gli avevano nemmeno rivolto la parola."

"Pensate che sia nei guai?" chiese Lexie, preoccupata per quell'uomo con problemi mentali.

Midas sospirò e scosse la testa.

"Che c'è?" gli chiese Lexie.

"Ci sei tu. Quello non fa altro che minacciarti e tu ti preoccupi per lui."

"Se lo sbattono dentro non servirà a nulla," gli spiegò Lexie.

"Invece lasciarlo libero di andarsene in giro a fare a botte serve a qualcosa?" domandò Jag.

Lexie strinse le labbra frustrata: "No, ma ha bisogno di assistenza medica. Magari gli servirebbe anche qualche amico in più, di sicuro non serve a nulla se lo sbattono dentro e buttano via la chiave."

"Lexie! Sei sicura di star bene?" le chiese Ashlyn, cercando di superare Slate e Pid per raggiungerla. Ma Slate non si spostava, allora Ash si lamentò, spingendolo più forte: "Ehi, ti puoi fare da parte?"

Slate sembrò più divertito che altro, quando finalmente fece un passo di lato, giusto per sottolineare che sarebbe passata solo perché lui glielo concedeva.

"Sto bene. Non mi sono mai sentita in pericolo," spiegò Lexie. "Come sta Natalie? Non riesco a credere che sia andata a prendere la pistola."

"Non si fa mettere i piedi in testa da nessuno. Per questo è così brava a gestire il centro. Immagino che questo sia Midas?" le chiese Ash annuendo all'uomo che teneva Lexie tra le braccia.

"Oh, scusami! Sì, ragazzi, lei è Ashlyn, una delle operatrici a tempo pieno di Food For All; Ash, lui è Midas e gli altri sono i suoi amici: Aleck, Pid, Jag, Slate e Mustang."

"Capperi, amica mia, non mi hai detto che uscivi con Rodolfo Valentino in persona... o che avevi degli amici così affascinanti."

Pid si mise meglio sull'attenti e mostrò i muscoli. Risero tutti, tranne Slate.

"Finiscila, scemo," borbottò Slate dando un pugnetto sul braccio di Pid.

Ashlyn si fece seria: "Ma guarda un po' chi dà dello scemo a chi," gli mormorò, allontanandosi da Slate in modo da non essere a portata di mano.

Lexie ci rimase un po' male; in fondo, anche se Slate e la sua amica stavano partendo col piede sbagliato, lui non le avrebbe mai fatto del male. Invece Ashlyn non sembrava molto convinta. Così Lexie cercò di stemperare subito la tensione. "Natalie è stata fantastica. Ma non passerà dei guai, vero?"

"Ma no, nessun problema," spiegò Ashlyn, "ormai qui è tutto a posto, per *quanto* possa essere a posto. Perché non tornate ai vostri programmi, so che dovevate uscire."

"Oh, ma non vi serve un po' di aiuto per sistemare, per rassicurare tutti quelli che torneranno?"

"Ce la caveremo. Passate un bel fine settimana. Vedrai che quando torni lunedì mattina tutto sarà di nuovo come sempre, la solita routine noiosa."

"Se lo dici tu..."

"Ma certo. Natalie mi ha già confermato che va tutto bene, mi ha detto anche che forse assumerà qualcuno che si occupi della sicurezza del centro. Chissà, magari qualche omone bello grosso che viene a fare un giro quando il centro è particolarmente affollato, ad esempio il venerdì pomeriggio, non si sa mai."

"Oh, mi sembra una bella idea. Di sicuro ci staranno tutti meglio."

Ash si voltò verso Slate. "A te farebbe comodo arrotondare lo stipendio? Hai lo sguardo abbastanza truce... faresti scappare tutti i malintenzionati."

Slate strinse gli occhi e la fissò.

Lei si mise a ridere, ma non in modo rilassato, spensierato. "Calma. Stavo solo scherzando. Se continui a fare il serio così, ti si bloccherà la faccia." Poi fece un sorriso a Lexie, prima di tornare sul retro.

"Mi piace," dichiarò Jag.

Slate si voltò per squadrare l'amico.

Jag alzò le mani in segno di resa e mormorò: "Se solo gli sguardi potessero uccidere."

Aleck aggiunse: "Comunque ha ragione, oggi sei particolarmente scorbutico."

Al che Slate commentò: "Come ti pare; allora, ce ne andiamo o no?"

"Va bene. Ora che è finito il momento di adrenalina, Slate è impaziente e se ne vuole andare. Niente di nuovo," aggiunse Pid ridacchiando.

Lexie non poté trattenere una smorfia divertita; si stava già abituando a conoscere quegli uomini, il modo quasi brutale in cui si prendevano in giro, così disse: "Grazie per essere accorsi per salvarmi."

Mustang le disse: "Sai, siamo sempre sul chi va là, dopo l'incidente di Elodie, reagiamo con più prontezza... forse anche troppo, in questo caso."

"Beh, comunque lo apprezzo. Non c'è mai stato nessuno nella mia vita così pronto e attento nei miei confronti."

"Noi ci teniamo," disse Aleck tutto serio.

Lexie gli sorrise.

Allora Midas le disse: "Ti accompagno a casa."

Lexie si accigliò, vedendo gli altri della squadra che se ne andavano: "Oh, ma sei venuto con loro."

"Ma non ti lascio qui da sola," le rispose.

Ecco, sembrava ancora un po' agitato, del resto Lexie non poteva biasimarlo: "Va bene."

"Possiamo prendere un taxi per andare da me."

"C'è un autobus che va proprio in quella zona," gli disse Lexie.

"No, no, ci impiega troppo. O il taxi o un Uber," concluse Midas.

Lexie fece spallucce: "Come vuoi, per me va bene."

"Dai, andiamocene."

Lexie si lasciò prendere per mano da Midas, poi salutò i colleghi con un cenno dell'altra mano e si fece scortare fuori, verso casa.

CAPITOLO DODICI

MIDAS SAPEVA DI ESSERE UN PO' eccessivo, magari quasi prepotente, ma non sapeva che farci. Lexie l'aveva spaventato a morte. Lui non ricordava l'ultima volta che si era fatto prendere da un tale terrore; aveva sentito al telefono le grida della gente e il trambusto senza sapere minimamente cosa stesse succedendo. Poi Lexie gli aveva dato la notizia bomba, c'era qualcuno armato, per poi interrompere la telefonata.

La mezz'ora servita per raggiungerla era stata la trentina di minuti più lunghi della sua vita. Non ce la faceva, non poteva nemmeno toglierle le mani di dosso, non poteva perderla di vista.

Midas fece del suo meglio per riprendere il controllo di sé, delle proprie emozioni, mentre scortava Lexie verso casa, nel palazzo dove lei abitava. In ascensore le rimase al fianco, nel momento stesso in cui si chiuse dietro la porta a chiave, dentro l'appartamento, la prese di nuovo tra le braccia.

Allora lei lo rassicurò per quella che le sembrava la centesima volta: "Ma sto bene, scusami, solo che non ci ho pensato. Sono così abituata a ragionare da solitaria che non mi è nemmeno balenato in testa che ti potessi preoccupare per me."

"Preoccupare?" commentò Midas. "Merda, Lex, altro che preoccupare." Poi vide che le tremavano le labbra e la tirò vicina, facendole appoggiare il viso sulla spalla: "Shhh, scusami, non piangere."

"Solo che adesso ci sto malissimo."

"Lo so."

"Ti prometto che non farò mai più una cosa del genere."

"Lo so che non succederà più."

"Allora vuol dire..." la voce le svanì.

"Allora vuol dire cosa?" le chiese Midas, mettendole un dito sotto al mento e facendole alzare la testa per costringerla a guardarlo negli occhi: "Dimmi tutto, Lex."

"Allora vuol dire che sei cambiato nei miei confronti?"

Midas sbatté le palpebre confuso e le chiese: "Cambiato in che senso?"

"Non lo so. Sei così arrabbiato che vuoi interrompere? Non passiamo più il fine settimana insieme?"

Midas sentì una stretta allo stomaco: "No!" esclamò, "perché mai dovresti pensare una cosa del genere."

"È solo che... so di averti deluso, solo perché sono rimasta da sola per tantissimo tempo, a nessuno è mai interessato tanto di me, quindi tendo a non vedermi con gli occhi degli altri quanto dovrei. Magari non ti piace questo aspetto di me e non vuoi averci a che fare."

"Ma tu vuoi stare con *me*?" le chiese Midas.

Lei si fece più seria: "Sì, ma certo che voglio, solo..."

"Prepara la borsa," le disse, interrompendola.

"Cosa?"

"Prepara la borsa. Mettici abbastanza ricambi per due notti. Andiamo a casa mia e passiamo il fine settimana insieme. Tutto il fine settimana, giorno e notte. Poi ti riporto qui domenica sera, così lunedì mattina presto torni a lavorare bella pimpante."

Lexie spalancò gli occhi. "Davvero?"

"Ma certo. Non penso di poterti perdere di vista, almeno per le prossime quarantotto ore. Sì, dovrebbero bastare per scaricare tutta l'adrenalina. Forse. Lexie, nel caso tu non te ne sia accorta, io ci tengo tantissimo a te. È così dal momento in cui ce la siamo filata insieme da quella stanza di ospedale. Forse anche prima di quel momento. Vedrai che con me ti abituerai a non dover decidere sempre tutto da sola, per te stessa. Voglio essere il tuo partner, la tua cassa di risonanza, la persona a cui rivolgerti quando sei felice, quando hai paura, quando sei triste. Voglio festeggiare con te, tenerti stretta quando piangi, confortarti se ne hai bisogno. Voglio essere *tutto* per te, così come tu stai diventando rapidamente tutto per me."

"Midas," gli sussurrò lei.

"Con tutto quello che è successo nelle ultime due orette, comunque non mi sono dimenticato ciò che stavi dicendo, prima che scoppiasse il casino. Vuoi che ti porti a letto? Affare fatto. Ora preparati la borsa. Io mi metto qui, a guardia della porta, così nessuno può arrivare all'improvviso e interromperci, prima che arriviamo a casa mia."

Lexie sorrise e il viso le si illuminò. "C'è un letto anche qui," gli disse, guardando al letto matrimoniale che stava in mezzo al suo monolocale.

"Lo vedo. Credimi, prima di quanto tu creda faremo l'amore anche lì. Ma non adesso, non questo fine settimana; in questi due giorni sei tutta mia, ti voglio nel mio spazio. Lo ammetto, è un comportamento un po' da cavernicolo, ma la prima volta voglio prenderti nel mio letto."

"Va bene," gli rispose.

"Va bene," ripeté lui, "allora ti fai questa borsa o no?"

"Allora mi lasci andare o no?" gli ribatté Lexie.

"Non sono sicuro di poterlo fare," ammise Midas.

Lexie gli avvolse le braccia intorno al collo e si alzò in punta di piedi, avvicinandosi molto più di prima, poi gli chiese con voce sensuale e provocante: "Lo sai cos'è che mi fa perdere la testa?"

"Cosa," le chiese Midas, aspettandosi che gli dicesse *vederti nudo* o qualcosa di altrettanto sexy.

"Un ghiacciolo all'ananas," gli sussurrò nell'orecchio.

Fu una risposta talmente inattesa che Midas scoppiò a ridere. "Brutta birbante!" le disse.

Lexie aveva un sorriso a trentadue denti, talmente si era divertita con quella provocazione.

Ma quella battuta ottenne il risultato sperato: Midas si rilassò abbastanza da toglierle le mani dai fianchi. Così lei si allontanò, sempre sorridendo. Quando Lexie arrivò alla porta del bagno, gli disse: "Oh... mi fa perdere la testa anche pensare di averti così dentro di me che ci sentiamo un corpo solo."

Poi piroettò su se stessa e sparì in bagno, quando il rumore della sua risata ancora riempiva la camera intorno a Midas.

Lui gemette all'immagine evocata da quelle parole, poi si lasciò cadere contro il mobile che separava la cucina dal resto del locale, tenendo gli occhi fissi sul letto, per poi chiuderli.

No. Voleva coccolarla, voleva mostrarle quanto potevano star bene insieme, non solo a letto. Lui non aveva alcun dubbio: vivere con lei ventiquattr'ore su ventiquattro sarebbe stato meraviglioso. Come poteva non esserlo?

Per quanto desiderasse portarla a letto, voleva ancor più la certezza che a lei stesse bene, portare il rapporto su un altro piano. Midas voleva andarci piano, voleva essere sicuro che anche lei lo volesse, al cento per cento. Lui già non poteva immaginarsi di vivere senza Lexie, voleva portarla alla stessa convinzione, prima di fare il passo successivo.

Così Midas si sistemò l'uccello ormai duro e fece un respiro profondo. La vita con Lexie non sarebbe mai diventata noiosa, almeno di quello era assolutamente sicuro.

———

Dopo una ventina di minuti, Midas e Lexie erano in un'auto Uber diretti verso casa di lui. Si tenevano mano nella mano sul sedile posteriore, Midas faceva del suo meglio per controllare la libido. Era comune convinzione che i militari, dopo una missione difficile, volessero solo sfogarsi facendo a botte o facendo sesso. Non era una convinzione del tutto errata. Midas e gli altri della squadra avevano imparato a controllare i picchi di adrenalina durante le missioni, ma in quel momento gli sembrava di essere di nuovo una recluta, un SEAL appena tornato dalla prima missione di successo.

Non riusciva nemmeno a guardare Lexie, perché gli sembrava di essere a un soffio dal saltarle addosso. Lei si era cambiata, non aveva più i jeans e la maglia che portava al lavoro, si era messa un paio di pantaloncini corti che mostravano le sue gambe abbronzate e toniche, con una canotta. Midas vedeva le spalline del reggiseno che facevano capolino sotto le spalline della canotta ogni volta che lei si muoveva, quella visione gli faceva crescere il desiderio di vederle i seni nudi.

Avevano pomiciato in più di un'occasione, con tanto di palpeggiamenti, ma non si erano mai davvero spogliati insieme.

Cacchio, Midas doveva smetterla di pensare a Lexie nuda, era già al limite. Doveva portarla a casa, farla mettere a suo agio. Magari poteva ordinare una cena a domicilio, così da non dover cucinare; in quel momento non era il massimo, mettersi ai fornelli. Poteva versarle un bicchiere di vino, o magari prepararle una bibita mista, potevano sedersi all'aperto, sulla pedana in legno, per godersi la serata hawaiana. Lexie aveva avuto una giornata difficile, proprio come lui, quindi forse era stanca: allora poteva prenderla in braccio e tenerla stretta tutta la notte, come aveva fatto quando si erano nascosti in quel buco.

Poteva fare tutto ciò.

Forse.

Ma Lexie gli prese la mano e se l'appoggiò sulla coscia. Sulla coscia nuda.

Cazzo, in un baleno svanirono tutti i pensieri di relax e di chiacchierate tranquille in giardino.

Lexie gli fece un sorriso molto ambiguo, spostandogli la mano lentamente verso l'alto finché le dita di Midas non toccarono l'orlo dei pantaloncini. Lui imprecò, tanto era vicino, poteva sentire il calore del suo nucleo. Gli bastava muovere appena la mano, qualche centimetro più in su, per toccargliela.

Lexie separò le gambe di poco, come leggendogli nella mente.

Midas sentì il cuore che gli batteva nel petto fuori controllo; avrebbe voluto sbatterla sul sedile e prenderla lì, in quel preciso istante.

"Domani il tempo dovrebbe essere bello," disse l'autista, facendo sobbalzare Midas all'indietro, ricordandogli all'improvviso che non era da solo con Lexie, in quell'auto.

Midas la sentì ridacchiare con un filo di voce.

Avrebbe anche risposto all'autista, ma stava stringendo i denti troppo forte.

Allora Lexie chiese: "Domani pensavamo di andare alla Dole Plantation, lei c'è mai stato?"

Midas ignorò completamente quell'uomo e fece scorrere gli occhi sulle proprie dita massicce, appoggiate all'interno coscia di Lexie. Fece andare avanti e indietro il pollice sulla pelle morbida e sorrise, sentendola inalare forte. Aveva cominciato lei a provocarlo, ma erano in due a giocare.

Midas poi passò gli occhi dalle cosce al petto di Lexie, contento di vedere i capezzoli che spingevano da sotto la canotta; chiaramente anche lei se la stava godendo un mondo, come lui.

Dall'auto di fianco si sentì il clacson suonare, così Midas alzò lo sguardo... e si accorse che l'autista stava sbirciando Lexie dallo specchietto retrovisore. Allora lo squadrò e commentò quasi ringhiando: "Attenzione."

"Oh, ma non ce l'avevano con noi," gli disse Lexie, dandogli un colpetto sul braccio.

Midas non stava parlando degli altri veicoli, lo sapeva lui, come lo sapeva l'autista.

Il viaggio verso casa fu poi abbastanza tranquillo, Midas si sforzò di tenere la mano sulla gamba di Lexie lontano dal punto più eccitante. Per quanto gli piacesse farla eccitare, non voleva certo dare spettacolo per quel cretino che guidava.

Così arrivarono a casa di Midas senza che succedesse altro, lui fu molto orgoglioso per essere riuscito a contenersi, invece di saltare addosso a Lexie sul sedile posteriore dell'auto. La accompagnò verso casa tenendole una mano dietro la schiena, fece scattare la serratura della porta e sospirò di sollievo dopo essere entrato e avere richiuso l'uscio.

Finalmente soli. Ma poi si ricordò che voleva andarci piano. Non voleva assolutamente mettere fretta a Lexie.

Così le passò la borsa che si era portata e le disse di mettersi a suo agio, come a casa sua, ma quando voltò la schiena alla porta, fu colto di sorpresa da Lexie, che gli si gettò tra le braccia.

Allora Midas lasciò cadere la borsa per abbracciarla, poi gemette quando lei gli mise le mani nei capelli, facendogli abbassare la testa.

Lexie lo baciò come se volesse divorarlo: con grande

trasporto, passione e profondamente. Midas sentì l'uccello che gli tornava duro, le passò un braccio intorno alla vita e se la tirò vicina. Lexie cominciò subito a muovere i fianchi e alzò una gamba per avvicinarla a lui il più possibile.

Quando gli fece scivolare una mano sotto la maglia, portandogliela sul petto, Midas cercò di prendere fiato; doveva riuscire a mantenere il suo mitico controllo, altrimenti l'avrebbe scopata direttamente nell'atrio di casa.

"Lex," le disse, staccando le labbra da quelle di lei.

Ma lei scosse il capo e riuscì a tirargli su la maglia, sfilandogliela dalla testa. Midas gemette quando lei si piegò in avanti e gli prese in bocca un capezzolo, succhiandolo forte.

"Dannazione," imprecò Midas, che però le premeva le mani dietro la testa per tenerla attaccata a sé. Gli piaceva da morire sentire la bocca di Lexie sul corpo, era a un passo dal perdere ogni freno.

Se ne accorse e le strinse i capelli con le mani, tirandola un po' indietro. Lexie lo guardò, aveva le pupille dilatate e il respiro affannato; si leccò le labbra continuando a fissarlo.

Era bellissima, in quella posa, quasi persa nella lussuria, per *lui*. Ma per quanto Midas la volesse, non voleva farle fare qualcosa di cui poi poteva pentirsi.

Allora le disse: "Lexie, sei sicura?"

"Sono sicura," gli rispose subito.

Midas esitava ancora, chissà per quale motivo.

Allora Lexie gli mise le mani sul petto nudo e lui si dovette sforzare al massimo per non appoggiarsi a quel tocco inarcando la schiena.

Lei tornò a spiegargli: "Ti voglio, non riesco a smettere di pensarti. Mi dispiace tantissimo per oggi, so che ti ho fatto preoccupare. Nessuno ha mai fatto per me ciò che hai fatto tu, hai mollato tutto per arrivare da me il prima possibile, perché pensavi che io fossi nei guai. Chissà, un giorno potrai anche stancarti di me, potrai anche decidere che sono un'imbranata maldestra, o che lavoro troppo, che faccio amicizia con troppi estranei un po' matti, o magari scoprirai un milione di altri motivi per considerarmi strana. Ma non dimenticherò mai finché avrò vita l'immagine di oggi, quando sei entrato coi tuoi amici nel centro, per *me*. Non hai idea di come mi sono sentita, di quanto sia meraviglioso sapere che ci tieni tanto. Ti prego, Midas, scopami, ho bisogno di te!"

Quelle parole lo convinsero, Midas non protestò più. Ogni pensiero di andare con calma e sedurre quella donna svanì, sbriciolato da ciò che gli aveva detto. Midas non si sarebbe mai stancato di lei, che senz'altro non era affatto imbranata. Forse avrebbero dovuto fare due chiacchiere sugli sconosciuti strani con cui Lexie faceva amicizia, ma lei gli apparteneva. Punto.

Allora Midas strinse un po' di più la mano con cui le teneva i capelli e la sentì respirare di scatto. Così le chiese, come unico avvertimento: "Stavolta ti prenderò con forza, rapidamente, te la senti?"

"Dacci dentro" gli rispose, con una smorfia sorniona.

Così lui fece. La fece camminare all'indietro fino al muro, contro cui lei sbatté, poi abbassò la testa ancora e la baciò con forza bruta. Lexie partecipò al bacio con tutta se stessa, senza lamentarsi per quell'assalto infuocato, anzi, andandogli incontro. Midas la sentì mormorare in gola, poi sentì che con le mani Lexie cominciava ad armeggiare alla cintura dei pantaloni.

Per un momento passeggero, Midas desiderò che Lexie indossasse una gonna, per potergliela tirar su e raggiungere subito la sua passera, ma i pantaloncini che Lexie indossava non gli impedirono di fare ciò che desiderava così disperatamente.

Midas voleva entrare dentro di lei, voleva scoparla con forza, alla svelta, lì dov'erano, nell'atrio, ma non voleva nemmeno rischiare di farle del male. Sentì di nuovo le dita di

Lexie che lo massaggiavano sul pacco, stava cercando di spostargli i boxer, così Midas prese una decisione immediata: si mise in ginocchio e le tirò su i pantaloncini in vita, poi le mise le mani sulle natiche nude e la tirò vicino alla bocca.

"Midas!" esclamò Lexie, aggrappandosi alla sua testa e stringendosi forte, mentre lui la divorava tra le gambe.

Nel momento stesso in cui Midas gliela assaggiò, capì che l'avrebbe assaggiata un sacco di altre volte.

Midas *amava* il sesso orale, lo trovava molto intimo, personale, ed ebbe l'impressione che anche a Lexie piacesse molto. Infatti lei cominciò subito a muovere i fianchi contro di lui, mentre i fluidi della sua eccitazione le bagnavano l'interno coscia, mentre Midas si impegnava per darle il massimo del piacere.

Portandosi verso il clitoride, Midas lo prese in bocca e lo succhiò, proprio come aveva fatto con i capezzoli poco prima. Voleva farla venire. Voleva farla bagnare al punto da poterlo prendere senza alcun dolore. Midas non voleva che la sua donna provasse dolore, ma sapeva di essere più dotato di molti altri uomini, per questo voleva che Lexie grondasse, quando la scopava.

"Santo cielo, Midas," gli disse con un filo di voce, agitandosi contro di lui.

Lui la tenne stretta con una mano, mentre con l'altra andò tra le gambe di Lexie e le mise due dita dentro il corpo. Lei strinse subito i muscoli interni, costringendolo a gemere, al pensiero di come sarebbe stata quella presa sul suo uccello.

Midas continuò a succhiarle ritmicamente il clitoride, poi cominciò a scoparla con le dita. Dalle gambe di Lexie si sentiva il rumore delle mani che si muovevano nel bagnato, era sensuale da morire. Poi Midas girò la mano e aggiunse un terzo dito, cominciando a spingere ancora più forte.

"Sì, ti prego... dai, ecco. Cazzo!"

Lexie borbottava in modo incoerente, a casaccio, tanto

che Midas avrebbe riso, se non fosse stato troppo concentrato a tenerle la bocca sul clitoride, mentre lei gli si dimenava contro. Quando finalmente lei superò l'onda di piacere, Midas ebbe la visione più bella che avesse mai avuto: Lexie che stringeva i muscoli addominali, mentre veniva, tremando fuori controllo.

Midas aveva le dita fradice dei succhi di Lexie, sapeva di averne anche su tutta la faccia; così si leccò le labbra e si mise una mano nella tasca posteriore. Aveva un profilattico nel portafogli, un posto molto ovvio, perché voleva essere pronto a proteggere Lexie in qualunque momento lei si fosse sentita pronta per fare l'amore con lui. Midas teneva nel comodino una confezione nuova di preservativi, ne aveva una anche in bagno, più qualcuno sciolto anche in auto, nel vano portaoggetti, infine ne aveva messo uno nel portafogli. Per ogni evenienza. Non poteva certo prevedere come si sarebbero svolti gli eventi, ma non aveva sicuramente intenzione di lamentarsene. Fu molto contento di essersi preparato, perché non avrebbe resistito fino alla camera da letto.

Doveva entrare nella sua donna. Subito.

Così si mise dritto in piedi e aprì coi denti la confezione del preservativo, poi si abbassò i pantaloni. Aveva l'uccello così duro che quasi gli faceva male, ma indossò rapidamente il profilattico sulla sua erezione. Poi si avvicinò a Lexie, calpestando le mutandine che a quel punto erano all'altezza delle caviglie, così riuscì a liberarle una gamba. Poi le afferrò di nuovo le natiche e la sollevò, facendole appoggiare la schiena al muro.

"Adesso ti scopo, Lex, proprio qui. Se non vuoi, se non *mi* vuoi, sarà meglio che tu me lo dica adesso," l'avvisò, dandole un'altra opportunità di rallentare, di fermarsi... quello che voleva.

Ma la sua Lexie sorrise appena e gli avvolse le braccia intorno alle spalle, ordinandogli: "Dentro, subito."

Allora Midas la tenne sollevata facilmente con un braccio, mentre abbassò l'altro per afferrarsi l'uccello. Lo sentì pulsare nel palmo della mano, lo strofinò contro le sue pieghe ancora madide e si spinse dentro di lei con un movimento lungo e potente.

———

Lexie gemette mentre Midas la riempiva; ce l'aveva più grosso di chiunque altro avesse fatto l'amore con lei in passato. Ma Lexie era talmente bagnata che quella penetrazione la sentì appena, senza che le facesse del male. Quando fu entrato in profondità, Midas la tenne ferma, come per darle un attimo per abituarsi alle dimensioni del suo membro.

Nessuno l'aveva mai leccata così tanto. Gli uomini con cui era stata (che comunque non erano molti) l'avevano leccata svogliatamente un paio di minuti, giusto prima di cominciare a scopare.

Midas invece si era dedicato a lei con amore; l'aveva fatta venire in pochissimo tempo, tanto che Lexie si sarebbe sentita in imbarazzo, se non fosse stata tanto eccitata. Era stata un'esperienza completamente nuova, arrivare all'orgasmo stando in piedi. Per lei era stata la prima volta.

Lexie aveva apprezzato anche che lui fosse preparato, con il profilattico. Anche lei ne aveva una scatolina nella borsetta, ma avrebbe impiegato troppo tempo a prenderli. Anche il fatto che erano lì, in piedi appena oltre la porta, lui con i pantaloni alle caviglie e lei con ancora la canottiera addosso, era fighissimo.

Midas annaspò: "Non durerò molto, mi piaci troppo."

Lexie strinse i muscoli pelvici e finalmente Midas cominciò a muoversi; si tirò fuori, poi spinse dentro con forza, ripetendo lo stesso movimento più volte.

Lexie chiuse gli occhi e lasciò andare la testa all'indietro, appoggiandola al muro.

Midas grugniva a ogni spinta, rendendo quel momento ancora più carnale. Lexie voleva muoversi, voleva divaricare le gambe per spingere contro di lui, ma non riusciva: poteva solo prendere ciò che lui le dava.

Anche se Midas stava spingendo con foga, faceva comunque attenzione a non farle male. Non la stava sbattendo contro il muro, non la stava stringendo con troppa forza, tanto da lasciarle dei segni. Ma a quel punto lei sentì che non le bastava: ne voleva di più.

Sapeva che Midas non l'avrebbe fatta cadere, così spostò le mani tra i loro corpi per afferrare l'orlo della canotta, che poi si tirò su dalla testa; sentì le ciocche di capelli che le cadevano sulle spalle, ora libere. Non riuscendo a raggiungere la fibbia del reggiseno, dietro la schiena, si tirò giù le spalline fino a liberare i seni.

Poi Lexie inarcò la schiena quanto poté e gli disse: "Succhiamele."

Non era mai stata così esplicita, facendo sesso, ma Midas aveva qualcosa che la faceva sentire disinibita; si sentiva più sensuale che mai.

Senza dire una parola, Midas abbassò la testa e prese in bocca un capezzolo. Era in una posizione strana, dovette smettere di scoparla mentre succhiava. Lexie gemette. Cavolo, le succhiava il capezzolo proprio come le aveva succhiato il clitoride: con forza e senza esitare. Lexie sentì delle scosse elettriche tra i seni e la passera e si agitò sempre di più.

Midas le lasciò andare un capezzolo facendolo schioccare e sorrise, chiedendole: "Qualche problema?"

"Muoviti," gli ordinò Lexie.

"Così?" le chiese, tirandosi fuori un pochino e poi tornando a spingersi dentro di lei.

Ma lei si lamentò: "No!"

"Ehi, guarda che mi hai interrotto," le disse Midas guardandola con occhi luccicanti.

"Per caso ti stai lamentando?" gli chiese Lexie afferrandosi un seno e stimolandosi con le dita il capezzolo già turgido.

"Cacchio, che tette fantastiche," sussurrò Midas.

Lexie poteva appena vedere il colore azzurro degli occhi di Midas, che aveva le pupille molto dilatate; si sentiva bella, potente, ma aveva ancora più voglia.

"Ti prego," lo implorò. Non aveva mai implorato un uomo di scoparla, invece con lui avrebbe fatto di tutto, pur di venire ancora.

Non dovette chiederglielo due volte: Midas cominciò a spingere dentro di lei, tenendo gli occhi sulle sue tette che rimbalzavano a ogni spinta.

Poi le ordinò: "Toccati. Voglio sentire che mi vieni sull'uccello."

Lexie si mosse senza esitare; con la mano sinistra si appoggiò alla spalla di Midas, mentre con la destra andò a tastarsi tra le gambe. Non fu un movimento facile, perché le loro pance continuavano a colpirsi a ogni spinta, ma riuscì a raggiungere il clitoride mentre lui continuava a scoparla contro il muro.

Con due dita, Lexie cominciò a strofinarsi il clitoride con movimenti frenetici, sfiorandogli il pene con il mignolo ogni volta che lo tirava fuori.

Ormai gemevano entrambi, persi nel piacere. Solo per un momento, Lexie si sentì sull'orlo del precipizio, come tra un orgasmo mostruoso e la paura di volare per terra, lasciandosi andare. Ma poi Midas abbassò la testa e le prese tra i denti il lobo dell'orecchio, glielo morse, non troppo forte, per non farle male, ma abbastanza da farle formicolare tutto il corpo fino al clitoride.

Allora Lexie urlò, venendo per la seconda volta, sentendo

ogni muscolo contratto, mentre tremava per le scosse di piacere.

"Oh, sì, cazzo... Lex!" Midas ansimò e si spinse più dentro che poté, esplodendo.

Lexie lo sentì tremare in tutti i muscoli mentre veniva e pregò che non la lasciasse cadere, ma non doveva preoccuparsi: Midas si sarebbe tagliato un braccio, piuttosto che farle del male. Infatti la strinse di più, respirando profondamente mentre la staccava dal muro. Lexie sentì che Midas si abbassava, per poi riuscire chissà come con una mano a togliersi le scarpe e le calze, prima di uscire dai pantaloni, che lasciò per terra nell'atrio per andare in camera da letto passando dal salotto.

Lexie non riuscì a trattenere una risatina. Erano sudati, si sentiva molto bagnata tra le gambe, aveva il reggiseno intorno alla pancia, Midas era completamente nudo. Dovevano avere un aspetto ridicolo, ma lei sentiva ancora l'uccello dentro, mentre Midas camminava. Nonostante fosse venuto, gli era rimasto ancora mezzo duro.

Le bastò quella sensazione per eccitarsi di nuovo.

Invece di portarla nel letto, Midas si diresse verso il grande bagno; lei si era stupita molto, quando l'aveva visto la prima volta; ormai non dedicò che una breve occhiata a quell'ambiente: aveva occhi solo per Midas.

Lui le fece appoggiare dolcemente il sedere sul mobile, lei tremò leggermente per il contatto della pelle con la superficie fredda.

"Scusami," le mormorò, mentre usciva lentamente da lei.

Lexie guardò in basso e vide il profilattico ancora sull'uccello di Midas, era tutto lucido, ricoperto di succhi. Senza esitare, Midas se lo tolse e lo gettò via, poi avvolse Lexie con le braccia e le slacciò il reggiseno, gettandolo per terra dietro di sé.

Lei cercò di tenere in dentro la pancia, perché non si

sentiva in una bella posizione, ma non aveva nulla di cui preoccuparsi: negli occhi di Midas c'era solo meraviglia. Lui le mise le mani sui fianchi e le si avvicinò.

"Sei bellissima, cazzo," le disse, "e sei tutta mia."

Quell'espressione così possessiva non creò alcun problema a Lexie, che spostò una mano, passandogliela su e giù su un bicipite. Quando sentì che la punta dell'uccello strofinava contro il suo interno coscia, sorrise: "Solo se anche tu sei tutto mio."

"Tutto tuo." Midas accettò subito e poi abbassò la testa.

Lexie si aspettava che la baciasse profondamente e con forza, invece Midas le succhiò le labbra, prendendosi tutto il tempo che voleva, leccando, mordicchiando. La bocca di Lexie era... dolce. Dopo quanto era successo, Lexie non si aspettava proprio quella tenerezza.

"Ti fa male?" le chiese parlandole contro la bocca.

Lexie arrossì e scosse la testa. In quel momento sentiva tutt'altro che dolore. L'indomani? Eh, senza dubbio avrebbe sentito le conseguenze dello sforzo fisico, ma in quel momento si sentiva solo... arrapata.

Midas si spostò e le spinse le gambe per farle divaricare di più. Lexie si reclinò all'indietro, lasciandosi guardare. Avrebbe dovuto sentirsi in imbarazzo, invece non era così. Quell'uomo aveva smosso mari e monti per raggiungerla, quando pensava che fosse in pericolo. Lei non riusciva ancora a togliersi quel pensiero dalla testa. Midas non era un donnaiolo, non stava con lei solo per fare sesso. Lexie gli piaceva veramente, lei lo trovava meraviglioso, considerando che da ragazza l'avevano chiamata stupida e che si sentiva sempre nell'ombra, da una vita.

A Lexie piaceva moltissimo essere al centro dell'attenzione di Midas; così inarcò la schiena un poco e lui mosse gli occhi per guardarle il petto.

"Adesso ti faccio venire ancora, poi ti prenderò con dolcezza, lentamente," la informò Midas.

"Pensi di poter andare lentamente?" gli chiese Lexie veramente incuriosita.

Midas trasalì e le rispose: "Non lo so, ma ci proverò." Poi le mise di nuovo una mano tra le gambe e Lexie gemette. Midas non ci girò attorno, non si mosse con esitazione. Sapeva esattamente cosa fare, proprio come quando si era abbassato per leccarla.

Poi le chiese: "Hai mai avuto un orgasmo dal punto G?"

Lexie non riuscì a rispondere, quindi scosse solo la testa.

"Ottimo," commentò lui, "non l'ho mai fatto, ma ho visto dei video."

"Dei porno?" gli domandò sottovoce, agitandosi sul mobiletto.

"No, non proprio. Dei video didattici," le spiegò. "Può anche diventare parecchio selvaggio, per questo ti ho portata qui."

"Ah, perché, fa parte del piano?" gli chiese.

"Ci ho pensato nel momento stesso in cui mi sei venuta sulla lingua," le spiegò, "ora rilassati e lasciati andare. Ti prometto che sarà uno sballo."

Lexie non aveva il minimo dubbio. Tutto quello che le aveva fatto Midas aveva sbaragliato alla grande ogni aspettativa.

Midas cominciò a pompare con le dita dentro e fuori dal corpo di Lexie, andando a massaggiare proprio dove lei sapeva di avere il punto G. Con l'altra mano la teneva giù, mentre nel frattempo usava il pollice per stimolarle il clitoride con forza e rapidità.

Quei movimenti le scatenarono un dolore erotico, allora Lexie urlò: "Midas!"

"Eccolo, lasciati andare."

Lexie voleva ritirarsi, *cercò* di ritirarsi, ma non riuscì a sfuggire alla mani e alle dita di Midas. Allora cominciò a sentire la stanza tutto intorno che girava, mentre aspettava di raggiungere l'orgasmo che le stava montando dentro, pur cercando allo stesso tempo di trattenerlo.

"Non resistere. Sei bellissima, Lex. Sei meravigliosa. Sei *fradicia*. Dai che ci sei, vieni su di me. Ecco, cazzo, sì…"

Lexie non si accorse del tempo che passava, capì solo che quell'uomo l'aveva in pugno, lei gli apparteneva, la modellava come creta; se l'avesse lasciata, lei non si sarebbe più ripresa.

Per un attimo Lexie ebbe l'impressione di dover fare pipì, uno stimolo fortissimo, più che mai, poi quasi svenne dal piacere. L'orgasmo che le attraversò il corpo fu completamente diverso da qualunque sensazione avesse vissuto in passato. La consumò del tutto. Le sembrò che ogni molecola del corpo si rivoltasse completamente. Le tremarono le gambe, perse il controllo di ogni pensiero.

"Santo cielo, che cazzo, meraviglioso," le disse Midas con grande stupore, sempre pompando con le dita dentro e fuori, ma con più dolcezza.

"Mi hai tolto le parole di bocca," gli sussurrò Lexie.

Midas ridacchiò, poi la tirò di nuovo a sé e la prese in braccio, la portò in camera da letto e con una mano spostò le coperte, prima di appoggiarla dolcemente sul letto di schiena.

Lexie si sentiva formicolare in tutto il corpo, era molto bagnata e lo sentiva, al punto da sentire l'odore della passione. Poi sentì il rumore della confezione di plastica che si strappava e Midas le tornò vicino, tra le gambe. Poi, senza dire una parola, si spinse di nuovo dentro di lei.

Lexie lo vide chiudere gli occhi per un attimo, mentre rimaneva del tutto immobile. Lui la guardò, con un'espressione tale che Lexie prese fiato all'improvviso. Era…

Devozione.

Non se la sentiva di usare la parola *amore*, perché sarebbe stato pazzesco, non è vero?

Poi Midas cominciò a muoversi e Lexie si abbandonò completamente. Ormai non c'era alcun dolore, nemmeno lontanamente. Lexie sentiva solo piacere, mentre Midas, con lentezza, faceva l'amore con lei. Non c'era altro modo di descriverlo. Prima l'aveva scopata, ma in quel momento stavano facendo l'amore.

Midas si abbassò su di lei per venerare i seni di Lexie, mentre continuava a muoversi dentro e fuori. Le prese un seno con forza, per poi leccarlo e succhiarlo con dolcezza. Poi di nuovo lo prese e lo massaggiò, giocando col capezzolo. Ovunque la toccava, le scatenava scosse di piacere elettrico che dal punto in cui la toccava le andavano direttamente al sesso.

Lexie lo guardò e sentì le lacrime agli occhi; non aveva idea del perché stesse piangendo. Troppe emozioni, sentimenti fortissimi, probabilmente. Ma Midas non si fece prendere dal panico, le sorrise dolcemente.

Poi le sussurrò: "Lo so, è fin troppo, ma in senso buono, vero?"

Lexie deglutì sonoramente e annuì.

"È così che sarà, d'ora in poi. Forse non sarà ogni volta con la stessa intensità, ma questo è il nostro nuovo standard."

Lexie non riuscì a trattenere l'eccitazione, nel sentire Midas così convinto e sicuro che ce l'avrebbero fatta. Anche lei lo voleva, più di qualunque altra cosa avesse voluto nella vita.

Midas continuò a fare l'amore con lei, lentamente, con semplicità, finché non fu più in grado di resistere. Allora le spinte si fecero da amorevoli a potenti, più rapide. Lexie si godeva quel modo di fare l'amore, ma *amava* il modo in cui la scopava. C'era una bella differenza.

Sentì un piccolo orgasmo che si stava formando in lei, per poi prenderla con leggerezza, come una coperta morbida, non come lo tsunami che l'aveva travolta prima. Midas grugnì e si spinse ancora dentro di lei, lasciando reclinare la testa all'indietro mentre veniva.

Poi si lasciò cadere subito su di lei, attento a non schiacciarla, si girò, tenendola stretta. La tenne vicina, tra le braccia, come aveva fatto in Somalia, mentre Lexie cominciò a giocare con i capezzoli di Midas, appoggiandosi a lui di peso.

Midas le domandò: "Mi vedresti in modo diverso se ammettessi che quando eravamo in quel buco ho pensato di stare così con te, nudi?"

Lexie ridacchiò: "No, perché ci ho pensato anch'io."

Poi passarono diversi minuti in silenzio, infine Midas le disse: "Devo alzarmi."

Lexie annuì con un sospiro e si rotolò di fianco. Quando Midas si avviò verso il bagno, lei non trattenne un'occhiata al suo sedere. Era davvero un bell'esemplare di maschio ed era tutto suo.

Quanto lui tornò, la trovò ancora sorridente, così le chiese: "Come mai quella faccia?"

"Oh, nulla," gli rispose.

Midas aveva in mano una salvietta e le ordinò: "Apri le gambe."

Lexie a quel punto arrossì: un conto era esporsi a lui, sul mobile, mentre era persa nella lussuria, un altro conto era farlo dopo, una volta finito tutto.

Allora Midas le disse dolcemente: "Voglio pulirti, non essere imbarazzata."

"Posso farcela anche da sola."

"Lo so che ce la puoi fare anche da sola," le disse Midas, "sei una donna adulta, ma voglio farlo io, voglio vedere che stai bene. Ci ho messo molta forza, nello spingere."

"Ma sto bene," gli disse.

Midas continuò semplicemente a fissarla.

Allora lei sospirò e spinse da parte il lenzuolo, divaricando un poco le gambe.

Midas si sedette sul bordo del letto e le mise una mano sulla pancia, proprio come aveva fatto prima per tenerla giù, mentre la pompava con le dita, in bagno.

"Sei gonfia," le disse, mentre le passava dolcemente la salvietta tra le gambe. "Poi il clitoride è ancora esposto."

Lexie non sapeva bene che dire; non aveva mai parlato in quel modo con un uomo, prima, quindi rimase in silenzio.

Midas sorrise, ma le sembrò che capisse le sue difficoltà, così non disse altro. Dopo averla pulita, si abbassò e le baciò con leggerezza il clitoride. Lexie sentì uno spasmo ai muscoli interni e gemette.

"Non preoccuparti, siamo a posto. Per ora," le disse, gettando la salvietta dall'altra parte della stanza; questa andò a finire sulle mattonelle del pavimento del bagno. "La sistemo domattina," le disse, poi si sdraiò e la prese di nuovo tra le braccia. Poi Midas tirò le lenzuola e il piumino per coprirsi, mentre Lexie sospirava contenta.

"Poco fa..." le disse dopo un paio di minuti, "...è stata la scena più bella che abbia mai visto. Ti sei fidata di me, mentre ti davo piacere in un modo che nessuno dei due aveva mai provato prima."

"È stato travolgente," ammise Lexie.

Lui le baciò la fronte e le disse semplicemente: "Lo so."

Lei immaginò che fosse così, ma era stato lui a spingerla a farlo. Lexie capì che quell'uomo l'avrebbe sempre spinta, per farle provare il massimo delle esperienze, nella vita. Che si trattasse di emozioni, di lavoro, oppure a letto, o anche nel divertirsi.

Lo amava già. Fino al midollo, dalla testa ai piedi.

Anche se ammetterlo la spaventava a morte; del resto, vicino a Midas si sentiva coraggiosa. Non era ancora pronta a confidargli quel sentimento, ma l'avrebbe fatto, al momento giusto.

Midas sbadigliò e sentì i muscoli di Lexie che si rilassavano. "Midas?"

"Sì, Lex?"

"Andiamo ancora alle piantagioni Dole, domani? Voglio comunque perdermi nel labirinto."

Lo sentì ridacchiarle contro una guancia. "Certo, domani ti porto alla Dole Pineapple Plantation."

"Grazie."

"Poi torniamo a casa e passiamo il resto della giornata a letto."

Lei gli sorrise contro al petto: "Va bene, se proprio insisti..."

Midas le passò una mano nei capelli e lei sospirò contenta. Le sembrava sbagliato ammettere che l'essere rapita era stata la cosa migliore che le fosse mai capitata, ma era così, perché le aveva fatto ritrovare Midas. Un incontro di cui sarebbe sempre stata grata.

CAPITOLO TREDICI

LEXIE FECE UN CENNO A MIDAS, che si stava immettendo nel traffico stradale dal posto in cui aveva accostato, il marciapiede davanti a Food For All. L'ultima settimana era stata meravigliosa; Lexie dovette quasi prendersi a pizzicotti per essere sicura che quella fosse la sua vita reale, non un sogno. Per molto tempo, era rimasta del tutto sola, mentre con Midas non solo aveva trovato un partner *molto* attento e cortese, ma si stava facendo anche tanti amici in poco tempo.

Quando non lavorava, stava con Midas; se non era con Midas, chiacchierava al telefono con Elodie. Aveva fatto amicizia anche con Ashlyn, la collega di lavoro. Passava con lei molto tempo, durante il giorno, quindi era più che naturale che si conoscessero. Qualche volta erano uscite a pranzo, si scambiavano messaggi con una certa regolarità.

Lexie poteva ben dire di essere entusiasta del lavoro alle Hawaii, non poteva pensare di trovarsi altrove. Per la prima volta nella vita le sembrava di aver scoperto il suo "clan".

Trascorreva tutte le sere con Midas, da quando avevano portato il rapporto a un altro livello; a volte, lui era passato a prenderla nel tardo pomeriggio, dopo il lavoro, per accompa-

gnarla a casa. Parlavano delle loro giornate, ridevano, preparavano insieme la cena, poi passavano le serate conoscendosi
meglio... sia a letto che fuori dal letto.

Altre volte, Midas andava da lei, nell'appartamento di
Lexie, per stare in compagnia. Lexie doveva ammettere che le
piaceva di più andare da lui, perché la casa di Midas era più
grande e c'era un'atmosfera più rilassante. Ma il fatto che
Midas fosse disposto a sforzarsi per andare da lei, in città, per
Lexie era molto importante.

Ogni mattina, Midas l'accompagnava a Food For All con
un certo anticipo, così Lexie poteva preparare tutto il necessario per la giornata. Dopo un po', arrivavano anche alcuni
altri operatori part-time, ma quella mezz'oretta, il tempo che
passava da sola, era un momento fantastico in cui rifletteva su
quanto era fortunata.

Di solito, quando Lexie arrivava trovava Theo ad aspettarla vicino al palazzo, ma lui non cercava mai di entrare
quando c'era solo lei. Di solito la ignorava... sapeva di non
poter entrare prima dell'arrivo degli altri operatori.

Negli ultimi giorni, Midas era tornato alla sede dell'organizzazione dopo averla accompagnata per portarle un bel
caffè, che prendeva in un negozio vicino, preparato esattamente come piaceva a lei. Non era tenuto a farlo, Lexie glielo
ripeteva ogni volta; a lei andava bene anche il caffè che si
preparava al lavoro. Ma lui aveva insistito, dicendole che gli
piaceva viziarla.

Lexie voleva fare lo stesso per lui. Midas era un gran lavoratore. Si allenava sempre con gli altri della squadra, per
prepararsi ad affrontare tutto il male che il mondo poteva
gettar loro addosso. Dopo averla accompagnata al lavoro, lui
andava direttamente alla base per incontrare gli altri, si allenavano insieme. Poi c'erano le riunioni, durante la giornata,
oltre all'addestramento per le missioni.

Midas le aveva confermato che presto c'era la possibilità

che la squadra dovesse partire in missione, il che spaventava Lexie a morte, anche se lei sapeva meglio di chiunque altro quanto era importante il lavoro dei SEAL. Quindi, se da un lato Lexie si sarebbe preoccupata, mentre lui era in missione, dall'altro doveva credere che sarebbe tornato sano e salvo, a missione compiuta.

Lexie camminò nel salone dell'edificio, accese le luci e raccolse la spazzatura strana lasciata dagli utenti la sera prima, poi sistemò le sedie, andò in cucina per accendere le macchine del caffè e preparare il cibo razionato per le colazioni. Pochissime persone si presentavano così presto, a parte Theo, ma il centro preparava sempre dei toast, della frutta e del caffè per chi arrivava.

Dieci minuti dopo il suo arrivo, Lexie sentì le porte del centro che si aprivano e andò nel corridoietto per controllare che fosse arrivato un altro impiegato. Infatti era Stephen, un collega; Lexie lo salutò e salutò anche Theo, entrato dietro l'altro operatore; Theo non le restituì il saluto, andò semplicemente a sedersi al suo solito posto.

Dopo cinque minuti, Lexie sentì di nuovo la porta del centro che si apriva. Così sorrise e si voltò verso la porta della cucina, nell'attesa che arrivasse Midas.

Infatti lui arrivò con in mano un bicchiere di caffè dolce, quando lo vide lei rimase per un attimo senza fiato. Certo, l'aveva già visto, quel mattino, l'aveva presa con forza, alla svelta, da dietro, mentre lei era in piedi al lavandino, in bagno, ma a lei mancava *sempre* un po' il fiato, quando lo vedeva.

Midas indossava un paio di pantaloncini neri e una maglia blu oltremare, con un'aquila dorata sulla parte sinistra del petto. Era la "divisa" ufficiale della marina per gli allenamenti. Mentre Midas camminava verso di lei, Lexie fu catturata dai muscoli delle sue cosce, ma cercò di risvegliarsi da quella visione ipnotica.

Quando le fu vicino, gli disse: "Grazie. Davvero, non devi continuare a portarmi il caffè. So che ti costa, poi che rottura, mi accompagni, poi vai a prendere il caffè e torni a portarmelo."

Midas le rispose: "Ma no, va bene, non mi pesa affatto. È solo una scusa per tornare e rivederti di nuovo, prima di cominciare la giornata."

Ecco. Che uomo meraviglioso.

"Beh, sappi che lo apprezzo. Magari stasera cerco di farti capire quanto."

"Magari stasera ci sto," ribatté Midas lentamente.

Poi la tirò più vicina e rimasero così, in piedi e abbracciati, per un lungo momento.

Infine Midas le chiese: "Stasera vieni da me o vengo io da te?"

Lexie lo guardò negli occhi e gli rispose: "So che per te venire da me è scomodo." Lexie non aveva nemmeno una macchina e a Midas non faceva piacere che prendesse l'autobus per arrivare da lui, quindi la accompagnava sempre avanti e indietro.

"Non mi importa, anche se vivessi lontano, alla North Shore, troverei comunque il modo di passare con te più tempo possibile."

"Ma non sarai troppo, per me?" gli chiese.

Ma Midas le ripose: "No no, è così che funziona un rapporto. Davvero, non è affatto un peso. Capiterà più di una volta che non possiamo stare insieme, per questo voglio approfittare delle occasioni che abbiamo quando le abbiamo."

Lexie capì che Midas stava facendo riferimento alle missioni. Ne avevano parlato insieme un pochino, lei aveva cercato di rassicurarlo, dicendogli che a lei andava bene il suo lavoro in marina. Anzi, era estremamente fiera di lui, pur sapendo che per aiutare gli altri si metteva in pericolo lui stesso.

"Allora facciamo da te?" gli chiese arricciando il naso.

Midas sorrise: "Ho capito. Penso che stasera dovrò lavorare fino a tardi, quindi non ce la faccio a venirti a prendere."

"Non c'è problema," gli rispose Lexie, "posso tornare a casa a piedi. Tu chiamami quando arrivi da queste parti, così scendo senza bisogno che ti preoccupi di parcheggiare e salire."

"Però stai attenta," l'avvertì Midas.

"Ma certo, se glielo chiedo, Pika o Jack mi possono accompagnare a casa. Oppure posso chiedere a uno degli operatori part-time."

"Non deve succedere niente alla mia ragazza," le disse Midas.

Ma Lexie gli ricordò: "Guarda che per molto tempo sono stata da sola e ho vissuto in zone molto più pericolose di questa."

"Ma all'epoca non ti conoscevo," le rispose Midas, che poi si abbassò e la baciò brevemente, passandole con dolcezza una mano sulla testa. "Passa una bella giornata," le disse.

"Anche tu," gli rispose Lexie.

"Ci vediamo stasera."

"A stasera."

Lexie sorseggiò il caffè mentre guardava Midas che usciva dalla cucina. Poi sentì la porta del centro che si chiudeva e sospirò contenta. Alla fine si girò per andare a lavorare.

"Sembra proprio che qualcuno abbia passato una bella serata," commentò Aleck mentre con gli altri faceva stretching prima di cominciare la lunga corsa di allenamento.

Midas fece una smorfia appena accennata.

"Davvero, tra te e Mustang, tra poco verrà a tutti un complesso," brontolò Slate.

"Ehi, non dovete fare altro che trovarvi una donna," aggiunse Mustang.

"Eh, più facile a dirsi che a farsi," si lamentò Jag. "È pazzesco, dopo tutte le missioni che abbiamo fatto, voi due vi andate a mettere con delle pollastre che avete *incontrato* in missione," commentò Pid.

"Prima di tutto non credo si possano chiamare pollastre," disse Mustang, "perché è un termine che userei per una con cui stai una notte e basta, ma con Elodie non è mai stato così, nemmeno all'inizio."

"Lo stesso con Lex," si inserì Midas.

Allora Aleck chiese incuriosito: "Non so, come avete fatto a capire che era diverso? Cioè, cos'avevano di diverso da tutte le altre donne che abbiamo salvato negli anni?"

Midas scambiò un'occhiata con Mustang e poi disse: "Non sono sicuro di poterlo spiegare. Per me, forse è perché l'avevo conosciuta anche alle scuole superiori. Però non è che voglia avere un rapporto con una ragazza qualunque che conoscevo a scuola. Penso sia una combinazione, all'inizio mi ha colpito per la sua forza e per il suo coraggio. Poi, certo, anche le ore che abbiamo passato a conoscerci, mentre stavamo nascosti."

Mustang annuì. "Per me è stato simile, con Elodie. Non posso negare che mi ha affascinato anche il mistero sul nome falso che usava. Volevo sapere il perché, volevo risolvere quel problema, qualunque fosse."

"Quindi è un po' la storia dalla damigella delle favole?" domandò Jag.

"No," risposero Midas e Mustang allo stesso tempo.

Così Midas sorrise all'amico. "Abbiamo già salvato altre donne, in passato, ma non mi ero mai sentito attratto da nessuna. Non è mai stato come con Lexie. Forse è una questione di chimica. Forse c'è stato l'intervento di qualcuno dall'alto. Non lo so, ma non voglio certo lamentarmi. So solo che sto con lei, che non penso continuamente al lavoro, alle porcherie che abbiamo visto. Per la prima volta, grazie a lei, posso credere di avere un rapporto come quello che hanno i miei genitori."

"Idem," commentò Mustang. "Mia mamma e mio papà non sono certo la tipica famigliola felice, quando ero ragazzo litigavano parecchio. Ma non sono mai andati a dormire la notte serbandosi rancore e ho sempre saputo che il loro amore era indissolubile. Quando ho incontrato Elodie, qualcosa mi ha detto che valeva la pena di combattere per lei. Posso vederci insieme per i prossimi cinquant'anni. Invece di andare nel panico, è un'idea che mi calma."

A Slate venne da ridere.

"Cosa c'è? Tu non vuoi trovare la persona giusta, con cui stare per tutta la vita?" gli chiese Mustang.

"Non è questo. Cioè, voglio bene a Elodie e anche Lexie mi sembra forte, solo che non è così facile trovare una persona che accetti ciò che facciamo," disse Slate.

"Non è facile nemmeno trovare una persona che non sia irritante," aggiunse Pid.

Mustang prese un bastoncino da terra e lo gettò al compagno di squadra.

"Dai, scherzavo!" disse Pid, alzando le mani in segno di resa.

Midas sorrise; capiva cosa intendevano dire i suoi amici, si era sentito così anche lui, prima di incontrare Lexie. Gli piaceva stare da solo e non poteva immaginare di avere sempre qualcuno tra i piedi, per tutta la vita. Invece ultimamente aspettava con ansia la fine della giornata di lavoro perché così poteva andare a vedere Lex. Sì, certo, anche il sesso era fantastico, il migliore di sempre. Chiaro che la compatibilità sessuale era una parte importante in un rapporto di coppia sano. Ma lui non vedeva l'ora di andarsi a sedere in giardino, sul retro di casa, per parlare con lei delle loro giornate, oppure di ridere con lei in cucina, o di tenerla per mano mentre andavano in macchina.

Come Mustang, anche Midas poteva immaginarsi di invecchiare con lei, con i capelli bianchi, a ridere e scherzare, godendo della compagnia reciproca.

"Oh, merda, adesso non parla più," borbottò Aleck.

"Probabilmente pensa a tutto il sesso che farà, mentre noi siamo a secco," aggiunse Jag.

Non era così, anche se, adesso che ne avevano parlato... Midas non poté far altro che ricordare quanto era stato bello farlo con Lexie, quel mattino. Eh sì, era un uomo fortunato e lo sapeva.

"Ora basta parlare di sesso," disse Slate," alcuni di noi sono completamente a secco e questi quindici chilometri non si corrono da soli."

"Ma si può sapere come mai sei così impaziente, amico?" si lamentò Jag scuotendo la testa. "Dico davvero, non hai mai sentito dire che il meglio nella vita arriva se lo sai aspettare?"

"No, per me non funziona così. Se devo aspettare troppo a lungo per qualcosa, di solito poi sono deluso," rispose Slate. "Dai, lavativi, diamoci una mossa." Poi partì di corsa a passo svelto.

Erano tutti molto competitivi, così anche gli altri partirono di corsa, seguendolo come dei fulmini.

———

Quello stesso giorno, più tardi, Midas accostava davanti all'appartamento di Lexie. Era stato un pomeriggio lungo e stressante, niente di meglio che vedere Lexie, passare un po' di tempo con lei. Lexie lo faceva sempre star meglio.

Le aveva telefonato arrivando nei paraggi del palazzo, lei gli aveva detto che lo stava aspettando. Nel momento in cui lui accostò, lei uscì dalla porta del palazzo e si avviò verso la macchina. Lui fece per uscire, per andare ad aprirle la portiera, ma lei lo batté sul tempo. Lexie si sedette e lo guardò sorridente, facendolo sentire meglio, al cento per cento.

"Ciao!" gli disse allegramente, avvicinandosi a lui.

I baci tra loro erano sempre presenti, Midas accettò l'invito con gusto. Le mise una mano nei capelli e la tirò più vicina, baciandola quasi con disperazione. Quando si staccarono, dagli occhi di Lexie era sparita un po' della luce di prima.

"Ma stai bene?"

Merda. Midas non voleva farla preoccupare. "Sì, sto bene, giornata pesante," le spiegò, "ma adesso che sto con te mi sento già molto meglio."

"Anch'io," gli rispose, "cioè, non ho avuto una giornata pesante, ma mi sento meglio..."

Lui sorrise e le passò il pollice sul labbro inferiore, poi la lasciò andare con riluttanza: "Pensavo di prendere da mangiare al volo mentre andiamo da me. Hai fame?"

"Sì, mangio volentieri," gli rispose.

"Ottimo."

Il viaggio verso casa di Midas andò piuttosto alla svelta, con un po' di fortuna non incontrarono ingorghi nel traffico della superstrada. Lexie telefonò al Dixie Grill per ordinare per tempo della carne già grigliata. Mentre tornavano a casa, il delizioso profumo della carne riempì l'abitacolo, facendo brontolare lo stomaco di Midas.

In cucina, armeggiavano come se fossero stati insieme da anni. Lexie prese i piatti e le posate, mentre Midas preparò da bere. Senza nemmeno doverne parlare, si portarono da mangiare in giardino. Fecero due chiacchiere mentre mangiavano; dopo cena, Lexie mise i piatti sporchi su un tavolino per portarli dentro più tardi, infine si mise cavalcioni in braccio a Midas.

Una volta avevano anche fatto l'amore in quella posizione, infatti Midas sapeva che non sarebbe mai più riuscito a star seduto in quel modo senza pensare a quanto era sexy Lexie mentre lo cavalcava; ma in quel momento era chiaro che cercava delle coccole, più che altro. Lexie gli appoggiò la testa sul petto, mentre Midas l'avvolgeva con le braccia, tenendola ben stretta a sé.

"Ti va di parlarne?" gli chiese tranquillamente.

Eh sì, Lexie aveva capito che Midas non era il solito, anche se lui aveva fatto di tutto per tenere nascosta ogni preoccupazione. Ma lui non aveva nemmeno pensato di non parlargliene.

"Sembra che tra un paio di giorni dovremo partire in missione. Però non posso dirti dove andremo o per quanto tempo ci staremo."

"Capisco."

A quella risposta così breve, Midas sbatté le palpebre e le chiese: "Capisco?"

Lexie alzò la testa: "Sì."

Allora lui si fece serio: "Pensavo mi avresti fatto delle domande, o che avresti avuto da dire qualcosa in più, non solo 'capisco'."

Allora Lexie gli disse: "Ho delle domande, ma so che non potrai rispondere. Quindi è inutile che te le faccia, ci stresseremmo e basta, tutti e due. Midas, lo so che lavoro fai, vuoi sapere se mi fa piacere, non sapere dove sarai o quando tornerai? No. C'è qualcosa che posso fare? No. Devo solo credere che starai attento e che tornerai da me, sano e salvo. Con te ci sono gli amici, ho visto come vi muovete, in missione. Quindi invece di tormentarti con delle domande inutili e di stressarci preferisco prenderla con calma."

"Ma tu *sei* calma?" le chiese Midas.

Lexie abbassò di nuovo la testa su di lui e gli rispose tranquillamente: "No."

Midas le passò una mano dietro la testa, dolcemente, poi ammise: "Per questo sono di quest'umore. In passato non ci ho mai pensato due volte, prima di partire. È il mio lavoro, è quello che faccio. Anzi, ho sempre aspettato con ansia ogni missione. Invece adesso mi sento diverso. È come se la posta in gioco fosse più alta. Immagino sia normale, quando ami qualcuno."

Quelle parole gli scapparono senza pensarci.

Midas si agitò. Merda, aveva esagerato?

Lexie alzò di nuovo la testa e lo fissò a lungo. Quando lui stava per spaventarsi e cercava un modo per fare marcia indietro e non farla allarmare, lei sorrise.

Poi Lexie ammise sottovoce: "Anch'io ti amo."

Al che Midas lasciò andare il fiato che tratteneva, mormorando: "Cazzo, meno male."

Lexie ridacchiò e abbassò di nuovo il capo.

Poi gli chiese: "Eri davvero preoccupato?"

Midas fece spallucce: "Cioè, magari non eri pronta a sentirtelo dire, forse non era il momento giusto. Specialmente adesso che sto per partire per un po'."

Ma Lexie gli disse: "Sarei una stupida a non amarti. Dai, davvero, cosa potrei non amare? A letto sei fantastico, mi fai sempre venire, hai un corpo da sballo, mi porti sempre il mio caffè dolce preferito, mi accompagni sempre ovunque, sei venuto con me in tutti i trappoloni per turisti che ci sono nell'isola, solo perché te l'ho chiesto io."

"Non dimenticare che ho anche messo quel coso, la statuetta con l'hula, sul cruscotto della macchina," la provocò Midas.

"Eggià, pure quella. Ma dai, sul serio, sono stata da sola per tanto tempo. Non sei il primo con cui esco e ho visto esempi di rapporti che non voglio avere; ho visto altre coppie stare insieme per anni, lo capisco quando qualcosa mi fa star bene e tu, Pierce Cagle, tu mi fai stare benissimo."

"Sono solo un uomo," ribatté lui.

Lexie confermò: "Sì, sei un uomo, il mio uomo."

Lui sorrise: "Esatto."

L'angoscia che Midas aveva sentito per tutto il giorno, da quando aveva saputo della missione, in un attimo scemò, mentre se ne stava là seduto con Lexie tra le braccia. Dopo un poco, le disse: "Senti, starai attenta, mentre sono via, vero?"

"Sì," gli rispose subito.

"Mentre sono in missione puoi usare la mia macchina, ti lascio le chiavi."

Lexie scosse la testa: "Non c'è bisogno, Ashlyn ha detto che può portarmi dove voglio."

"Ne hai parlato con Ashlyn?"

"Beh, non nel dettaglio. Cioè, non sapevo che saresti partito così presto, ma abbiamo parlato del fatto che a un certo punto saresti andato in missione e lei si è offerta di accompagnarmi. Certo, lei immagina che tu te ne vada per sei mesi o anche di più, perché non lo sa che sei un SEAL."

"Non gliel'hai detto?"

"Perché, potevo?" ribatté Lexie.

"Non andiamo certo a sbandierarlo in giro, ma non è nemmeno un segreto di stato," le spiegò Midas. "Se ti fidi di lei, come mi sembra chiaro, allora puoi dirglielo."

"Va bene."

"Comunque posso sempre lasciarti la mia macchina."

"No no. Con la mia solita fortuna, finisce che te la schianto. Poi non ho voglia di andare in giro come una turista, se non sei con me."

"Di sicuro Elodie avrà piacere di stare con te, mentre siamo via."

"Pensavo già di telefonarle. Magari potremmo organizzare una serata tra donne, con lei e Ashlyn."

"El ne sarebbe contenta, di sicuro."

"Midas?"

"Dimmi, amore."

Lexie non disse nulla per un lungo momento.

"Lexie? Volevi chiedermi qualcosa?"

"Ah sì, scusami. Per un attimo mi stavo godendo il suono della tua voce che mi chiamava 'amore'."

Midas sorrise e decise che l'avrebbe chiamata così il più possibile, in futuro.

"Volevo solo dirti che sono felice. Per tanto tempo, non ho fatto altro che vivere la vita in movimento, andando da un paese a un altro, in cerca di qualcosa che mi facesse sentire realizzata. Non sto dicendo che ho *bisogno* di un uomo per sentirmi completa, nella vita, ma di sicuro sono proprio contenta di averti incontrato."

Quelle parole erano importantissime, per lui. Midas amava sapere che Lexie era una donna indipendente, che non aveva paura di sperimentare, ma era anche molto entusiasta di essere importante per lei.

"È lo stesso anche per me," le rispose, baciandola sulla testa.

Dopo di che, rimasero seduti in giardino per un bel po' di tempo, parlando di com'era lavorare a Food For All e di cosa l'aspettava. Poi Midas le raccontò di quello che aveva fatto lui, di Pid, che era inciampato da solo durante la corsa della mattina, graffiandosi malamente le ginocchia. Pid era un SEAL letale, ma era anche molto impacciato, una combinazione divertentissima.

Alla fine, un po' come sempre, quell'abbraccio platonico cominciò a cambiare. Lexie cominciò a muovere le mani, passandole sotto la camicia di Midas per accarezzargli la pancia. Poi Midas giocò con i capelli dietro la nuca di Lexie, mentre lei faceva lo stesso con lui. Quando Lexie si sistemò diversamente, in modo da trovarsi proprio sopra l'uccello di Midas, lui sorrise.

"Stai cercando di farmi capire qualcosa, amore mio?"

Lei fece spallucce, ma gli rispose con lo stesso sorriso: "Penso solo che questo sia un momento speciale, unico, sai, ci siamo detti la parola con la A maiuscola per la prima volta, bisognerebbe festeggiare."

"Cos'avevi in mente? Forse in dispensa c'è una bottiglia di champagne."

"Hmmm, veramente pensavo che dopo una dura giornata di lavoro abbiamo entrambi bisogno di una bella doccia."

"Ah sì?" le chiese Midas, con l'uccello che si ingrossava al solo pensare Lexie nella doccia, nuda e insaponata.

"Eggià. Cioè, anche se chiaramente non puzziamo come quando eravamo in quel buco, in Somalia, ma sai... in questo momento comunque non siamo proprio pulitissimi."

"Hai ragione. So quanto ci tieni alla pulizia." Era la verità, non certo un'esagerazione. Da quando Lexie aveva passato tre mesi nel deserto, senza la possibilità di farsi una doccia, aveva preso l'abitudine di farsi una doccia sia al mattino che la sera. A lui non creava alcun problema, anche perché così poteva vederla nuda e bagnata due volte al giorno, invece che una volta sola.

"Infatti," gli rispose, "allora?"

Midas era prontissimo a fare tutto ciò che la sua donna voleva, parlando di sesso, ma prima doveva dirle qualcosa. Così si mise seduto meglio, le mise una mano dietro la schiena per sostenerla. Poi le mise l'altra mano sulla guancia, fissandola nei suoi begli occhi nocciola, che avevano più sfumature verdi del solito.

"Ti amo, Lexie Greene. Ammiro la tua forza e il tuo coraggio. Amo il modo in cui non esiti per aiutare gli altri, senza nemmeno pensare alla tua stessa sicurezza. Anche se mi fa spaventare molto, ma è un aspetto di te che amo. Sei letteralmente la persona più gentile che abbia mai conosciuto, e sì, per me è un complimento. Non ho idea del perché tu stia con me, ma non ti darò mai per scontata."

Gli occhi di Lexie si riempirono di lacrime, allora gli rispose: "Midas."

"Non piangere. Non dovresti mai piangere, quando qualcuno ti fa un complimento. È sufficiente un grazie."

"Allora grazie," gli sussurrò.

"Ottimo. Ora, si scopa o no?"

Lexie rise, proprio come voleva lui. A Midas non piaceva vederla piangere, nemmeno lacrime di felicità.

"Ti amo," gli disse.

Quelle parole lo facevano stare benissimo. Midas decise che le avrebbe detto *ti amo* ogni giorno. Non voleva che Lexie ne dubitasse mai.

Allora Midas si alzò, tenendo la sua donna tra le braccia; Lexie ridacchiò, mentre lui si dirigeva verso la porta.

"I piatti," gli ricordò.

"Li laviamo domattina," le rispose. Avevano cose più importanti di cui occuparsi. Proprio come aveva detto Lexie, dovevano festeggiare il primo giorno del resto della loro vita insieme.

CAPITOLO QUATTORDICI

LEXIE SENTIVA TREMENDAMENTE la mancanza di Midas; si aspettava che fosse dura, mentre lui era in missione, ma non aveva intuito *quanto* fosse difficile, realmente. Specialmente dopo averlo visto e avergli parlato ogni giorno, nell'ultimo mese circa. Vederlo sparire completamente senza avere idea di come stesse era una vera e propria tortura.

Così si era data molto da fare al lavoro, nell'ultima settimana, cercando di tenere lontano dalla mente il pensiero di quanto le mancava. Natalie apprezzava gli orari prolungati che Lexie faceva a Food For All, dove aveva conosciuto meglio tutte le operatrici part-time: Courtney, Christine, Stephen, Richard, Aolani, Lopaka, Mandi, Tabitha, Josie, Ramon e Beth. Inoltre aveva fatto conoscenza anche con i volontari.

Per lo più, le giornate erano passate senza che accadesse nulla di particolare. Lexie aveva cominciato ad aiutare Natalie anche in ufficio, con i documenti, nella decisione delle famiglie da assistere, poi aveva parlato al telefono con delle aziende per raccogliere più fondi.

Theo si presentava al centro regolarmente, Lexie lo teneva

sempre d'occhio, per precauzione. Anche lui la teneva d'occhio, si capiva ed era un'attenzione un po' inquietante, anche perché non se ne conoscevano i motivi. Ashlyn l'aveva notato, persino Jack ne aveva parlato, dicendo a Lexie che aveva un ammiratore. Lexie non ne era certa, ma per stare più tranquilla, a parte salutarlo tutte le mattine, cercava di parlargli il meno possibile.

I quattro uomini che avevano creato trambusto due settimane prima non si erano più visti, anche se ogni tanto arrivavano altri utenti che sembravano decisi a fare casino, chissà per quale motivo.

Ma in generale era solo la normale routine di lavoro. Lexie immaginò che non ci fosse niente di male, non cercava certo una vita zeppa di avventure, soprattutto non come il tafferuglio che si era creato quando stava al telefono con Midas. Se fosse successo qualcos'altro mentre Midas era lontano, non gli avrebbe certo fatto piacere. Lexie era perfettamente in grado di badare a se stessa, ma a parti inverse, mettendosi nei panni di Midas, anche lei si sarebbe preoccupata molto, quindi lo capiva.

Anche se Midas le mancava tantissimo, non vedeva l'ora di arrivare a sera, perché aveva in programma qualcosa di molto più divertente del solito. Invece di tornare a casa per ascoltare un audiolibro e andare a letto presto, aveva invitato a cena Elodie e Ashlyn. Certo, visto che Elodie era una cuoca, Lexie sapeva di non poter mai preparare qualcosa che fosse all'altezza, così aveva proposto di fare una cena a base di antipasti, in cui ognuna portava qualcosa. In quel modo si sentiva molto meno sotto pressione, piuttosto che preparare una portata principale, nel suo cucinotto.

Lexie aveva preparato anche un'altra infornata di biscotti speziati alla zucca, perché sapeva che erano piaciuti a Elodie, quando li aveva portati alla grigliata, tempo prima, poi aveva preparato delle uova alla diavola e un tagliere con degli affettati e formaggi misti, dei cracker e dei grissini morbidi al formaggio, che avevano un aspetto fantastico, anche se erano molto semplici da fare, della pasta sfoglia attorcigliata con del formaggio grattugiato.

Con le bevande, Lexie era andata un po' oltre, anche perché non sapeva bene cosa piacesse alle altre. Aveva preparato delle bottiglie d'acqua, dell'acqua tonica, dei cocktail ghiacciati con la vodka, una bottiglia di vino rosso che le aveva consigliato una signora al supermercato, vedendola un po' spaesata nella sezione dei vini, più un po' di birra leggera, non si sa mai. Tutto ciò che sarebbe rimasto in più, l'avrebbe portato al lavoro per distribuirlo ai colleghi.

Lexie non era una che beveva molto, ma le piaceva un goccio d'alcol ogni tanto. Più che altro, era entusiasta di conoscere meglio Elodie e Ashlyn. Era venerdì, quindi se anche mangiava o beveva un po' troppo, aveva due giorni di riposo per riprendersi. Certo, il fine settimana non era affatto divertente, senza Midas.

Lexie sentì bussare alla porta e si affrettò a guardare dallo spioncino; vide entrambe le invitate in piedi sul ballatoio, così aprì velocemente e le invitò a entrare.

Mentre le due si accomodavano, Lexie disse loro: "Benvenute! Non aspettatevi un gran che, ma..."

"Non preoccuparti," la interruppe Elodie prima che Lexie potesse terminare la frase, "mi ricorda molto la camera che avevo preso in affitto quando sono arrivata," le disse. "La padrona di casa, Kalani, era meravigliosa, avevo una camera molto piccola."

Si aggiunse Ashlyn: "Anche casa mia è molto simile alla tua, quindi non preoccuparti."

"Forse dovrei presentarvi," disse Lexie.

"Non c'è bisogno! Mentre salivamo abbiamo fatto due chiacchiere. Siamo arrivate insieme, ormai abbiamo già fatto amicizia."

Ashlyn sorrise, Elodie annuì.

"Ottimo, perfetto. Portate pure qui le vostre cose, vediamo cosa va nel forno, se c'è qualcosa da scaldare un poco o da cuocere, poi prepariamo il resto che non va scaldato."

Le altre due appoggiarono le borse sul mobile e cominciarono ad aprirle.

Elodie disse: "Hai avuto proprio una bella idea, fare una cena fredda di antipasti, soprattutto perché a me piacciono tantissimo gli antipasti!"

"Vero?" aggiunse Ashlyn. "Quando esco a cena, la parte che preferisco sono proprio agli antipasti."

"Non parlarmi nemmeno delle patate con la salsa nei ristoranti messicani," commentò Elodie ridacchiando.

Lexie sorrise; era molto felice di vedere le altre due così entusiaste.

"Voi cos'avete preparato?" chiese Ashlyn.

"Castagne d'acqua avvolte in pancetta, peperoni ripieni ai ceci e ravioli cinesi alla salamella," rispose Elodie soprappensiero, mentre apriva i suoi pacchetti.

Ashlyn e Lexie si guardarono negli occhi per un momento, poi scoppiarono a ridere.

Elodie alzò lo sguardo. "Cosa c'è?" domandò, chiaramente chiedendosi cos'avesse detto di tanto divertente.

Quando Lexie riuscì a controllarsi, le disse: "Santo cielo, sei così ricercata!"

"Ma no, non è vero! Volevo solo portare degli antipasti facili da mangiare ma anche molto saporiti."

"Mi sembra giusto," commentò Ashlyn, "ma quanto tempo hai impiegato per prepararli?"

"Non così tanto. Ho cominciato questa mattina a preparare, poi ho messo tutto insieme verso ora di pranzo. Ho calcolato i tempi in modo che fosse tutto pronto poco prima di partire per venire qui, così è tutto ancora tiepido. Magari una bella scaldata in forno sarebbe meglio, ma saranno buoni comunque. Perché?" L'ultima domanda le uscì un po' col senno di poi, vedendo che Lexie e Ashlyn si sforzavano per non rimettersi a ridere.

Ma fu inutile cercare di trattenere il divertimento, cominciarono entrambe a ridacchiare.

"Dico davvero, cos'avete da ridere, ragazze?"

"Scusa," rispose Lexie ricomponendosi, "è solo che la roba che ho preparato io mi ha preso una ventina di minuti e non è nemmeno lontanamente complicata come quella che hai preparato tu. Un vassoio di cracker al formaggio, uova alla diavola e grissini morbidi."

"Pensate che io ho portato delle patatine di mais, della salsa al formaggio e dell'anguria ghiacciata," aggiunse Ashlyn sempre ridacchiando.

"Oh, merda, ho un po' esagerato, vero?" domandò Elodie facendosi seria.

"Ma no!" risposero sia Lexie che Ashlyn allo stesso tempo.

"La tua roba è probabilmente la più sana di tutto il resto, per quanto mi riguarda non vedo l'ora di assaggiare i tuoi antipasti," la rassicurò Lexie.

Ashlyn aggiunse: "Io di solito non mangio così bene, perché non sono molto brava a cucinare, poi di solito sono troppo stanca e quando arrivo a casa dal lavoro ho già fame, quindi non posso pensare di prepararmi nulla di più complicato di un panino. Mi attizzano tantissimo quelle castagne d'acqua in pancetta. Al solo pensiero, mi viene già l'acquolina in bocca."

"Immagino avrei dovuto farvi qualche domanda, prima di decidere cosa preparare..." disse Elodie un po' agitata.

"Ma no, anzi, d'ora in poi cercherò sempre di restare molto sul vago in queste occasioni, così spero che continuerai a usare il tuo talento di chef per portare cibi di classe ai nostri incontri," le disse Lexie, allungando la mano per stringere dolcemente il braccio dell'amica.

"Che vuoi dire, che le angurie ghiacciate non sono di classe?" domandò Ashlyn.

A quel punto risero tutte.

"Ho messo il forno a novanta, lo so che è basso, ma immaginavo bastasse per scaldare le pietanze?" domandò Lexie, più che affermarlo.

"Novanta va benissimo," rispose Elodie.

"Ottimo. Allora sei ufficialmente incaricata di gestire il cibo," le disse Lexie, "mentre io mi occupo delle bevande."

"Io invece penso all'ambiente. C'è troppo scuro, qui!" disse Ashlyn, attraversando la stanza verso la finestra.

"No, aspetta!" l'avvertì Lexie, ma era troppo tardi. Ashlyn aveva già aperto le tende. Chiaramente si aspettava di trovarsi davanti un panorama meraviglioso, invece non vide altro che il vicino di casa, un signore anziano, seduto sul divano, che si mangiava delle patatine direttamente dal sacchetto, con indosso solo i suoi mutandoni bianchi (*ancora*) e così gridò dalla sorpresa, come se avesse messo le dita nella presa elettrica.

Poi Ashlyn cercò freneticamente di richiudere subito le tende, ma le servirono alcuni lunghi secondi per rimettere a posto la stoffa, per poi chiuderle.

A quel punto, sia Lexie che Elodie erano piegate dalle risate, al punto che piangevano, tanto ridevano; dopo qualche momento, anche Ashlyn si unì a loro. Servirono diversi minuti perché le tre amiche riprendessero il controllo.

"Santo cielo," disse Elodie con un sorriso enorme, "è vero che me l'avevi detto, il tuo vicino somiglia a Homer Simpson, avevi proprio ragione!"

"Non posso credere che non mi abbiate avvertito!" si lagnò Ashlyn stringendosi nelle spalle, "davvero, ci mancava poco che mi venisse un infarto!"

"Eh, ma io ho provato a fermarti, solo che eri troppo veloce," le disse Lexie sghignazzando.

"Ecco, stavi parlando di bevande? Adesso mi serve proprio un bel drink," concluse Ashlyn.

Dopo pochi minuti, Ashlyn stava bevendo un mimosa in bottiglia, mentre Elodie sorseggiava un bicchiere di vino e Lexie un'acqua tonica. Chiacchierarono di nulla in particolare, mentre Elodie preparava gli antipasti. Dopo una ventina di minuti, il piano del cucinotto era pieno di vassoi ricolmi di cibo.

Le tre amiche sedettero sugli sgabelli alti intorno al mobile della cucina e cominciarono a gustarsi la cena.

"Questi cosi con la pancetta sono buonissimi," disse Ashlyn con la bocca piena, dopo averne mangiati due di fila.

"Mi servirà la ricetta della tua salsa al formaggio," rispose Elodie, leccandosi le dita.

"Le tue uova alla diavola sono deliziose!" disse Ashlyn a Lexie facendole l'occhiolino, "tra l'altro a me le uova alla diavola piacciono molto, quindi le conosco molto bene."

Mangiarono fino a riempirsi per bene la pancia, fin quasi a star male, razziando del tutto i viveri, poi Lexie saltò giù dallo sgabello e prese un piatto che aveva messo da parte, tolse la pellicola di alluminio e disse: "*Et voilà*, dessert!"

"Dimmi che sono i tuoi mitici biscotti speziati alla zucca con il formaggio cremoso alla cannella," disse Elodie.

"Eggià," rispose Lexie.

"Aspetta di assaggiarli," disse Elodie ad Ashlyn, "non mangerai più altri biscotti al di fuori di questi per tutta la vita."

"Non ce la faccio più, sono piena," disse Ashlyn lamentandosi.

"Una mentina, *monsieur?*" le disse Lexie, citando uno dei film più divertenti di sempre.

"Sono piena, quasi scoppio," rispose Ashlyn senza esitare. "Lungi da me!"

Lexie prese un tovagliolino di carta e se lo mise sul

braccio come fosse un tovagliolo vero e proprio, poi ne prese un altro e ci mise sopra un biscotto, per porgerlo ad Ashlyn come una cameriera in un ristorante d'alta classe: "Oh, *madame*, solo uno."

"D'accordo. Solo uno," disse Ashlyn facendo una smorfia.

"Solo uno," le fece eco Lexie, con un leggero inchino.

"Si può sapere cosa state inscenando, ragazze?" domandò Elodie.

Lexie e Ashlyn sorrisero appena. Poi Ashlyn prese il biscotto che le porgeva Lexie, la quale corse dall'altra parte della stanza verso la finestra per andare a nascondersi dietro le tende, facendo capolino come aspettando che succedesse qualcosa di eccezionale.

"Davvero, che diavolo vi prende, ragazze?" domandò Elodie.

Al che, sia Lexie che Ashlyn scoppiarono a ridere.

Lexie non si ricordava l'ultima volta che aveva riso così tanto, se mai le era capitato. Uscì da dietro le tende per tornare al cucinotto, spiegando: "È da *Monty Python − Il senso della vita*. Non l'hai mai visto?"

"No," rispose Elodie, scuotendo la testa.

"Mamma mia, non sai cosa ti perdi!" le disse Ashlyn, mordendo un pezzettino di biscotto, per poi esclamare: "Santo cielo, ma è una goduria!"

"Beh, non so se arriverei a *godere*," commentò Elodie con un sorriso malizioso.

"Sì, sono buoni, ma godere?" aggiunse Lexie, "direi che su questo non sono proprio d'accordo."

"È solo perché stai insieme a un figo da far paura," le disse Ashlyn.

"Vero," rispose Lexie sorridendo, "ma anche il marito di Elodie non è poi tanto male."

Elodie schiaffeggiò giocosamente il braccio di Lexie e

difese il marito dicendo: "Veramente è molto più che *non tanto male*."

Allora Ashlyn sospirò: "Devo dire che mi manca, il sesso."

A Lexie quasi andò di traverso il sorso che aveva appena bevuto. Erano secoli che non beveva così tanto alcol. Cominciava a essere abbastanza brilla da perdere l'inibizione e avere il coraggio di esporsi più di quanto non avrebbe fatto normalmente. Le guance di Ashlyn erano belle rosse, probabilmente anche lei sentiva l'effetto dell'alcol.

Elodie prese la bottiglia di vino e se ne versò un altro bicchiere, al che Lexie notò che la bottiglia era già vuota per tre quarti. Eh sì, si poteva ben dire che fossero un po' brille tutte e tre. Ma erano al sicuro, nell'appartamento di Lexie, che quindi non era minimamente preoccupata. Le amiche potevano sempre tornare a casa in taxi.

"Sei single e sei bella," disse Elodie appoggiandosi sul mobile coi gomiti. "Con quei bei capelli castani ricci, con gli occhi color nocciola, quel bel sorriso... come mai non ti sei trovata un bell'hawaiano con cui uscire?"

Ashlyn scosse la testa e ammise: "Sono venuta alle Hawaii con un tipo, ma non ha funzionato."

Lexie inclinò la testa sorpresa: prima di quella sera, non sapeva che Ashlyn si era trasferita alle Hawaii con qualcuno; era un peccato che quel rapporto non avesse funzionato, ma per fortuna la sua amica era rimasta. Così le chiese: "Cos'è successo?"

"Vivevo e lavoravo vicino a San Diego. Mi sono laureata ma non ero pronta a mettermi in gioco nel settore, quindi sono andata a lavorare in un posto che si chiamava Aces Bar and Grill. Era meraviglioso, la proprietaria è una fortissima, è sposata con un ex SEAL."

Al che Elodie se la rise allegramente: "Ma va là! Mi chiedo se Scott lo conosca?"

"La finisci di interrompere?" disse Lexie all'amica.

"Oh, scusa tanto," replicò Elodie, per nulla dispiaciuta.

"Comunque, pagava benissimo, i ragazzi che venivano sempre mi davano delle mance generose, avevo anche le ferie pagate e le coperture sanitarie. Un uomo ha cominciato a presentarsi tutte le sere e mi faceva il filo *alla grande*. Era un figo, qualche anno più di me..."

"Aspetta, ma tu quanti anni hai?" le chiese Elodie.

"Questa storia non finirà mai, se continui a interromperla," sbottò Lexie. Non si sarebbe mai permessa, senza bere prima un po' di alcol, ma Elodie non si offese per nulla, fece spallucce quietamente e fece il gesto di chiudere la bocca con una zip.

"Ventotto, ho ventotto anni," spiegò Ashlyn, che poi alzò una mano: "Lo so, lo so, sono piccola; ma comunque, lui era sulla trentina. Era molto cortese e rispettoso, abbiamo cominciato a uscire insieme e mi sono innamorata di lui. Mi ha detto che viveva a Oahu e che stava pensando di tornarci presto anche per dare una mano ai suoi. Il pensiero di non rivederlo mai più era odioso, così quando mi ha detto che si immaginava di passare con me il resto della vita... ho accettato di venire con lui alle Hawaii."

"Cosa ci faceva nel sud della California?" domandò Elodie.

Ashlyn sospirò e bevve un sorso abbondante del suo drink. "Ecco, quella è una tra le altre centinaia di domande che avrei dovuto cercare di fargli, per avere più risposte, prima di stravolgere così la mia vita e trasferirmi con un volo di migliaia di chilometri per venire qui."

Lexie mise la mano su quella dell'amica, Ashlyn reagì con un sorriso triste.

"Vi basti sapere che non era tutto rose e fiori come sembrava, quando siamo arrivati qui. Il lavoro di cui mi aveva parlato non esisteva, persino i contatti che diceva di avere per farmi trovare un appartamento quanto meno decente, erano tutte bugie."

"Che schifo!" commentò Lexie.

"Infatti. Comunque, Franklin ha detto che non era un problema e che potevo vivere con lui."

"Franklin?" disse Elodie sorridendo, "si chiama Franklin?"

Lexie soffocò una risata.

Allora Ashlyn ansimò e chiese: "Vuoi sentire il resto della mia triste storia senza sesso oppure no?"

"Scusa, sì, vai avanti," rispose Elodie.

"Ecco, allora, anche se mi ero trasferita alle Hawaii perché ci viveva lui, non mi sentivo pronta a vivere con lui a tempo pieno. Specialmente non nel monolocale che aveva. Inoltre, ho cominciato ad avere l'impressione che mi avesse convinto a trasferirmi alle Hawaii per poter vivere a scrocco. È ovvio che a quel punto il rapporto non è durato molto."

"Infatti, mi sembra giusto," commentò Elodie.

"Cioè, non credo che sia sbagliato, se una donna guadagna di più del suo uomo, in un rapporto, o se l'uomo rimane a casa con i figli mentre la donna lavora, ma pensavo di trasferirmi alle Hawaii per vivere con un uomo che lavorava, che aveva un posto fisso, pensavo che sarebbe stato divertente uscire con lui, volevo andare in giro a fare la turista... invece ho scoperto che era uno stronzo pigro, buono solo a vendere bugie."

Ashlyn fece un piccolo sorriso alle due amiche. "Ma ormai è passato quasi un anno, ho trovato lavoro a Food For All e sono felice. Quindi, per chiudere il cerchio di questa storia deprimente... ecco perché mi manca così tanto il sesso, perché non lo faccio da un sacco di tempo e penso quasi di essere tornata vergine."

"Che sfortuna, Ash," commentò Lexie, "hai chiamato la polizia?"

"Per denunciare che nessuno mi portava a letto da mesi? Non pensi che sia un po' eccessivo?" scherzò Ashlyn.

Lexie rise alzando gli occhi al cielo: "Ma no, perché un tipo così è un predatore e chiaramente va a caccia di donne."

"Tecnicamente non è un predatore. Anche se di sicuro è uno stronzo e un bugiardo. Ma avrei dovuto fargli molte più domande, prima di trasferirmi da lui così alla svelta," disse Ashlyn. "Però ho imparato la lezione e non ho più la stessa smania di saltare a piè pari in una relazione che mi stravolga l'intera esistenza. Cioè, non che mi dispiaccia uscire con degli uomini, fare sesso, ma farò molta attenzione prima di accettare di andare a vivere con qualcuno, o di sposarmi."

"Però è un po' triste," commentò Lexie.

Ma Ashlyn continuò: "Ma no, non è un problema, sono solo diventata più furba. Alla fine della fiera non mi è andata poi così male, qui alle Hawaii. Ormai è qualche mese che lavoro per Food For All, mi piace moltissimo. Non è come lavorare in un locale, il che non guasta. Anch'io come te vivo in un appartamento messo a disposizione dall'organizzazione, tra l'altro era già ammobiliato, un vero colpo di fortuna. Ma da me il panorama è migliore," disse con un sorriso, "almeno vedo l'ultimo piano del parcheggio che c'è davanti al mio palazzo."

"Beh, sono contenta che lavoriamo insieme," commentò Lexie.

"E io sono contenta che siamo diventate amiche," intervenne Elodie, "e se per caso sei curiosa di sapere come se la passa Franklin basta dirlo: conosco un tipo, è amico di Scott e degli altri, si chiama Baker, di *sicuro* a lui piacerebbe un sacco andarlo a scovare."

"Ah sì!" esclamò Lexie, "Midas me ne ha parlato. Vive su alla North Shore, vero? È uno che fa surf?"

"Sì, fa surf, ma..." Elodie abbassò la voce fin quasi a sussurrare, come se avesse timore che qualcuno ascoltasse quella conversazione: "È anche una specie di spia speciale o giù di lì."

"Non penso che sia una spia," commentò Lexie facendosi seria.

"Va bene, non sarà una spia, ma è uno che può risolvere delle situazioni intricate. Pensate che è andato a New York, a pranzare col capo di una famiglia mafiosa con cui avevo dei problemi grossi."

"Ma davvero?" domandò Lexie.

"Porco cane! La mafia?" chiese Ashlyn con un filo di voce.

"Eh sì, ma mi ha garantito che ero al sicuro. Chissà perché, gli ho creduto. Anche perché Scott e gli altri ragazzi, quando lui me l'ha detto, si sono chiaramente rilassati."

"Un'altra volta vi racconto tutta la storia sulla mafia," disse Lexie ad Ashlyn sempre sussurrando, poi alzò la voce e disse: "Baker è riuscito a far avere una borsa di studio universitaria a Shermake e ai suoi fratelli, non coprirà tutti i costi dell'ateneo, ma quasi."

Elodie annuì: "Non sono sorpresa. Comunque, sono sicura che non avrebbe problemi a scovare come se la passa Franklin."

"Questo Baker mi spaventa un poco," commentò Ashlyn.

Io non l'ho incontrato," disse Lexie, "ma sembra che abbia dei contatti davvero impressionanti."

"Io l'ho incontrato, più che far paura è un tipo misterioso," raccontò Elodie, "ma di sicuro è uno che si dà al surf: è abbronzato, pieno di tatuaggi, capelli lunghini. Anche se comincia ad avere dei capelli bianchi, è un tipo brizzolato che fa surf."

Sia Ashlyn che Lexie sospirarono.

"Vero?" chiese Elodie. "Non conosco affatto tutta la sua storia, ma senz'altro sta scappando dai suoi demoni. Cioè, gli sono debitrice per aver fatto in modo che non ci fossero più killer in giro a cercare di uccidermi, eppure nutro ancora un *certo* timore nei suoi confronti. Ha qualcosa negli occhi che mi fa venir voglia di stargli lontana, anche se allo stesso tempo ti fa venir voglia di abbracciarlo."

"Come mai ne parli come se fosse una combinazione così irresistibile?" chiese Ashlyn. "Cioè, in generale le donne dovrebbe stare alla larga da tipi come quello, invece ci caschiamo sempre, come le falene con la luce."

"Perché, ti interessa?" chiese Elodie.

"Questo vecchio surfista? No," rispose Ashlyn decisa.

"Non penso che sia vecchio," rifletté Lexie.

"Allora, ti *interessa?*" insisté Elodie.

"No, lui no," ripeté Ashlyn, fissando il suo bicchiere.

"Aspetta... allora *c'è* qualcuno che ti interessa?" disse Elodie giocosamente. "Chi è?"

"No, nessuno. Ho chiuso con gli uomini," borbottò Ashlyn.

"Ma se hai detto che ti manca il sesso," la provocò Lexie. "Si sa che si può fare sesso anche con un vibratore, ma non è la stessa cosa, nemmeno lontanamente. Fidati, lo so bene. Quando l'hai conosciuto? Dai, raccontaci tutto!"

"L'ho incontrato solo una volta..." ammise Ashlyn.

"Dai!" esclamò Elodie.

"Se non puoi confidarti con le tue migliori amiche, con *chi* puoi confidarti?" chiese Lexie. Di certo l'alcol le aveva allentato la lingua. Si sentiva molto vicina a quelle donne, dire che erano le sue migliori amiche era stato un po' come esprimere a voce alta un desiderio, più che altro.

"Slate."

Elodie e Lexie fissarono Ashlyn con gli occhi spalancati – poi cominciarono a gridare dall'entusiasmo.

"Sì!!" gridò Elodie.

"Ma dai, è meraviglioso!" esclamò Lexie.

"Anche se è un po' un brontolone," aggiunse Elodie.

"Ragazze, dai, non lo *conosco* ancora," spiegò Ashlyn.

"Ma lo sai che staresti davvero bene con lui, è altissimo," disse Lexie, "cosa sarà, una spanna più di te?"

"All'incirca. Ma ha dei muscoli davvero enormi, da far paura" aggiunse Elodie.

"Forse Ash lo farà diventare meno impaziente," aggiunse Lexie con malizia.

"Dai, ragazze..." disse Ashlyn, ma le altre due la ignorarono.

"Cioè, bisognerebbe chiarire meglio che tipo di impazienza," disse Elodie con una smorfia complice.

Lexie annuì e concordò: "Eh sì, tra l'altro..."

"Basta!" gridò Ashlyn, tanto che sia Lexie che Elodie la guardarono sorprese. Poi Ashlyn sospirò di nuovo dicendo: "Scusate, ma davvero, non avrei nemmeno dovuto dir nulla. L'ho incontrato letteralmente *una volta*, sembrava persino irritato. Quando è arrivato a Food For All era arrogante, sembrava l'incredibile Hulk. Ha provato anche a tenermi lontana, quando cercavo di raggiungerti."

Lexie annuì.

"Comunque, dopo Franklin, basta uomini più grandi. No, grazie mille."

"Se mi ricordo bene, Midas mi ha detto che hanno la stessa età, trentadue," le disse Lexie, "non è tanto più grande di te. Poi sei stata tu a parlare di lui."

"Infatti mi sono già pentita," mormorò Ashlyn.

"Va bene, va bene, ce ne stiamo zitte," disse Elodie, "ma diciamocelo: anch'io sono stata intimidita da Scott e dagli altri della squadra, quando li ho incontrati la prima volta; ma mio marito aveva qualcosa che ha attirato la mia attenzione nel momento stesso in cui l'ho visto. Non penso fosse solo perché avevo una paura folle. Certo, Slate è più grande di te. Sì, a volte è un brontolone, a quanto mi dice Scott, è anche molto impaziente. Ma non penso troverai mai un uomo rispettoso quanto Slate."

"*Non* cercare di metterci assieme," disse Ashlyn con decisione, "dico davvero. Sono appena uscita da una brutta storia, non ho certo bisogno di cominciarne subito un'altra."

"D'accordo, ma non mi sembra che con quel tipo, Franklin, abbiate avuto un vero rapporto. Poi è passato quasi un anno," puntualizzò Elodie.

"Forse potresti vedere se gli interessa un rapporto non troppo impegnato," suggerì Lexie, "i SEAL non hanno la reputazione di essere dei donnaioli?"

Ashlyn fece spallucce, anche se non era molto convinta: "Ho visto coi miei occhi quante donne si gettano ai piedi dei SEAL della marina, sai quante ce n'erano all'Aces, in California? Disgustoso. Io non sono una di quelle."

"Ma certo che no," le disse Lexie, "ma non vuole dire che non puoi uscire con lui."

"È solo che... è chiedere troppo, se voglio un uomo che mi supporti senza soffocarmi? Un uomo che ami il mio carattere estroverso, ma che capisca che ogni tanto mi fa piacere anche starmene seduta a casa a far nulla? Un uomo che sappia trovare il mio clitoride senza che glielo debba indicare io, dannazione?" domandò Ashlyn.

Elodie e Lexie reagirono all'ultima domanda con un sorriso complice.

"Insomma, santo Dio, non voglio sentire i dettagli nella vostra vita sessuale fantastica," concluse Ashlyn, afferrando un tovagliolo e gettandolo verso Lexie.

"Dai, sono discorsi da ragazze. Poi Scott non ha alcun problema a trovare il mio clitoride, immagino che anche Slate non avrebbe problemi con te."

"D'accordo, adesso cambiamo ufficialmente argomento," disse Lexie. "Non posso parlare degli amici di Midas in questa maniera."

"Ottimo. Ashlyn, volevo farti una domanda," disse Elodie.

"Spara."

"Hai detto che ti piaceva lavorare in quel locale, come hai fatto a capire che ti sarebbe piaciuto il lavoro che fai adesso?"

"Cosa intendi?" chiese Ashlyn.

"Beh... a me piaceva molto fare la chef; ma poi tutto il mio mondo è un po' andato in malora, adesso non mi ci vedrei più, non rifarei lo stesso lavoro."

"Non ti piace più cucinare?" le chiese Lexie.

"Non è quello. Mi piace. Cioè, ad esempio mi sono divertita tantissimo a cucinare per stasera, ma per voi, ragazze. Non per un gruppo di estranei. Mi piace molto uscire con Scott e con gli altri, per le grigliate, cose così. Ma faccio fatica a trovare un'altra direzione, qualcos'altro da fare nella vita. Ovvio che fare la guida su un peschereccio in pieno oceano è fuori discussione... dopo quello che è successo, ho chiuso con l'oceano," aggiunse Elodie.

"Stavo pensando..." cominciò Ashlyn.

"Oh no, aiuto!" sbottò Lexie.

"No, dai, davvero, ma lo sai quante persone aiutiamo da Food For All? Eppure c'è un sacco di cibo che va buttato, sprecato. I supermercati gettano il pane dopo un paio di giorni, o le verdure, quando non sono più fresche. Le lattine che vengono colpite e si deformano vengono buttate via. I ristoranti buttano quintali di cibo. Noi cerchiamo di recuperarne una parte, per distribuirla, ma ci rivolgiamo solo ai locali vicino al centro. Pensa a tutte le famiglie che sono costrette a venire dalla North Shore o da est, per raggiungere il centro, solo per avere da mangiare. Chissà quanto spendono, per non parlare del tempo per farsi tutta quella strada."

"Dove vuoi arrivare?" le domandò Elodie. "Io cosa c'entro in tutto questo?"

"Stavo pensando di proporre a Natalie un'idea, una specie di succursale di Food For All, ma con un'ottica leggermente diversa," spiegò Ashlyn. "Non è esattamente la stessa cosa, non c'entra col lavoro dello chef, ma molti dei pasti che offriamo non sono certo molto sani. Delle patatine, magari con una mela e un panino non molto saporito. Ma se potessimo attingere a più negozi, per avere dei viveri che altrimenti andrebbero buttati? Anche dai ristoranti. Sarebbe molto utile, se ci fosse qualcuno che trasforma le donazioni alimentari in pietanze più appetitose e nutrienti."

"Quanti anni hai, scusa?" le chiese Elodie.

"Ventotto, perché?" rispose Ashlyn.

"Perché dai l'impressione di averne di più. Comunque... sembra una sfida importante," aggiunse Elodie, "un sacco di lavoro."

Ashlyn sollevò appena un sopracciglio, poi si voltò verso Lexie: "Stavo pensando che ci saranno molte famiglie di militari che vivono sull'isola, potrebbero aiutarci. Anche gli anziani. Stavo pensando di avviare un'organizzazione benefica tutta mia, ma mi piace lavorare per Food For All, è sempre un vantaggio lavorare per un gruppo famoso e ben consolidato. La zona di Barbers Point sarebbe un ottimo punto di partenza, anche solo per vedere se funziona. Se riuscissimo a convincere Natalie, potrebbe parlare con i responsabili di Food For All, se ci danno il nulla osta, servirebbe molto aiuto. Sapete, è tutto da avviare, bisogna parlare coi responsabili dei negozi e dei ristoranti, spargere la voce. So per certo che il tuo uomo si fa il mazzo per accompagnarti ogni mattina in città."

Lexie sentì l'entusiasmo che le montava dentro. Amava aiutare gli altri, l'idea di portare aiuto a più persone bisognose era davvero appetitosa.

"Cavolo, è proprio brava," sussurrò Elodie.

"Allora, ci state?" chiese Ashlyn insistendo. "Sarebbe molto utile avere l'aiuto di una chef professionale ben preparata."

"Ci sto," rispose Elodie con un sorriso.

"Lex?"

"Lo sai che ci sto anch'io," concluse Lexie.

"Allora facciamo un brindisi!" disse Ashlyn, alzando la bottiglia.

Fecero tintinnare i bicchieri e bevvero a lungo.

Poi Elodie chiese: "Piuttosto, che succede con quel tipo, Theo?"

"Mamma cara, per caso ti insegna Midas a cambiare argomento così di brutto?" commentò Lexie sarcasticamente.

"In realtà no; stavo solo pensando a Food For All e alla gente che aiutiamo, quindi ho pensato agli uomini e alle donne che non hanno un tetto sulla testa, a quanti vivono per strada pur non avendone colpa. Così ho pensato a Theo. Scott me ne ha parlato dopo il tafferuglio della settimana scorsa. Viene ancora al centro?"

"Sì, viene sempre al centro," rispose Ashlyn, "tiene sempre d'occhio Lexie, come un falco."

"Ma no, non è vero," protestò Lexie, cercando di minimizzare il problema.

"Invece è così," insisté Ashlyn, "l'unico motivo per cui Jack e Pika non l'hanno sbattuto fuori è che si limita a guardare, *nient'altro*. Non dice nulla di offensivo su di te, non ha mai nemmeno cercato di parlarti. Ma tiene senza dubbio gli occhi puntati su di te, ogni volta che siete al centro insieme."

"È un tipo pericoloso?" chiese Elodie.

"No," rispose Lexie, proprio mentre Ashlyn alzava le spalle.

"Solo che... è diverso," spiegò Lexie, "a volte sempre molto presente, lucido, mentre altre volte se ne sta seduto in un angolo a parlare da solo. Però da quando sono passati quei tipi a far casino, lo vedo un po' più instabile."

"È vero," concordò Ashlyn.

"Dovete stare attentissime," disse Elodie.

"Ma certo, io sto sempre molto attenta," la rassicurò Lexie.

"I ragazzi ci accompagnano sempre a casa," spiegò Ashlyn, "tra l'altro aprire un secondo centro di Food For All sarebbe una buona idea anche per motivi di sicurezza. Spero potremo concentrarci a procurare da mangiare anche per persone in difficoltà economica, per chi ha bisogno di aiuto pur non essendo senzatetto. Quindi non è detto che dobbiamo per forza avere a che fare con chi vive per strada."

Lexie annuì. Non aveva mai detto a Midas il disagio che provava, quando tornava a casa a piedi. Altrimenti lui senz'altro avrebbe fatto di tutto per venirla sempre a prendere, o per mandare qualcuno. Ma lei non voleva arrivare a tanto, non voleva essere un peso. Inoltre, era adulta, poteva badare benissimo a se stessa. Lo faceva da tutta la vita.

"A quanto pare, ragazze, dovrete fare due chiacchiere col capo. Sarà meglio che siate convincenti, ma sono sicura che ce la farete!" disse Elodie incoraggiando le amiche.

Sorrisero tutte e tre. Oltre a essere una serata divertente, le tre amiche avevano dato vita a un legame stretto. Lexie voleva farsi delle amiche da sempre, finalmente sembrava esserci riuscita.

"Volete portarvi a casa qualcosa da mangiare?" chiese Lexie.

"Sì!" risposero Ashlyn ed Elodie allo stesso tempo.

"Io voglio finire tutti i biscotti prima che torni Scott!" esclamò Elodie.

Lexie decise di lasciar perdere quel punto, non si sapeva se la missione sarebbe finita dopo un giorno, dopo dodici giorni o chissà quando; Lexie andò nel cucinotto per cominciare a preparare i resti di cibo da portar via. Le altre l'aiutarono, poi bevvero qualcosa e andarono al letto per chiacchierare e stare in compagnia.

Dopo cinque ore, a Lexie faceva male la pancia dal ridere, aveva le guance indolenzite a forza di sorridere.

Non si era mai divertita tanto quanto quella sera; quando

Ashlyn ed Elodie se ne andarono in taxi, lei era esausta, ma più felice che mai, negli ultimi anni. L'unica cosa che avrebbe potuto rendere la serata perfetta era accoccolarsi addosso a Midas prima di addormentarsi.

Lexie non sapeva dove fosse, o quando sarebbe tornato a casa, ma doveva convincersi che sarebbe tornato sano e salvo. L'alternativa era impensabile. Midas era un tipo tosto, furbo e con cinque dei SEAL migliori a parargli il culo. Sei, includendo anche il misterioso Baker. Lexie era quasi sicura che, se Midas e gli altri della squadra avessero avuto bisogno di lui, quel Baker l'avrebbe saputo e avrebbe fatto di tutto per mandare rinforzi. Lexie voleva davvero incontrare quel tipo; sembrava allo stesso tempo un tipo pericoloso e meraviglioso. Meglio averlo come amico, di sicuro, magari gli avrebbe preparato un vassoio di biscotti speziati alla zucca, per addolcirlo un poco.

Quando finalmente Lexie si mise sotto le coperte, la stanza le girava intorno; ma lei non faceva altro che sorridere. Era entusiasta dell'idea di Ashlyn, per estendere i servizi di Food For All. Forse avrebbe dovuto spostarsi di più... a meno che non fosse rimasta a dormire da Midas. Quel pensiero la fece sorridere ancora di più.

Sì, Lexie poteva ben dire di essere oltremodo felice per come andava la sua vita; aveva un ragazzo meraviglioso, ottime amiche, un bel lavoro. Qualche mese prima, quando guardava le stelle nel cielo dal deserto, in Africa, non avrebbe mai immaginato di poter essere così contenta.

Il pensiero di quando era prigioniera fece svanire un po' il sorriso, le tornò in mente Dagmar; lui non era stato così fortunato, non ne era uscito vivo, un pensiero odioso, per Lexie.

Chiuse gli occhi e recitò una breve preghiera per lui: "Riposa in pace, Dagmar, ti prego, aiuta tuo fratello a riprendersi. Gli manchi terribilmente."

Lexie sapeva che Magnus soffriva, lo capiva dal modo in cui parlava di Dagmar nelle email e quando si sentivano al telefono. Forse avrebbe fatto bene anche a lui, vedere come Lexie si era sistemata. Magari anche Magnus avrebbe trovato pace, facendosi coinvolgere nell'organizzazione a cui Dagmar si era tanto appassionato.

Lexie si voltò su un fianco e cercò di non pensare a Dagmar, a Magnus, a Elodie e ad Ashlyn. I suoi pensieri si rivolsero a Midas, il ragazzo che aveva conosciuto un tempo, che era diventato un uomo eccezionale. Tutto per lei. "Torna a casa presto," sussurrò Lexie prima di cadere in un sonno profondo, anche per il tanto alcol che aveva bevuto.

CAPITOLO QUINDICI

Magnus Brander era molto arrabbiato, mentre usciva dall'aeroporto internazionale di Honolulu; era passato poco più di un mese, da quando aveva detto a Lexie che sarebbe andato a trovarla sull'isola. Avrebbe voluto andarci prima, ma aveva dovuto superare un sacco di burocrazia e compilare un mare di scartoffie. A un certo punto aveva cominciato a temere che Food For All non gli avrebbe permesso di andare alle Hawaii, ma dopo una generosa "donazione" da parte della famiglia Brander, il consiglio direttivo aveva finalmente autorizzato il viaggio.

Ovviamente Magnus avrebbe potuto andare alle Hawaii quando voleva, ma gli serviva un motivo ufficiale per quel viaggio, per evitare ogni sospetto, quando la povera Lexie sarebbe stata trovata morta.

Magnus non aveva ancora approntato un piano al cento per cento, era solo deciso a non lasciare le Hawaii prima di avere ucciso la stronza che aveva la responsabilità della morte di Dagmar. Mancavano troppi dettagli, per poter elaborare un piano da lontano, ma il fatto che Lexie lavorava con i senza-tetto del centro di Honolulu gli dava un mare di opportunità per costruire una strategia inoppugnabile. Lui era sempre riuscito a pensare alla svelta, avrebbe seguito il suo istinto adattandosi alla situazione, dopo aver osservato come si muoveva Lexie al centro di Food For All.

In meno di una settimana, avrebbe vendicato la morte del fratello: era l'unica cosa che contava.

Magnus respirò a fondo; a Honolulu faceva troppo caldo, l'umidità era tremenda. Sentiva già la mancanza della Danimarca. Ogni giorno che passava, dalla morte del fratello, lui si sentiva sempre più vuoto. La devastazione cresceva in lui, lo inaspriva, lo divorava un pezzo alla volta. Ben presto di lui non sarebbe rimasto altro che un guscio vuoto; la persona responsabile doveva pagare.

Ogni volta che Magnus riceveva un messaggio o una mail da quella stronzetta, il bisogno di ucciderla diventava sempre più forte. Lexie sembrava così *felice*. Era molto contenta, continuava a parlare del suo partner e di quanto le piaceva stare alle Hawaii. Che andasse affanculo quella stronza; non le importava nulla di essere stata *lei* a causare la morte di uno degli uomini più importanti nella vita di Magnus!

Ma il peggio era il modo subdolo con cui quella donna era scappata dall'ospedale, quando i rapitori erano tornati per recuperare gli ostaggi. Magnus aveva letto il rapporto dei Cacciatori danesi, sapeva *esattamente* com'era andata. Non era affatto sorpreso che Lexie andasse a letto con il SEAL che l'aveva salvata. Probabilmente gli aveva aperto le gambe anche in ospedale, mentre i rapitori lo assaltavano. Che puttana. Doveva essere *lei* a morire in quel letamaio, in Somalia, non il fratello di Magnus, Dagmar!

Magnus salì sul taxi e diede al conducente l'indirizzo del centro di Food For All, in centro città. Doveva farsi un'idea prima di andare in albergo. Lexie gli aveva detto che c'era stato un incidente con degli uomini che erano ricercati dalla polizia: erano entrati al centro di Food For All causando dei problemi. Gli aveva parlato anche di un certo Theo, che doveva essere uno stralunato che l'aveva spaventata in un paio di occasioni.

Magnus sperava di sfruttare al massimo tutte le paure di Lexie.

Avrebbe passato qualche giorno a creare un piano solido, mentre cazzeggiava con Lexie allo stesso tempo. A lui non fregava nulla dell'ispezione per cui era stato inviato. Per quanto lo riguardava, tutta l'organizzazione poteva anche andare a fuoco. Anzi, quello era esattamente l'obiettivo di Magnus, dopo aver eliminato Lexie Greene. Food For All era altrettanto responsabile. Non fosse stato per quell'iniziativa, Dagmar non sarebbe andato in Somalia e non sarebbe stato preso in ostaggio, quindi non sarebbe morto.

Ecco, c'era molto da fare prima di poter tornare all'amata patria; Magnus non avrebbe trovato pace se non dopo aver spazzato via tutto e tutti quelli coinvolti nella morte di Dagmar. Non poteva certo far tornare in vita il fratello, ma forse avrebbe ridotto l'enorme vuoto interiore che lo perseguitava nel profondo dell'anima.

———

Lexie si muoveva impaziente vicino ad Ashlyn, Jack e Pika. Natalie aspettava fuori che arrivasse Magnus per salutarlo, veniva direttamente dall'aeroporto; l'idea era di fargli fare un giro del centro per mostrargli come operava Food For All. Era mercoledì pomeriggio, in quel momento non c'erano molti utenti che venivano a mangiare, probabilmente era meglio così, almeno per l'esito dell'ispezione.

Theo continuava ad aggirarsi nei dintorni, ma Lexie cercava di stargli alla larga; un po' le dispiaceva, ma dopo che Midas le aveva detto quanto lo preoccupava quell'uomo, anche lei faceva del suo meglio per cercare di non farlo preoccupare troppo. Anche se comunque teneva d'occhio Theo e chiedeva ad Ashlyn di controllare che mangiasse per bene.

Dei quattro uomini che si erano azzuffati con Theo non c'era traccia, ma c'erano altri uomini a innervosire Lexie, persino qualche altra donna. Evidentemente, l'esperienza del rapimento l'aveva fatta diventare più accorta. Midas le aveva detto che era un bene, anche se a lei un po' dava fastidio non essere più spontanea o forse ingenua come in passato.

Midas era tornato dalla missione senza neanche un graffio, proprio un paio di giorni dopo la serata con le amiche. Lexie era stata contentissima, anche se sapeva bene che ogni missione era un caso a sé, ma almeno in quell'occasione era andato tutto bene, per fortuna.

Era anche molto contenta e soddisfatta di come procedeva il rapporto con Midas; ormai era tornato da una settimana e mezza, erano stati insieme ogni sera. Di solito stavano a casa di lui, ma a volte, quando il lavoro alla base durava fino a tardi, si fermava lui nell'appartamento di Lexie. Midas aveva lavorato parecchio, spesso fino a tardi, ma le aveva garantito che era normale, dopo una missione. La marina aveva incrementato i protocolli di addestramento a causa di alcuni incidenti avvenuti ad altre squadre, quindi Midas non era più riuscito ad andarla a prendere, al pomeriggio.

A Lexie stava bene, perché lo vedeva comunque la sera, quando anche lui finiva di lavorare. Anche se spesso Midas era stanco, le chiedeva sempre come stava e cos'aveva fatto, al lavoro, le chiedeva delle conversazioni con Magnus, di Theo, dell'amicizia fiorente con Ashlyn e con Elodie.

Tutto sommato, Lexie era incredibilmente soddisfatta di come le stava andando la vita in quel momento. Sapeva bene che prima o poi sarebbe capitato qualche disaccordo con Midas, brutte giornate potevano capitare a entrambi, ma ormai era sempre più sicura che sarebbero riusciti a superare anche i brutti momenti, rimanendo sempre vicini.

Quel giorno, Lexie era entusiasta di incontrare Magnus. Le comunicazioni con Magnus erano diventate sempre più regolari, ormai le sembrava di aver fatto amicizia con lui. Per quanto *potessero* essere amici due che non si erano mai incontrati. Magnus doveva rimanere in città solo quattro giorni, quindi sarebbe stato molto impegnato, ma Lexie sperava che riuscisse a trovare un po' di tempo per andare in spiaggia, o per divertirsi un po', sull'isola.

Nel momento stesso in cui Magnus entrò nel centro, Lexie ebbe l'impressione di avere un peso in più sullo stomaco: era *identico* al fratello, Dagmar.

Del resto, era ovvio, in fondo erano gemelli... ma, chissà perché, lei ne fu comunque sorpresa. Magnus aveva gli stessi capelli biondi, era alto quanto Dagmar, quasi uno e ottanta, stessi occhi azzurri. Anche se era sulla cinquantina, sembrava comunque molto in forma.

"Tutto bene?" le chiese tranquillamente Ashlyn.

Lexie annuì. Vedere Magnus così in forma le fece un po' male: si ricordava di Dagmar, di quando anche lui stava così bene. Ma dopo tanti mesi nel deserto, dopo l'attacco, l'ictus, aveva cominciato a stare sempre peggio.

Magnus si guardò attorno nel salone; quando i suoi occhi caddero su Lexie, smise di camminare. Lexie gli aveva spiegato il proprio aspetto, probabilmente lui aveva anche consultato il file del personale di Food For All, dove c'era anche una foto. Era un po' snervante, essere l'unico polo dell'attenzione di Magnus.

Magnus si incamminò verso Lexie, con Natalie che lo seguiva, un po' incerta, poi si fermò davanti a lei.

"Tu devi essere Lexie."

"Sì, sono proprio io. Benvenuto, Magnus. Spero il viaggio sia andato bene."

"Sì, è andato bene."

Magnus la fissava con un'espressione che Lexie non riuscì

a interpretare. Dopo tutte le mail e le telefonate, lei si aspettava qualcosa di... diverso. Un abbraccio, un sorriso. *Qualcosa* del genere. Invece lui la fissava e basta, sul viso aveva un'espressione del tutto assente.

"Sì, lei è Lexie, poi le presento Ashlyn, Pika e Jack. Sono i nostri quattro operatori a tempo pieno," disse Natalie, intervenendo in quel momento di silenzio imbarazzante.

Come uscendo da un momento di *trance*, Magnus scosse la testa e sorrise; poi strinse la mano agli altri e tornò a rivolgersi a Lexie: "Scusami per questo imbarazzo, è solo che ho avuto una giornata lunga e sono molto emozionato per questo incontro."

"Non c'è niente di cui scusarsi, devo ammettere che anch'io sono molto emozionata di questo incontro. Mi dispiace davvero tantissimo per Dagmar. So di averti già mandato le mie condoglianze, era davvero un brav'uomo."

"Sì, davvero un brav'uomo," ripeté Magnus, che poi tornò a rivolgersi a Natalie: "Nei prossimi giorni avrò molto lavoro da sbrigare, che ne dice se facciamo questo giro, così poi mi fa vedere l'ufficio e posso cominciare a controllare i bilanci?"

Il tono di voce di Magnus era molto formale, Lexie si accigliò un poco: sapeva che si trattava di un'ispezione, una visita di controllo della filiale, ma insomma.

"Ma certo. Tiro fuori i registri delle attività così può cominciare oggi stesso," rispose Natalie.

"Grazie mille, lo apprezzerei," replicò Magnus, che poi aggiunse: "È stato un piacere." Quindi annuì a Lexie e agli altri, per poi girarsi e seguire Natalie nel corridoio, fino all'ufficio.

"Wow, che tipo rigido, formale, non è vero?" chiese Pika.

"Shhh," lo riprese Ashlyn, "non vorrai farti sentire."

"Pensavo avessi detto che era un tipo forte," disse Jack a Lexie.

Lei alzò le spalle: "Nel parlare mi ha sempre dato quell'impressione. Ma forse è solo stanco per il viaggio, è stato un volo molto lungo."

"Forse incontrarti gli ha fatto effetto," suggerì Ashlyn, "anche se tu sei una persona molto gentile, ma gli ricordi sempre il fratello. Hai detto che erano molto vicini."

"Sì, erano molto vicini," confermò Lexie annuendo, "sono sicura che hai ragione."

Gli altri tre impiegati se ne andarono a sbrigare dei lavori, mentre Lexie rimase in piedi dov'era per un lungo momento. Quell'incontro non era andato come se lo immaginava. Non si aspettava certo che Magnus si mettesse a saltare per l'entusiasmo, ma pensava a qualcosa di diverso rispetto a quell'occhiata strana e alla scontrosità di Magnus.

Alla fine scosse la testa; era stanco, proprio come aveva immaginato, si ricordava come si era sentita anche lei, quando era arrivata, la prima sera. Bisognava lasciargli un po' di tempo, dargli tregua; l'indomani sarebbe stato più riposato e avrebbero parlato.

Confermando da sola i propri pensieri, Lexie si girò... e quasi si scontrò con Theo, che stava in piedi proprio dietro di lei. Non lo aveva sentito avvicinarsi. "Oh, scusami, Theo. Avrei dovuto guardare dove andavo. Va tutto bene? Vuoi che ti porti qualcosa?"

"Devi stare attenta, molto attenta," borbottò Theo. "Sei gentile, chi è gentile si fa male."

Lexie lo scrutò e gli disse con gentilezza: "Anche tu sei gentile."

Theo scosse la testa e le rispose, puntandosi un dito alla tempia: "No. Io sono strano, ho la testa messa male. Ma capisco le persone, i cattivi. Devi stare attenta."

"Va bene" gli disse Lexie, cercando di farlo calmare. "Hai già mangiato, oggi? Se vai a sederti, ti porto un panino."

"Niente formaggio," disse Theo, oscillando un poco sul posto, "niente croste."

"Me lo ricordo," gli rispose Lexie con un sorriso, "farò attenzione a mettere solo prosciutto e toglierò le croste."

"Buono... così è buono," disse Theo avviandosi verso il posto in cui aveva lasciato le sue cose, a uno dei tavoli. Poi si girò e la fissò con tale intensità, con un'espressione talmente diretta che Lexie si bloccò dov'era. "Non è un brav'uomo."

"Come? Chi?" gli chiese Lexie, ma Theo si era già voltato di nuovo e se ne stava già tornando al tavolo.

Sentendosi frustrata per come stava andando il pomeriggio, Lexie sospirò e andò in cucina a preparare un panino per Theo.

———

Poche ore dopo, la giornata di Lexie non era certo migliorata; sembrava proprio che fossero tutti molto nervosi. Forse la colpa era del tempo, era piovuto molto, cielo coperto tutto il giorno. Forse era la presenza di Magnus, che era uscito dall'ufficio e se ne stava seduto da una parte nel salone a guardare, anzi, a osservare le attività quotidiane del centro. Forse era Theo che non era del suo umore migliore e aveva cominciato a bisticciare due volte con qualcun altro che si era presentato per avere da mangiare e per avere informazioni sull'assistenza a lungo termine.

Ma Lexie sapeva di essere giù di corda per via di Magnus, che l'aveva osservata tutto il giorno, pur senza mai avvicinarla. Si sentiva senza dubbio delusa: aveva delle aspettative su quell'incontro, ma fino a quel momento le sue speranze si erano rivelate *eccessive*.

Quando sentì il telefono che vibrava per l'arrivo di un messaggio, Lexie lo tirò fuori di tasca volentieri. Appena vide che il mittente del messaggio era Midas, le rispuntò il sorriso.

. . .

Midas: Mi dispiace tantissimo, oggi pomeriggio non riesco a venirti a prendere. Il comandante ci aveva promesso che potevamo tornare a casa presto, ma poi c'è stata un'esplosione enorme in una base all'estero e dobbiamo discutere di quella situazione.

Midas: Ti prometto che mi farò perdonare.

Lexie sospirò. Per come le stava andando la giornata, era ansiosa di passare una bella serata con Midas; così si portò il telefono alla bocca per dettare la risposta.

Lexie: Va bene.

Sul display spuntarono subito i tre puntini che indicavano che Midas stava rispondendo. Lexie aspettò di vedere che altro aveva da dirle.

Midas: Oggi sono tutti molto scontrosi, che sia la luna piena? Stai attenta quando torni a casa e mandami un messaggio quando arrivi. Ti faccio sapere quando parto.

Lexie: L'hai notato anche tu? Spero che il sole faccia presto capolino, perché non ne posso più di tutta questa scontrosità. Me la caverò. Ti amo.

Midas: Ti amo anch'io, Lex. Grazie per la tua comprensione.

Lexie: Se ti piantassi il muso arriveresti prima?

Midas: lol. No, anche se vorrei.

Lexie: Appunto. Allora ci vediamo appena finisci di lavorare. Guida con prudenza.

Midas: Sempre.

. . .

Lexie si mise di nuovo il telefono in tasca e pensò a cosa fare. Non c'era davvero motivo di andarsene all'orario solito di fine turno, perché sarebbe rimasta a casa da sola, imbronciata. Magari sulla via di casa poteva andare a fare la spesa, prendere qualcosa di gustoso per preparare una bella cenetta per Midas. Del resto, Lexie non sapeva nemmeno a che ora lui avrebbe finito di lavorare, forse avrebbe mangiato alla base, prima di avviarsi.

Tutte quelle riflessioni furono spazzate via da un grido proveniente dalla cucina. Lexie corse sul retro e fece una smorfia di dispiacere, nel vedere Jack con la schiena per terra, sotto al lavandino. Chiaramente si trattava di un altro tubo che perdeva, c'era acqua ovunque. Di sicuro non era quello il modo per fare una buona impressione su Magnus, ma almeno Lexie aveva trovato qualcosa da fare, qualcosa che l'avrebbe tenuta impegnata per il resto del pomeriggio.

Andò di corsa al rubinetto generale dell'acqua per chiuderlo, poi si guardò intorno e arricciò il naso: l'acqua era arrivata un po' dappertutto. Sarebbe servito senz'altro tutto il pomeriggio per ripulire quel casino. Lexie si tirò su le maniche e si mise all'opera.

———

Magnus avrebbe dovuto sentirsi stanco, lo sapeva, ma ormai andava avanti ad adrenalina pura. Nel momento stesso in cui aveva visto Lexie Greene, la vista gli si era come annebbiata, gli sembrava di vederci rosso. Si era immaginato di allungare le mani proprio in quel momento, per mettergliele al collo e strozzarla a morte.

Aveva un aspetto perfettamente sano, era felice. Non era giusto! Avrebbe dovuto sentirsi in colpa, al posto di mangiare e dormire senza problemi; invece sprizzava vitalità da tutti i pori.

Brutta troia.

Allora lui era rimasto seduto per un paio d'ore nell'ufficio di direzione fingendo di guardare i documenti al computer di Natalie, anche se non gliene fregava un bel nulla dei controlli. L'organizzazione poteva anche crollare al suolo da sola. Anzi, lui avrebbe fatto tutto ciò che poteva per fare in modo che succedesse.

Quando era arrivato al punto di non sopportare più di starsene lì seduto, perché voleva sapere cosa stesse facendo *lei*, era uscito dall'ufficio e si era avviato verso il salone principale, per guardare Lexie che svolazzava da una persona all'altra. Era sempre sorridente, sempre ottimista. Magnus voleva spazzarle via quel dannato sorriso dalla faccia e ci sarebbe riuscito. Molto presto.

Magnus aveva già notato che l'edificio di Food For All sembrava situato in un quartiere un po' difficile, sapeva anche che a Lexie era stato assegnato un appartamento in un palazzo vicino. Lei stessa gli aveva riferito che a volte andava a casa a piedi, quando il suo uomo non riusciva a venirla a prendere per accompagnarla. Magnus non conosceva gli orari di lavoro di quello stronzo, ma contava sul fatto che almeno una volta, nei tre giorni a venire, non sarebbe riuscito a passare a prenderla.

Quando un tubo dell'acqua si ruppe in cucina, Magnus approfittò di quella comoda distrazione per andarsene inosservato dal centro. Mentre camminava, perlustrò la zona che attraversava, fino a trovare con gli occhi ciò che cercava.

Guardando in un vicolo stretto e buio tra due edifici, vide un uomo massiccio seduto contro al muro, con vicino un carrello del supermercato. Fissava la parete di fronte e beveva da una bottiglia avvolta in un cartoccio.

Magnus si guardò attorno rapidamente e non vide nessun altro in giro, quindi si infilò nel vicolo.

Avvicinandosi, poteva sentire l'odore del corpo di quel senzatetto; era disgustoso, ma a lui non importava. Quel tipo aveva la faccia coperta di peli, barba sfatta e in disordine, c'erano persino dei pezzi di cibo incastrati tra i peli irti. Indossava un paio di pantaloni sporchi e rovinati, con una maglietta piena di buchi di varie dimensioni. Non aveva scarpe ai piedi, ma per terra vicino a lui c'era un paio di infra-dito tutte rovinate.

"Cazzo vuoi?" brontolò il tipo a Magnus, che si avvicinava.

"Un momento del tuo tempo," gli rispose Magnus.

"Stranieri bastardi," commentò l'uomo, "che ne dici di pagare? Sembri uno che ha tanti soldi."

"Infatti," rispose Magnus, ignorando il brutto ceffo di quel tipo. Chiaramente quell'uomo non si aspettava una risposta del genere. "Sarei anche felice di dartene un po', ma prima mi serve un favore."

Il senzatetto sembrava disgustato e gli disse, con tono belligerante: "Non c'ho casa."

Magnus sogghignò: "Non voglio fare sesso." Poi andò avanti, spiegando a quel tipo cosa voleva chiedergli.

L'espressione di quel tipo rimase scettica: "Tutto qua?"

"Tutto qua," confermò Magnus, "e per dimostrarti che faccio sul serio, ti do subito una bella banconota da venti, gli altri quattrocentottanta dopo, quando avrai fatto ciò che ti ho chiesto." Intanto tirò fuori di tasca una bella mazzetta di denaro e sfilò una banconota da venti, porgendola a quell'uomo.

"Metà. Voglio subito *metà*," cercò di trattare il tipo.

"Magnus alzò le spalle e si mise di nuovo i soldi in tasca, girò i tacchi e fece per andarsene.

"Aspetta!"

Magnus fece un sorriso malefico e si fermò.

"D'accordo. Dammi qua i soldi."

Magnus tirò fuori di nuovo la banconota dalla tasca e si girò verso il senzatetto, che gli prese di mano i soldi e strinse la banconota nel pugno.

Magnus si abbassò e cercò di non fiatare mentre gli diceva: "Se fai una cazzata sei un uomo morto. Conosco venti modi per ucciderti e farlo sembrare un suicidio."

"Come vuoi," gli rispose quell'uomo, minimamente impressionato, poi gli chiese: "Come faccio col resto dei soldi?"

Magnus raddrizzò la schiena e si sistemò la cravatta. Indossava una camicia a maniche lunghe e un paio di pantaloni, aveva troppo caldo, in quel clima; ma aveva una reputazione da mantenere. "*Se* fai un buon lavoro, poi vengo io a trovarti."

"Sarà meglio," borbottò il tipo.

Al che Magnus fece partire un calcio, colpendo il senzatetto sul fianco con tutta la forza.

L'uomo cadde di lato urlando, Magnus si accovacciò rapidamente e gli mise una mano alla gola... stringendo.

Il senzatetto cercò subito di togliersi la mano dal collo perché non riusciva a respirare, ma Magnus era troppo forte. "Non fare *cazzate*, hai capito?" lo minacciò Magnus.

Allora quel tipo annuì freneticamente, con gli occhi spalancati per la paura, passavano i secondi senza che riuscisse a respirare.

Magnus stesso non si aspettava un tale scatto d'ira! ma vedere la paura disperata negli occhi di quell'uomo fu per lui determinante, lo fece sentire potente per la prima volta, da quando Dagmar era morto. Aveva passato troppo tempo sentendosi inerme, ora aveva tra le mani la vita di quell'uomo.

Cazzo, se gli piaceva.

Ma sapeva anche di non poterlo uccidere. Almeno non in quel momento, non in pieno giorno. Aveva ancora bisogno di lui. Una sana dose di paura serviva per avere la certezza che quel tipo facesse esattamente ciò che lui gli aveva chiesto.

Magnus lo lasciò andare spingendolo via, poi lo guardò con una smorfia di soddisfazione, mentre il tipo ansimava per prendere fiato. Poi Magnus si girò e tornò fuori dal vicolo, verso la strada principale. Prima fece capolino e non vide nessuno che guardava in quella direzione.

Gli americani erano abituati a non guardare verso chi viveva ai margini della società, Magnus ne approfittava. Sorrideva, si sentiva molto meglio rispetto a venti minuti prima; tornò verso il centro di Food For All. Si guardò le mani e le strinse; poteva ancora sentire tra le mani la gola di quell'uomo. Gli era piaciuto, era stato meraviglioso.

Ma avere tra le mani quella stronza di Lexie Greene sarebbe stato ancor meglio.

Serviva pazienza. Bisognava preparare il terreno, così quando se ne sarebbe andato dalle Hawaii nessuno avrebbe minimamente sospettato di lui.

CAPITOLO SEDICI

LEXIE ERA PIÙ che pronta a tornare a casa, quando il disastro in cucina era stato ripulito. Voleva solo trovarsi con Midas, senza pensare a null'altro, per qualche ora. Si infilò la borsa a tracolla e si incamminò verso l'uscita.

Si fermò sui suoi passi appena sentì delle grida inferocite provenire da fuori.

Si guardò dietro le spalle e vide che Jack non era nei paraggi, Pika se n'era andato da un quarto d'ora. In giro c'erano alcuni operatori part-time, ma sembravano tutti impegnati con degli utenti.

"Ti accompagno io a casa," le disse Magnus affiancandola sulla destra, cogliendo Lexie di sorpresa.

Lexie sussultò, poi ridacchiò nervosamente dicendogli: "Non ti ho visto arrivare."

"Me ne sono accorto. Comunque approfitterei per fare due chiacchiere. Mi dispiace, oggi non sono riuscito a parlare molto."

"Non c'è problema," gli disse Lexie, "sei stato impegnato. Inoltre, non sei venuto per passare il tempo con me, avevi del lavoro da svolgere. Spero che i controlli stiano andando bene."

"Sì, va tutto bene. Dai, andiamo, a quanto pare là fuori c'è qualche agitato di troppo. Dovresti andare a casa."

"Grazie," gli rispose Lexie. Si sentì molto sollevata di non dover tornare a casa a piedi da sola, specialmente sentendo cosa stesse succedendo.

"Aspetta qui solo un momento," le disse Magnus dirigendosi verso la porta. Lexie lo vide sparire sul marciapiede, così cominciò ad agitarsi sul posto, ma dopo un paio di minuti lui tornò e le porse un braccio.

Lexie si fece prendere a braccetto e si avviò con Magnus nella serata umida di Honolulu. Guardandosi intorno, Lexie non vide in giro nessuno che potesse aver gridato, creando il trambusto di poco prima. Sollevata, alzò gli occhi verso Magnus: aveva lo stesso aspetto serio e austero di quando era arrivato. Indossava una camicia bianca ancora immacolata, con la cravatta perfettamente annodata. Camminava con la schiena dritta, con un'andatura un po' rigida.

"Cosa ne pensi delle Hawaii, finora?" gli chiese, mentre camminavano insieme.

"Fa caldo, c'è umido," le rispose Magnus.

Lexie rise. "Sì, è vero, ma oggi è una giornata molto strana. Di pomeriggio capita spesso che ci sia un temporale, ma quasi sempre non dura molto, poi torna il sole. Avrai del tempo libero per andare in spiaggia, o per fare qualche visita turistica?" gli chiese.

"Ne dubito. C'è molto lavoro da fare, per l'ispezione, fra tre giorni devo ripartire."

"Capisco," disse Lexie. Lei conosceva il programma, anche se non era sicura del motivo per cui Magnus non si era preso più tempo. Ma le dava l'impressione di essere molto più tirato e... formale del fratello. Anche Dagmar era molto professionale, ma Magnus sembrava sempre molto secco, chissà perché.

"Vuoi uscire a cena con me e Midas, una di queste sere?" gli chiese. "Potremmo portarti in uno dei ristorantini hawaiani che conosciamo, sono meravigliosi."

"Vedremo," le rispose Magnus annuendo.

Ecco. Lexie si aspettava una risposta con un po' più di entusiasmo; ma forse Magnus era solo stanco. Così Lexie cercò di scervellarsi per pensare a qualcos'altro da dire, mentre camminavano, ma saltò dalla sorpresa quando un uomo appena dietro di lei le urlò contro: "Ehi, stronza!"

Lexie si girò e vide un uomo enorme con la barba sfatta che le stava vicino, fin troppo vicino.

"Sì, proprio tu," le disse, quando lei lo notò, "hai dei soldi? Mi servono dei soldi."

"Mi dispiace, non ne ho con me," gli rispose lei sinceramente. Non portava mai contanti con sé, in quella zona della città non era affatto sicuro.

"Bugiarda!" esclamò quel tipo, che poi allungò le mani verso di lei, ma Magnus la allontanò.

"Adesso devi andartene," disse Magnus all'altro tipo.

Ma quell'uomo arruffato sogghignò: "Ma guarda, che guardia del corpo grande e grossa, e tu? Tu hai dei soldi?"

"Ignoralo," disse Magnus, voltando la schiena a quell'uomo per riprendere a camminare sul marciapiede.

Lexie non era sicura che fosse una buona idea, perdere di vista quell'uomo, ma si fidò dell'invito di Magnus e lo seguì.

Lo strano tipo però li seguì, attaccandoli a parole mentre camminava dietro di loro.

"Che bel culo, chissà che bella figa che sei. Scommetto che ti piace farti scopare, ma lui ce l'ha piccolo di sicuro. Io ce l'ho grosso, col mio uccello ti riempio per bene."

Lexie allungò il passo, non era affatto a suo agio. Non le era mai capitato prima, un attacco molesto come quello, a sfondo sessuale, le sembrava davvero fuori luogo. Per non parlare della paura.

"Vattene via," disse Magnus a quel tipo, sempre camminando.

"Ti ho già vista," proseguì il tipo, "con tutti quei capelli, te ne vai a casa da sola, posso tenerti compagnia, ci penso io a te."

Lexie tremava, non le piaceva sapersi osservata, si sentì vulnerabile, odiava quel disagio.

Senza dire una parola, Magnus si girò e fece un passo verso quell'uomo. Lexie lo lasciò andare e lo osservò incredula, mentre Magnus dava un pugno in faccia a quel tipo.

L'uomo cadde a terra con un tonfo, ma si mise a ridere, guardandoli di sottecchi. Gli usciva il sangue dal naso, quando disse: "Tutto qua?"

"Tutto qua," rispose Magnus quasi ringhiando.

"Quella puttana sarà anche frigida, è probabile," ribatté l'uomo a terra, che poi balzò in piedi e se ne tornò da dove era arrivato, verso il centro di Food For All.

"Santo cielo!" esclamò Lexie sottovoce, "ma stai bene?"

"Sì," le rispose Magnus, "dai, andiamo, ti porto a casa prima che succeda qualcos'altro. Non siamo in una bella zona della città."

"Di solito non è così male," gli disse.

"Sono qua da un giorno e ho già visto fin troppa... agitazione," ribatté Magnus.

"Lo so, ma davvero, io sono qui da un po', ormai, nessuno mi si è mai avvicinato in quel modo."

"Non bisogna mai fidarsi," le disse Magnus incamminandosi un po' più alla svelta verso il palazzo dove abitava Lexie. "Dopo quanto è successo, ormai l'avrai capita."

"Io preferisco vedere il bene negli altri," gli spiegò Lexie.

"A volte non c'è alcun bene," ribatté Magnus.

Lexie si accigliò; non le piaceva chi la pensava in quel

modo, specialmente se quel qualcuno lavorava per Food For All. Capitava fin troppo spesso, le persone che incontrava venivano discriminate, subivano troppi attacchi. Alcuni erano stati in prigione e stavano cercando di rimettersi in piedi, altri abusavano dell'alcol, oppure si drogavano. Lexie sapeva bene che non tutti agivano mossi da buoni propositi, ma preferiva comunque dare a tutti il beneficio del dubbio.

Arrivarono alle porte del palazzo e Magnus si girò verso di lei. Lexie gli vide del sangue sulle nocche: "Dovresti medicare le mani," gli disse, ma chissà perché non lo invitò a salire in appartamento per aiutarlo.

"Lo farò," le rispose, "senti, mi dispiace che quell'uomo ti abbia spaventata. Ma ce ne sono tanti, disposti a far del male a una bella donna come te."

"Lui è un'eccezione," disse Lexie con insistente ostinazione.

"Uno come lui?" le chiese Magnus, girandosi e facendo un cenno con la testa verso l'altra parte della strada.

Lexie guardò verso il punto che Magnus le aveva indicato e vide un vicolo. Stava per chiedergli cosa volesse indicare, quando vide un movimento. Un uomo in piedi che la fissava.

"Credo che quello sia... Theo?" le disse Magnus. "Mi hai parlato di lui, nelle nostre mail. Hai detto che ti ha spaventata."

"È successo solo una volta, c'è stato un tafferuglio intenso," spiegò Lexie un po' nervosa.

"Allora perché continua a fissare il palazzo dove vivi? Si nasconde nell'ombra, ti segue?"

Lexie non sapeva cosa rispondere a tutte quelle domande. Avrebbe voluto protestare, dire che Theo probabilmente stava in quel vicolo solo per passare la notte, che l'avevano incontrato per pura coincidenza. Ma la verità era che non ne era certa nemmeno lei. Theo di solito se ne andava dal centro prima di lei, al pomeriggio, Lexie non sapeva dove andasse o cosa facesse, di notte. Al mattino era spesso uno dei primi a presentarsi per la colazione. A volte si fermava per tutto il giorno, altre volte se ne andava subito dopo mangiato.

"Ha qualche problema mentale," disse Magnus sommessamente, "Non va bene, che sia qui attorno. Ti spia, l'ho visto, oggi. Prima mi hai detto che al mattino è sempre al centro di Food For All, aspetta che apriate, vero?"

"Sì, è vero."

"E tu di solito sei la prima ad arrivare al centro. Potrebbe farti del male ogni volta che vuole, devi fare attenzione, Lexie."

Lexie annuì e strinse le labbra, si stava agitando. Per la prima volta negli ultimi mesi, non si sentiva al sicuro. Non aveva avuto alcun problema, quando andava in giro da sola a Galkayo; aveva passeggiato per conto suo per le strade di Berlino e di New York. Aveva vissuto per un certo periodo anche nella zona est di Saint Louis, facendo amicizia con tutti quelli che incontrava quotidianamente.

Mai una volta si era sentita così nervosa, come quel giorno. *Odiava* quella sensazione. Doveva entrare in casa, così disse a Magnus: "Farò attenzione, grazie per avermi accompagnata a casa."

"È stato un piacere. Domattina vai al centro, come sempre?" le chiese.

"Sì, perché?"

"Natalie mi ha dato una chiave, posso entrare e uscire quando voglio, così ho abbastanza tempo per finire i controlli. Pensavo di venire anch'io domattina sul presto, così posso tenerti d'occhio."

Lexie annuì, sentendo solo un minimo sollievo. "Va bene, allora ci vediamo domani."

"Ci vediamo, a domani."

Lexie lasciò andare un sospiro di sollievo, quando le porte si chiusero alle sue spalle. Era sicura che Theo non conoscesse l'appartamento in cui viveva, inoltre Midas sarebbe arrivato presto. Andava tutto bene. Era al sicuro.

Ma la pelle d'oca e i cattivi presagi smentivano ogni pensiero positivo.

———

Midas batteva nervosamente il piede sul pavimento dell'ascensore che lo portava al piano di Lexie; gli rodeva, non aver potuto andare a prenderla al lavoro, quel pomeriggio. L'incontro con il comandante era importante, ma Midas avrebbe preferito andare da lei, anche per sapere com'era andato l'incontro con Magnus, un incontro che Lexie aspettava con ansia da settimane.

Le porte dell'ascensore si aprirono e Midas si avviò nel corridoio, verso la porta di casa di Lexie. Le aveva mandato un messaggio per farle sapere che stava arrivando. Molto spesso lei gli andava incontro e gli apriva la porta prima ancora di vederlo arrivare, ma chissà perché quel giorno la porta non era aperta. Midas bussò, preoccupato per quell'accoglienza diversa.

Fu ancor meno felice, appena vide Lex, quando lei finalmente aprì la porta.

Aveva gli occhi cerchiati, sembrava stressata oltre misura. Ma Midas non ebbe molto tempo per scrutarla, perché Lexie gli si gettò tra le braccia.

Allora lui la accompagnò nell'appartamento e chiuse la porta a chiave, poi le mise le mani sulle spalle e la fece allontanare in modo da riuscire a guardarla negli occhi.

"Cos'è successo?"

"Nulla, sono solo felice di vederti."

"Dai, non sparare cavolate, Lex, c'è qualcosa che non va."

Allora lei sospirò e lasciò cadere le spalle: "È stata una giornata pesante."

Midas decise di cambiare tattica, le prese la mano e la portò verso il letto. Era troppo presto per andare a dormire, ma dato che nel monolocale non c'era un divano bisognava accomodarsi sul letto.

La fece sedere e lei gli sorrise, provocandolo: "Hai tanta voglia di amore?"

Ma lui la ignorò, si abbassò e si tolse le scarpe, dicendole: "fatti più in là."

Lei si spostò senza dire una parola, Midas le si sedette di fianco, si sistemò i cuscini dietro la schiena, allungò le gambe e la tirò più vicina.

Lexie gli si avvicinò volentieri, sciogliendosi contro di lui con un lungo sospiro.

Per vari minuti, nessuno dei due parlò; Midas si limitò ad accarezzarle i capelli, tenendola stretta.

Dopo un po' di tempo, lei gli chiese: "Com'è andato il tuo incontro?"

"È stato lungo," le rispose, "dai, dimmi tutto, amore."

"Ma sto bene," gli rispose, "è solo che è stata una giornata stressante."

Ecco, allora doveva proprio tirarle fuori parola per parola cos'era successo. Poteva farcela. "Magnus è arrivato al centro?"

"Sì."

"Sei riuscita a parlargli, hai avuto tempo?"

"Non molto, si è messo subito a lavorare, per l'ispezione."

"Come sta Ashlyn?"

"Sta bene, perché?"

"Nulla, chiedevo. A che ora sei tornata a casa?"

La sentì irrigidirsi un poco contro di lui, così capì che si stava avvicinando a scoprire cosa diamine fosse successo. Midas odiava non essere in grado di affrontare subito l'accaduto, qualunque cosa fosse.

"Mi sono fermata più del previsto, dato che tu eri impegnato con l'incontro. Il tubo dell'acqua in cucina alla fine si è rotto, abbiamo dovuto ripulire un sacco di sporco sul pavimento."

"Che rottura," commentò Midas.

Lei fece spallucce.

"Allora sei uscita più tardi... hai già mangiato?"

Lexie annuì.

Ecco, evidentemente non era poi così bravo a scoprire cosa la tormentava. Midas decise di tagliare corto e smise di girarci attorno: "Lex, devi spiegarmi cos'è successo, me lo dici? Non me la raccontare, non sei te stessa, così mi fai preoccupare."

"Mi dispiace, è solo che oggi sono successe molte cose. Magnus era... non so come spiegarlo. Era diverso dall'uomo che avevo conosciuto dalle mail e dalle nostre poche chiacchierate al telefono."

"Diverso in che senso?"

"Più formale, credo. Cioè, non mi aspettavo che si mettesse a fare salti di gioia incontrandomi, ma un abbraccio, un gesto più personale, ci stava."

"Forse non era a suo agio, davanti a tutti gli altri."

"Lo so."

Lei non disse altro, così Midas continuò a indagare: "Hai detto che sono successe molte cose, che altro è successo?"

"Il lavandino, Magnus, non poterti vedere fino a tardi, Theo, il rientro a casa..." la voce di Lexie svanì.

"Il rientro a casa?" le chiese; non gli era piaciuto il modo in cui si era irrigidita, mentre lo diceva.

"Sto bene," gli disse.

"Ma cos'è successo?"

"Magnus mi ha accompagnata a casa, perché poco prima che uscissi dal centro c'è stato del trambusto. Un tipo ci ha seguiti per un po' e ci ha detto delle cattiverie; Magnus l'ha colpito e poi è finita lì."

Midas si sentiva impotente, una sensazione che odiava. Sapere che Lexie tendeva a minimizzare l'accaduto non lo aiutava, così le chiese: "E Theo?"

"Era nel vicolo dall'altra parte della strada. Magnus ha detto che lo ha visto che mi fissava tutto il giorno. Non so perché fosse davanti al palazzo, ma... se mi avesse seguito a casa già altre volte? Io proprio... odio avere paura di qualcuno che aiutiamo al centro, non è da me, mi sembra ingiusto nei confronti degli utenti di Food For All."

"Non è ingiusto se qualcuno ti mette davvero in pericolo," le disse Midas.

Lexie non disse nulla, lo fissò e basta.

Midas poteva vedere la frustrazione negli occhi di Lexie; uno degli aspetti che gli piacevano di più di lei era la positività, la sua prospettiva solare sulla vita. Quella che all'inizio gli era sembrata ingenuità, un tratto di cui doversi preoccupare, ora gli era entrata dentro come una bontà interiore innata, faceva parte di lei. Lexie bilanciava così il carattere di Midas, cinico, a volte troppo prudente. Lui sapeva che Lexie voleva avere fiducia anche in Theo... ma non necessariamente doveva fidarsi anche *lui*.

Midas non era molto sorpreso che Theo si aggirasse nei paraggi, in un vicolo scuro, spiandola. Di sicuro Midas non era contento, così le disse: "D'ora in poi vengo a prenderti."

Lei scosse la testa contro di lui: "Sappiamo bene entrambi che non sarà sempre possibile. Guarda cos'è successo oggi. Anche tu devi lavorare, a volte hai da fare e non puoi liberarti."

Lexie aveva ragione. "D'accordo, ma se non posso venire io a prenderti, posso sempre mandare qualcun altro."

Lexie alzò la testa e gli mise una mano sulla guancia: "Lo apprezzo, più di quanto non esprima a parole, ma non ho mai avuto bisogno di affidarmi a qualcuno così tanto, in vita mia, non voglio cominciare adesso."

"Ma io non sono un *qualcuno* qualunque," ribatté lui, "non esiste al mondo che ti lasci andare a casa a piedi da sola, se incontri per strada degli uomini che ti disturbano, con Theo là fuori che ti spia."

"Di solito ci sono Jack o Pika che mi accompagnano a casa, quando possono," gli disse Lexie. "Anche Magnus oggi è stato di grande aiuto; ha colpito quel tipo e poi sembrava quasi che non gli facesse nemmeno male la mano. Anche se doveva fargli male, perché quel tipo era enorme e le nocche di Magnus sanguinavano. Amo il tuo senso di protezione, ma non puoi accompagnarmi sempre. Ho bisogno di capire *da sola* come stare al sicuro. Oggi è successo... un po' troppo. Da domani tornerò al mio solito ottimismo. Promesso."

Midas prese la mano che Lexie gli teneva sulla guancia e ne baciò il palmo, prima di posarsela sul petto. Lexie gli mise la guancia sulla spalla e si appoggiò a lui.

Midas l'aveva ascoltata, ma avrebbe fatto comunque tutto il possibile per occuparsi di lei al meglio. Lexie aveva ragione, lui non poteva ogni volta arrivare in macchina in centro città dalla base per andarla a prendere al lavoro, se anche lui doveva lavorare, ma Midas conosceva tante persone, poteva chiedere dei favori in giro.

Diamine, se avesse spiegato a Baker cosa stava succedendo, lui sarebbe venuto in macchina ogni giorno dalla zona di North Shore per andare a prendere Lexie e portarla a casa, Midas ci avrebbe scommesso.

"Come mai adesso sorridi?" gli chiese Lexie, sospettando qualcosa.

"Stavo solo pensando di chiedere a Baker di venirti a prendere, quando non posso venire io."

"*Quel* Baker? Dai! Va bene!"

Midas sbatté le palpebre dalla sorpresa e ammise: "Pensavo ti impuntasti, dicendomi che ero ridicolo."

"Va bene, *sei* ridicolo, ma ho sentito tanto Elodie parlare di questo Baker, sono solo curiosa." Poi fece spallucce con un fare innocente.

"Vuoi conoscerlo?"

"Beh, sì, certo."

"Allora farò in modo di fartelo conoscere," le disse Midas. Più ci pensava, più gli piaceva quell'idea. Baker non era tipo da sopportare facilmente chi faceva lo scemo, sarebbe stato più che contento di tenere gli occhi aperti per individuare qualunque minaccia contro Lexie; odiava la violenza contro le donne e Midas sapeva che quando Baker avesse scoperto i problemi che attraversava Lexie, anche lui si sarebbe offerto di proteggerla.

"Come mai tutto a un tratto mi sento a disagio?" gli chiese Lexie, guardando Midas di sbieco.

"Non lo so. Baker è un tipo forte."

"Midas?"

"Dimmi, amore."

"Tutto va meglio, solo perché sei qui con me."

Cazzo, se la amava. "Vale lo stesso anche per me. Per quanto sia stata dura la giornata, o la missione, so che sei qui che mi aspetti e così riesco a superare tutto meglio."

"Hai fame?" gli chiese sottovoce. "Posso prepararti qualcosa da mangiare."

"No, sto bene così," le rispose Midas, che ormai aveva la testa da un'altra parte: stava pensando a cosa doveva fare il giorno dopo. Doveva parlare con Natalie a proposito di Theo, senz'altro doveva contattare Baker. Se c'era uno che poteva capire cosa diavolo passava per la testa di Theo, quello era Baker; probabilmente poteva scoprire tutto anche sul tipo che Magnus aveva preso a pugni.

Midas voleva anche incontrare Magnus; si sarebbe presentato quel pomeriggio, se non ci fosse stata la riunione di emergenza alla base.

"Sei proprio preso dai tuoi pensieri," lo accusò Lexie dopo un momento.

Lui ridacchiò: "Scusami."

"Non c'è problema, continua pure a pensare. Io mi faccio i fatti miei."

Poi Lexie mosse lentamente la mano dal petto di Midas verso i pantaloni della divisa, giocherellando con i bottoni. Midas guardò in basso e la vide sorridere, sempre sdraiata su di lui.

Allora le prese la mano e le disse: "Adesso stai meglio?"

Lexie alzò lo sguardo e annuì: "Te lo garantisco."

"Mi dispiace che tu abbia avuto una giornata difficile e non potevo stare al tuo fianco."

"Adesso sei qui con me," gli disse.

"Ci sono," confermò Midas, che poi si spostò sul letto fino a sdraiarsi per bene sulla schiena. Lexie si mise a ridere quando Midas fece rotolare entrambi, fino a metterla sotto. Poi lui abbassò la bocca e con grande piacere la sentì sorridere contro le labbra.

Quando lui rialzò la testa, ansimavano entrambi. "Ti amo, Lexie. Mi dà molto fastidio che tu abbia avuto paura, oggi. Ucciderei chiunque osasse romperti le scatole, come quello stronzo che ti ha seguita oggi pomeriggio. Se Theo ti sfiora anche solo con un dito, gli faccio passare la voglia."

Lexie si sentì percorsa da un brivido, Midas per un secondo fu dispiaciuto di quanto le aveva detto, ma poi lei parlò.

"Come mai, quando fai tanto il macho con me, mi ecciti?" gli chiese.

"Perché vuol dire che ti amo."

"Anch'io ti amo," gli rispose, mentre faceva scivolare di nuovo le mani tra loro, andando ad armeggiare con il bottone dei pantaloni.

"Per caso, c'è qualcosa che vuoi?" le chiese provocandola.

"Sì: te," gli rispose, completamente seria.

Allora lui abbassò di nuovo la testa e si impegnò per far dimenticare alla sua donna la giornata di merda che l'aveva afflitta.

———

Magnus si accomodò nel letto matrimoniale della sua camera d'albergo, follemente lussuosa. Non aveva chiesto al consiglio d'amministrazione di Food For All di approvare l'albergo che aveva scelto. L'alloggio era incluso nelle spese degli ispettori e nessuno aveva specificato dove dovesse andare a pernottare o quanto potesse spendere.

Quel giorno era andato tutto meglio del previsto; aveva assunto uno stronzo per infastidire Lexie mentre tornava a casa e quel tipo aveva fatto esattamente ciò che gli era stato chiesto. Magnus si era accorto dell'agitazione di Lexie, aveva capito che era spaventata. Così lui aveva interpretato il ruolo dell'eroe, guadagnandosi la sua fiducia.

Quando aveva intravisto quel matto scatenato di Theo nel vicolo di fronte al palazzo di Lexie, era stata la ciliegina sulla torta. Così le aveva messo la pulce nell'orecchio, facendole credere che Theo la seguiva... in modo che nessuno si sarebbe sorpreso, quando dopo qualche giorno quel pazzo l'avrebbe attaccata.

L'unico punto debole del piano era il partner di Lexie, il SEAL della marina. Parlando con Lexie, però, Magnus aveva scoperto che la accompagnava sempre al lavoro la mattina, per poi andare alla base navale.

Magnus non era arrivato alle Hawaii con un piano perfetto in mente, ma stava andando tutto meglio del previsto. Il centro di Food For All era in una zona pessima della città, Lexie stupidamente ignorava tutti i pericoli che la circonda-vano. Perfetto. Magnus sperava di portare Theo nel posto giusto al momento giusto; l'indomani sarebbe andato al centro la mattina presto per studiare il comportamento di quell'uomo, poi avrebbe perfezionato il piano.

Gli prudevano le mani, Magnus se le guardò bene; non avevano nulla di diverso dal solito, eppure lui sentiva ancora sul palmo delle mani la carne sporca di quel senzatetto, la sensazione della lotta di quell'uomo, che cercava di respirare, non riuscendoci.

Però quando pensava all'accaduto, non si immaginava il volto barbuto di quell'uomo: si immaginava quella stronza.

Era troppo ingenua, troppo vivace, troppo dannatamente *felice*.

Come poteva essere così felice, mentre lui era rimasto con un vuoto incolmabile ad assillarlo? Magnus non se lo spiegava. Tra tutte le persone in giro nel mondo, Lexie Greene era davvero l'ultima ad avere il diritto alla felicità. Doveva *sempre* essere terrorizzata, come quella sera; doveva avere paura, essere spaventata ogni dannato secondo della sua inutile esistenza.

L'unica consolazione per Magnus era sapere che l'ultima emozione che avrebbe mai provato era proprio il terrore: proprio come era successo a Dagmar.

Soddisfatto che tutto stesse andando proprio come sperava, Magnus chiuse gli occhi; era molto stanco per il viaggio e per la giornata impegnativa. Il suo fuso orario interiore era completamente sballato. Ma sarebbe tornato presto a casa, così forse, ma proprio forse, Dagmar finalmente avrebbe potuto riposare in pace. A sua volta, anche il soffocante senso di deprivazione che assillava Magnus avrebbe cominciato a guarire.

CAPITOLO DICIASSETTE

IL GIORNO dopo l'arrivo di Magnus fu relativamente tranquillo, per cui Lexie fu contenta: Midas l'aveva accompagnata al centro di Food For All sul presto, come al solito, così Lexie aveva cominciato subito a prepararsi per la giornata. Magnus era arrivato non molto tempo dopo e si era messo subito a lavorare in ufficio. Dopo l'ingresso di Stephen, che aveva aperto le porte del centro, era entrato anche Theo, come al suo solito. Al principio, Lexie si era preoccupata, ma l'aveva visto sedersi dall'altra parte del salone, mentre lei stava in cucina, non le aveva nemmeno rivolto la parola. Theo se ne stava là, oscillava avanti e indietro, non l'aveva guardata nemmeno quando gli aveva messo davanti un toast, senza la crosta.

Lexie decise di non affrontarlo, chiedendogli il motivo per cui era andato nel vicolo proprio davanti al palazzo in cui abitava lei, anche perché non era sicura di come avrebbe reagito a una domanda del genere, così se ne tornò al lavoro. Non aveva mai visto prima Theo in quel vicolo, quindi non poteva certo accusarlo di spiarla, senza uno straccio di prova.

Midas le aveva telefonato intorno alle due per dirle che

aveva il resto della giornata a disposizione e che la stava andando a prendere. Così Lexie andò in ufficio da Natalie per farglielo sapere.

"Scusate l'interruzione, volevo solo farvi sapere che Midas viene a prendermi tra poco," disse Lexie.

"Va bene, comunque hai lavorato molto, ultimamente."

"Me lo presenti?" chiese Magnus da dietro l'enorme scrivania, dove stava seduto a guardare i file sul computer.

"Se vuoi."

"Ma certo. Ho sentito tanto parlare di lui, magari potrà raccontarmi qualcosa di più su mio fratello."

Lexie ebbe uno scossone mentale; non era sicura che quello fosse il momento o il luogo adatto per parlare di quanto era successo in Africa, ma dato che Magnus non aveva accettato l'invito a cena e che Midas non poteva prendersi dei permessi come e quando voleva, Lexie immaginò che non ci sarebbero state altre occasioni.

"Ti faccio sapere quando arriva," gli rispose.

Natalie annuì, mentre Magnus si limitò a fissarla, sempre con occhi penetranti.

Lexie chiuse la porta e respirò profondamente. Cavolo, quel Magnus si era rivelato un uomo molto diverso da come se l'era immaginato, ripensando ai messaggi che si erano scambiati, a come si parlavano al telefono. Forse perché era ancora addolorato per la perdita del fratello, oppure era stressato perché stava svolgendo il suo primo controllo.

Lexie tornò nel corridoio e andò nel salone a salutare gli uomini e le donne presenti, finché arrivò Midas. Per fortuna, a quel punto Theo se n'era già andato. Lexie aveva la sensazione che Midas volesse fare due "chiacchiere" con quel pover'uomo.

"Ciao," la salutò Midas, venendole incontro.

"Ciao," gli rispose Lexie con un sorriso enorme. Nel

vederlo era tanto felice che quasi la imbarazzava. Midas non mancava mai di farla star bene.

"Come ti va la giornata?" le chiese.

"Bene."

Al che lui inarcò un sopracciglio.

"Davvero, va bene," insisté Lexie, "tranne che... penso che Magnus voglia parlare con te di suo fratello."

"A me sta bene," disse Midas.

"Davvero? Cioè, pensavo solo che fosse strano."

"Direi di no. Ma temo che non sarà molto contento di sentire cos'ho da dire. Io stavo con te, non con Dagmar, quando c'è stato l'attacco all'ospedale; anche prima che le forze speciali danesi lo prendessero in consegna sul campo, o mentre andavamo a Galkayo."

"È vero," confermò Lexie.

"Andiamo. Parliamone subito, così poi possiamo andar via. Ho una sorpresa per te."

"Davvero? Che sorpresa?"

"Non sarebbe una sorpresa se ti dicessi cos'è," rispose Midas con un sorriso.

Si incamminarono nel corridoio verso l'ufficio di Natalie, Lexie bussò di nuovo e poi si affacciò dicendo: "È arrivato Midas."

Poi entrarono nell'ufficio e Midas annuì verso Natalie dicendole: "Piacere di rivederti."

"Anch'io, tutto bene, spero?" gli disse Natalie.

"Tutto bene, grazie."

"Lui è Magnus. Te ne ho parlato molto, anche a lui ho raccontato molto di te," disse Lexie un po' nervosa.

Magnus si alzò in piedi e Midas fece un passo in avanti, porgendogli la mano. Magnus lo guardò un po' troppo a lungo prima di stringergli la mano.

"Piacere di conoscerti, finalmente. Lexie mi ha parlato *molto* di te," disse Magnus.

"Piacere mio. Mi dispiace per tuo fratello," disse Midas.

Magnus annuì per accettare le condoglianze.

"Allora io esco un attimo a dare un'occhiata in giro," disse Natalie, andando verso la porta.

Appena Natalie fu uscita, Magnus disse: "Vorrei sentire com'è andata, cos'è successo con Dagmar."

Magnus non lo stava chiedendo, né lo stava dicendo con un tono molto cordiale. Lexie si irrigidì, ma Midas le appoggiò una mano dietro la schiena, come per farle sentire di avere il controllo della conversazione.

"Vorrei poterti dire di più su di lui, ma la mia squadra non era incaricata del trasporto di Dagmar, non ce ne siamo occupati noi, quando siamo tornati all'ospedale. Per noi è stata proprio una sorpresa, dover tornare a Galkayo. Non abbiamo saputo di quella fermata imprevista se non quando eravamo già nell'elicottero, diretti al punto di atterraggio, nel deserto."

Magnus si irrigidì visibilmente: "Mio fratello era malato, aveva bisogno di un medico, il prima possibile. Poteva anche morire in volo verso la nave americana."

Midas annuì in risposta, senza dire nulla.

"Allora tu non sai nulla?" gli chiese Magnus.

"No, mi dispiace. Io ero con Lexie, quando c'è stato l'attacco all'ospedale. Non ho saputo della morte di tuo fratello se non dopo molto tempo, quando finalmente siamo riusciti a riunirci con gli altri della mia squadra. Io non sapevo nemmeno che i Cacciatori avessero lasciato il paese."

Magnus fece uno strano grugnito con la gola e si girò verso la sedia, si mise seduto e si concentrò sullo schermo del computer che aveva davanti, poi disse distrattamente: "Allora piacere di averti incontrato. Ho molto lavoro da fare, nel poco tempo in cui rimarrò alle Hawaii."

"A posto, di nuovo condoglianze sincere," disse Midas, che poi appoggiò più forte la mano sulla schiena di Lexie per farla girare verso la porta.

"Ci vediamo domani," disse Lexie voltandosi indietro verso Magnus, "magari possiamo mangiare fuori, per pranzo?"

"Mi farebbe piacere," rispose Magnus.

Quando la porta dell'ufficio fu chiusa, Lexie arricciò il naso e guardò Midas negli occhi: "Wow, non è stato molto educato, mi dispiace."

"Non devi dispiacerti," le rispose Midas, "il suo comportamento riflette chi è lui, non chi sei tu."

"Ma pensa che ci siamo parlati per settimane," si affrettò a dire Lexie.

"Non importa; le persone non sono sempre come sembrano. Tu l'hai conosciuto più che altro via email, Lex; qualche telefonata non mostra sempre le vere sfaccettature di una persona."

"Lo so, ma insomma. Apprezzo che tu non ti sia messo a discutere sul fatto che suo fratello dovesse o meno tornare a Galkayo, invece che andare subito sulla nave."

"Io penso ancora che sia stato un errore; Magnus ha usato i soldi e l'influenza per far approvare al governo il trasporto di Dagmar all'ospedale, ma si è rivelata la decisione sbagliata. Non sto dicendo che sarebbe per forza sopravvissuto, perché a quanto ne so era messo già male, ma non vado certo a dirlo al fratello, che ancora ne soffre. Di sicuro sappiamo che, se fossimo andati subito verso la nave, i rapitori non avrebbero avuto una seconda opportunità di mettere le mani su voi due."

Lexie annuì. La risposta di Midas non faceva altro che provare l'uomo che era: poteva difendere ciò che aveva fatto quel giorno, chiarire che l'insistenza di Magnus per far visitare il fratello da un medico era stata molto probabilmente la causa stessa della morte di Dagmar... invece non l'aveva fatto.

"Dai, andiamo. Abbiamo parlato abbastanza di lavoro, ho dei programmi."

"Che tipo di programmi?"

"Vedrai."

"Dai! Muoio dalla curiosità," si lamentò Lexie.

"Presto saprai tutto," le disse Midas con fare misterioso.

Lexie salutò Natalie e gli altri operatori presenti, poi andò verso la porta insieme a Midas. Mentre camminavano verso il parcheggio, Lexie quasi si fermò sul posto, appena vide Theo con la coda dell'occhio. Era seduto su una panchina dall'altra parte della strada, proprio di fronte alle porte del centro di Food For All.

"Ignoralo," le disse Midas teneramente.

Lexie annuì. Anche lei voleva ignorarlo. Theo non stava facendo nulla di minaccioso, era solo là seduto, ma Lexie sentì comunque un brivido alla schiena, mentre camminava verso la macchina con Midas.

———

Lexie sorrise nel guardare Midas che divorava il taco ai gamberi che si era comprato a un furgoncino parcheggiato sul ciglio della strada. Lei ne aveva già mangiato uno e stava per attaccare anche il secondo. Midas le aveva detto che i furgoncini che vendevano il cibo migliore erano alla North Shore, nessuno batteva quello di Giovanni. Lexie era d'accordo, per quanto ne sapeva.

Midas le aveva promesso che sarebbero andati alla Dole Plantation così Lexie poteva prendersi un ghiacciolo all'ananas sulla via di casa, ma prima c'era un'altra sorpresa in serbo per lei. Si trovavano a Waimea Bay, uno dei punti più famosi e popolari tra i surfisti che affollavano la North Shore. In quel momento non c'erano troppe persone, proprio per quel motivo c'erano andati, secondo Midas. Nei periodi delle competizioni, era quasi impossibile persino raggiungere la North Shore. Il traffico doveva essere terribile, macchine attaccate una dietro l'altra, folle di appassionati che venivano a guardare gli atleti che affrontavano le onde enormi.

Quel giorno il mare era piuttosto tranquillo, nella baia c'erano solo pochi surfisti accaniti; ma a Lexie non importava: era comunque entusiasta di essere lì.

Con la coda dell'occhio, Lexie vide sulla destra un uomo che si avvicinava.

Midas si girò verso di lei: "Baker non mi ha garantito che l'avremmo trovato qui, ma speravo che gli interessasse incontrarti e che quindi si presentasse."

"Santo cielo," disse Lexie a mezza voce, fissando l'uomo che si stava avvicinando. Era appena risalito dall'oceano e indossava una muta che gli metteva in risalto tutti i muscoli; era esattamente come glielo aveva descritto Elodie: alto, capelli neri (con qualche ciuffo brizzolato qua e là) che gli cadevano sulla fronte, occhi verde acqua che sembravano in grado di guardare dritto nell'anima. Senz'altro un figo... circondato da un'aura tremendamente pericolosa.

Midas si alzò e si rivolse verso Baker porgendogli la mano e annuendo: "Baker, ben ritrovato."

"Idem," gli rispose Baker, che poi si girò verso di lei. "Tu devi essere Lexie."

"Infatti," gli rispose alzandosi. Poi Lexie si pulì nervosamente la mano sulla maglia prima di porgergliela. "Piacere di conoscerti. Elodie mi ha detto un sacco di cose belle su di te."

Baker le strinse la mano, senza lasciarla andare subito; la fissò per un lungo momento.

"Baker," lo richiamò Midas.

Baker accennò un sorriso e lasciò andare la mano di Lexie dicendo: "Scusa, ero solo preso da tutti quei capelli."

Lexie arrossì, volgendo lo sguardo a Midas. "Te l'ho *detto* che me li devo tagliare." Poi tornò a rivolgersi a Baker: "Siamo venuti direttamente dal centro dove lavoro, Midas non mi ha spiegato dove mi portava, se avessi saputo che facevamo così tanta strada nella decappottabile avrei insistito per fare una fermata e prendere una forcina per i capelli o qualcosa per legarli. Di solito non sono così pazzi."

"Sì, invece sì," commentò Midas con una risata.

"Stai zitto," gli sussurrò Lexie tranquillamente.

"Oh, a proposito," disse Baker voltandosi verso Midas, "ti ho riportato il piatto di Elodie così glielo puoi restituire. La torta di mele che ha preparato era fantastica. Vuoi fare un salto a prenderlo, ce l'ho in macchina."

"Vuoi solo fare due chiacchiere con Lexie senza avermi intorno, vero?" gli chiese Midas.

Baker rispose con un'alzata di spalle.

"D'accordo, ma non fare il cretino," disse Midas.

Baker aprì la cerniera di un taschino della muta che indossava e tirò fuori una sola chiave infilata in un portachiavi ad anello, lanciandolo a Midas, che lo prese al volo; poi Midas si abbassò e baciò brevemente Lexie, prima di incamminarsi verso l'area di parcheggio.

"Ho parcheggiato in fondo," gli gridò Baker.

"Figurarsi!" gli urlò Midas in risposta.

Lexie non capiva di cosa volesse mai parlarle quell'uomo, ma era decisamente incuriosita.

Baker si mise a cavalcioni della panchina annessa al tavolo da picnic scelto da Midas e Lexie, lei seguì l'esempio e si sedette.

Baker appoggiò un gomito sul tavolo e la fissò per un momento, poi le disse: "Sei diversa da come ti avevo immaginata."

Un modo strano di avviare una conversazione, ma Lexie lo seguì: "Come mi avevi immaginata?"

"Non ne sono sicuro. Cioè, dopo aver visto i filmati, immaginavo che ti saresti data una ripulita, ma non sei... robusta come mi aspettavo."

Lexie non capì cosa intendesse Baker, quindi fece solo spallucce.

"Allora, tu esci con Midas," le disse.

Lexie annuì.

"Vi eravate conosciuti alle superiori."

"Eggià. Mi sono trasferita a Portland all'ultimo anno," confermò Lexie.

"Non ti sorprenderà sapere che ho fatto delle ricerche su di te e sulla tua situazione," le disse Baker.

Lexie lo fissò, di nuovo non sapeva bene che dire.

"A scuola andavi malino, ma immagino che sia normale, per chi soffre di dislessia non diagnosticata."

"Wow, come hai fatto a scoprirlo?" gli chiese Lexie, senza alcuna vergogna per quella disabilità; anzi, quando i medici le avevano parlato della dislessia, per lei era stato un vero sollievo.

"Bastava guardare i risultati, era decisamente ovvio," le spiegò Baker, "devi avere avuto dei docenti terribili, se nessuno ha mai nemmeno ipotizzato di fare un controllo. Comunque, senti... ora che stai con Midas... immagino che tu ti senta una donna fortunata."

Lexie annuì, era proprio così che si sentiva.

"Un SEAL della marina grande e grosso ti salva dal deserto, tu vieni qui alle Hawaii, adesso lui stravede per te. Probabilmente tu pensavi di essere una persona insignificante, come ti diceva sempre tuo padre, eh? Quindi se c'è un tipo bello e tosto come Midas che si prende una cotta per te, è roba da far girare la testa."

Lexie aggrottò la fronte e scosse la testa. "No, aspetta, sono entusiasta di stare con Midas, ma non è..."

"È ben pagato, ha un buon lavoro, ma non è tutto rose e fiori. Dietro il suo bell'aspetto da modello ci sono tutte le stronzate che deve affrontare."

Ecco, a quel punto Lexie si stava davvero irritando. Si

aspettava di trovare un amico di Midas, invece appena Midas si era allontanato quel tipo la stava quasi attaccando.

"Ti sembra che ogni tuo sogno si stia realizzando, Lex? Ma cosa farai, quando lui tornerà da una missione andata di traverso? Fidati, prima o poi una missione va sempre a finire a gambe all'aria. Se poi ti torna a casa senza una gamba? O senza un braccio? O senza *tutti* gli arti? A quel punto ti sentirai ancora fortunata? Potrebbe subire un trauma cranico... una lesione cerebrale permanente... non sarebbe più lo stesso uomo che conosci. Quello del SEAL è un lavoro duro. Ti avrà anche salvata, adesso sarai fiera di averlo tra le braccia, ma ti sentiresti altrettanto fortunata se dovesse subire delle ustioni al novanta per cento del corpo?"

"Ma perché devi essere così crudele?" gli chiese Lexie.

"Pensi che sia crudele?" le chiese Baker. "Non è così, si chiama vita reale. Sto solo cercando di capire quanto sei tosta. Se ce la fai a stare con lui."

"Ce la faccio," gli rispose Lexie a denti stretti.

Baker inarcò un sopracciglio, mostrando apertamente di essere scettico.

Ecco, Lexie si era stufata. Elodie poteva anche parlare bene di quello stronzo, ma a Lexie *non* piaceva senz'altro. "Sei davvero un idiota," gli disse tranquillamente. "Sì, quando ho scoperto che Midas era interessato a me mi sono meravigliata, ma non è durata a lungo. Poi sono più forte di quanto pensi tu. Se Midas fosse ferito, starei con lui comunque, al cento per cento, per amore. Io amo Midas e lui ama me.

"La questione non è se sono o meno alla sua altezza, perché lo sono e non ho alcun dubbio al riguardo. Ho fatto tanta strada, dalla ragazzina emarginata che ero, anche se ovviamente tu mi vedi ancora così. Sono stata nel deserto tre mesi, dopo essere stata rapita, senza mai perdere la mia lucidità; penso di aver vissuto in più luoghi pericolosi di quanti ne abbia visti tu, sono una persona molto buona. Magari dovresti chiedere a Midas se lui è alla *mia* altezza," sbottò Lexie.

Con grande sorpresa di Lexie, Baker sorrise, la sua faccia si trasformò, se prima le faceva quasi paura, poi diventò... quasi cordiale.

"Esatto," le disse annuendo, "e per la cronaca io dubito seriamente che lo sia. Come ti dicevo, stare con un SEAL, con un soldato dell'esercito o della marina, non è così semplice. Bisogna avere un partner indipendente, non una persona che vada fuori di testa appena c'è una missione in cui un minimo dettaglio va storto... anzi, diamine, quando qualcosa di *grosso* va storto. Midas ha bisogno soprattutto di una donna che gli stia vicino quando lui torna a casa, una che gli dia questa certezza, che stia al suo fianco a prescindere."

Lexie si acciglò: "Allora tu mi stavi... tipo... facendo un test?"

"Eggià," rispose Baker senza mostrare alcun imbarazzo, alcun rimorso.

"Quindi, se mi mettevo a piangere, o qualcosa del genere, non passavo il tuo test?"

Baker si strinse nelle spalle.

"Certo che sei proprio un idiota," commentò Lexie.

"Eh sì."

"Ma... non posso certo fartene una colpa, se volevi solo proteggere Midas."

"Questa è una considerazione degna di una donna con un'autostima notevole," le disse Baker mettendosi a ridere. "Giusto perché tu lo sappia... sono molto impressionato dal tuo lavoro per Food For All. È vero, sei *stata* in alcuni posti proprio merdosi, ma a quanto pare ti fai degli amici ovunque vai. A proposito, Astur e Yuusuf si sono messi a piangere, quando hanno saputo della borsa di studio che i loro figli riceveranno da te e da Midas."

Lexie spalancò gli occhi: "Hai *parlato* con loro?"

"Beh, non direttamente, ma so da fonte certa che Shermake accetterà senz'altro la vostra generosa offerta, così come i figli più piccoli."

Lexie non era sicura di com'era passata da tanta irritazione alla voglia di piangere, ma strinse gli occhi per respingere le lacrime; poi scrutò l'uomo che le stava seduto vicino.

"Che c'è?" le chiese Baker.

"Sai che fai un po' paura?"

Lui sorrise.

"Il mio non era un complimento." Si sentì in dovere di dirglielo.

Ma lui sorrise di più.

"Rieccomi," disse Midas, "ho messo il piatto nella mia auto."

Lexie fu colta di sorpresa e sussultò; non l'aveva né sentito né visto avvicinarsi.

"Scusa, non volevo spaventarti."

Lexie notò che invece Baker non fu minimamente spiazzato; era certamente un tipo inquietante, ma ormai l'aveva preso bene, maledizione.

"Stai bene?" le chiese Midas.

"Ma certo, perché non dovrei?" gli rispose, con un po' troppo entusiasmo.

Midas strinse gli occhi e rivolse lo sguardo a Baker.

"Ci siamo fatti una bella chiacchierata," gli disse Baker alzandosi. "È una donna esuberante, proprio come i suoi capelli."

Anche Lexie si alzò, contenta che Midas le mettesse subito un braccio intorno alle spalle. "La finite di fare commenti sui miei capelli fuori controllo?" brontolò Lexie, "altrimenti mi farete venire un complesso."

"Ma va' là, sei troppo sicura di te," le disse Baker.

Era vero, a Lexie non fregava nulla se gli altri si lamentavano dei suoi capelli, o di lei. Ormai aveva superato il bisogno di piacere a tutti quelli che incontrava. Baker le aveva anche fatto capire che, certo, Midas *era* un uomo fortunato, perché stava insieme con una donna come lei. Lexie era leale e fedele, non l'avrebbe mai tradito, sarebbe rimasta al suo fianco a qualunque costo, magari non era il massimo in cucina, non avrebbe mai guadagnato soldi a palate, ma era una persona molto buona.

Lexie sorrise a Baker, che annuì in cambio. Anche se si era comportato da stronzo, Lexie aveva capito che l'aveva fatto per il bene di Midas, perché era suo amico.

"Oggi torni fuori a fare surf?" gli chiese Midas.

Baker guardò per un momento in mare aperto, poi alzò le spalle: "Devo ancora decidere."

"Se vai a fare surf, fai attenzione," gli disse Lexie.

Baker sembrò divertito e le chiese: "Sei preoccupata per me?"

"Io mi preoccupo per tutti. Sai, ci sono gli squali, le correnti oceaniche, le onde anomale…"

"Parli esattamente come una che conosco," mormorò Baker.

Lexie non aveva idea di cosa volesse dire Baker, ma lasciò perdere e lui si voltò verso Midas, con cui cominciò a parlare di altre persone che lei non conosceva. Lexie immaginò che stessero parlando di altri SEAL, o di altre persone che lavoravano con Midas alla base navale.

Passarono vari minuti, prima che Midas dicesse: "Grazie per essere venuto a incontrarci."

"Non mi sarei perso questo incontro per nulla al mondo," disse Baker, che poi avvertì Midas: "Fai attenzione, là fuori."

"Sempre."

"Allora ci sentiamo presto," disse Baker con un cenno del mento, mentre si avviava verso il parcheggio. Un furgoncino Volkswagen dai colori vivaci aveva appena accostato, lui andò dritto in quella direzione. Al volante c'era una donna minuta con i capelli scuri.

"Cosa ti ha detto?" chiese Midas a Lexie, portando l'attenzione da Baker alla donna, che guidava un furgoncino da surfisti tipico delle Hawaii.

"Nulla."

Midas la guardò inarcando un sopracciglio.

"D'accordo. Mi ha fatto sapere che aveva fatto ricerche su di me, voleva controllare che fossi alla tua altezza."

"Sul serio? Che scemo," commentò Midas, che quasi sembrava pronto a inseguire Baker.

Ma Lexie lo prese per un braccio e lo fermò, gli si appoggiò contro e lo guardò negli occhi, dicendogli: "Non mi hai chiesto cosa gli ho risposto *io*."

"Cosa gli hai risposto?" le chiese Midas, quasi a comando.

"Gli ho detto che ero più che alla tua altezza."

"Esatto, proprio così," confermò Midas, "fin troppo."

Lexie sorrise: "Che ne dici se ci mettiamo d'accordo, che siamo entrambi all'altezza giusta?"

"Direi che mi sta bene. Hai finito i tuoi taco?"

"Giù le mani dal mio cibo," lo avvertì, "ti amo, ma non abbastanza da rinunciare ai miei taco."

Midas ridacchiò: "Che ne dici di portarti via i taco così puoi finire di mangiare in macchina? Se vuoi che ci fermiamo alla Dole Plantation per prenderti un ghiacciolo, sarà meglio che ci sbrighiamo. Inoltre, ho una voglia matta di metterci in giardino seduti a goderci una serata di relax."

"Ottima idea," rispose Lexie.

Così raccolsero tutto il cibo e si avviarono verso la decappottabile di Midas; Lexie sorrise e fece un cenno con la mano verso Baker e la donna con cui stava parlando; lei rispose con un cenno e un sorriso gentile, urlando: "Aloha!"

"Aloha!" urlò Lexie di rimando.

"Andiamo," le disse Midas facendole fretta.

"Come mai?" gli chiese Lexie.

"Stai pensando di raggiungerli, di scoprire come si chiama quella donna, come mai conosce Baker, cosa c'è tra loro due."

Lexie fece una smorfia complice: "Va bene, è *vero* che ci stavo pensando. Cioè, hai visto com'è cambiata l'espressione di Baker quando l'ha vista arrivare?"

"Sì, ma io non ci vado... e nemmeno tu."

"Ma è lui che si è impegnato tanto per controllare che io andassi bene per *te*, mi sembrerebbe giusto fare altrettanto per quella donna, se sta con *lui*."

"No," rispose Midas, mettendole una mano dietro i capelli e facendo in modo che lo guardasse negli occhi. Poi le mise l'altro braccio dietro la schiena e la tirò più vicina dicendole: "Baker può badare a se stesso."

"E quella donna?"

"Lui non starebbe mai con una che non sa badare a se stessa," spiegò Midas.

Midas sembrava sicuro al cento per cento. Le mise una mano sul sedere e la fece avvicinare per farle sentire l'uccello contro la pancia, così da farle dimenticare tutto: Baker, l'altra donna, il furgoncino, i taco, persino i ghiaccioli e la Dole Plantation. Lexie voleva Midas con ogni fibra del suo essere. Persino quando lui la prendeva per i capelli, le dava nuove sensazioni, tanto che i capezzoli le si indurivano sotto la maglia.

"Forse potremmo saltare la fermata del gelato," gli disse senza fiato.

Poi vide che gli occhi di Midas si dilatavano.

"Così arriviamo a casa prima."

"Ci sto," le disse Midas, che poi abbassò la testa per baciarla. Fu un bacio lungo, lento e ricco di passione, tanto che quando finalmente si staccarono Lexie era completamente sciolta.

Midas le aprì lo sportello della macchina e aspettò che

Lexie si accomodasse, poi andò di gran passo dall'altra parte per mettersi alla guida. Si voltò verso di lei, le sorrise, alzò una mano per sistemarle una ciocca di capelli dietro l'orecchio e le disse: "Cazzo, quanto amo i tuoi capelli. Amo anche te."

"Anch'io ti amo. Dai, parti."

"Sissignora," rispose Midas con un sorriso, mentre faceva retromarcia nel parcheggio, per tornare a casa.

CAPITOLO DICIOTTO

IL MATTINO DOPO, Lexie si abbassò e baciò Midas, poi saltò giù dalla macchina. Era un po' affaticata per l'eccesso di foga nel fare l'amore, la sera prima, ma non era certo dispiaciuta. Tutt'altro. Ce l'aveva messa tutta anche lei; Midas aveva qualcosa di speciale che le faceva svanire ogni inibizione.

"Passa una buona giornata," le disse Midas.

Lexie alzò gli occhi al cielo e gli rispose: "Tanto lo sai che ci vediamo tra poco, quando mi porti il caffè." Ormai era la loro routine, Midas l'accompagnava al centro di Food For All per darle il tempo di aprire e di preparare il caffè, poi andava a prendere un bel caffè dolce e glielo portava, così avevano una scusa per rivedersi prima di avviare le loro attività quotidiane.

Midas reagì con una smorfia.

La verità era che a Lexie piaceva tanto scambiarsi battutine e frecciatine con Midas: "Appunto, allora passa una buona giornata, tesoro. Ci sentiamo dopo."

Midas sorrise e Lexie si avviò verso le porte del centro di Food For All. Il giorno prima, mentre andavano alla North Shore, avevano discusso del fatto che Lexie arrivava al centro molto presto, aprendolo da sola. Dopo quel che era successo due giorni prima, quando era tornata a casa a piedi accompagnata da Magnus, dopo aver visto Theo che si aggirava nella penombra, di fronte al palazzo di casa, Lexie aveva accettato di parlare con Natalie per fare arrivare uno dei volontari mezz'ora prima, così Lexie non sarebbe più rimasta nel centro da sola. La sicurezza prima di tutto.

Lexie guardò a destra e a sinistra per la strada, non vide nessuno. Era ancora abbastanza presto, nessuna sorpresa. Poi si girò e salutò Midas con un cenno della mano, pur sapendo che l'avrebbe rivisto presto. Midas aspettò che Lexie entrasse nel centro, poi fece manovra per immettersi di nuovo nel traffico.

Lexie accese le luci del centro e si diresse verso la cucina, sul retro dell'edificio. Qualche minuto dopo, stava già riempiendo d'acqua una delle caraffe per preparare il caffè quando sentì la porta del centro che si apriva. Immaginò fosse Stephen; era ancora un po' presto, ma non poteva essere qualcuno che chiedeva qualcosa da mangiare, perché lei aveva chiuso le porte, una volta entrata.

Eppure... dopo tutti gli eventi recenti, allungò una mano per afferrare un coltello dal ceppo portacoltelli che aveva vicino e lo appoggiò sul piano di lavoro, a portata di mano. Si sentiva stupida, forse paranoica, ma era meglio essere prudente che farsi del male.

Dopo un secondo, la sua attenzione fu catturata da un rumore vicino alla porta della cucina; Lexie alzò lo sguardo, si aspettava di vedere Stephen, invece vide Magnus in piedi vicino a lei; indossava ancora una camicia bianca a maniche lunghe con la cravatta, la camicia sembrava appena stirata. Anche i pantaloni marroni erano perfettamente in piega. Lexie aveva cercato di convincerlo a lasciarsi un po' andare nell'abbigliamento, ma lui era chiaramente a suo agio vestendosi in modo più formale.

Lexie tornò a rivolgersi al lavandino per riempire la seconda caraffa, rimproverandosi mentalmente per l'eccesso di paranoia, poi gli disse tranquillamente: "Buondì, Magnus, sei in anticipo."

"Oggi volevo cominciare presto con i controlli. Pensavo di ascoltare il tuo consiglio, magari più tardi andrò in spiaggia."

"Fantastico!" rispose Lexie con entusiasmo. "Se vuoi un consiglio, possiamo sentire Midas; io non sono molto appassionata di spiagge, ma scommetto che lui conosce tutti i punti migliori, dove non c'è troppa gente."

Magnus le si avvicinò, fino a portarsi sul fianco destro di Lexie. "Va tutto bene?" le chiese, indicando con un cenno del capo il coltello.

Lexie sorrise imbarazzata. "Sì, è solo per precauzione, immagino." Poi Lexie tornò a concentrarsi sull'acqua per il caffè.

Stava facendo attenzione a non riempire troppo la caraffa, quando il primo colpo in faccia la tramortì.

Lexie fece un verso di gola e lasciò cadere la caraffa di vetro, sentendola schiantarsi nel lavandino. Prima che lei potesse riprendersi e capire cosa diavolo stesse succedendo, Magnus la fece girare per guardarla in faccia... e le mise le mani intorno alla gola.

Lexie era nel panico più totale, non riusciva a capacitarsi.

Ma soprattutto si accorse di essere in guai grossi: Magnus non stava affatto scherzando, le stringeva forte la gola, tanto che nei polmoni non le entrava nemmeno un filo d'aria.

Lexie alzò subito le mani, afferrando le dita che le stringevano la gola.

A quel punto si accorse con orrore che Magnus indossava dei guanti.

Non li indossava, quando era entrato in cucina. Altrimenti lei se ne sarebbe accorta. Doveva averli infilati mentre lei faceva attenzione alla caraffa d'acqua per il caffè.

Era tutto *programmato*.

"Brutta stronza," le disse Magnus con voce gutturale, un grugnito che Lexie non aveva mai sentito prima. "Doveva toccare a te. Eri *tu* che dovevi morire, in quel deserto. Non mio fratello! Dagmar valeva dieci volte più di te. Cento volte!"

Lexie aprì la bocca, per implorarlo di fermarsi, ma non riuscì a dir nulla.

"Esatto," le disse, stringendo gli occhi, "dal secondo stesso in cui ho sentito che quegli stronzi avevano raddoppiato il riscatto e che non avrebbero liberato Dagmar, ho giurato che te l'avrei fatta pagare. Tutte le tue email, quelle cazzo di telefonate, persino questa merda di lavoro... tutto solo per un fine: la *tua* fine."

Chissà perché, all'improvviso nella mente di Lexie si materializzò il ricordo di qualcosa che aveva visto in televisione, in un programma sul crimine. Un uomo che piangeva la morte della figlia... spiegando che erano serviti sette minuti e mezzo per farla morire strangolata. Quell'uomo aveva spiegato che non riusciva a credere quanto fossero lunghi, sette minuti e mezzo.

A Lexie, in quel momento? Sembravano pochi. Troppo pochi.

La mente di Lexie andò subito a Midas. Quanto erano stati felici...

Non era pronta a morire.

Cercò di lottare per sopravvivere, graffiandolo in faccia. Ma Magnus non allentò la presa, così Lexie fece partire una ginocchiata per colpirlo all'inguine più forte che poteva.

Non riuscì a centrare i testicoli, ma almeno doveva esserci andata vicino, perché Magnus fece un verso di gola e allentò la presa per una frazione di secondo: fu abbastanza, Lexie riuscì a incamerare nei polmoni una boccata d'ossigeno; ma non fu abbastanza per far cedere completamente la presa alla gola.

Magnus si irrigidì e praticamente gettò Lexie a terra, stringendo la presa alla gola e abbassandosi con lei.

Lexie sentì la testa rimbalzare sul pavimento, ma non sentì dolore. Niente le faceva male.

"*Stronza*," sbottò Magnus mettendosi a cavalcioni su di lei all'altezza del petto, appoggiandosi con tutto il peso del corpo.

Lexie cominciò a spingere coi piedi sul pavimento per cercare di far presa, senza riuscirci. Poi cercò di spingere col corpo per far perdere a Magnus l'equilibrio, ma lui era troppo pesante. Era troppo forte.

Lexie cercò di mettere una mano tra i due corpi, per afferrargli l'uccello e tirarglielo per fargli del male, ma non riuscì, era troppo lontana. Stava rapidamente esaurendo le risorse.

"Adesso basta, devi solo *morire*!" le gridò Magnus, che ormai ansimava, mentre continuava a stringerle la gola. "È tutto pronto. Theo è già morto. L'ho invitato a entrare quando sono arrivato e l'ho pugnalato alle spalle. Quando morirai anche *tu*, ti trascinerò fuori di qui e ti metterò sotto di lui. Poi dirò alle autorità di averlo trovato che ti strangolava e che ho dovuto pugnalarlo per farlo smettere... ma ormai era troppo tardi. Dirò a tutti che ti seguiva... che era un pazzo scatenato. Vedrai come ci crederanno! Così finalmente sarò libero di tornare a casa, sapendo di aver vendicato Dagmar."

Lexie cominciò a vedere nero agli angoli degli occhi; il piano di Magnus aveva forti probabilità di riuscire, che situazione di merda.

Eppure lei non si era minimamente accorta di tutto quell'odio.

"Muori, stronza!" le gridò l'uomo che lei aveva cominciato a considerare un amico, che in quel momento era su di lei, di peso, che cercava di farle più pressione sulla gola.

Lexie non aveva idea di quanto tempo fosse passato. Tre minuti? Forse quattro? Fece un ultimo tentativo disperato di sferrare un calcio per fargli perdere l'equilibrio, ma non servì a nulla. Magnus era troppo grosso, troppo pesante, con il vantaggio della rabbia.

Così Lexie pensò di nuovo a Midas. Quanto sarebbe stato affranto, per non essere riuscito a proteggerla. Il pensiero che Magnus avrebbe interpretato la parte del collega in lutto, quando tutti l'avrebbero considerato un eroe, era assolutamente ripugnante.

L'ultima cosa che Lexie vide, prima di perdere conoscenza, furono due occhi azzurri iniettati di sangue e rabbia, che la fissavano.

———

Midas era molto nervoso. Quando era entrato nel parcheggio della caffetteria, c'erano otto auto in coda per un caffè da asporto. Avrebbe perso un sacco di tempo, tra prendere il caffè per Lexie, tornare al centro di Food For All e poi ripartire per la base. A quell'ora del mattino, di solito trovava solo una macchina o due. Odiava il pensiero di non portare a Lexie la sua coccola quotidiana, ma non voleva arrivare tardi agli allenamenti.

Così fece manovra e tornò indietro senza il caffè, pensando già a come fare per farsi perdonare, mentre tornava in centro città.

Trovò un posto libero non troppo lontano dal centro di Food For All, un segnale invitante per fermarsi comunque, caffè o meno. Anche se era un po' stupido tornare subito indietro, poco dopo averla accompagnata, ma ormai era diventata la loro piccola tradizione; inoltre, Midas amava stare vicino a Lexie. Anche se solo per altri cinque minuti, ogni mattina.

Così si avviò verso il palazzo, tornando con la mente alla sera prima. Lui e Lexie erano estremamente compatibili, sia a letto che fuori. A Midas non era mai piaciuto tanto fare sesso quanto gli piaceva con Lex, ma soprattutto amava *dormire* con lei. Amava il modo in cui lei si accoccolava, usandolo come cuscino, quando gli appoggiava la testa sulla spalla. Gli ricordava di quando erano rimasti attaccati nello stesso modo per ore, a Galkayo. Certo, all'epoca non erano altrettanto comodi, anche perché ormai non c'era più nessuno a dar loro la caccia.

Sorridendo al pensiero di quanto aveva brontolato Lexie quel mattino, perché l'aveva sentito muoversi troppo a letto, Midas fece per spingere la porta del centro di Food For All, aspettandosi di dover bussare per farsi aprire...

Ma la porta si aprì facilmente al contatto con la sua mano. Non era chiusa.

Midas si fece serio ed entrò... e immediatamente ogni pensiero amoroso svanì dalla sua mente.

Una traccia di sangue partiva dal pavimento del salone e portava verso il corridoietto che collegava alla cucina.

Midas fece subito per prendere il suo coltello tattico e imprecò, ricordandosi di essere vestito per le esercitazioni fisiche: maglietta e pantaloncini. Non aveva armi a portata di mano.

Non vide subito da dove veniva la traccia di sangue sul pavimento, si mosse in silenzio verso il salone, pregando con tutto se stesso che non fosse il sangue di Lexie.

Appena voltò l'angolo, Midas vide un uomo che tentava di trascinarsi verso la cucina; lo riconobbe immediatamente, era Theo.

Midas sapeva che Theo era abituato a presentarsi al centro di prima mattina. Anche se lui si era detto sempre diffidente, Lexie lo aveva sempre rassicurato dicendogli che non rimaneva mai da sola con Theo e che, qualora fosse successo qualcosa, uno dei colleghi sarebbe stato presente, pronto a intervenire per aiutarla.

Ma qualcosa era successo senz'altro, solo che l'aggressore chiaramente non era Theo. Non poteva certo essersi pugnalato *da solo* alla schiena. Midas era sicuro al cento per cento che non poteva essere stata Lexie, lei non avrebbe mai potuto farlo.

Quindi doveva esserci qualcun altro.

Midas si fermò un attimo, giusto il tempo di mettere una mano sulla spalla di Theo e dirgli, con un sussurro appena percettibile: "Calma." Theo lo sentì, alzò gli occhi e Midas notò che gli usciva del sangue dalla bocca. Chiunque l'avesse pugnalato, molto probabilmente gli aveva perforato un polmone. Era fortunato di non essere stato pugnalato al cuore, anche se Midas immaginava fosse quello il piano dell'aggressore.

"Lexie!" Theo sussurrò con voce molto sofferente.

"Vado io da lei, tu aspetta qui e resisti."

Theo non rispose, ma crollò a terra con un lungo sospiro.

Midas si avvicinò in punta di piedi alla cucina e fece capolino dalla porta. Non vide nessuno sul momento, ma sentì una voce profonda, quindi c'era qualcuno.

Sapendo che l'elemento sorpresa avrebbe giocato senz'altro in suo favore, Midas si mosse rapidamente: si avvicinò al bordo del mobile e scattò prima ancora che la sua mente potesse elaborare cosa stava succedendo.

Midas agì come era preparato e saltò verso l'uomo che stava a cavalcioni su Lexie.

Gli mise un braccio intorno alla gola e fece leva col corpo per farlo allontanare da Lexie, a terra sotto di lui. La sorpresa giocò in suo favore, l'uomo lanciò un grido di spavento mentre Midas lo tirava all'indietro.

Midas ebbe solo un momento per capire che alla gola di Lexie si stavano già formando dei lividi e che lei era totalmente immobile, poi l'uomo cominciò ad agitarsi.

"Stavo solo cercando di aiutarla!" urlò. "Lasciami andare!"

Magnus.

Midas non sapeva bene cosa stesse succedendo, ma era sicuro al cento per cento che Magnus *non* stava cercando di aiutare Lexie.

I due lottarono, ma Midas aveva anche dalla sua il timore per la vita della donna che amava. Entrambi cominciarono a scalciare, ma Midas non allentò la presa. Magnus cominciò a sbracciare, cercando di togliersi di dosso Midas.

Midas lo trattenne a malapena; anche se Magnus era sulla cinquantina, aveva una forza particolare, quel tipo di forza che solo una persona fuori di testa riesce a trovare. Lottarono con violenza, per Midas non fu facile avere la meglio e mettere Magnus fuori gioco per poter andare in soccorso di Lexie.

Stranamente, la lotta fu una lotta silenziosa; erano entrambi concentrati sul cercare di avere la meglio. Magnus faceva dei versi di gola, mentre Midas si batteva in silenzio, come era addestrato. Dopo un periodo di tempo che sembrò un'eternità, ma che probabilmente era durato solo pochi minuti, la preparazione militare di Midas nel combattimento corpo a corpo cominciò a dargli sempre più vantaggio, sulla lotta disperata dell'altro.

A quel punto, Magnus improvvisamente si lasciò cadere a peso morto, facendo perdere a Midas l'equilibrio nel tentativo di sostenerlo.

Magnus ne approfittò per afferrare il coltello che Lexie aveva appoggiato sul piano di lavoro, vicino al lavandino. Poi tirò indietro il braccio, puntando al corpo di Midas in un punto a caso. Midas schivò il colpo, ma Magnus si girò subito e tentò di nuovo il colpo alla cieca.

Midas sapeva che era solo questione di tempo, prima che Magnus riuscisse a colpirlo, così lottò per bloccarlo e per cercare allo stesso tempo di disarmarlo.

Magnus all'improvviso tornò a parlare: "Quella brutta

stronza doveva morire nel deserto! Dovevano liberare mio fratello e tenersi lei! Lasciami andare, cazzo, devo farla finita! *Dagmar merita giustizia!*"

Midas non avrebbe mai potuto immaginare il motivo per cui Magnus era scattato, così all'improvviso, cercando di uccidere Lexie; ma quelle parole frenetiche e appassionate gli fecero capire tutto.

Era stato tutto uno stratagemma. I messaggi, le telefonate... l'amicizia con Lexie. Persino la decisione di assumersi l'incarico lasciato dal fratello, per Food For All.

Magnus aveva fatto tutto per arrivare a Lexie.

Doveva finire tutto subito, altrimenti ci avrebbe riprovato. Midas l'aveva capito dal tono della voce di Magnus: non si sarebbe mai fermato.

La minaccia non proveniva da Theo: il pericolo era sempre stato Magnus.

"Metti giù il coltello," ordinò Midas con voce bassa e roca, cercando di farsi obbedire da Magnus.

"Vaffanculo!"

Midas portò gli occhi su Lexie; da quando Magnus non era più su di lei, non si era ancora mossa. Ogni secondo perso per cercare di bloccare Magnus era un secondo perso, in cui non poteva soccorrerla. Doveva porre fine alla lotta e andare subito dalla sua donna...

Così Midas fece ciò che sapeva fare meglio: eliminare la minaccia.

Non era così facile uccidere una persona torcendole il collo, anzi, era quasi impossibile; ma Midas poteva comunque fare molto male a Magnus. Così Midas fece un respiro profondo, si scollegò dalle grida di Magnus e gli fece alzare il mento con la forza, poi gli tirò il collo di lato più forte che poteva, lasciando andare nel contempo il corpo.

Come prevedibile, il corpo di Magnus cadde di lato, atterrando faccia a terra.

Midas balzò su di lui; poteva sbattere la testa di Magnus sul pavimento per fargli perdere i sensi, o mettergli un braccio intorno al collo per non farlo respirare, fino a fargli perdere conoscenza. Se Magnus era già privo di sensi per la mossa al collo, meglio ancora; così almeno non poteva far del male a Lexie.

Ma Midas non aveva tenuto conto del coltello che Magnus stava agitando all'impazzata. Cadendo, Magnus era atterrato proprio su quella mano.

Era atterrato sul coltello.

Sotto di lui, cominciò subito a formarsi una pozzanghera di sangue; Magnus fremette qualche volta, farfugliò qualcosa, ma non si alzò, non tornò a lottare con Midas.

Midas si prese un paio di secondi per controllare che Magnus non fosse più una minaccia e lo fece girare a pancia in su; il coltello gli si era conficcato nel petto. A giudicare dallo sguardo fisso nel vuoto e privo di intenzione sul volto di Magnus, ormai la minaccia era stata eliminata.

Midas non perse altro tempo a pensare a Magnus e portò tutta la sua attenzione a Lexie.

Si mise in ginocchio vicino a lei per sentire se il cuore le batteva ancora. "Dai, forza," implorò, cercando di non perdere il controllo delle mani per vedere di capire se dovesse fare il massaggio cardiaco a Lexie.

Proprio quando stava per mettersi in posizione per effettuare la respirazione bocca a bocca, Lexie all'improvviso aprì gli occhi e alzò le mani. Si mise a combattere, come per salvarsi la vita.

Midas cercò di prenderle i polsi, ma Lexie era troppo agitata e lo graffiò in faccia, sulle braccia, ovunque poteva.

"Sono io, Lex! Va tutto bene, sei salva!" le urlò, cercando di oltrepassare il velo di terrore che le impediva di ragionare.

Servirono vari secondi, ma finalmente lo sguardo di Lexie mostrò un momento di lucidità.

"Sono io, sono Midas, va tutto bene, sei salva. Adesso respira, amore."

Lexie aprì la bocca e fece il respiro più lungo, più profondo e più commovente che Midas avesse mai potuto anche solo immaginare. Poi respirò ancora, ripetutamente. Respirò tanto da andare quasi in iperventilazione.

"Vacci piano. Va tutto bene, adesso puoi respirare tutta l'aria che vuoi. Calma, Lexie."

"Magnus," disse Lexie con voce roca.

"Lo so, non ti farà più del male."

Lexie si guardò attorno freneticamente, poi alzò la testa e sussultò, tanto le facevano male i muscoli del collo.

"No, rimani sdraiata," le ordinò Midas, aiutandola ad appoggiare la testa sul pavimento.

Ma era troppo tardi, Lexie aveva visto Magnus esanime a terra, così chiese a Midas: "È morto?"

"Direi proprio di sì, spero proprio che sia morto," le rispose Midas in tutta onestà, poi le disse: "Devo chiamare aiuto." Anche se solo per un secondo, Lexie strinse la presa intorno al bicipite di Midas, ma poi fece un altro respiro profondo e gli fece un cenno quasi impercettibile con il capo.

Cacchio, che donna eccezionale.

"Torno subito."

"Theo?" gli chiese Lexie.

"È ferito," le rispose Midas, che non voleva dirle la verità: serviva un miracolo perché Theo sopravvivesse; ma la rispettava troppo per mentire spudoratamente.

Allora Lexie lo spinse, come per invitarlo a sbrigarsi a chiamare i soccorsi.

Midas avrebbe voluto sorridere, ma non gli venne spontaneo. Ovviamente Lexie era preoccupata più per Theo che per se stessa.

Midas trovò il cellulare di Lexie sul piano di lavoro della cucina, vicino alla macchina del caffè, così chiamò subito il numero delle emergenze: 9-1-1. Disse al centralino cos'era successo e spiegò per bene l'urgenza per cui servivano soccorsi. Sapeva di dover rimanere in linea, ma non ce la fece: scollegò la chiamata, mise il cellulare di nuovo sul mobile della cucina, spinse Magnus con un piede (per controllare che non si muovesse) e si inginocchiò di nuovo a terra vicino a Lexie.

"Arrivano subito," le disse. Poi le prese le mani e le tenne strette tra le proprie; avrebbe voluto sdraiarsi vicino a Lexie, per assicurarsi che continuasse a respirare e che il cuore le battesse regolarmente. Ma non fece altro che stringersi a lei con tutto l'animo.

———

Tre ore dopo, Midas poteva solo stare vicino al letto di Lexie, in ospedale.

"Sto bene, Midas," insisté Lexie.

Ma la voce roca tradiva le parole, insieme ai segni rimasti sulla gola. Midas non riusciva a smettere di pensare che, se fosse rimasto in coda per prenderle il caffè, sarebbe arrivato troppo tardi: Magnus l'avrebbe strangolata a morte.

"Vuoi scherzare?" le disse, preoccupato.

"Voglio vedere Theo," gli disse con un certo broncio.

"Lo so, ma è appena uscito dalla sala operatoria," le spiegò Midas.

Lei gli sussurrò: "Stava cercando di trascinarsi in cucina per aiutarmi."

Midas strinse le labbra e annuì: era vero. Era tutto vero. Trascinandosi per terra, Theo aveva mandato all'aria il piano di Magnus. Se anche Magnus fosse riuscito a uccidere Lexie, e a trascinarla nel salone, sarebbe stato difficile per lui spiegare la striscia di sangue sul pavimento. Per fortuna quello stronzo aveva fallito, aveva mancato il cuore di Theo quando lo aveva accoltellato, e Midas era arrivato in tempo, impedendogli di strangolare a morte Lexie.

Fuori dalla porta ci fu un po' di trambusto, così Midas si alzò e si voltò, pronto a difendere Lexie da qualunque minaccia in arrivo; ma non era una minaccia, era Elodie. Insieme a lei c'era Ashlyn, con Slate e Mustang. Gli altri della squadra erano in sala d'attesa. Si rifiutavano di andare via, fintanto che Midas era in camera con Lexie.

"Lex!" esclamò Elodie accorrendo al letto.

Midas cercò di farsi da parte, ma Lexie non volle lasciar andare la sua mano, così lui si spostò, mettendosi in piedi all'altezza dell'anca di Lexie, che nel frattempo salutava gli altri.

"Sto bene," disse Lexie con voce roca.

Ashlyn tirò su col naso, dietro a Elodie.

Lexie le disse: "Non piangere, altrimenti poi comincio pure io."

"Sì... scusa," le rispose Ashlyn... che poi scoppiò in lacrime.

La scena successiva fu Midas circondato da tre donne in lacrime; ma non disse una parola, né parlarono Mustang o Slate. Era il modo migliore per scaricare la tensione e le paure. Midas accarezzò col pollice il dorso della mano di Lexie, che cercava di frenare lo sfogo di pianto.

Alla fine Ashlyn si voltò verso Midas e gli disse: "È morto, vero?"

Midas annuì. Non gli dispiaceva minimamente che Magnus fosse morto, gli dispiaceva solo di non essere stato lui a ucciderlo. Se la mossa al collo non avesse posto fine all'attacco, Midas aveva tutte le intenzioni di sbattergli la testa contro il pavimento; invece Magnus era caduto con la gola sul coltello, tagliandosi l'aorta e morendo dissanguato in pochi secondi: aveva fatto tutto da solo.

"Ottimo," disse Ashlyn con forza.

"Non posso credere che avesse programmato tutto quanto," commentò Elodie.

"La polizia ha trovato il tipo che ti ha seguita l'altro pomeriggio," disse Slate, "dice che è stato Magnus a pagarlo."

"È una buona notizia," disse Ashlyn.

"Una buona notizia?" domandò Elodie accigliandosi.

"Sì, perché vuol dire che non l'avrebbe mai fatto, se non fosse stato pagato."

Elodie si disse d'accordo: "È vero, anche Theo non è mai stato una minaccia. Invece Magnus voleva dare a lui tutta la colpa."

Lexie annuì e Midas le vide negli occhi il senso di colpa, così suggerì: "Grazie per essere venuti, ma forse possiamo parlarne più tardi?"

Elodie e Ashlyn annuirono subito.

Midas disse: "Allora venite da me domani pomeriggio. Potete rimanere tutto il tempo che volete."

"Va bene. Non pensare che mi dimentichi," lo avvertì Elodie.

"Probabilmente ti stuferai di averci addosso," aggiunse Ashlyn.

"Mai," le rassicurò Midas.

"Grazie per essere venute, grazie a tutti, vi garantisco che sto bene. Torno presto al lavoro."

"No, non tanto presto. Natalie mi ha detto che ti dà due settimane libere: se ti vede in giro prima di due settimane, ti prende a calci in culo," la informò Ashlyn.

"Ma..."

"Niente ma," la interruppe Ashlyn, "e... non sono riuscita ad avvertirti prima, pensavo di darti la notizia oggi pomeriggio, ma abbiamo avuto il via libera per aprire una succursale di Food For All a Barbers Point."

Lexie sorrise piena di gioia. "Davvero?"

"Sì!" Ashlyn sorrise e guardò Elodie: "Ti interessa ancora?"

"Certo!" le rispose subito Elodie.

"Meraviglioso. Quando potrai rimetterti al lavoro, avremo più dettagli," spiegò Ashlyn a Lexie.

"Fantastico."

"Va bene, ora dobbiamo andare," disse Slate, facendo un passo verso Ashlyn e prendendole con una mano il gomito.

Midas fu un po' sorpreso da Ashlyn, che non tirò via subito il braccio da quella presa, anzi, si limitò ad annuire dicendo: "Ci vediamo domani, Lex." Poi si lasciò accompagnare da Slate alla porta.

"Sono davvero contenta che tu stia bene," disse Elodie a Lexie, "ti porterò qualcuna delle quattrocentoventidue riviste che Scott mi aveva comprato quando ero in convalescenza."

"Grazie," le rispose Lexie.

Midas salutò gli amici con un cenno del mento. "Di' agli altri che possono anche andare, Lex dovrebbe essere dimessa domani mattina."

"Va bene," gli rispose Mustang, "però sappi che ci saremo tutti."

Midas annuì; non aveva bisogno dell'aiuto degli amici per portare a casa propria Lexie, ma allo stesso tempo apprezzava di sicuro la loro presenza.

Quando rimasero di nuovo soli, Midas si sedette sul bordo del letto e le lisciò i capelli con la mano, cercando di ignorare i brutti segni che le erano rimasti sul collo. Sarebbero svaniti, insieme ai brutti ricordi di quando l'aveva vista per terra esanime, con Magnus che la sovrastava,

"Stai bene?" gli chiese Lexie.

Midas sorrise; non lo sorprendeva sentire che Lexie si preoccupava per lui: "Io sì, e *tu*?"

"Sono triste," gli rispose, "pensavo che Magnus fosse mio amico."

"Lo so," commentò Midas. Era vero, purtroppo Lexie avrebbe avuto cattivi pensieri per molto tempo, su quanto era successo. Ne avrebbe avuto anche *lui*, ne era certo. Midas avrebbe ripensato ai segnali che gli erano sfuggiti, a cosa poteva fare di diverso.

"Il fatto è che in un certo senso lo capisco."

"Capisci perché ha cercato di ucciderti?" le chiese Midas incredulo.

"No, non quello. Lì è andato fuori di testa. Intendo dire che capisco cosa lo tormentava. Lui e Dagmar erano fratelli gemelli, erano legati in un modo che in pochi riescono a capire. Lo sapevi che ad alcuni gemelli capita di sentire fisicamente quando il gemello si fa male? Anche a migliaia di chilometri di distanza! Immagino che la morte di Dagmar abbia lasciato un vuoto incolmabile in Magnus. Non lo sto giustificando, ma il dolore che lo tormentava deve aver avuto il sopravvento."

Midas strinse le labbra; lui non lo capiva. Per nulla. Midas aveva perso degli uomini, persone che conosceva bene, uomini che erano come dei fratelli per lui. Certo, non dei fratelli gemelli, ma aveva comunque sofferto moltissimo per loro.

Magnus avrebbe dovuto accogliere l'amicizia di Lexie, ne avrebbe tratto moltissimo vantaggio. Invece era pieno di odio e aveva sbagliato, rivolgendo tutta la rabbia su di lei. Non era stata Lexie a uccidere Dagmar, non aveva chiesto lei ai rapitori di raddoppiare l'importo del riscatto. Anzi, a quanto gli aveva raccontato, Lexie aveva pregato i rapitori perché liberassero Dagmar. Ma certo, non aveva funzionato. Dagmar era morto, era una tragedia. Per fortuna, Midas era contentissimo che quella vicenda non avesse avuto un finale diverso.

"Non sei d'accordo con me," gli disse Lexie dopo un minuto.

"No," le rispose Midas scuotendo la testa. "Ma ti amo anche per la tua tenerezza di cuore, ti amo perché sei gentile e sei in grado di perdonare."

"Non l'ho perdonato," ribatté Lexie. "Non dimenticherò mai il modo in cui mi è saltato sopra, sputava odio puro, mentre mi stringeva la gola con le mani. Ma non c'è più, io invece sono ancora qui. Ha fallito, quello stronzo. Con me ci sei tu, ci sono Elodie e Ashlyn, gli altri della squadra. Anche Baker e Theo."

Midas sospirò: "Sarà lui il tuo nuovo progetto, vero?"

Lexie gli rispose con un sorrisetto: "Sì, ha bisogno di qualcuno che si prenda cura di lui, come lui ha cercato di fare con me."

"E quel qualcuno saremmo noi, eh?"

"Sì."

"Ci può stare," rispose Midas. Gli sembrava giusto; quell'uomo aveva cercato disperatamente di arrivare a Lexie, proprio nel momento in cui lei aveva più bisogno di aiuto. Midas aveva la sensazione che tutte le volte in cui l'avevano visto osservare Lex, in realtà stesse cercando di fare la guardia per *proteggerla*, non per perseguitarla o per farle del male. Il tempo avrebbe chiarito tutto, ma per il momento Midas si sarebbe impegnato per aiutare anche Theo.

"Pensi che si riprenderà presto? Pensi che sia possibile andarlo a trovare, prima di tornare a casa?" gli chiese Lexie.

Midas non trattenne un sorriso.

"Cosa c'è?"

"Sei tu. Non lo so, ma lo scopriremo presto."

"Grazie. Ah, Midas?"

"Che c'è, amore?"

"Stamattina non mi hai portato il caffè," gli disse mettendo il broncio.

A quel punto, Midas scoppiò a ridere e le disse: "Ti amo."

"Anch'io ti amo," gli rispose.

Lexie faceva fatica a tenere gli occhi aperti, doveva essere sfinita, Midas lo sapeva.

"Dormi."

"Tu rimani qui con me?"

"Non mi allontano per nulla al mondo." Le prese la mano e ne baciò il dorso.

"Va bene, magari dormo un'oretta, ma poi voglio che tu vada a vedere come sta Theo."

"Va bene."

Midas rimase seduto al fianco di Lexie, che si addormentò. Non riusciva a staccarle gli occhi di dosso.

La vita scorreva via veloce, Midas lo sapeva più di tanti altri, così voleva stare con la sua donna più che poteva, minuti, ore, giorni, anni.

Non capiva come gli era capitata la fortuna di attirare l'attenzione di Lexie, ma avrebbe fatto di tutto per assicurarsi che lei non si pentisse mai di averlo scelto.

EPILOGO

Cara Lexie,

dirti grazie è poco, rispetto a quanto hai fatto per me e per la mia famiglia. Non ti ho aiutata per denaro. Tu hai salvato la mia famiglia quando avevamo bisogno di aiuto, non me lo dimentico. La borsa di studio per l'università mi permette di imparare abbastanza per trovare un lavoro e per aiutare la famiglia. Anche mio fratello e mia sorella riusciranno ad andare a scuola. La mamma ha pianto quando l'ha saputo. Come ti dicevo, voglio imparare a fare qualcosa per aiutare il mio paese. Scusa se non sono ancora bravo a scrivere, cerco di migliorare.

Saluti sinceri,
Shermake

Lexie si asciugò una lacrima dalla guancia e posò la lettera che le era appena arrivata per posta. Poi cercò con gli occhi Midas, sapeva esattamente dove trovarlo: era in cortile sul retro, raccoglieva dei mango per il dessert.

Lexie lo raggiunse e gli avvolse le braccia intorno alla vita, appoggiandogli la guancia sulla schiena.

"Stai bene?" le chiese Midas.

"Alla perfezione," gli rispose con un sospiro.

Midas si girò tra le braccia di Lexie e le mise un dito sotto al mento, facendole alzare la testa per guardarla negli occhi. Da quando l'aveva salvata da Magnus, che cercava di ucciderla, Midas era diventato molto protettivo. Ma Lexie non poteva certo biasimarlo.

"Hai pianto," le disse.

"Shermake mi ha scritto una lettera," gli spiegò.

"Sta bene?"

"Sta benissimo. Mi ha scritto per ringraziarmi. Anche se in realtà dovrebbe ringraziare te e Baker," gli disse Lexie.

Midas scrollò le spalle.

Era passato un mese dall'incidente al centro di Food For All. A volte era difficile credere che fosse passato così tanto tempo, in un certo senso sembrava il giorno prima. I piani per aprire una succursale procedevano, si sperava di poterla inaugurare nel giro di un mese o due. Ashlyn e Lexie ci avevano lavorato senza sosta, avevano incontrato i negozianti del posto nella zona di Barbers Point per spiegare i programmi dell'organizzazione. Le reazioni erano state tutte positive.

Elodie si stava entusiasmando sempre più, aveva cominciato a mettere insieme sempre più ricette per aiutare, si sarebbe incaricata di preparare i pranzi da distribuire. Nella nuova succursale non ci sarebbe stata una cucina, ma sarebbero stati distribuiti comunque dei pasti pronti da portar via, per chiunque ne avesse bisogno.

Midas prese la mano di Lexie e l'accompagnò verso le sedie in giardino. Poi posò i mango che aveva raccolto e si sedette, facendo accomodare anche Lexie. Lei si mise a sedere in braccio a Midas senza dir nulla. Ultimamente, Midas era più appiccicoso del solito, ma a lei andava benissimo così.

"Allora, vuoi venire a vivere da me ufficialmente, o no?" le chiese.

Lexie sbatté le palpebre dalla sorpresa, anche se in realtà avrebbe dovuto aspettarselo: si era abituata ai cambi improvvisi di argomento, tipici di Midas.

In pratica, viveva con lui da quando era stata dimessa dall'ospedale. Midas si era preso dei permessi per stare a casa con lei, anche per controllare che stesse bene, poi l'aveva accompagnata al lavoro ogni giorno, andandola sempre a prendere. Lexie non vedeva l'ora di aprire la succursale anche per non aver più bisogno di Midas, che ogni giorno doveva fare tutta quella strada.

"Certo che sì..." gli rispose, ma poi Lexie si trattenne.

"Ma...?" le chiese dolcemente Midas.

"Non voglio essere invadente. Poi, non sono pronta a sposarmi." Lexie aveva pensato molto a come affrontare il discorso del matrimonio. Elodie e Mustang erano convolati a nozze molto rapidamente, dopo essersi conosciuti, ma per Lexie era un passo troppo grande, non era sicura di sentirsi pronta.

"Prima di tutto, tu non sei invadente. Io ti amo e amerei averti qui con me. Non avevo mai pensato di vivere con una donna, prima, ma adesso che sei qui da un po' non potrei immaginare di svegliarmi senza trovarti nel letto con me ogni mattina, né potrei pensare di addormentarmi la sera senza averti tra le mie braccia. In secondo luogo, nemmeno io sono pronto a sposarmi. Ti amo, questo non cambierà mai, ma mi piace come stanno le cose adesso."

"Anche a me," gli disse Lexie con un sospiro di sollievo.

"Voglio presentarti ai miei genitori. Anche a mio fratello e a mia sorella. Quando sarà il momento, voglio che le nostre nozze siano in spiaggia, una cerimonia semplice, tranquilla."

Lexie fece una smorfia: "E se io preferissi un enorme ricevimento di gala più formale?"

Midas la fissò, come cercando di capire se Lexie dicesse o meno sul serio. Lei tenne un'espressione seria il più a lungo possibile, ma poi cedette e sorrise.

"Come sei crudele," le disse Midas facendo il broncio.

"Lo so, scusami. Non voglio un ricevimento enorme," lo rassicurò. "L'idea della spiaggia mi sembra meravigliosa. Se non piaccio ai tuoi genitori, fa differenza?" gli chiese, un po' nervosa.

"Non hai nulla di cui preoccuparti. Vedrai che ti apprezzeranno," le rispose Midas. "Anzi, ti apprezzano già. Lo sai che mia mamma sta già insistendo per sapere quando può venire a trovarci per conoscerti?"

Lexie si accoccolò sul petto di Midas, poi gli disse sospirando: "Va bene, mi trasferisco. Cioè, da qua c'è un panorama molto migliore, rispetto al mio appartamento."

Midas sbuffò e le disse con un filo di voce: "Allora mi vuoi solo per il panorama."

"Beh, per il panorama, ma anche perché ti amo alla follia," gli rispose Lexie. "Pensi che a Theo piacerà vivere nella zona di Barbers Point?" Cacchio, aveva imparato anche *lei* a cambiare argomento senza una logica. Midas la stava contagiando.

Lui ridacchiò, sembrava quasi leggerle nella mente. "Penso che gli piacerà molto."

Midas si era dato da fare con Baker per trovare un appartamentino, un piccolo monolocale in cui Theo potesse vivere, così avrebbe sempre avuto un tetto sulla testa senza doversi preoccupare dell'affitto. Lexie non era ricca, ma aveva messo da parte un bel gruzzoletto, grazie agli anni di lavoro per Food For All, con l'alloggio sempre pagato; quindi non avrebbe avuto problemi a pagare l'affitto dell'appartamentino di Theo. Dopo aver saputo che Theo si stava trascinando sul pavimento per andare ad aiutarla, pur avendo ancora un coltello conficcato nella schiena, Lexie avrebbe fatto di tutto per lui.

Avrebbe voluto aiutarlo anche con un trattamento psicologico, ma Theo viveva da solo per strada ormai da troppo tempo, non era possibile pensare di rinchiuderlo in una struttura specializzata. Quindi Lexie aveva fatto il possibile, procurandogli un posto sicuro dove dormire. Il monolocale in questione era vicino all'edificio in cui sarebbe stata aperta la succursale di Food For All, così Lexie avrebbe continuato a vedere Theo tutti i giorni.

"Ti amo, Lex."

"Anch'io ti amo, Midas."

Midas le passò la mano sotto la maglia e cominciò ad accarezzarle la schiena nuda; bastò quel gesto per toglierle dalla testa ogni pensiero: Theo, i genitori di Midas, persino cosa preparare per cena.

Voleva solo Midas, lo voleva tantissimo.

Dopo quanto era successo, quando Lexie era stata dimessa dall'ospedale, Midas si era trattenuto, evitando ogni approccio intimo, ma Lexie non aveva avuto alcun problema a convincerlo di essere completamente guarita.

Così Lexie si tirò su e si mise a cavalcioni su di lui, spingendosi in avanti fino a sentire tra le gambe il suo uccello già duro. Senza dire nulla, prese l'orlo della maglietta e se la sfilò da sopra la testa.

Midas sorrise, le mise le mani sul sedere e si avvicinò con la testa per annusarle i seni.

Ecco, Lexie poteva ben dire di essere felice, al cento per cento.

———

Kenna Madigan faceva del suo meglio per non sembrare un ippopotamo fuori allenamento, mentre correva nei pressi del parco di Ala Moana, verso Magic Island Lagoon, una laguna alla fine di una lingua di terra proprio di fronte al porto di Ala Wai Boat. Era ancora presto, ma c'erano già altre persone che facevano ginnastica, proprio come lei. A Kenna non piaceva affatto andare a correre, ma era il modo migliore per tenersi in forma, anche per evitare che le Malasada, le frittelline che lei amava tanto, la facessero ingrassare di una ventina di chili, appesantendo la sua corporatura media.

Accadeva di rado che avesse la mattina libera, quindi aveva deciso di uscire sotto il sole delle Hawaii, per godersi una bella giornata.

Aveva la testa impegnata a pensare alle faccende da sbrigare, prima del turno di lavoro da Duke's, dove faceva la cameriera, quindi non faceva molta attenzione a ciò che le succedeva intorno, quando a un certo punto qualcosa sulla destra catturò la sua attenzione. Era difficile capire cosa fosse ciò che stava vedendo, ma avvicinandosi spalancò gli occhi per la paura.

Un *corpo* galleggiava nell'oceano, appena fuori dalla laguna!

Era un uomo, lo si capiva dalla corporatura, indossava una specie di muta nera, era a pancia in giù, abbandonato alle onde.

Kenna si guardò intorno, ma non vide nessuno nei paraggi. Di certo, nessuno sembrava preoccupato che ci fosse qualcuno che affogava nell'oceano.

Senza pensarci due volte, Kenna scattò sulla sottile striscia di terra che circondava la laguna, guardò in acqua e vide che l'uomo non si muoveva; allora si tolse le scarpe da tennis e si sfilò la maglia. Poi saltò nell'oceano, indossando solo le calze, i pantaloncini e il reggiseno sportivo.

Purtroppo, anche se forse non doveva sorprendersi, calcolò male il salto in acqua e invece di tuffarsi *vicino* all'uomo che galleggiava in acqua gli cadde esattamente addosso. Kenna non era certo una persona molto agile, tanti colleghi la prendevano in giro perché era un po' impacciata.

Per fortuna andò a colpire le gambe di quell'uomo, non la schiena, poi tornò in superficie aiutandosi con le braccia, infine afferrò quell'uomo.

Ma quando uscì dall'acqua con la testa, si ritrovò a guardare dritto negli occhi confusi e preoccupati l'uomo che si era tuffata per salvare. Non era affatto morto e *non* stava affogando, anzi, la stava fissando come se avesse qualche rotella fuori posto.

Indossava una maschera nera, solo in quel momento Kenna notò il boccaglio per fare snorkeling. Mentre Kenna nuotava per stare a galla e lo fissava sbalordita, lui si spinse la maschera sulla fronte.

"Tutto bene? Sei caduta?" le chiese.

Per portare al massimo l'imbarazzo, altre cinque teste spuntarono dall'acqua a poca distanza. Indossavano tutti la stessa maschera nera, con in più sulla schiena una bombola per fare immersioni.

"Porca vacca," disse Kenna, sapendo di avere probabilmente le guance paonazze. Non aveva idea del perché quegli uomini stessero facendo immersioni proprio in quel punto, ma ovviamente aveva fatto una cavolata. Una brutta cavolata.

"Signora?" L'uomo a cui era saltata addosso la chiamò di nuovo.

"Sto bene," gli rispose, "è solo che... cioè..." Kenna si guardò attorno, cercando il modo più rapido per risalire sulle rocce che circondavano la laguna, per poter tornare a casa e affondare nella vergogna.

L'uomo le prese un braccio e la tenne in superficie senza alcuna difficoltà; Kenna sapeva nuotare bene, ma quel sostegno l'aiutò molto a stare a galla.

"Cos'è successo?" chiese uno degli altri.

"È caduta?"

"Si è fatta male?"

"È quello che sto cercando di capire, se ve ne state zitti e mi date un attimo," rispose l'uomo che la sosteneva.

Kenna non riuscì a trattenere un accenno di sorriso.

"Ecco, appunto, allora... sei caduta?" le chiese di nuovo quell'uomo.

Kenna lo guardò dritto negli occhi scuri e si sentì ancora in imbarazzo totale: "Non proprio. Vedi, ero laggiù che correvo," gli spiegò, indicando il sentiero che costeggiava la laguna, "mi facevo i fatti miei e ti ho visto. Avevi la faccia in acqua, in balia delle onde."

Quando vide che l'uomo stava muovendo le labbra, Kenna si affrettò a spiegare, anche per farla finita più alla svelta: "Pensavo che stessi affogando, va bene?"

"Quindi sei saltata in acqua per salvarmi?"

"Sì," rispose Kenna con una certa ritrosia, "ma è chiaro che non stavi annegando, non sono mica scema. Quindi adesso me ne vado." Poi si voltò verso le rocce con la chiara intenzione di andarsene.

"Ma noi siamo SEAL," disse uno degli altri, chiaramente cercando di non scoppiare a ridere.

Eeeeed ecco fatto: umiliazione totale.

"Non hai visto la bandiera che segnalava l'immersione in corso?" le chiese l'uomo che non stava annegando.

Kenna si voltò e vide la bandierina rossa e bianca che galleggiava poco lontano.

"Chiaramente no," rispose facendo spallucce, "ho solo pensato che stessi affogando e mi sono messa a correre."

"Capisco, lo apprezzo. C'è un'esercitazione in corso, io sono il responsabile della sicurezza, quindi devo starmene quassù a galla intanto che gli altri della squadra fanno ciò che devono sott'acqua. Per questo hai avuto l'impressione che fossi in balia delle onde, a peso morto. Comunque mi chiamo Marshall."

"Kenna," gli rispose, con la netta impressione di trovarsi in una zona grigia: nuotava in mezzo all'oceano, stava conoscendo un tipo molto fico, un cacchio di SEAL della marina, non era certo quello che aveva in programma, quel giorno.

"Torno subito, ragazzi," disse l'uomo agli altri.

"Non pensare a noi, Aleck," rispose uno di loro.

"Sì, l'esercitazione può attendere," aggiunse un altro.

"Le belle donne prima di tutto, sempre e comunque," gridò un terzo.

"Pensavo avessi detto di chiamarti Marshall," gli disse Kenna.

"Infatti, ma mi chiamano Aleck, è il soprannome che usano in molti," le rispose, "ma tu puoi chiamarmi Marshall."

Aleck continuò a tenerla per il braccio e cominciò a nuotare con lei verso le rocce più vicine, allontanandosi dagli altri, verso un punto in cui sembrava più facile uscire dall'acqua.

"Guarda che so nuotare," gli disse Kenna.

"Lo so," le rispose, senza però lasciarla andare.

Quando arrivò alle rocce, Kenna voleva tanto svignarsela più veloce che poteva, ma chiaramente quell'uomo aveva altri programmi.

"Non devi sentirti in imbarazzo, se cercavi di aiutarmi," le disse Marshall, "davvero, se più persone si dessero da fare quando vedono che c'è qualcosa che non va, penso che il mondo sarebbe un posto migliore."

"Ma non c'era *nulla* che non andava," gli rispose.

Marshall scrollò le spalle.

"Certo. Va bene, insomma... allora divertitevi con l'esercitazione e tutto quanto," gli disse svogliatamente, mentre allungava le braccia per afferrare una roccia e tirarsi fuori dall'acqua. Ormai si era abituata da un pezzo alla propria fisicità, non aveva alcun problema di autostima, ma non era certo entusiasta di doversi esporre in reggiseno davanti a quell'uomo che chiaramente non aveva un grammo di grasso sul corpo (almeno a quanto poteva giudicare, guardando la muta che indossava).

Però non poteva certo starsene immersa nell'oceano tutto il giorno. Prima usciva dall'acqua e prima poteva tornarsene a casa, nel suo appartamento, per sforzarsi di far finta che non fosse successo nulla.

"Possiamo rivederci?" le chiese all'improvviso quell'uomo.

Kenna si sentì gelare: "Come dici?"

"Cioè, mi piacerebbe ringraziarti per bene... per aver cercato di salvarmi la vita, sai."

Kenna non voleva sbagliarsi, ma... Marshall sembrava insicuro. Perché mai quell'uomo dovesse sentirsi insicuro nel chiedere a una donna di uscire, lei proprio non lo capiva.

"Ehm... va bene," gli rispose senza starci troppo a pensare. Poi trasalì mentalmente.

"Ottimo," le disse lui sorridendo, "quando, dove?"

"Da Duke's? Io ci vado stasera."

Nel momento stesso in cui quelle parole le uscirono di bocca, Kenna avrebbe voluto rimangiarsele.

"Ottima idea. Alle sette ti va bene?"

Kenna annuì.

Avrebbe giurato di sentire il pollice di Marshall che le accarezzava il braccio vicino alla spalla, prima di vederlo allontanarsi a nuoto dicendole: "Allora a più tardi. Fai attenzione."

"Va bene." Kenna cominciò a tirarsi fuori dall'acqua, rifiutandosi di voltarsi, per vedere se Marshall la stava osservando. Quando fu fuori dall'acqua, trovò alcune persone che correvano, ma nessuno che si offriva di darle una mano. Per fortuna, le sue scarpe erano ancora esattamente dove le aveva lasciate.

A quel punto non riuscì più a trattenersi, si voltò per guardare in acqua e vide che Marshall la stava fissando.

Allora lo salutò con un debole cenno della mano, poi si affrettò a recuperare le sue cose. Prese la maglia e le scarpe, poi se ne tornò da dove era venuta. Per quel giorno aveva finito di fare ginnastica.

Perché mai aveva detto a quell'uomo di trovarsi da Duke's? Sì, era un ristorante famosissimo sulla spiaggia di Waikiki, quindi non c'era da preoccuparsi, nessun pericolo, ma quella sera lei lavorava, faceva la cameriera, non poteva certo mettersi seduta e passare il tempo con lui.

"Stupida," mormorò tra sé e sé.

Ma non riuscì a trattenere un'ultima occhiata in acqua, mentre camminava velocemente sul marciapiede. Marshall era tornato con gli altri, erano tutti sorridenti, come se avesse appena raccontato loro qualcosa di divertente.

Kenna scosse la testa e si girò di nuovo, per tornarsene di corsa a casa, nel suo appartamento.

———

Libro 3, *Trovare Kenna,* Ora disponibili !

NOTE

CAPITOLO QUATTRO

1. Il Kansas è uno stato del Mid West, a metà strada tra costa est e costa ovest degli Stati Uniti, da cui è impossibile vedere un oceano, da cui la battuta. [NdT]

CAPITOLO SEI

1. L'espressione "smart aleck" o "smart alec" indica uno sbruffone irritante. [NdT]
2. Slate significa "ardesia" mentre Stone significa "pietra". [NdT]

Armi e Amori

Proteggere Caroline
Proteggere Alabama
Proteggere Fiona
Il Matrimonio di Caroline
Proteggere Summer
Proteggere Cheyenne
Proteggere Jessyka
Proteggere Julie
Proteggere Melody
Proteggere il Futuro
Proteggere Kiera
Proteggere i figli di Alabama
Proteggere Dakota

Ace Security

Il riscatto di Grace
Il riscatto di Alexis
Il riscatto di Bailey
Il riscatto di Felicity
Il riscatto di Sarah

BIOGRAFIA

L'autrice

Susan Stoker è annoverata da *New York Times*, *USA Today* e *Wall Street Journal* quale scrittrice di successo, le cui collane di libri includono Badge of Honor: Texas Heroes, SEAL of Protection e Delta Force Heroes. Sposata con un sottufficiale dell'esercito in pensione, Stoker ha vissuto in ogni dove negli Stati Uniti - dal Missouri alla California e al Colorado - e attualmente vive sotto i grandi cieli del Texas. Quale vera sostenitrice del "vissero felici e contenti", Stoker ama scrivere romanzi in cui una relazione romantica si trasforma in amore.

Per ulteriori informazioni sull'autrice e il suo lavoro, visita il sito web www.stokeraces.com